BERNARD PIERRE

DER NIL

ROMAN EINER STROMLANDSCHAFT

mit 39 einfarbigen Abbildungen und
11 Kartenskizzen im Text sowie
17 Farbbildern auf Kunstdrucktafeln

F. A. BROCKHAUS · WIESBADEN 1976

Titel der französischen Originalausgabe »Le Roman du Nil«, Librairie Plon, Paris 1974. – Übersetzung aus dem Französischen von Werner Schrank und Ilse Bock de Dionisio. – Umschlag nach Entwurf von Fritz Liebig, unter Verwendung eines Fotos von Bernard Pierre.

 V. Nr. W 1238. – ISBN 3-7653-0279-1. – Printed in Germany. – Satz, Druck und Einband H. G. Gachet & Co., Langen.

Meiner Frau Roselyne, die so leidenschaftlich gern reist, und die mir bei meiner Arbeit mit Rat und Tat zur Seite gestanden hat.
Unserem Freund Serge Sauneron, Direktor des französischen Instituts für orientalische Archäologie in Kairo, der mich bei meinen Forschungen beraten, und der mir den Weg meines Flusses durch die Jahrtausende ägyptischer Geschichte gewiesen hat.

BILDNACHWEIS
Mit Ausnahme der hier aufgeführten Bilder und Karten stammen alle anderen aus der französischen Buchausgabe des Verlages Plon.
S. 33 und 315 Roger Viollet, Paris; S. 143 Herbert Rittlinger, Frasdorf; S. 163, 165, 231, 240, 349 Gisela Bonn, Stuttgart-Vaihingen; S. 219 und 221 Karl-Georg Siegler, Stuttgart 1; S. 223 Hoch-Tief AG, Essen; S. 245 Göran Schildt, Leros;
Die Karte auf S. 299 stammt aus Traut/Hell, Ägypten, Stuttgart 1962.

Inhalt

Karten

ERSTER TEIL

Die Affäre um den Nil

J. H. Speke

1. Kapitel

DIE AFFÄRE UM DEN NIL

London 1859... Im »Old Merry England« ist ein neuer Menschentyp im Kommen: ein wohlbeleibter Industrieller, der erste Produzent von Textilien, Steinkohle, Maschinen. Und die Flagge Ihrer Majestät, der Union Jack, flattert im Winde über alle Ozeane. Viktorianisch bedeutet so viel wie »Grenzenlos glücklich«. Daher fühlt die Menge sich angezogen von allem, was aus Übersee kommt und das britische Prestige noch steigern könnte.

Dennoch, von den zwei Millionen Einwohnern, die London damals zählt, haben nur wenige Kenntnis von der Nachricht, die in den ersten Tagen des Monats Mai eintrifft.

Eine kaum glaubliche Nachricht...

Zweifellos muß man, um in das Geheimnis eingeweiht zu werden, einem der Clubs angehören, deren Pforten sich nicht jedem Beliebigen öffnen. Hinter hohen rauchverhangenen Fenstern unterhalten sich gewichtige Herren, Monokel im Auge und versunken in Sesseln aus ehrwürdigem Leder, über die Affäre. Plötzlich erhebt sich einer. Der sorgfältig gehütete Aschekegel seiner Zigarre will über seine dunkelblaue, von einer goldenen Kette gezierten Samtweste rieseln. Mit einem leichten Schnippen läßt er die Asche fallen, sie zerstreut sich auf seinem braunen Gehrock und seiner Hose aus schwarzem Samt.

Mit einem Male stockt die Unterhaltung. Ist dies nicht eine der wenigen Persönlichkeiten, die im Bilde sind über das Thema, das die Neugier dieses kleinen Kreises reizt? Tatsächlich, dieser Gentleman ist Sir Roderick I. Murchison, Präsident der Königlichen Geographischen Gesellschaft.

Man nimmt an, er wolle sich gleich wieder setzen und in der Unterhaltung fortfahren. Aber er bleibt stehen, wahrscheinlich denkt er über das nach, was er seinen Freunden ankündigen will. Noch schweigt er, dreht ihnen den Rücken und schaut durch die große Glasscheibe. Auf der Mall fährt eine wappenverzierte Kalesche vorbei, der dicke Kutscher unter einer Perücke. Sir Roderick schaut zerstreut auf das Gespann, kaum bemerkt er die beiden Lakaien in weiß-gelber Livree, die auf dem Hinterbock sitzen.

Plötzlich wendet er sich um.

»Nun, meine lieben Freunde, ich glaube, man ist jetzt so weit, hineinzuleuchten in das Geheimnis, das die Quellen des Nils umgibt. Morgen werden Sie einen jungen Offizier der Indischen Armee hören, John Hanning Speke. Er wird Ihnen über eine Expedition in Ostafrika berichten, die ihn von Sansibar an die Südufer eines riesigen Sees geführt hat, eines Sees, den er »Victoria« getauft hat. Nach einem Augenblick des Schweigens fährt Sir Roderick fort: »Speke ist überzeugt, daß dieser See der Geburtsort des Nils ist. Eine einfache Angelegenheit.«

Bei der Sitzung der Königlichen Geographischen Gesellschaft am nächsten Tag – es ist ein Sondermeeting – finden sich die gewichtigen Herren vom Vortag wieder ein. Andere sind dazugekommen. Der angekündigte Forscher wird mit einem gewissen Mißtrauen betrachtet, versteht sich.

Der Präsident stellt zunächst Speke vor. Wenn man ihn so sieht, dann hat man nicht den Eindruck, einem Hochstapler gegenüberzustehen. Dieser Mann, 32 Jahre alt, flößt Vertrauen ein. Wirkt er nicht sehr angelsächsisch in seiner ein wenig kühlen, aber leisen und bescheidenen Art, schlank, blond, mit entschiedenem Blick und dem Bart des Forschers?

Zu forschen entsprach seinem Wesen. Schon zu der Zeit, als er in Indien Dienst tat, hatte seine Jagdleidenschaft ihn oft in unerforschte Gebiete des Himalaya und Tibets geführt. Und bei diesen kleinen Expeditionen kam ihm der Gedanke, eine zu unternehmen, die ihn von Sansibar an die Quellen des Nils führen sollte.

Auf die gleiche Idee war einer seiner Landsleute, der gleichfalls in der Indischen Armee gedient hatte, gekommen, Richard Francis Burton. Burton, sechs Jahre älter als Speke, hatte mehr Expeditionserfahrungen als er. Er war schon in Arabien und Abessinien gewesen, unter schwierigen Bedingungen. Und seine Abenteuer hatten ihm eine gewisse Bekanntheit eingetragen.

Ein sonderbarer Mensch! Er war besessen von dem Dämon, auf Entdeckungen auszugehen, er selber war ein Dämon, wenn man die Zeugnisse seiner Zeitgenossen für wahr hält: Augen eines Raubtiers, Kinnbacken, die von Eigenwillen zeugen, Augenbrauen eines Eroberers, ein Mensch wie aus einer anderen Welt. Kurz »a character«, wie die Engländer sagen, ausgestattet im übrigen mit einer ebenso lebhaften wie klaren Intelligenz und einem scharfen Beobachtungssinn.

Die beiden Männer waren sich im Jahre 1854 in London begegnet, sie hatten sich ihre Pläne anvertraut und waren sich einig geworden. Ein seltsames Bündnis zweier so entgegengesetzter Temperamente, ein Bündnis von Feuer und Wasser, das unvermeidlich über kurz oder lang zu einem Drama führen würde.

Sir Roderick fährt in seiner Rede fort: »Die Gesellschaft, der vorzustehen ich die Ehre habe, hat seinerzeit ohne Zögern die Schutzherrschaft über die Expedition dieser beiden Männer übernommen. Denn alles wies darauf hin, daß sie die Fähigkeit besaßen, Licht in diesen dunklen Teil Ostafrikas zu bringen. Ende des Jahres 1856 sehen wir sie denn auch in Sansibar. Um sich an das Land zu gewöhnen, machen sie eine Reise an die Ostküste Afrikas. Da sie aber von der Malaria befallen werden, müssen sie auf die Insel zurückkehren, um sich auszukurieren und zu erholen. Erst Mitte Juni 1857 landen sie wieder auf dem afrikanischen Kontinent, in Kaole, südlich von Bagamojo. Und jetzt gebe ich das Wort an Kapitän Speke.«

Kapitän Speke macht eine leichte Verbeugung zum Präsidenten hin, dann vor der Versammlung, um ihnen zu danken für die Ehre, die man ihm erweist. Er scheint ruhig, aber es ist nur eine scheinbare Ruhe. Er ist kein Mann, der viele Worte macht, weder vor der Öffentlichkeit noch in kleinem Kreise, und und schon gar nicht vor einer so erlauchten Gesellschaft wie dieser hier, die ihn einer strengen Prüfung unterziehen will. Entweder man begräbt die

Nil-Affäre – und damit auch ihn – oder man nimmt ihn für ernst – na dann . . . !

Ein paar nervöse Huster, die ohne Frage eine gewisse Aufregung verraten, dann legt Speke sich ins Zeug. Rasch geht er hinweg über das übliche Palaver, das in Afrika jedem Aufbruch vorangeht, über die üblichen Zwischenfälle an jedem Marschtag und sogar über die geographischen Verhältnisse der Gebiete, die die Karawane durchquert. Zuerst ist es eine Gegend, in der riesige Bäume und weite Grasflächen sich abwechseln; dann Gebirgsketten, ungefähr 1800 Meter hoch, die Täler einfassen, durch die sich die Flüsse zur Küste bewegen; schließlich eine weite Hochebene, sehr trocken, aus der oft Granithügel herausragen, die sich in allmählichem Abfall zum Tanganjikasee hinzieht.

Und jetzt ist Speke – man spürt, daß es ihm heute darum geht – am ersten Zielpunkt der Expedition angekommen: am Tanganjikasee.

Die Forscher erreichen den See am 13. Februar 1858 in der Umgebung von Udjidji.* Sie hatten mehr als sieben Monate gebraucht, um dorthin zu gelangen. Es trifft zu, daß die Karawane sich ziemlich lange unterwegs, in Kazé, aufgehalten hatte, einem Ort, der den arabischen Sklaven- und Elfenbeinhändlern als Rastplatz dient.

Die beiden Männer machen sich an ihre Aufgabe, den See zu erforschen, indem sie nach Norden ziehen. Das Ergebnis ist jedoch negativ. Sie entdecken keinen Wasserlauf, der Ursprung eines Flusses sein könnte. Ja, es gibt nach Aussage der Eingeborenen wohl einen Strom, den Rusisi, aber der fließt genau nach Süden und fließt in den See. Also darf man in dieser Gegend nicht die Quellen des Nils suchen, erklärt Kapitän Speke fest und bestimmt und auch mit einem befriedigten Lächeln.

»Sollte Burton nicht gleicher Meinung sein?« flüstert dem Vizepräsidenten einer seiner Nachbarn ins Ohr. Und mit gesteigerter Aufmerksamkeit hört man Spekes Bericht zu, der mit viel Takt erklärt, daß Burton bei ihrer Rückkehr im Juni 1858, in Kazé, es vorzog, eine gewisse Zeit an diesem Ort zu bleiben, um, unter anderem, die Entdeckungen zum Abschluß zu bringen. Er aber, Speke, hatte nur einen Wunsch: so rasch wie möglich wieder nach Norden

* Siehe Karte 1, Seite 15

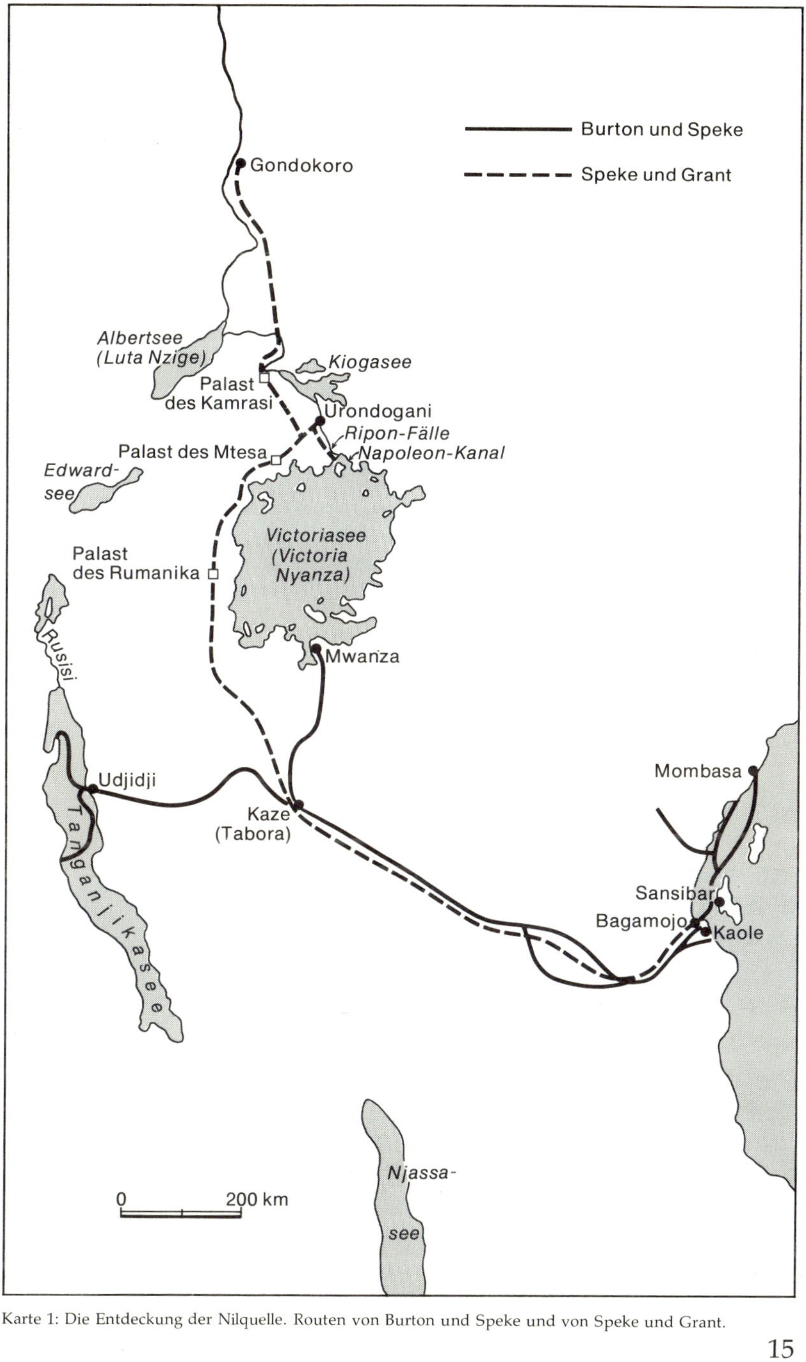

Karte 1: Die Entdeckung der Nilquelle. Routen von Burton und Speke und von Speke und Grant.

aufzubrechen. Denn, so sagt er mit erregten Worten, er hat von der Existenz eines Sees gehört, eines »Nyanza« nach der Benennung der Ukerewe, der noch viel größer ist als der Tanganjikasee. Und diesen See will er um jeden Preis sehen! Seltsam, der Dämon des Entdeckerdrangs – nicht Burton ist von ihm besessen, sondern Speke! Und Burton läßt Speke ziehen, am 9. Juli.

Der erste Schritt, das große Problem zu lösen, wurde getan. Es war auch der erste Riß in der Verbundenheit der beiden Männer. Immer wird Burton an diesen Tag denken. Und mehr noch an Spekes Rückkehr nach Kazé, eineinhalb Monate später. Mit einem Gesicht von Fieber und Mühen verwüstet, aber mit einem vielsagenden Ausdruck. Bevor Speke nur ein einziges Wort sagt, errät Burton, daß sich dort oben im Norden etwas Wichtiges ereignet hat. Ohne ihn . . . !

»Meine Herren«, sagte nun Kapitän Speke in feierlichem Ton, »am 30. Juli 1858 entdeckte ich diesen Nyanza-See, von dem die Araber gesprochen hatten. Es ist ein viel größerer See als der Tanganjika. Ein Meer, könnte man sagen, ein Meer in den Tropen, die Ufer überschüttet von üppiger Vegetation, ein See, so groß, daß man das entgegengesetzte Ufer nicht erkennen kann, so lang, daß niemand die Ausdehnung kennt. Ein See, unendlich groß, von den Ausmaßen des britischen Reiches. Deswegen, meine Herren, habe ich den See ›Victoria‹ getauft, ›Victoria Nyanza‹.«

Beifallsklatschen, laute Hört-hört-Rufe unterbrechen den Redner. Sobald es wieder ruhig wird, richtet Speke, der wohl weiß, daß die Stimmung nun spannungsgeladen ist, den Zeigestock auf die Karte, die seinen Vortrag illustriert.

»Ohne Zweifel ist es der Victoria Nyanza, dem dieser faszinierende Nil entspringt – dieser Nil, dessen Quelle Stoff für viele Diskussionen gegeben hat und die ein Ziel so vieler Forscher gewesen war. Sicherlich, meine Herren, ich bringe Ihnen keinen förmlichen Beweis mit, sondern nur die Sicherheit, daß dieser See existiert, und meine feste Überzeugung, daß ein Fluß daraus hervorgeht. Ich bin sicher, eine weitere Forschungsreise wird der Welt beweisen, daß meine Vermutungen richtig sind. England darf sich die Gelegenheit nicht entgehen lassen, seinen Ruhm zu vergrößern.«

Alle klatschen Beifall. Sir Roderick erhebt sich. »Speke, wir müssen Sie wieder dorthin schicken. Das muß sein. Ich werde das Komitee einberufen, um eine neue Expedition auf die Beine zu stellen, und darauf hinzuweisen, wie wichtig es ist, Ihnen Hilfe zu gewähren.«

Neuer Beifall für diese Entscheidung des Präsidenten der Königlichen Geographischen Gesellschaft. Und jeder träumt davon, daß es in dieser Nil-Affäre zweifellos eben einen Schritt weitergegangen ist.

Aber Speke hatte absichtlich nicht alles gesagt.

Als Speke in Kazé wieder aufgetaucht war, war die Atmosphäre ziemlich dramatisch gewesen. Man kann ahnen, welche Wirkung »die bestürzende Nachricht«, wie er sich selbst ausdrückte, auf Burton haben mußte. Und in den folgenden Tagen kühlt sich das Klima ab. Burton kann sich nur schwer zurückhalten, und Speke ist in seine Überzeugungen derart verrannt, daß es für Burton unmöglich wird – er ist immer noch davon überzeugt, daß der Tanganjikasee der Nährvater des Nils ist –, seine Einwände vorzutragen, ohne seinen Gefährten zu kränken. Von nun an, so ist es stillschweigend abgemacht, wird man über dieses heiße Thema nicht mehr sprechen.

Über Burton auch nicht oder nur sehr wenig, als er acht Monate später nach England zurückkommt, das heißt einige Tage nach Speke. Da er krank war, mußte er seine Route in Aden unterbrechen. In London ist nur von Speke und seiner nächsten Reise die Rede. Und zu allem Übel erfährt Burton, daß er nicht teilnehmen wird. Ein anderer Offizier der Indischen Armee wird ihn ersetzen: James Augustus Grant.

Es ist eindeutig klar: Burton hat die erste Partie glatt verloren. Aber trotz seiner geschwächten Gesundheit und seiner ungeheuren Enttäuschung macht er sich unverzüglich daran, seine Waffen blank zu putzen und mit aller Verbissenheit »eine Behauptung zu zerstören, die man nicht ernst nehmen kann, die nicht nur schwach, sondern so unhaltbar ist, daß kein Geograph sich bisher die Mühe gemacht hat, ihr zu widersprechen«.

Für Speke ist das ziemlich grausam. Und für die Königliche Geographische Gesellschaft, die jetzt auf die Ergebnisse der neuen Expedition wartet, ist die Sache auch nicht gerade angenehm.

Die Expedition war am 27. April 1860 von Portsmouth aufgebrochen und kehrt am 17. Juni 1863 nach Southampton zurück. Im Triumph zieht Speke in London ein. Ein Kabel war vorher eingetroffen, das in der Geschichte der Erforschung Afrikas berühmt geworden ist. Hat er nicht auf der Heimreise an Sir Roderick telegraphiert, daß das Problem des Nils gelöst ist?

Wie ist das gekommen? Die Königliche Geographische Gesellschaft, London, England, die Welt, sie alle brennen darauf, etwas zu erfahren. Im Oktober 1860 kommen Speke und Grant in Sansibar an, auf dem Weg um das Kap. Ihr Ziel ist es, den gleichen Weg einzuschlagen, den Speke zusammen mit Burton eingeweiht hatte. Als sie jedoch in Kazé angekommen sind, wenden sich die beiden Forscher nach Nordwesten, um an das Westufer des Victoria Nyanza zu gelangen. Sie wollen an diesem Ufer entlangziehen, bis sie den Abfluß des Sees entdecken, für Speke also die Quelle des Nils.

Auf der Karte ist das leicht . . . An Ort und Stelle war das schon eine ganz andere Sache. Mehr als ein Jahr sollten die beiden Forscher brauchen, um in den äußersten Westen des Sees vorzudringen, nach Karague, einem der drei Königreiche von Uganda. Über Karague herrschte damals ein König, Rumanika, der die beiden Forscher herzlich und dienstbeflissen empfängt. Spekes eiserner Stuhl und seine Repetierpistole – Gegenstände, die man am Hofe nie gesehen hat – machen auf den König einen enormen Eindruck. Wirklich, der weiße Mann muß eine illustre Persönlichkeit sein!

Für Speke ist dieser Aufenthalt in bester Erinnerung, er ist auf die Jagd gegangen, und mit der ihm eigenen Beobachtungsgabe hat er sich über die Sitten des Landes Notizen gemacht. Für Grant ist die Erinnerung weniger gut. Er hatte eine entzündete Wunde am Bein und mußte deshalb Speke allein weiterziehen lassen. Armer Grant, Traumgefährte, wahrer Sankt Bernhard! Sobald er jedoch wiederhergestellt ist, würde er seinen Freund am Hofe des Königs Mtesa treffen, Herrscher über das Königreich Uganda, höher im Norden, nicht weit von den Ufern des Sees.

Bei dem vom Protokoll vorgeschriebenen Bekleidungsaufwand fühlt sich Speke – mit dem Regenschirm überm Arm, um sich notfalls gegen eine stechende Sonne zu schützen – nicht gerade wohl, er wird aber fürstlich empfangen. Dann richtet er sich am Hofe des

Mtesa ein. Wochen vergehen. Aber wo bleibt Grant? Da ist er, er kommt ... drei Monate später, einigermaßen wiederhergestellt. Nun kann man aufbrechen, zumal Speke während seines Aufenthalts gehört hat, daß ein Wasserlauf nicht weit vom Palast des Mtesa aus dem Nyanza nach Osten hin fließt. Speke gerät in Glut: man muß sich so bald wie möglich an diese Stelle begeben. Speke gerät in Wut: Mtesa will ihn nicht ziehen lassen. Endlich, nach wochenlangem Palaver, am 7. Juli, setzt sich die Expedition in Bewegung. Bald kommen sie an das Nordufer des Sees, da muß man sich wiederum trennen. Grants krankes Bein ist ein Risiko, zu langsam kommt man voran. In vollem Einvernehmen mit Speke zieht er mit dem größten Teil der Karawane nach Norden, auf den Palast Kamrasis zu, des Herrschers von *Unyoro*. Speke dagegen, besessen von seiner Nil-Idee, wendet sich nach Osten und spannt seine Träger bis zur Erschöpfung ein, in der Überzeugung, er werde sehr bald den Fluß entdecken. Seine Gedanken lassen ihn nicht zur Ruhe kommen, unaufhörlich sagt er sich, er müsse recht haben, daß der Victoria Nyanza der Vater des Nils ist.

Und wirklich, Kapitän Speke hat recht gesehen! Was bisher nur eine Eingebung war, aber eine ungewöhnliche Eingebung, erweist sich immer mehr als grundsolide Tatsache. Nur zwei Tage, nachdem er seinen Gefährten verlassen hat, kommt Speke in *Urondogani* an, am Ufer eines Flusses von 500 bis 600 Metern Breite. Der Fluß ist übersät mit kleinen Inseln, auf denen Fischer wohnen, und mit Felsblöcken, auf denen Krokodile sich in der Sonne wärmen. Es ist der Nil!

Er fließt dahin zwischen hohen Ufern, die mit fettem Gras bestanden sind; Nilpferde tauchen unter und kommen schnaufend wieder an die Oberfläche. Im Hintergrund steigen Urwaldbäume aus dem Gebüsch der Bananenstauden, zwischen denen Antilopenherden grasen.

Ein bukolisches, idyllisches, wunderbares Schauspiel, das Speke aus seiner britischen Reserve herauslockt. Schert eure Häupter, ruft er den Trägern zu, und badet euch in diesem heiligen Strom, der Wiege des Moses. Dies ist das Wasser, das man von Ägypten nach Mekka bringt und den Pilgern verkauft.

So, dank dem Willen Gottes, entdeckt an diesem strahlenden Morgen des 21. Juli 1862 John Hanning Speke den Nil.

Den Nil, ja; aber noch nicht seine Quelle! Sie kann indes nicht mehr sehr weit sein. Es genügt, flußaufwärts zu ziehen. Das ist logisch.

Eine Woche geht dahin, da hört die Karawane das Dröhnen von Wasserfällen. Klopfenden Herzens beschleunigt Speke seine Schritte, er und seine Leute beginnen zu laufen.

Und da entdeckt er ein wunderbares Schauspiel, selbst wenn es nicht ganz dem entspricht, was er erwartete, denn eine Hügelkette verdeckt den Blick auf den See. Und die Wasserfälle, vier Meter tief und 150 Meter breit, zerschellen gleichsam auf den Felsbrocken. Aber das kümmert ihn nicht. Stundenlang kann er sich nicht vom Anblick dieses unvergeßlichen Bildes lösen: die Wassermassen, in denen Tausende von Zugfischen gegen die Strömung kämpfen; die Fischer auf den Felsen mit ihren Angelleinen; die Nilpferde und Krokodile, die im Wasser dösen; das Vieh, das man zur Tränke führt; und dann diese wundervolle Landschaft Ugandas, die kleinen Hügel, deren Gipfel mit Gras bewachsen sind; Baumgruppen in den Senken des Geländes, und unten die Gärten.

All das verführt aber Speke nicht zu einem Siegestaumel. Bescheiden dankt er dem Herrn, der ihm an diesem 28. Juli 1862 bietet, was er aus ganzer Seele, mit allen seinen Kräften ersehnte seit dem Tage, an dem er den Victoria Nyanza und sein Südufer entdeckt hat. Fast vier Jahre sind es schon her, es war am 3. August 1858.

Die Expedition hatte also ihr Ziel erreicht. Da ist er, der »Alte Vater Nil« zu Spekes Füßen! Der Victoria Nyanza ist also die große Quelle, die Wiege des heiligen Flusses.

Der Forscher nimmt sich die Freiheit, seiner Entdeckung einen Namen zu geben. Diese Wasserfälle sollen »Ripon Falls« heißen, im Angedenken an den, der damals als Präsident der Königlichen Geographischen Gesellschaft die Schutzherrschaft über die erste Expedition übernahm. Die Wasserenge, aus der der Nil ausströmt, soll »Napoleon Channel« heißen, zum Zeichen der Dankbarkeit gegenüber der Französischen Geographischen Gesellschaft, die nach der Entdeckung des Victoria Nyanza Speke eine Goldmedaille verliehen hatte.

Die Bescheidenheit hat ihre Grenzen. Schon setzt der junge Offizier in Gedanken das Telegramm auf, das er, sobald er in die Zivilisation zurückgekehrt ist, vom ersten Postamt aus nach London schicken wird. Wäre es nicht überhaupt das Einfachste zu telegraphieren: »Nilproblem gelöst«?

Gelöst? Nicht für jedermann, und ganz besonders nicht für Burton.

Am 22. Juni 1863 kommt die Königliche Geographische Gesellschaft zu einer Sondersitzung zusammen, um Speke und Grant zu ehren. Der Saal ist überfüllt. Der Präsident, Sir Roderick I. Murchison, hat Mühe, den beiden Forschern einen Weg zu bahnen. Sie nehmen an seiner Seite Platz: Speke zu seiner Rechten, Grant zu seiner Linken. Jeder liest seinen Bericht vor. Grant erhält Beifall, bei Speke jedoch tobt die Versammlung.

Kaum ist die begeisterte Ovation, mit der er begrüßt wird, abgeklungen, als sich Burton erhebt – und jetzt kommt wirklich der Dämon in ihm zum Vorschein – und beginnt, das Werk seines ehemaligen Gefährten zu zerstören. Sehen Sie, sagt er, all das ist nicht sehr seriös, Speke greift nur Hypothesen auf, die sich nicht aufrechterhalten lassen.

Im Jahre 1858 hat er in Mwanza eine große Wasserfläche gesehen. Gesehen? So kann man es kaum nennen, denn er litt an einer geradezu chronischen Ophthalmie, die er sich während der Expedition zugezogen hatte. Vier Jahre später, mit Grant, hat er eine andere Wasserfläche bemerkt. Und daraus schließt er nun, daß es sich um ein und denselben See handelt! Um seiner Sache sicher zu sein, hätte man von der einen Stelle zu anderen gehen müssen, entlang dem Westufer. Statt dessen hat der Gast Rumanikas seine Zeit damit verbracht, auf die Jagd zu gehen, wenn er nicht Pombe trank, ein dort übliches Bier; und gar nicht zu reden von den Freuden des Harems . . .

Und was den berühmten Wasserlauf betrifft, von dem er behauptet, es sei der Nil – ist es wirklich nur ein Fluß, sind es nicht mehrere? Um sicher zu sein, daß es ein einziger Flußlauf ist, wäre es unbedingt notwendig gewesen, ihn hinabzufahren, von den Ripon-Fällen bis Gondokoro. Speke dagegen hat den größten Teil des Weges – zu Fuß zurückgelegt.

Zwei Seen, drei oder vier Flüsse . . . Das ist das verzwickte Problem, das man je nach Wunsch auslegen kann. Den Geographen liefert Burton Argumente, nach denen Speke ein Phantast ist, und der öffentlichen Meinung Gründe, einem Manne zu mißtrauen, dem man vielleicht zu rasch geglaubt hat. Es ist doch seltsam, bemerkt er: Jedesmal, wenn Speke etwas Besonderes entdeckt, ist er allein. In Mwanza ist Burton nicht dabei, und an den Ripon-Fällen fehlt Grant.

Und so tauchen Zweifel auf, zumal da Burton einen Verbündeten gefunden hat, und was für einen Verbündeten! Es handelt sich ganz einfach um den großen Livingstone. Was der sagt, das ist kategorisch. Der an den Ripon-Fällen entdeckte Fluß ist nicht breit genug, als daß es der Nil sein könnte. Im übrigen ist das von geringer Bedeutung, denn Speke stand geradezu mit dem Rücken gegen die echten Nilquellen. Diese müssen sich im Süden des Victoriasees befinden, südlich vom Äquator. An Livingstone zweifeln? Genau so könnte man an der Bibel zweifeln . . .

Länger als ein Jahr kreuzen Anhänger und Gegner die Waffen. Man könnte meinen, man sei in einen Wahlkampf verwickelt. Ein Streitgespräch soll im September 1864 in Bath stattfinden. Speke, der kein Debattenredner ist, zeigt sich wenig begeistert; aber schließlich ist er sich seiner Sache sicher, er hat Vertrauen, er wird sich zur Wehr setzen.

Burton dagegen bereitet sich sehr sorgfältig und mit größtem Vergnügen darauf vor, er liebt die Kontroverse.

Man munkelt, Burton sei entschlossen, einen Coup zu landen. Er wolle eine Landkarte herstellen, die zeigt, daß der Rusisi sich nicht in den Tanganjikasee ergießt, sondern in einen anderen See westlich des Victoria Nyanza. Und dieser See, der Luta Nzige, von dem übrigens Grant und Speke gehört haben, soll der Quell eines Wasserlaufs sein, der nach Gondokoro hin fließt. Das wäre er, der wahre Nil. Außerdem soll es noch eine zweite Quelle geben, einen anderen See, den Baringo, der sich in der Gegend von Kenia und des Kilimandscharo befindet, Ursprung des Ashua-Flusses. Und der Victoriasee, was wird aus ihm auf Burtons Karte? Nun ja, man nimmt einfach an, daß er existiert!

Burtons Parteigänger sehen nicht so aus, als ob sie sich um diese Extravaganzen und um diese Sinnesänderungen Sorgen machten, zumal ihr Anführer auf alles eine Antwort hat. Der Rusisi fließt geradewegs nach Norden, hatte Burton nicht das Gegenteil behauptet? ... Warum auch nicht? Er hatte diesen Rusisi nicht gesehen und Speke auch nicht, denn der eine war halb gelähmt, und der andere taub und blind; die Eingeborenen hatten sie auf falsche Fährte geführt.

In solcher Atmosphäre der Widersprüche und des Mißtrauens findet also am 16. September die berühmte Sitzung statt. Alles strömt herbei. Die Freunde Burtons und Spekes sind allesamt anwesend. Selbstverständlich ist auch Sir Roderick da.

Man wartet nur noch auf Speke.

Speke kommt nicht.

Ein Freund Burtons kommt mit einer Nachricht. Burton wird bleich.

Man teilt ihm mit, daß Speke nicht mehr am Leben ist. Am Tag zuvor ist der Unglückliche bei einem Jagdunfall umgekommen.

Kein Wort mehr über den Nil. Was hätte man auch sagen sollen? Speke konnte kein Geheimnis ins Jenseits mitnehmen. Er hatte alles gesagt, ganz aufrichtig.

Für die Geographen aber, für die große Öffentlichkeit, scheint das Problem des Nils keineswegs gelöst.

2. Kapitel

JEDEM SEINEN NIL

Seit der ersten Expedition Burtons und Spekes hatte man den Eindruck, einer großartigen Theateraufführung beizuwohnen. Ein Höhepunkt war dem anderen gefolgt, bis zu dem Augenblick, als Speke auf dem Gipfel des Ruhms von Burton in perfider Weise angegriffen wurde und nach und nach an Boden verlor. Das ausgefallene Streitgespräch und die tragische Jagdpartie hatten das Interesse aufs höchste gesteigert.

Wer konnte jetzt eine Antwort geben auf die Fragen, die man sich stellte?

Samuel Baker – der sich zu dieser Zeit aber im innersten Afrika der großen Seen befinden mußte und von dem man auch keinerlei Nachricht hatte. Denn er war es, der sich der Sache angenommen hatte, als er, von Khartum kommend, in Gondokoro Speke und Grant auf dem Rückweg von ihrer Expedition getroffen hatte. Das war schon ein unvergeßlicher Augenblick, denn Speke und Baker waren alte Freunde. Welch eine Freude, so unerwartet wieder zusammen zu sein.

Man stelle sich diese Begegnung vor . . . Gerade hat man Baker mitgeteilt, daß zwei Weiße in Gondokoro angekommen seien. Und wenn es Speke und Grant wären? Tatsächlich, sie sind es wirklich. Auf 100 Meter Entfernung hin erkennt Baker seinen alten Freund Speke. Der schwenkt seinen Hut, schreit hurra, und der getreue

Grant macht es ihm nach. Baker eilt ihnen entgegen. Grant ist völlig zerlumpt; aus dem, was einmal eine Hose war, schauen seine Knie hervor. Speke steckt in schlotternden Hosen, die von Hosenträgern gehalten werden, und Baker lächelt, denn er weiß, daß sein Freund immer ein Mißtrauen gegen Gürtel hatte. Beide sind schrecklich abgemagert, ihre Bärte überwuchern geradezu ihre Gesichter, ihre Augen leuchten fiebrig: in ihrem Blick aber haben

die beiden Heimkehrenden die Flamme, die ihnen seit Sansibar Lebenskraft gegeben hat.

Speke und Baker sind bei diesem Wiedersehen so tief bewegt, daß ihnen die Worte fehlen. Und wieviel haben sie sich doch zu erzählen! Baker erfährt von den Ergebnissen der langen Expedition Spekes und Grants.

»Lohnt es sich dann überhaupt noch«, fragt er die beiden nachdenklich, »daß ich meine Reise fortsetze, wenn die Quellen des Nils bereits entdeckt sind? Kann man da noch Lorbeeren ernten?« Bestimmt, so müssen sie ihm antworten, denn sie haben von einem anderen See gehört, dem Luta Nzige, der im Westen des Victoria Nyanza liegen soll; auch der ist ein riesiger See, wie die Eingeborenen berichten. Aber sie haben das noch nicht nachprüfen können, denn sie wollten nur noch eins, nämlich ihr Abenteuer abschließen. So blieb eine Frage offen: Konnte dieser Luta Nzige nicht eine weitere Nilquelle sein?

Was für ein Mensch war dieser Baker, der von jetzt an die Hauptrolle spielen würde?

Wie der um sechs Jahre jüngere Speke ein großer Jäger, war Samuel Baker einer dieser Männer mit Pioniergeist, wie sie das Victorianische Zeitalter hervorbrachte, und es war für ihn schicksalhaft, daß das Problem des Nils auf ihn einen unwiderstehlichen Reiz ausübte. Von Natur aus war er ein Abenteurer. Er stammte aus einer vermögenden Familie und verfügte über finanzielle Mittel, die seinen Vorgängern gefehlt hatten. So konnte er diese Expedition aus eigener Tasche auf die Beine stellen. Dieser kräftige, blonde, blauäugige Engländer, mit ungewöhnlicher Energie und ausgeprägtem Organisationstalent begabt, hatte alle notwendigen Eigenschaften, um sich mit dem unerbittlichen Afrika zu messen. Begleitet wurde er – ein ungewöhnlicher Fall – von seiner Frau, einer sehr schönen und sehr distinguierten Ungarin, fünfzehn Jahre jünger als er.

Seit ihrer Abreise von Gondokoro* klappt jedoch nicht alles nach Wunsch. Es fehlt an Trägern, und die Bakers kommen nur langsam voran, zu langsam, wie es ihnen scheint. Erst neun Monate später kommen sie endlich in Unyoro, am Hofe des Kamrasi an. »Wo ist denn dieser Luta Nzige?« fragt Samuel Baker. Kamrasi stellt sich taub, er hält die Forscher unter diesem oder jenem Vorwand zurück. Ihm geht es darum, möglichst viele Geschenke herauszuschlagen. Eines Tages erklärt der Herrscher, Madame Baker solle bei ihm bleiben. Da greift Baker nach seinem Revolver, zielt auf Kamrasi, während seine Frau ihm entrüstet eine Moralpredigt hält,

* Siehe Karte 2, Seite 27

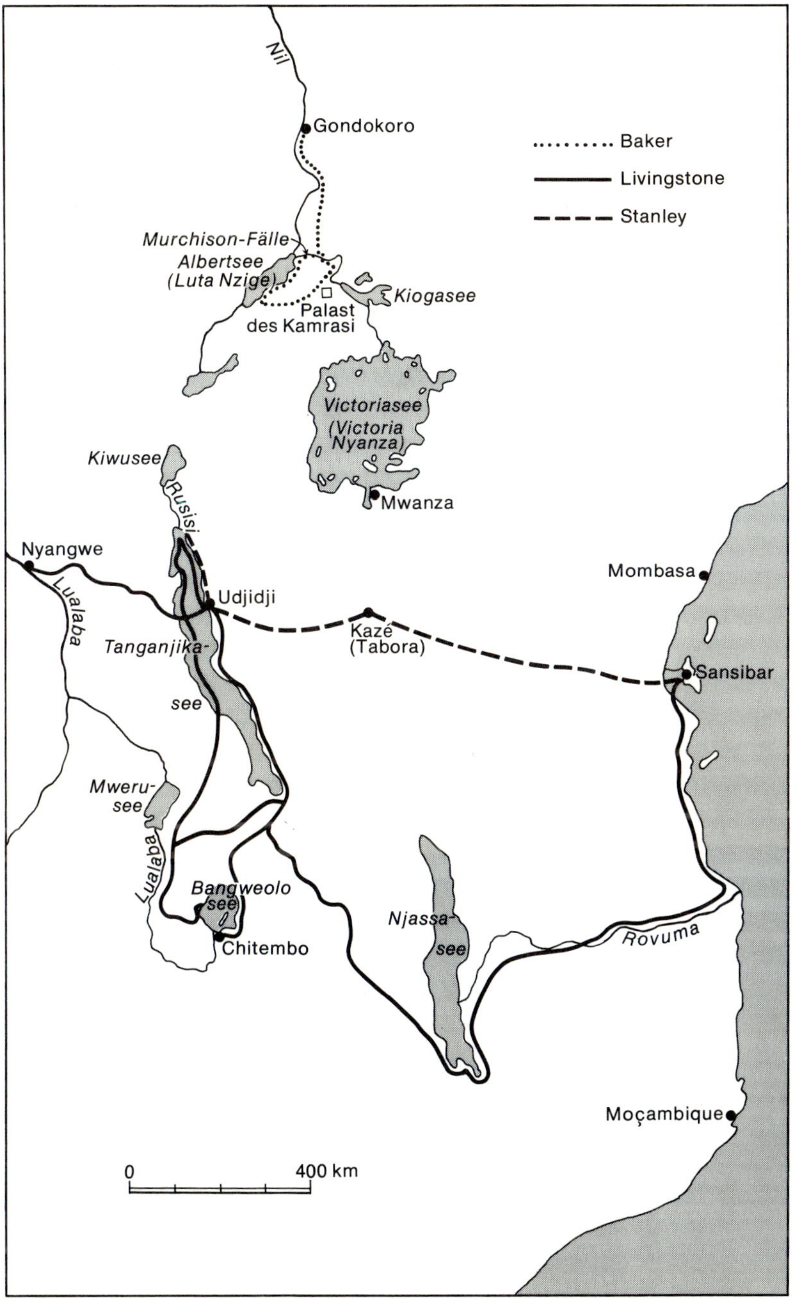

Karte 2: Die Routen von Baker und Livingstone; und die von Stanley bei seiner Suche nach Livingstone.

auf arabisch, in einer Sprache, die er übrigens nicht versteht. Das sichere Auftreten der Bakers macht Kamrasi nachgiebig, und die Karawane zieht weiter.

Aber sie muß mit noch mehr Schwierigkeiten fertig werden, denn das Gelände ist sumpfig, nur mit größter Mühe kommt man voran. Dann ereignet sich ein ernster Zwischenfall: Frau Baker erleidet einen schrecklichen Sonnenstich. Sie wird auf einer Bahre getragen, zwei Tage lang bleibt sie bewußtlos, dann fängt sie an zu phantasieren. Endlich kommt sie wieder zu sich und erkennt ihren Mann. Der teilt ihr mit, daß die Karawane inzwischen, obwohl sie zwei Tage hatte rasten müssen, um wieder zu Kräften zu kommen, bereits im Gebiet des berühmten Luta Nzige angelangt ist.

Und wirklich, am 14. März 1864 entdecken Samuel und Florence Baker von einem Hügel aus eine ausgedehnte Wasserfläche. Die Mittagssonne läßt das Wasser glitzern, man könnte meinen, es sei ein Quecksilberspiegel, der nach Süden und Südwesten hin sich in der Weite verliert. Im Westen, etwa einhundert Kilometer entfernt, erheben sich blaue Berge mehr als 2000 Meter hoch in einen wunderbar klaren Himmel.

Baker und seine Frau genießen diesen Augenblick des Triumphes, diesen schönsten Lohn für so viele Jahre voller Mühen und Leiden, für Fieberanfälle und Gefahren. Lange betrachten sie die unermeßliche Wasserfläche, dieses Wasser, das Ägypten ernährt und den Reichtum dorthin bringt, wo ohne es nur Hoffnungslosigkeit wäre. Dann schaut Baker zum Himmel, um dem Herrn zu danken dafür, daß er ihn, sein demütiges Geschöpf, zu den Quellen des Nils geführt habe. Ihm also war es vergönnt, den Schleier von einem Geheimnis zu ziehen, das vor ihm den größten Forschern entgangen war.

Ein Weg führt hinab zum See. Florence Baker stützt sich auf die Schulter ihres Mannes, sie geht nur langsam, bleibt immer wieder stehen. Der Weg nimmt kein Ende. Auf einem grasbewachsenen Uferweg gelangen sie schließlich an einen kieselbedeckten Strand, an dem die Wellen zur Ruhe kommen. Hier läßt Samuel Baker zum ersten Mal seine Frau los. Blaß, erschöpft, von zwei Trägern gestützt sieht Florence, wie ihr Mann sich in den See stürzt, mit beiden Händen das Nilwasser schöpft und es gierig an seine Lippen führt.

Baker und Speke sind mehr als Freunde, sie sind Brüder. Sind ihre Reaktionen nicht die gleichen? Die gleiche Begeisterung angesichts ihrer Entdeckungen, die sie schwärmerisch feiern; die gleiche Bescheidenheit; das gleiche Gefühl der Dankbarkeit. Ihre Ähnlichkeit geht soweit, daß sie, jeder für sich, einen riesigen See entdecken, der die Quelle eines Flusses ist – des Nils. Denn Baker hat später einen Wasserlauf entdeckt, der aus seinem See nach Norden hin fließt. Aber wieder verhalten sich beide Forscher gleich: Baker macht auch nicht die Runde um den See – den er zu Ehren des Prinzgemahls Albertsee tauft – er verfolgt nur den Lauf seines Nils bis nach Gondokoro.

Wo also liegt die Wahrheit? Wenn es sich wirklich um den Nil handelt, welche ist dann wirklich die Quelle: Spekes Victoria Nyanza oder Bakers Albert Nyanza?

Nun ist gar nichts mehr klar, und Sir Roderick I. Murchison, der sich um die Geschichte mit dem Nil entschieden zu viele Gedanken macht, kündigt in einer Sitzung der Königlichen Geographischen Gesellschaft nach einer Lobrede auf Speke an, daß er nun Livingstone bitten werde, sich nochmals nach Zentralafrika zu begeben, in diese Gegend der großen Seen, ganz besonders aber in das Gebiet des Tanganjikasees.

Der gefeierte Missionar und Forscher wird zusagen, da er überzeugt ist, die Lösung des Problems müsse in der Gegend des Tanganjikasees gesucht werden. Aus diesem See fließe der berühmte Rusisi-Fluß, der sich dann nach Norden wendet und schließlich in Bakers Albertsee münde. Mit anderen Worten: der Victoria Nyanza Spekes wäre dann nicht mehr der Vater des Nils.

Am 28. Januar 1866 kommt der schottische Missionar in Sansibar an. Drei Monate später landet er an der afrikanischen Küste. Wenig später erreicht er den Rovuma-Fluß. An diesem Tag beginnt eine abenteuerliche Fahrt, sie wird sieben Jahre dauern.*

Und sie fängt schlecht an. Schon beim Aufbruch hat die Karawane Verluste. Livingstone kümmert sich nicht um die Mißlichkeiten, nicht einmal der Verlust seiner Medizinvorräte kann ihm etwas anhaben. Livingstone geht seinen Weg, den Tropenhelm auf dem Kopf, seinen Blick starr auf den Horizont gerichtet, den Stock in der Hand. Zu Beginn des Monats August kommt er an das

* Siehe Karte 2, Seite 27

Südufer des Njassasees. Er umrundet den See und erreicht den Tanganjikasee an seiner Südspitze. Um sein Unternehmen fortzusetzen, braucht er Träger, aber die Sklavenhändler weigern sich, ihm welche zu stellen. Was hilft's, er zieht weiter, diesmal in westlicher Richtung, hin zum Fluß Lualaba. Vom Nil ist nichts zu sehen.

Livingstone ändert die Richtung, er dringt nach Süden vor, entdeckt den Bangweolosee, dann kehrt er zurück zum Tanganjika-

see. Im März 1869 kommt er in Udjidji an, in bedauernswertem Zustand, von der Malaria ausgehöhlt; seit langem hat er kein Chinin mehr. Trotz allem bricht er von neuem auf, nach Westen zum Lualaba hin, den er schließlich mit dem Nil identifiziert. Er kommt nach Nyangwe, aber er ist am Ende seiner Kräfte, seine Gesundheit ist unübersehbar geschwächt. Einzig und allein die Bibel, die er immer wieder gelesen hat, hat ihm Halt gegeben. Dann muß er kehrt machen, wieder zurück in Richtung Udjidji.

Es sind jetzt Jahre her, daß David Livingstone von Sansibar aufgebrochen ist. Man glaubt ihn verloren, gefangen von arabischen Händlern, krank, sehr krank, vielleicht sogar tot . . .

In Europa macht man sich Sorge um sein Schicksal. Im Oktober 1869 ist James Gordon Bennett junior, Direktor des New York Herald in Paris, entschlossen, die Mauer des Schweigens zu durchbrechen. Er schickt einen jungen, 28jährigen Reporter auf die Suche: Henry Morton Stanley. Schickt? Wie man's nimmt. Man bittet den jungen Journalisten (zweifellos damit sich die so kostspielige Expedition lohnt), unterwegs der Eröffnung des Suezkanals beizuwohnen, dann den Nil hinaufzufahren, wovon er sicherlich Reportagen schicken könne. Dann soll der junge Reporter nach Jerusalem und von dort nach Konstantinopel reisen, die Krim und das Kaspische Meer besuchen, und durch Persien nach Indien vorstoßen. »Also«, so schloß James Gordon Bennett, »schiffen Sie sich nach Afrika ein, dringen Sie in das Innere vor und suchen Sie Livingstone, bis Sie ihn gefunden haben.«

25 Monate, nachdem er das Büro seines Direktors verlassen hat, findet Stanley Livingstone!

Von Sansibar aus hat er den gleichen Weg wie Burton und Speke eingeschlagen. Mit dem Spürsinn des Journalisten gelangt er nach Udjidji. Am 10. November 1871 kommt er dort an, unter flatternden Fahnen und dem Lärm von 50 Gewehrschüssen. Diese Demonstration tut ihre Wirkung. Die Menge, die ihm entgegendrängt, brüllt »Yambo, yambo«, das heißt »guten Tag, Gebieter.« Er geht durch die Menge der Neugierigen hindurch und bemerkt inmitten von Arabern einen alten Mann mit halbergrautem Bart und weißen Schläfen, bleich sieht er aus und müde. Er trägt eine graue Hose, eine rote Jacke, eine blaue Mütze mit Goldtresse.

Stanley weiß nicht, was er tun soll, sein Herz schlägt ihm bis zum Hals. Er möchte sich auf den Missionar stürzen, ihn umarmen. Aber die Menge stört ihn, auch weiß er nicht, wie der alte Mann ihn empfangen würde. Dann geht er voller Würde auf ihn zu, nimmt den Hut ab und sagt nur: »Doktor Livingstone, I presume – wenn ich nicht irre.«

»Ja«, antwortet dieser, und zieht mit freundlichem Lächeln die Mütze. Und Stanley, indem er seinen Hut wieder aufsetzt: »Ich danke Gott, Doktor, daß er es mir gegeben hat, Sie zu finden.«

Und Livingstone, indem er seine Mütze aufsetzt: »Ich bin glücklich, Sie hier empfangen zu können.«

Livingstone führt Stanley in die Veranda, hier fragt er ihn, was sich denn in der Welt seit seiner Abreise zugetragen habe. Bei einer Flasche Champagner reden die beiden Männer und reden, Stunde um Stunde. »Sie haben mich dem Leben wiedergegeben, Sie haben mich dem Leben wiedergegeben«, sagt der Missionar immer wieder. Und er, der sich darüber beklagte, nicht mehr als eine Tasse Tee zu vertragen, bekommt plötzlich wieder Appetit.

Am folgenden Tag teilt Stanley Livingstone mit, daß die New York Herald ihn auf die Suche geschickt habe. Der Doktor ist tief gerührt. An diesem Tag entsteht zwischen diesen beiden Männern eine tiefe, sehr tiefe Zuneigung, sie stehen sich gegenüber wie Lehrer und Schüler. Am Tag zuvor war Livingstone für Stanley nur Stoff für einen Zeitungsartikel. Heute erkennt der junge Reporter in dieser Begegnung die Hand einer gütigen Vorsehung.

Unter den Palmbäumen in Udjidji gehen die Tage dahin, es sind glückliche, friedliche Tage. Livingstone ist dabei, Pläne zu schmieden. Es gelingt ihm, Stanley zu überzeugen, mit ihm gemeinsam den nördlichen Teil des Tanganjikasees zu erforschen, um festzustellen, ob aus diesem See ein Wasserlauf komme, der der Nil sein könnte.

Die beiden Forscher verlassen Udjidji am 14. November; 28 Tage später kehren sie zurück. Etwa 500 Kilometer haben sie zu Boot den See umfahren und festgestellt, daß der Rusisi nur ein spärlicher Wasserlauf ist, der in den Tanganjikasee an seiner Nordspitze mündet und nicht herausfließt, wie Burton vermutet hatte. Eine Sache war also klar.

Jetzt macht Livingstone sich auf den Weg zum Lualaba. Sein Traum soll in Erfüllung gehen, ein Traum, der von nun an gleichsam mystische Bedeutung annimmt: die Entdeckung der Quellen des heiligen Stromes.

Um diese Mission zu einem guten Ende zu führen, braucht man Träger und Vorräte. Man könnte sie, wie der englische Konsul in

»Doktor Livingstone, nehme ich an.«

Sansibar versprochen hat, in Kazé finden. Dort aber sind die Kassen leergeplündert. Die beiden Forscher, die seit Udjidji zusammengeblieben waren, beschließen, daß Livingstone in Kazé bleiben wird, indes Stanley in Sansibar alles Notwendige tut, bevor er sich aufs Schiff nach England begibt.

Die Stunde der Trennung ist gekommen. Der Meister und der Schüler verzögern sie von Tag zu Tag, der Abschied fällt ihnen schwer. Endlich, am 14. März, ist es soweit . . .

»Leben Sie wohl, Doktor, lieber Freund.«

»Leben Sie wohl.«

Aber es fällt Stanley schwer, seinen Blick von Livingstone zu lösen. Ihm ist, als müsse er die Züge des Missionars seinem Gedächtnis für immer einprägen.

Nach sechs Wochen kommen die Träger, die Stanley geschickt hatte. Livingstone macht sich auf den Weg, sein Ziel ist der Bangweolosee, den er einige Jahre vorher entdeckt hatte. Ende April 1873 gelangt er an die Südspitze des Sees, den er in der Hoffnung umrundet, einen Nebenfluß zum Lualaba zu finden, der, nachdem er den Bangweolosee durchflossen hat, vielleicht bis zu dem von Baker erkundeten Albertsee verläuft. Mit anderen Worten: der Lualaba wäre dann die Quelle des Nils, davon ist Livingstone mehr und mehr überzeugt.

Doch ihm wird es nicht mehr gelingen, das Rätsel zu lösen. Sein Gesundheitszustand wird immer schwächer, er ist erschöpft von Malaria und Ruhr und fast zu einem Skelett abgemagert. Hinzu kommt, daß das Wetter scheußlich ist, es regnet unaufhörlich wie ein Monsun-Regen. Livingstone ist so geschwächt, daß er nur zwei Stunden am Tag gehen kann, bald überhaupt nicht mehr. Er versucht, auf einen Esel zu steigen, aber er kann sich nicht festhalten. Also trägt man ihn auf einer Art Bahre. Dann ist er am Ende seiner Kräfte und muß in einem kleinen Dorf mit Namen Chitembo anhalten. Livingstone kann nicht weiter.

Eines Morgens gegen 4 Uhr betreten seine Diener die Hütte. Eine Kerze, die auf dem Tische klebt, brennt noch. Das Bett ist leer.

Ihr Herr kniet vor seinem Bett, das Gesicht in den Händen auf dem Kopfkissen, er scheint zu beten. Die Diener stutzen. »Ich fürchte, er ist tot, er bewegt sich nicht«, sagt einer von ihnen. Er geht auf ihn zu und legt sanft seine Hand auf Livingstones Wange. Der Körper ist schon fast kalt. Die Diener legen ihn ehrfürchtig auf sein Bett.

An diesem Morgen des 1. Mai 1873 ist ein großer Mensch dahingegangen, ein Missionar, ein Forscher, ein Evangelist, Symbol für die Befreiung eines Kontinents, den er leidenschaftlich geliebt hatte.

Indessen ist Stanley nach Europa zurückgekehrt, wo ihn der Ruhm erwartet. Und wie es bei einem Menschen, der berühmt geworden ist, nun einmal so ist, plötzlich erfährt man alles über ihn.

Daß er 1841 in Wales geboren wurde, sein Vater Rowlands hieß und sich überhaupt nicht um seinen Sohn kümmerte; daß seine Mutter ihn im Stich ließ, er eine schreckliche Jugend erlebte und lange Jahre hindurch kein anderes Heim als das Armenhaus hatte; daß er nacheinander Schäfer, Lehrer, Lehrling bei einem Metzger, Schiffsjunge in Liverpool war; daß er auf einem Schiff nach New Orleans kam und ihn dort ein Kolonialwarenhändler als Lehrling aufnahm; daß dieser Kaufmann bald eine Zuneigung zu dem Jungen verspürte, ihn wie einen Adoptivsohn behandelte und ihm seinen Namen gab: Henry Morton Stanley; daß er am Sezessionskrieg als Soldat, später als Matrose teilnahm; daß er dann nach Europa zurückkehrte, um seine Mutter wiederzusehen, die ihn aber fast verleugnete, weil er seinen Namen geändert hatte; daß er nach Syrien reiste, dort von Straßenräubern gefangengenommen wurde, seine Abenteuer erzählte, sich als literarisches Talent erwies; daß er Reporter wurde und ihn zwei amerikanische Zeitungen mit dem Auftrag losschickten, eine Campagne gegen Rothäute zu verfolgen; daß ihn auf Grund dieser Reportagen der New York Herald mit einem Jahresgehalt von 20000 Franken verpflichtete; daß er dann als Korrespondent nach Abessinien ging, wo die Engländer einen Feldzug gegen den Kaiser unternahmen; daß er sich als gerissener Journalist mit großer Begabung erwies, der es bewundernswert verstand, die Aufmerksamkeit der Öffentlichkeit zu erregen; und daß ihm daraufhin Gordon Bennett den Auftrag gab, sich auf die Suche nach Livingstone zu begeben.

Überall beschäftigte man sich jetzt mit seinem Aussehen und seinem Charakter. Er ist klein, die Schultern sind eckig, sein Körper eher schmächtig – nie würde man ihn für einen unermüdlichen Marschierer halten. Sein Haar ist schon ganz weiß, ebenso sein Schnurrbart, sein Blick ist fest und sanft zugleich, darin drückt sich Entschlußkraft oder auch ein träumerisches Wesen aus. Er ist mit ungewöhnlicher Energie ausgestattet und einer eisernen körperlichen Konstitution. Er versteht es, seine Gefühle zu beherrschen, seinem Gesicht eine Maske von Gleichgültigkeit zu geben, es sei denn, er erzählt von seinen Abenteuern. Dann drückt er sich gewandt, lebhaft, humorvoll und oft recht ungezwungen aus. Kurz, er ist ein außergewöhnlicher Mensch, den im übrigen eine tiefe Religiosität erfüllt. In seinen Briefen und Berichten dankt dieser Protestant immer dem Herrn dafür, daß er ihn geführt, in seiner Schwäche gestützt und ihn auserwählt hat, »einen Teil seines Werkes der Barmherzigkeit zu erfüllen, indem er Afrika dem

Evangelium Christi und zu gleicher Zeit der europäischen Zivilisation erschließt«.

So ist der berühmte Stanley.

Wird es ihm gelingen, die Sache mit dem Nil völlig aufzuhellen?

3. Kapitel

VENI, VIDI, VICI...

Als Stanley im April 1874 von einem militärischen Unternehmen im Golf von Guinea, an dem er als Korrespondent teilgenommen hat, nach London zurückkommt, erfährt er, daß man Livingstones Leichnam nach England gebracht hat.

Die treuen Diener des Missionars haben den Körper ihres Herrn in der Sonne austrocknen lassen. Sie wickelten ihn in Kattun und legten ihn in Baumrinde, dann nähten sie den Toten in eine Zeltleinwand. Mit ihrer kostbaren Last erreichten sie die Küste, unter tausend Gefahren erwiesen sie dem Manne, den sie verehrt hatten, in rührender Treue die letzte Ehre.

Stanley nimmt an den Trauerfeierlichkeiten für seinen großen Freund teil. Er hält einen der Zipfel des Bahrtuchs und begleitet den Toten zur Westminster-Abtei, wo Livingstone beigesetzt wird. Mit Trauer sieht er, wie der Sarg in die Gruft hinabgelassen wird, er hört, wie die erste Hand voll Erde auf den Sarg fällt, da geht er weg, in Gedanken versunken. Sein Entschluß ist gefaßt, er wird die Mission des großen Mannes fortsetzen, er wird die Entdeckungen, welche die ersten Forscher in Ostafrika gemacht haben, ergänzen, er wird das Problem des Nils lösen.

Voller Ungeduld, das neue Werk zu beginnen, erwirbt Stanley 130 Bände, die von der Geographie und der Erforschung Afrikas handeln. Tag und Nacht verschlingt er die Bücher, er zeichnet die

Routen ein, notiert seine Ideen, legt eine Liste aller Gegenstände und Instrumente an, die er braucht, um die geographische Lage der Orte festzulegen. Erfüllt von dieser Aufgabe kommt er eines Tages in das Geschäftshaus des Daily Telegraph. Der Chefredakteur der Zeitung stellt ihm die Frage, auf die er gehofft hatte:

»Können und wollen Sie das Werk Livingstones vollenden?«

Aber sicher! Noch muß er James Gordon Bennett fragen, was der davon hält. Und man schickt an den New York Herald ein Telegramm:

»Wäre Herr Bennett bereit, zusammen mit dem Daily Telegraph Stanley nach Afrika zu schicken, damit er die Entdeckungen Spekes, Burtons und Livingstones weiterführt?«

Es vergehen keine 24 Stunden, da ist die Antwort in zwei Worten gegeben:

»Ja – Bennett.«

Am 15. August 1874 geht Stanley aufs Schiff nach Sansibar, mit einem zerlegbaren Boot, drei jungen Engländern, vier Hunden, dem notwendigen Material, mit Vorräten, Geldspenden und unendlich vielen Geschenken, die ihm vor der Abreise gemacht wurden: Reisenécessaires, Schreibzeug, Bibeln und kleine Gebetbücher.

Am 21. September kommt die Insel in Sicht, und angesichts dieser Ufer empfindet Stanley das gleiche Vergnügen wie damals, vor mehr als drei Jahren, als er sie entdeckte.

Die tiefblauen Wipfel der Palmen, das ölglatte Meer, über das sich der Federbusch der Kokospalmen neigt, die hitzeflirrende Luft, das fast geheimnisvolle Schweigen der üppigen Natur, die Düfte aus einem Boden im ewigwährenden Frühling. All das bewegt den großen, so gar nicht blasierten Reisenden von neuem tief.

Vom Deck seines Schiffes aus entdeckt er jetzt die helle Silhouette Sansibars, die ihm so vertraut ist. Er erkennt die niedrigen Häuser aus Lehm und die großen viereckigen kalkweißen Gebäude. Je mehr das Schiff sich dem Lande nähert, kann er deutlich den Palast des Sultans, die Häuser der Konsuln, die Wohnstätten der Kaufleute unterscheiden. Und über all das ragen die Minarette der Moscheen in den blaßblauen Himmel.

Achtzig Meter vom Strand entfernt wird der Anker geworfen.

Sofort fahren Barken auf den Dampfer zu, die Ruderer sind weiß gekleidet und tragen rote Mützen. Europäer sitzen im Heck. Ungeduldig stürmen sie das Schiff, sie wollen Neuigkeiten erfahren, vom Kapitän die Briefe und Geschenke haben, die ihre Freunde ihnen mitgeschickt haben. Ihnen folgen fröhlich Einheimische, schwarze, gelbe, braune, in langen Kattungewändern. Im Handumdrehen sind sie auf der Brücke, und was sie sagen und fragen wollen, schreien sie auf arabisch oder kisuaheli. Es werden immer mehr – ein wahres Babel, in dem Arabisch, die Sprache des Suaheli, Englisch, Französisch sich mit Hindi und vielleicht sogar mit Persisch vermischen.

Stanley entflieht diesem Vogelhaus, er besteigt eine Schaluppe und begibt sich zu dem englischen Agenten, der ihn mit Kind und Kegel empfängt.

Schon am nächsten Morgen ist Stanley in der Stadt, um die nächste Fahrt in die Wege zu leiten. Er findet ein Sansibar wieder, das sich seit seinem letzten Besuch kaum verändert hat. Eines jedoch ist bemerkenswert: Der Sklavenmarkt existiert nicht mehr. Vielleicht ist es Livingstone zu verdanken, daß der Sultan diese Einrichtung abgeschafft hat. Sonst aber ist es wie immer in dieser Stadt; das gleiche Leben, die gleiche Betriebsamkeit.

Kräftige Lastenträger, halbnackt, gehen durch die Händlergassen, beladen mit großen Ballen Kaliko, mit bunten, gestreiften, fransenbesetzten, karierten Stoffen; mit Taschentüchern und roten Käppchen; mit Säcken voll bernsteingelben, grünen, weißen, blauen, kleinen und großen, runden und ovalen Perlen. In den Läden liegen Pakete, Ballen, Kisten durcheinander, wird herumgekramt im Lärm von Hammerschlägen, Fragen und Antworten, Schreien, Keuchen. Der Schweiß rinnt von den Körpern, die Träger wischen sich das Gesicht und gehen mit gleichmäßigem Tempo weiter, bahnen sich gewaltsam einen Weg in diesem Straßengewimmel, rempeln andere Träger an, die Elfenbein, Kopal, Felle, Parfums mit sich führen . . .

Ja, Sansibar ist sich gleichgeblieben. Und der Reporter, der für eine gewisse Zeit an die Stelle des Forschers tritt, notiert in sein Heft: »Sansibar – Großmarkt = Bagdad, Isfahan oder Stambul.«

Jetzt aber kommt wieder der Forscher zu Wort. Und er handelt auch. Welche Pläne hat er?*

Zuerst den Victoriasee zu umrunden, um festzustellen, ob es sich um eine einzige Wasserfläche handelt, wie Speke behauptet hat, und um zu erkunden, ob die Ripon-Wasserfälle der einzige Abfluß sind. Dann den Tanganjikasee zu erforschen, um zu sehen, ob daher ein Wasserlauf kommt, welcher der Nil sein könnte; danach wüßte man, was Burtons Theorien wert sind. Und schließlich hatte er Livingstones Werk fortzusetzen und die Sache mit dem Lualaba zu klären. Um dieses Ziel zu erreichen, wird er ein Boot nehmen und den Fluß bis zu seiner Mündung hinabfahren.

Das ist ein außerordentlich ehrgeiziges Programm, doch es hat den Zuschnitt seines Urhebers, der vielleicht das berühmte »veni, vidi, vici« eines römischen Eroberers im Kopf hat, den das Problem der Nilquellen auch gequält hatte.

Der »General« Stanley verläßt Sansibar Mitte November mit seiner Mannschaft. Es ist eine Expedition in amerikanischem Stil, gut vorbereitet, mit vielen Teilnehmern, entschlossen, rasch zu handeln. Tatsächlich kommt der Trupp dreieinhalb Monate später am Victoriasee an. Sicherlich, unterwegs gibt es Verluste. Edward Pocock, einer der weißen Helfer Stanleys, stirbt an Typhus, und mehr als ein Drittel der Träger fällt durch Krankheit aus, oder sie desertieren oder fallen im Kampf mit den Eingeborenen. Jetzt aber setzt die Arbeit ein, in Kaghehji, im Süden des Sees, nicht weit von Mwanza, wo 16 Jahre vorher Speke eine große Wasserfläche entdeckt hatte, die, wie er meinte, der Ursprung des Nils sei.

Stanley verliert keine Zeit. Die Überlebenden seiner Blitztour läßt er dort zurück, er selber geht an Bord der »Lady Alice«, dem von ihm selbst erfundenen zerlegbaren Schiff. Mit ihm sind elf seiner besten Leute und ein ortskundiger Führer. Von Abenteuersucht angestachelt, nimmt er Kurs nach Osten. Es ist ein wohlüberlegtes Abenteuer, das ihn zunächst zu den Ripon-Fällen und bald darauf zu König Mtesa führt. Dessen Schutz braucht er, wenn er seine Forschungsreise in Uganda durchführen will.

Es ist nicht eine simple Seeüberfahrt, was Stanley jetzt vorhat. Mit wissenschaftlicher Genauigkeit fährt er am Ostufer des Victoria Nyanza entlang, dringt in die kleinsten Buchten vor, um sich zu

* Siehe Karte 3, Seite 41

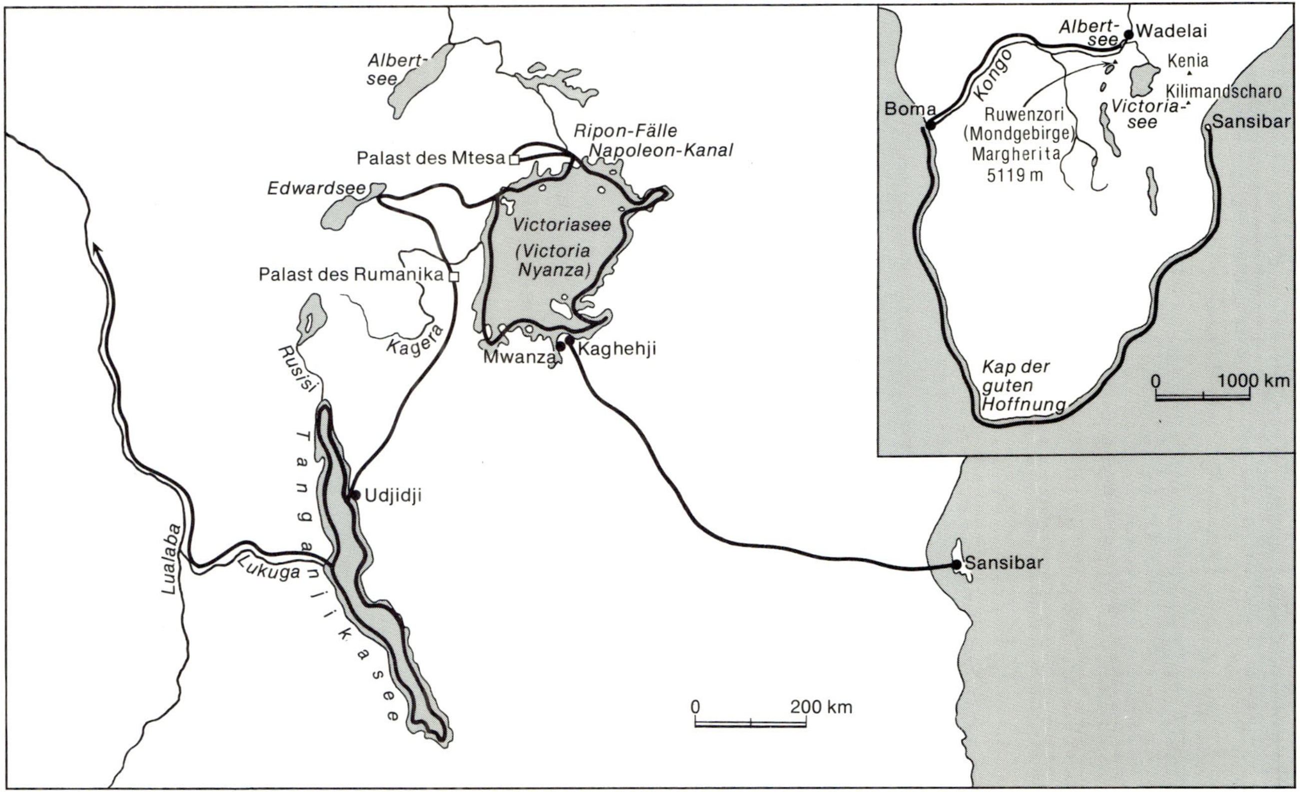

Karte 3: Die Routen von Stanley. Als Ausschnitt: Sein Weg auf der Suche nach Emin Pascha.

vergewissern, daß keine Verbindung zu anderen Seen im Osten besteht, deren Existenz man vermuten konnte. So geht er sehr genau vor, man benützt die Segel, die Paddel, und bald gelangt der Trupp zu Kapitän Spekes Ripon-Fällen. Ein furchtbarer Sturm wäre ›Lady Alice‹ beinahe zum Verhängnis geworden, und außerdem sind zwei wilde Angriffe eingeborener Stämme zu überstehen. Stanley durchfährt den Napoleonkanal und landet schließlich in Uganda. Dort empfangen ihn die Untertanen des Königs Mtesa und führen ihn zum Hause des Häuptlings. Den Gästen wird ein Festessen angeboten, bestehend aus Sauermilch, reifen Bananen, Ziegenfleisch, Eiern und Kartoffeln. Dann schickt der Häuptling eine Botschaft zum Kabaka, welche die Ankunft des geheimnisvollen Reisenden ankündigt, den die Mutter des Königs im Traum gesehen hat.

Die Audienz ist für den 3. April vorgesehen ... »zur neunten Stunde des Tages«. Stanley befiehlt allen seinen Leuten, sich zu baden, zu bürsten, sich sonntäglich zurechtzumachen. Zur vereinbarten Stunde stellen sich zwei Pagen ein, sie tragen lange weiße Gewänder, die um die Hüften von einem Gürtel gehalten werden. Der Mantel, der über der rechten Schulter geknüpft ist, fällt bis zu den Füßen.

»Der Kabaka«, so sagt einer der beiden, »lädt euch ein, in den Audienzsaal zu kommen.«

Und Stanley bewegt sich, fünf seiner Leute zur Rechten, fünf zur Linken, auf die Hütte zu, in der der Monarch thront, umgeben von einer Menge von Würdenträgern, die alle zu beiden Seiten des Throns in zwei parallelen Reihen knien oder sitzen. Dazu kommen noch am äußeren Ende die Trommler, die Leibwächter, die Scharfrichter und die Pagen. Ein Trommelwirbel ertönt.

Als der Besucher eintritt, erhebt sich der Potentat, und mit ihm der gesamte Hofstaat. Der Herrscher trägt eine rote Kappe mit blauer Quaste, den sogenannten Tarbusch; über ein schwarzes Gewand, das von einem goldenen Gürtel gehalten wird, fällt ein weißer Überwurf. Mtesa schüttelt Stanley gefühlvoll die Hand, dann, mit huldvoller Verneigung, fordert er ihn auf, sich auf einen eisernen Schemel zu setzen. Stanley wartet, bis Mtesa sich gesetzt hat. Dann erst nimmt mit dem Besucher der gesamte Hofstaat Platz.

Mtesa schaut Stanley an, Stanley schaut Mtesa an. Er sieht vor sich einen schlanken Mann, der etwa 1.85 Meter groß ist. Seine Haut ist rotbraun und wunderbar zart. Auffallend sind seine großen Augen – jetzt hellwach und im nächsten Augenblick wieder sanft, das Gesicht verrät Intelligenz. Stanley empfindet auf der Stelle Sympathie für diesen Mann, der eine Menge Fragen stellt und treffende Bemerkungen macht, auf die er wahrscheinlich nicht gefaßt war. Der Pomp, mit dem dieser Empfang ausgestattet ist, setzt den Reporter in Staunen. Der König nimmt Anteil an Stanleys Sache, vielleicht wird man eines Tages ihm dafür zu danken haben, daß Afrika aus der Nacht der Unwissenheit ans Licht gebracht wurde. Mtesa, dieser vornehme, intelligente Fürst, der die Achtung Europas verdient, scheint die Fähigkeit zu besitzen, Livingstones größte Hoffnungen zu verwirklichen.

Der afrikanische Herrscher, der offenbar auch Stanley Sympathie entgegenbringt, bietet dem Gast eine Demonstration seiner Macht: er läßt auf dem See vierzig prächtige braunrote Boote vorüberziehen. Nach dieser Schiffsparade ist er entschlossen, seinen Gast auf die Probe zu stellen. Er befiehlt einem seiner Hauptleute, ein Krokodil herbeizuschleifen. Dann ruft er seinem Gast zu: »Jetzt, Stammli, zeigen Sie meinen Frauen, wie die Weißen schießen können!« Ist es Zufall? Eingriff der göttlichen Vorsehung? Jedenfalls erledigt er das Monstrum auf zweihundert Schritt, und alle erklären, die Weißen seien unfehlbare Schützen.

Vierzehn Tage bleibt Stanley am Hofe, und in dieser Zeit hat er etwa zehn Besprechungen mit Mtesa. Er nimmt jede Gelegenheit wahr, mit ihm zu sprechen . . . über Christentum. Der Kabaka läßt sich sogar, für den täglichen Gebrauch, die Zehn Gebote und das Vaterunser auf eine Tafel aufschreiben!

Endlich, am 17. April, bricht er auf, nachdem er Mtesa versprochen hat wiederzukommen. Sein Ziel ist das Südufer des Victoria Nyanza, wo er seine Mannschaft treffen will, die er vor fünf Wochen verlassen hat.

Mit der gleichen Gewissenhaftigkeit, die er für seinen Zug am Ostufer aufgewandt hatte, fährt er nun am Westufer des Sees entlang und erforscht das Mündungsgebiet des Kagera, den Speke entdeckt und im Jahre 1862 überquert hatte. Er stellt fest, daß es ein mächtiger Strom ist, dessen Breite und Farbe – dunkelbraun wie Rost – man auf die Entfernung von mehreren Kilometern in den Wassern des Sees erkennen kann. Er versucht, den Fluß aufwärts zu fahren, aber die Strömung ist so stark, daß er nach fünf Kilometern aufgeben muß.

Die »Lady Alice« setzt ihre Rundfahrt fort. Das geht nicht ohne Beschwernis, denn die Besatzung muß Tage mit Angst und Schrecken durchstehen: Fast hätten die Eingeborenen einer Insel Stanley und seine Leute umgebracht. Endlich, am 4. Mai, kommen sie in Kaghehji an, dort werden sie von Franck Pocock und dem Gros der Forschergruppe mit Jubel empfangen. Doch die Freude über die Rückkehr ist bald überschattet, traurige Nachrichten treffen ein. Frederic Barker ist tot, an Ruhr gestorben wie zwei andere treue Begleiter und einige Träger. Stanley selbst erkrankt. Er ist erschöpft durch Hunger und Strapazen, seit seinem Aufbruch von der Küste hat er vierundzwanzig Kilo abgenommen, jetzt ist auch er von Fieber befallen. Er stopft sich mit Chinin voll, seine kräftige Konstitution macht es ihm möglich, gegen die Krankheit anzugehen, nach fünf Tagen ist er wieder gesund.

Unermüdlich, wie er nun einmal ist, macht sich Stanley wieder auf den Weg nach Uganda. Es drängt ihn, Mtesa wiederzusehen und seine Unterstützung bei der Erforschung des Albertsees zu finden. Hatten nicht Burton und andere aus seiner Gefolgschaft die Idee vertreten, daß eine Verbindung zwischen diesem See und dem Tanganjikasee bestehe?

Als er den Kabaka trifft, nicht weit vom Napoleonkanal, erfährt er, daß der König Krieg gegen einen Inselstamm führt, der sich weigert, den Jahreszins zu bezahlen. Zu seinem großen Erstaunen stellt Stanley fest, daß der König über ein ansehnliches Heer von 150000 Kriegern aller Hautfarben verfügt, die ein wenig an die Helden Homers erinnern. Das ergibt eine günstige Gelegenheit, mit diesen Eingeborenen eine alte Rechnung zu begleichen, die ihm bei seiner vorangegangenen Reise das Leben sehr schwer gemacht hatten. Im übrigen wird es ihm sogar zur Pflicht gemacht, in den Konflikt einzugreifen, denn der König gibt ihm zu verstehen, daß er nur unter diesem Preis Hilfe gewähren wird.

Der weiße Mann denkt sich eine Kriegslist aus. »Ich werde«, so sagt er zu Mtesa, »eine Maschine konstruieren, die eure Gegner in

Stanley und seine Expedition im Kampf mit Eingeborenen.

Erstaunen versetzen wird. Gebt mir drei Tage Zeit und stellt mir eine große Anzahl eurer Leute zur Verfügung«. Der Kabaka gibt ihm 2000 Mann. Denen gibt Stanley den Befehl, lange Äste zu schlagen, Bäume zu fällen, Seile zu knüpfen. Dann wählt er aus der Flotte des Königs drei der solidesten Schiffe aus, sie werden parallel aneinandergekoppelt und durch eine Brücke miteinander verbunden. Auf den Ruderbänken der äußeren Boote läßt er Stangen aufrichten, sie werden kreuz und quer miteinander verbunden, und so entsteht eine Festung, gegen die man mit Lanzen nicht ankommen kann.

Unter dem betäubenden Lärm von Trommeln und Trompeten bewegt sich die Zaubermaschine auf die Insel zu. Fünfzig Meter vom Feinde entfernt hält sie an. Eine Stentorstimme ertönt:

»Wollt ihr Frieden schließen und euch König Mtesa unterwerfen, oder sollen wir eure Insel in die Luft sprengen? Gebt rasch Antwort.«

Dieser »Geist über den Wassern«, der mit so klarer und so gewaltiger Stimme spricht, versetzt die Eingeborenen in Schrecken. Sie halten Rat.

»Sprecht«, wiederholt die Stimme in strengem Ton, »wir können nicht warten.«

Bald und zu allgemeiner Erleichterung ruft einer der Führer der feindlichen Eingeborenen dem Monstrum zu:

»Weiche, Geist, der Krieg ist zu Ende. Mtesa soll Genugtuung haben. Wir werden ihm den Tribut bringen.«

Daraufhin zieht sich die Teufelsmaschine feierlich in die Bucht zurück, in der man sie gebaut hatte, und die 250000 Zuschauer dieses Schauspiels brüllen Beifall, daß der Himmel dröhnt.

Drei Stunden später bringt ein mit fünfzig Mann besetztes Boot – mehrere Häuptlinge sind dabei – eine beträchtliche Menge Elfenbein und zwei junge Schönheiten, die in Mtesas Harem einziehen. Dies ist der Tribut.

Mtesa hält Wort. Er gibt Stanley mehr als 2000 Mann zur Begleitung, sie sollen ihn zum Albertsee führen und gegen jeden Angriff verteidigen. Einige Monate später, Anfang Januar, entdeckt Stanley einen weiten See, den Luta Nzige. Nach Barkers Beschreibungen nimmt er an, dieser See sei die südliche Verlängerung des

Albertsees. Stanley ist von dieser Entdeckung begeistert, er nimmt sich vor, über den See zu fahren, aber die Eingeborenen nehmen eine bedrohliche Haltung ein. Ihr feindseliges Verhalten bewirkt, daß Mtesas Krieger auf der Stelle kehrt machen, und das gleiche tun auch Stanleys Leute.

Stanley fühlt sich von allen verlassen, und nur widerwillig entschließt er sich, umzukehren. In einem Brief an Mtesa beklagt er sich über die Feigheit des Kommandanten seiner Begleitmannschaft. Der Kabaka bittet ihn dringend zurückzukommen; er will ihm so viele Truppen zur Verfügung stellen, wie er wünscht. Aber die mangelnde Disziplin der Krieger hat Stanleys Vertrauen erschüttert; er dankt Mtesa für sein großzügiges Angebot und beendet seinen Brief damit, daß er dem Monarchen in Freundschaft Lebewohl sagt.

Stanley nimmt nunmehr Kurs in südlicher Richtung. Von neuem überschreitet er den Kagera, an einer Stelle, wo der Fluß mehr als 400 Meter breit ist. Mit größerer Genauigkeit stellt er dort Untersuchungen an, die er im vergangenen Jahr unterlassen hatte. Kein Zweifel: der Kagera ist der Hauptzufluß des Victoriasees.

Stanley zieht weiter, er verläßt Uganda und dringt in das Gebiet des Karague vor. Dem König Rumanika, der Speke und Baker so freundlich aufgenommen hatte, stattet er einen Besuch ab. Der Aufenthalt am Hofe des Königs verläuft angenehm, Stanley kann sich erholen. Er veranstaltet sogar Schiffsturniere zwischen der »Lady Alice« und den Schiffen des Königs.

Am 7. April zieht die Karawane weiter in Richtung Tanganjikasee, sieben Wochen später kommen sie an.

Jetzt ist Stanley wieder in Udjidji. Fünf Jahre sind es her, daß er hier Livingstone getroffen hatte. Die Erinnerung an den heldenhaften alten Mann macht ihn melancholisch: Jahre des Abenteuers tauchen im Gedächtnis auf. Der See, den Meister und Schüler so sehr liebten, zeigt sich im gleichen Glanz. Und dort drüben, am anderen Ufer, wie ehedem die Farbtupfer der schwarzblauen Berge von Goma, überstrahlt von der Bläue des Himmels. Die Grazie der Palmbäume und die Üppigkeit der Vegetation sind gleich geblieben, und Stanley – von dem glitzernden Wasser des Tanganjika verzaubert wie damals – gibt sich seinen Gedanken hin . . . Er denkt an das, was in der letzten Zeit geschehen ist, und zieht die Bilanz seiner Expedition zu den Quellen des Nils.

Die Fahrt rings um den Victoriasee dauert vom 17. Januar 1875 bis zum 7. April 1876. Stanley dringt ein in jede Bucht, in jeden Schlupfwinkel. Zu Fuß legt er Hunderte von Kilometern an der Nordküste zurück, er erforscht das Gebiet zwischen dem See und dem Muta Nzige. Lange hat er versucht, diesen See zu befahren, aber die Feindseligkeit der Eingeborenenstämme ließ ihn, wie gesagt, auf diesen Plan verzichten. Er wendet sich nach Süden und erreicht den Hauptzufluß des Victoriasees, den Kagera, den Speke bereits gefunden hatte. Die Eingeborenen nennen ihn »Mutter des Flusses, der zu den Djinndja gehört«. Damit sind die Ripon-Fälle gemeint. Mit viel Geduld hat er den Flußlauf zur Hälfte erforscht, aber er ist der Habgier der Eingeborenen in der Nachbarschaft nicht gewachsen, auch widerstrebt es ihm, sich mit Gewalt einen Weg zu bahnen. So nimmt er Abschied von der Landschaft, die den Nil speist, und zieht zum Tanganjikasee hin.

Seine erste Aufgabe war, die südlichen Quellen des Nils zu erforschen und die Frage zu klären, die Speke noch offengelassen hatte: Besteht der Victoria Nyanza aus einem oder mehreren Seen? Die eingefleischten Gegner Spekes unterstützten die zweite Hypothese.

Nun, die Frage ist im Sinne Spekes entschieden. Ihm gebührt voll und ganz der Ruhm, den Victoriasee entdeckt zu haben, ebenso wie den wesentlichen Zu- und Abfluß. Aus dem Victoria Nyanza ergießt sich der große Strom, der bis hin zum Mittelmeer Ägypten durchfließt.

Stanley ist voller Bewunderung für Spekes Leistung. Die seine Thesen angefochten hatten, waren im Unrecht: Speke hatte eine geniale Begabung für Geographie. Allein mit den spärlichen Auskünften, die er von den Eingeborenen erhalten hatte, konnte er im wesentlichen die Umrisse des größten afrikanischen Sees in seine Karte einzeichnen, der nach seinen, Stanleys, Erkundungen, ein Ausmaß von 55 000 bis 60 000 Quadratkilometern hat. Und diesen See wollte Burton aus Phantasterei oder wider besseres Wissen auf der Karte auslöschen?

Aber eine Kleinigkeit reißt Stanley aus seinen Träumen heraus.

Diese drei Palmen, die im November 1871 auf dem Marktplatz standen, befinden sich jetzt im See, hundert Schritte vom Ufer entfernt. Und der Strand, an dem er jeden Morgen mit Livingstone spazieren ging, ist jetzt auch in einer Breite von mehr als 60 Metern vom Wasser überflutet.

Stanley befragt hierüber die Bewohner, sie bestätigen, daß der See sich ausdehnt. Alle fünf Jahre müssen sie ihre Pflanzungen verlegen. »Der Tanganjika«, so sagen sie, »verschlingt das Land.«

Dieser Punkt muß aufgeklärt und das Seengebiet weiter erforscht werden. Schon mit Livingstone hatte Stanley festgestellt, daß der Rusisi sich in den Tanganjika ergießt und nicht, wie Burton behauptet hatte, aus dem See ausfließt.

Die meisten seiner Leute läßt er in Udjidji unter der Obhut von Franck Pocock zurück. Er selbst geht mit elf sorgfältig ausgesuchten Männern an Bord der »Lady Alice«. Und das Boot, das mit so vielen Erinnerungen beladen ist, nimmt Kurs nach Süden, begleitet von der »Meofu«, einem einfachen, soliden Boot, das aus dem Stamme eines riesigen Teakbaumes herausgeschnitten wurde.

Einundfünfzig Tage später, am 31. Juli 1876, kommt Stanley zurück, nachdem er die Runde rings um den zweitgrößten See Afrikas gemacht hat. Das Problem, das sich ihm gestellt hatte, hat er noch einmal gelöst. Am Westufer konnte er feststellen, daß ein Fluß, der Lukuga, eine Doppelrolle spielt: Während der Regenzeit strömt das Wasser zum See hin, in der Zeit der Dürre fließt das Wasser zurück in den Fluß. Sonst aber gibt es keinen Abfluß, der den Namen eines Wasserlaufs verdiente. Mit anderen Worten, Burtons letzte Chance zerrinnt. Seine Theorien sind gründlich widerlegt, und Kapitän Speke triumphiert ... zwölf Jahre nach seinem unglücklichen Jagdausflug.

Ist es ein Triumph? Noch nicht ganz, denn noch ist das dritte Problem zu lösen: Ist der Lualaba, wie Livingstone annahm, der Oberlauf des Nils? Mit geradezu mystischer Hoffnung hatte sich der alte Missionar hartnäckig an diese Ansicht geklammert. Stanley jedoch glaubte im Grunde seines Herzens kaum daran.

Für ihn ist dieses dritte Problem ein drittes Abenteuer, das diesmal in unbekannten Zonen sich abspielen sollte.

Wiederum folgt Stanley Livingstones Spuren, läßt die Stelle hinter sich, an der dieser haltgemacht hatte, kommt in Gebiete, die auf den Landkarten nur als weiße Flecke existieren. Am 25. Oktober, zwei Monate nach dem Aufbruch in Udjidji, entdeckt er einen riesigen Fluß, das blaßgraue Wasser fließt nur langsam dahin – eine Entdeckung, die er mit Jubel begrüßt.

Stanley steht staunend an diesem majestätischen Fluß, den die Natur seit Jahrhunderten verborgen gehalten hatte, und der die Welt der Wissenschaft in Unruhe versetzte. Was bisher für ihn nur eine Ahnung war, wird nunmehr Überzeugung: der Lualaba ist nichts anderes als der Kongo!

Er ist entschlossen, diesen Kongo bis zum Ozean zu verfolgen.

Nichts kann Stanley zurückhalten. Nicht die unzähligen Schwierigkeiten unterwegs, besonders an den Wasserfällen; nicht die mühselige Navigation unter der Kuppel des undurchdringlichen Urwalds; nicht Desertionen, Hunger, Krankheiten oder die Angriffe der Eingeborenen; nicht der Verlust an Menschen, an Vorräten, der »Lady Alice«; nicht Schiffbrüche: Franck Pocock wird ertrinken. Stanley wird beharrlich weiterziehen, bis er den Atlantischen Ozean erreicht, und dort wird er im August 1877 ankommen.

So endet eine lange Reise, ein Drama, dessen dritter Akt ein Heldenepos ist. Seit dem Aufbruch in Sansibar sind zwei Jahre, acht Monate und zwanzig Tage vergangen. Jetzt will Stanley seine Leute aus Sansibar auf ihre Insel zurückführen.

Er wirft einen letzten Blick auf den ungeheuren Fluß, der ihm und seinen Männern so viel Leid gebracht hat. Er sieht, wie sich der Fluß dem Meer nähert, »bescheiden, unterwürfig an die Schwelle dieses unermeßlichen Gewässers heranfließt, im Vergleich zu dieser grenzenlosen Wasserfläche – er mag noch so wild und stark sein – nicht mehr als ein Wassertropfen ist.«

Und Stanley dankt der göttlichen Vorsehung, die es ihm möglich gemacht hat, den geheimniserfüllten Erdteil von der einen Küste zur anderen zu durchqueren. Er hat erreicht, was er erreichen wollte. Seine Mission ist erfüllt.

Speke hat recht gehabt, Burton hat sich geirrt, Livingstone hat nicht klar gesehen.

Es gibt keine Nilaffäre mehr.

4. Kapitel

EINE SCHEINLÖSUNG

Es gibt keine Nilaffäre mehr.

Und dennoch gibt es ein Problem, das die Menschen seit der Antike leidenschaftlich erregt hat und das Stanley oder seine Vorgänger hätten offensichtlich lösen müssen. Es geht um die Mondberge. Wenn man die Quellen des Nils entdeckte, dann mußte man auch zugleich diese berühmten Berge entdecken.

Für die Menschheit des Altertums waren die Ursprünge des Nils mit so viel Geheimnissen verbunden, daß es in Rom üblich war zu sagen: *quaerere fontes Nili,* d. h. die Quellen des Nils suchen, wenn man von unmöglichen Plänen sprach.

Große Männer wie Alexander der Große, Cäsar, Nero waren geradezu besessen von diesem Problem. Der lateinische Dichter Lucan berichtet, Julius Cäsar habe zu Kleopatra gesagt: »Kein Ziel hat mich mehr gelockt als dieses. Sag mir, welcher Quell den berühmten Fluß speist, zeig mir die Stelle, wo seit Anfang der Zeiten die weittragenden Wogen aus dem Boden hervorquellen. Habe ich dieses Ziel erreicht, dann werde ich das Schwert in die Scheide stecken, und die Welt wird Frieden haben.«

Immerhin, ein ahnendes Wissen zeigt sich bereits bei Griechen und Römern, die Gedanken hervorragender Geister gehen in dieselbe Richtung. Fünfhundert Jahre vor Christus spricht Äschylus

Früher nannte man sie »die Mondberge«.

von einem Ägypten, »das vom Schnee genährt wird«. Herodot berichtet, die Quellen des Nils befänden sich in tiefen Abgründen, »sie sprudelten hervor zwischen zwei Gebirgszügen, von denen der eine Crophi, der ander Mophi heiße«. Aristoteles behauptet, der Fluß komme aus einem »Silberberg«. Und im zweiten Jahrhundert unserer Zeitrechnung geht ein berühmter griechischer Gelehrter, Mathematiker und Astronom, Claudius Ptolemäus, noch weiter als seine Vorgänger. Der Nil, so behauptet er, entspringt in Bergen, die er Mondberge nennt, weil sie in einer Gegend liegen, die an das Ende der Welt grenzt. Ptolemäus stützt seine These auf überraschend genaue Angaben: »Das Mondgebirge, dessen Schneefelder die Quellseen des Nils speisen, erhebt sich zwischen dem 57. und 67. Längengrad auf 12.30 Breite.«

Man mußte also feststellen, ob die Behauptungen des Ptolemäus auch der Wirklichkeit entsprachen; denn seit dieser Zeit hatte kein Mensch diese mutmaßlichen Berggipfel erblickt, besonders keiner von denen, welche die größte Chance hatten, sie zu entdecken, Speke, Grant, Baker oder Stanley.

Sicherlich, es ging das Gerücht, arabische Kaufleute, die bis zu den Ufern des Albertsees vorstießen, hätten verschneite Berggipfel gesehen. Aber sie hatten kein Aufhebens davon gemacht, denn die Wege, die dorthin führten, waren Handelsstraßen für den Transport von Sklaven und Elfenbein, das Geheimnis mußte eifersüchtig gewahrt bleiben. So wußte man im 19. Jahrhundert kaum mehr darüber als zu den Zeiten des Ptolemäus: das Mondgebirge blieb im Bereich der Legende.

So blieb es bis zum 11. Mai 1848. An diesem Tage entdeckt Reverend Rebmann eine riesige Schneekuppe, die aus der braunverbrannten Steppe aufsteigt, im leichten Schleier verschwimmender Nebel: es ist der Kilimandscharo.

Nach seiner Rückkehr nach Mombasa berichtet der Missionar einem Amtsbruder, dem Reverend Krapf, von seiner Entdeckung. Dieser wiederum vertraut ihm an, auch er habe ein Gebirge entdeckt, den Kenia. Und die beiden melden nach Europa: »Wir haben das Mondgebirge gefunden.«

Man macht sich über die beiden lustig: »Ihr seid keine Missionare, sondern Visionäre. Eure Berge, das sind nur Wolken.« Dreizehn Jahre später jedoch entdeckt eine Expedition von neuem den

Kilimandscharo. Man muß also Rebmann Gerechtigkeit zuteil werden lassen. Für ihn aber trifft es sich unglücklich, daß man feststellt, daß die Wasserläufe dieser Gegend sich in den Indischen Ozean ergießen. Es kann sich also nicht um die Berge handeln, von denen Ptolemäus gesprochen hat. Der Berg Kenia dagegen wird erst viel später wieder entdeckt, im Jahre 1883. Aus dem Mondgebirge werden mittlerweile wieder Berge, die nur im Bereich der Legende existieren.

Das ist zu der Zeit, da Speke den Victoriasee entdeckt, und im Verlauf seiner zweiten Expedition stellt er mit eigenen Augen fest, daß der Nyanza der Ursprung des alten Vater Nil ist. Später kann Stanley diese Entdeckung bestätigen, aber ebensowenig das Rätsel lösen. . . . Sollte man nicht an dem Tage, da man die Nilquellen fände, auch diese sagenhaften Montes Lunae entdecken? Diesmal jedoch werden sie endgültig begraben: Äschylus, Herodot, Aristoteles waren das Spielzeug ihrer Phantasie.

Und doch, das Mondgebirge existiert, und man wird es in dem Augenblick entdecken, da niemand darauf gefaßt ist. Und das kam so . . .

Wir sind im Jahre 1885. Schwere Unruhen brechen im ägyptischen Sudan aus. General Gordon, Oberbefehlshaber dieses britischen Lehnstaates, wird in Khartum ermordet. Die Truppen eines religiösen Führers, des Mahdi, bemächtigen sich der Stadt. Die Mahdisten beherrschen diesen Teil Ägyptens und bedrohen die südlichen Gebiete, die von Emin Pascha, einem ehemaligen Deutschen Arzt, verwaltet werden. Eduard Schnitzer ist sein eigentlicher Name. Dieser zieht sich schleunigst nach Wadelai im Norden des Albertsees zurück, von dort aus ruft er die Engländer zu Hilfe.

In London wird man unruhig. Die Erfolge des Mahdi sind für das Ansehen Großbritanniens ein schwerer Schlag. Die öffentliche Meinung ist erregt, das Unterhaus fällt über Gladstone her, der aber läßt sich nicht aus der Ruhe bringen. Ein Hilfskomitee wird ins Leben gerufen. Will man die Ehre des Landes retten, dann muß man Emin Pascha aus der Not helfen!

Zu Abbildung Seite 55:
Stanley hat mehr als ein Jahr gebraucht,
um bis zum Albertsee zu kommen und Emin Pascha zu finden.
Die Begegnung findet am 29. April 1888 statt.

THE NEW YORK HERALD.

WHOLE NO. 19,462. EUROPEAN EDITION—PARIS, WEDNESDAY, DECEMBER 4, 1889 PARIS 25c. DEPARTMENTS 30c.

STANLEY AND EMIN PASHA MET AT MSUA.

The "Herald's" Expedition Come Up with the Great Explorer and Are Enthusiastically Received.

All the Europeans of the Party Well. Stanley Hearty, But His Hair Is Quite Gray, and There Is a Marked Change in His Appearance. Baron Von Gravenreuth Gives a Complimentary Dinner, at Which Some Interesting Speeches Are Made on the Way to the Coast.

FROM MPWAPWA TO BAGAMOYO.

[FROM OUR SPECIAL CORRESPONDENT.]

MSUA, Nov. 30.

The HERALD's expedition to meet Mr. Stanley under my charge came up with the great explorer at five o'clock last evening. He and Emin Pasha were delighted to see us, and greeted us enthusiastically.

MAJOR WISSMANN.

With Mr. Stanley and Emin Pasha are Mr. Staines, Signor Marco, Mr. William Bonney, the apothecary Vita Hassan, Emin Pasha's daughter and upwards of

SOME OF STANLEY'S FOLLOWERS.

five hundred and sixty others, men, women and children, all of whom are as well as could be expected considering the hardships they have undergone.

[illegible] ALBERT EDWARD NYANZA.

Mr. Stanley himself, notwithstanding the terrible hardships and privations he has undergone, is looking hearty and well. His hair is quite white and his moustache [illegible] gray and the change in his appearance is very marked. He was roughly but comfortably dressed and wore a Prussian cap and canvas shoes.

The American flag which I was entrusted to carry to Stanley is now flying over his tent. The tea, coffee, tobacco, quinine, wine and other supplies, which the HERALD sent to him by me, were most welcome, and Mr. Stanley, on behalf of himself and those with him, expressed great appreciation of these delicacies of which they have been so long deprived, and gratitude for the thoughtfulness which prompted the sending of them.

HOW EMIN PASHA LOOKS.

Emin Pasha has also borne well the long and arduous journey to the coast. He is a slight, wiry man with a very dark complexion. He wears spectacles, and has the general appearance of a learned professor. In manner he is most modest, and in the course of a conversation with me said that he did not desire any honor for what he had done, but simply wished to be continued in the service of the Khedive.

I have delivered to Captain Casati the letters and clothes entrusted to me for him by the Italian Consul at Zanzibar, and he was very glad to receive them. He is looking only fairly well, and shows, more than the others, traces of the hardships he has undergone, which seem to have undermined his constitution.

All the other Europeans in the party are well.

Emin and his people have received with [illegible]

Baron von Gravenreuth entertained Mr. Stanley, Emin Pasha, Captain Casati and one or two others at dinner last night in his camp. Speeches were made by Baron von Gravenreuth and Mr. Stanley. The [illegible] would possess the whole of the now dark region of the African Continent.

Mr. Stanley, in responding, expressed his pleasure and that of all those with him, in once more reaching the confines [illegible] that great nation to be a leading power in spreading the blessings of civilization.

We all expect to start towards the coast to-morrow.

HENRY M. STANLEY.

EMIN PASHA.

A LETTER FROM STANLEY.

THE EXPLORER GIVES THE RESULTS OBTAINED DURING THE EARLIER MONTHS OF HIS EXPEDITION.

[BY THE HERALD'S SPECIAL WIRE.]

LONDON, Dec. 3.—The following letter from Mr. Stanley gives the results of his explorations during the earlier months of his journey in Africa.

"Village of the Batundu, Ituri River, Central Africa,
"Sept. 8, 1888.

"My dear Grant,

"You are interested in Lake Albert. When, on December 13, 1887, we sighted the lake, the southern part lay at our feet almost like an immense map. We glanced rapidly over the lofty plateau that forms the walls of Unyoro to the east, and that of Baregga to the west, rising nearly 3,000 ft. above the silver water, and between these walls stretched a grassy plain—seemingly very flat—with here and there dark clumps of brushwood, which, as the plain trended south-westerly, became thin forests.

"The south-west edge of the lake seemed not more than six miles away; by observation during a second journey I fixed the distance at nine miles south-easterly from the place. This will make the terminus of the south-west corner of the lake 1 deg. 17 min. northern latitude. By a prismatic compass, the magnetic bearing of the south-east corner, just south of the Numba Falls, was 137 degrees; this will make it about 1 deg. 11.30 northern latitude.

"I can learn very little from the natives. At the Chief Kavalli's, I saw two natives who came from that region. The first said that Albert Lake is much larger than that near Unyampaka. The other said that the southern lake is the largest, as it takes two day to cross it. He describes it as being a month's march from Kavalli's. Their accounts differ so much that one is almost tempted to believe that there are two lakes, a smaller one near Unyampaka, and connected by a river or channel with that of Usongora.

"My interest is greatly excited, as you may imagine, by the discovery of Ruwenzori, a snowy mountain, and a possible rival of Kilimanjaro. Remember we are in north latitude, and that this mountain must be near or on the Equator itself, that it is summer now, and that we saw it in the latter part of May. The snow line was about one thousand feet below the summit. Hence I conclude that it is not Mount Gordon Bennett, seen December, 1876, which natives said had only snow on it occasionally.

"The new mountain must be drained principally to the south and west. If to the south, the streams have connection with the lake on the south; if to the west, Semliki, a tributary of Lake Albert, and some river flowing to the Congo must receive the rest of the waters. If the lake on the south receives any considerable supply, the interest deepens. Does the lake discharge the surplus water into the Nile or into the Congo? If into the former then it will be of great interest to you and you will have to admit that Lake Victoria is not the main source of the Nile. I will dare venture the opinion even now that the lake is the source of the Lowwa, although I know nothing positive."

AMERICAN WEATHER.

INDIAN SUMMER SUCCEEDS TO KILLING FROSTS THAT PUT A STOP TO THE GROWTH OF UNHARVESTED COTTON.

[BY COMMERCIAL CABLE TO THE HERALD.]

NEW YORK, Dec. 3. The cold anticyclone which overspread Canada and the United States last week gave way slowly and is now disappearing. The temperature fell to freezing point almost as far south as the edge of the Gulf and killing frost occurred on Saturday at New Orleans.

As predicted in our despatch of Friday last this frost, which extended to Northern Florida on Thursday, put a final stop to the growth of the little that remained unharvested of the cotton crop.

Indian summer has replaced cold weather in the Central and Atlantic States, but we can scarcely hope to escape the recurrence of the heavy rainfall which has been the chief feature of the weather for several months past. New York City's rainfall since January 1, 1889, has exceeded [illegible] inches, the largest precipitation in any entire year since 1872, and 11 inches more than the annual average. Should December be rainy the total fall for the twelve months may exceed any on record.

Just now no cyclone is threatening the North Atlantic from the American coasts, and we may hope that European countries will, for a while, have less boisterous weather than they experienced last week. All incoming European vessels do not report encountering quite as strong gales as those which, as already telegraphed, the Etruria had to contend with. She had one strong gale from the south-west on November 27, and one strong gale from the west on the 28th. [illegible]

HARRISON'S MESSAGE

A Lengthy Document Which Covers the Whole Range of Topics That Interest Americans.

TARIFF REVISION RECOMMENDED.

Earnest and Pronounced Advocacy of Subsidies for Ocean Mails.

[BY COMMERCIAL CABLE TO THE HERALD.]

NEW YORK, Dec. 3.

President Harrison's Message was sent to the Senate and House of Representatives this morning. It contains about fifteen thousand words, and begins by congratulating the country on the presence within its borders of so many delegates from foreign countries for the purpose of deliberation on matters of mutual importance, and refers with gratification to the purpose of both the Pan-American Congress and the Marine Conference.

The President recommends that Hawaii be invited to send a delegate to the International Congress, and suggests that Hawaii and Hayti be raised to full missions.

The President then refers to the relations of the United States with China and to the failure of the last treaty, and suggests that Congress should give the subject careful consideration, especially in relation to excluding the laboring element.

Samoan affairs are regarded in the Message as satisfactory, and the announcement is made that the treaty will be submitted to the Senate in four weeks.

RELATIONS WITH GREAT BRITAIN.

The questions between Great Britain and the United States are in process of amicable adjustment, and the President recommends that provision be made for international agreement for the visible marking of the water boundaries between the United States and Canada in the narrow channels that join the great lakes.

[illegible]

Der einzige Mann, der dazu die Fähigkeit besitzt, ist Stanley. Er geht die Wette ein, den Gouverneur am Ufer des Albertsees zu finden.

Am 20. Januar 1887 verläßt der berühmte Reporter-Forscher London. Einen Monat später trifft er in Sansibar ein. Dort ergänzt er seine Mannschaft, indem er 600 Landesbewohner einstellt. Durch einen Geheimboten schickt er an Emin Pascha eine Nachricht über seine Pläne.

Am 24. Februar bricht er von Sansibar in Richtung Boma, an der Mündung des Kongo auf.* Er fährt den Fluß hinauf bis zu seinem Oberlauf, dann biegt er schräg ab und macht sich auf den Marsch zur äußersten Südspitze des Albertsees. Er hofft, im Laufe des Monats August dort anzukommen.

Stanley kennt den Kongo wirklich sehr gut, vor zehn Jahren bereits hat er ihn befahren. Und später, zwischen 1879 und 1884, hatte er auf weiten Strecken des Flusses eine Expedition im Auftrag der Internationalen Afrikanischen Gesellschaft unternommen, die Leopold II, der König der Belgier, gegründet hatte. Er hatte Verträge abgeschlossen, die der Afrikanischen Gesellschaft den Besitz des linken Flußufers zusicherte.

Jetzt hat Stanley sich in ein neues Abenteuer eingelassen, eine neue Odyssee beginnt, die die ganze Welt atemlos verfolgt. Man stelle sich vor, was es bedeutet, den gigantischen Fluß hinaufzufahren, der so breit ist wie ein Meeresarm, dessen Lauf immer wieder unterbrochen ist von Wasserfällen und reißenden Stromschnellen, deren Gewalt damals, bei der ersten Expedition soviel Männern, darunter auch dem treuen Freund Franck Pocock, das Leben gekostet hatten. Und wieder muß Stanley unvorstellbare Prüfungen ertragen: von Angriffen der Eingeborenen, Wirbelstürmen, Desertationen, Fieberanfällen, Krankheiten aller Art, Tobsucht bis hin zur Hungersnot. Die Leute seiner Nachhut machen furchtbare Tage durch, schließlich haben sie nicht einmal mehr die Kraft, Maden, Schnecken, weiße Ameisen zu suchen, von denen sie sich notgedrungen ernähren.

Wie immer überwindet Stanley auch diese Prüfungen. Ungebeugt steht er diesen qualvollen Weg durch. Seine unerschütterliche Willenskraft wird letzten Endes belohnt. Eines schönen Tages

* Siehe Karte 3, Seite 41

Zu Abbildung Seite 57:
Stanley beim Marsch durch den Urwald.

öffnet sich nach qualvollem Marsch durch den Urwald eine Lichtung. »Gott sei Dank, wir sind aus der höllischen Finsternis heraus«, ruft Stanley. Vor ihnen, in leichtem Nebel, liegt der Albertsee; mit lautem Jubel begrüßen sie ihr Ziel.

Stanley hatte sehr viel mehr Zeit gebraucht, als er angenommen hatte, mehr als ein Jahr, um dieses Ufer zu erreichen und um Emin Pascha zu finden. Sobald dieser von der Ankunft der Expeditionsmannschaft erfahren hat, setzt er sich in Marsch. Er trifft sie am 29. April 1888.

»Ich schulde Ihnen tausend Dank, Herr Stanley.«

»Ah, Sie sind also Emin Pascha!« erwidert dieser ungerührt.

Und sie schütteln sich die Hände.

Englands Ansehen ist gerettet! . . .

Dieses abenteuerliche Treffen zieht noch ein Ereignis nach sich, auf das keiner gefaßt war.

Einige Zeit vergeht. Am 24. Mai befindet sich Stanley etwa neun Kilometer von seinem Lager entfernt. Er schaut nach Südosten, tief in Gedanken versunken. Da unterbricht ihn einer seiner Diener in seinen Betrachtungen und macht ihn darauf aufmerksam, daß am Horizont ein Gebirge zu sehen ist, »ein mit Salz bedecktes Gebirge . . .« Sollte das eine Täuschung sein? Aber nein, diese silbrige Wolke hat durchaus die Proportionen und das Aussehen einer Bergspitze, die mit Schnee bedeckt ist. Immer mehr packt ihn die Neugier. Er tastet geradezu mit seinen Augen die Umrisse des Berges ab. Plötzlich entdeckt er zwischen zwei Hochebenen eine Bergscharte. Was er zunächst für eine Wolke gehalten hatte, ist kein Truggebilde, das der Wind auflösen wird, es ist in Wahrheit ein Berg, dessen Gipfel mit Schnee bedeckt ist.

Stanley nimmt sein Fernglas und untersucht alles noch einmal ganz genau. Nach langer, sehr langer Zeit legt er das Glas beiseite, starr blickt er auf dieses schneeweiße Traumgebilde, das ihn fasziniert. Ein Lächeln verklärt sein Gesicht.

Ptolemäus hatte richtig gesehen.

Das ist das Mondgebirge, der Ruwenzori, der Regenspender, wie die Eingeborenen ihn nennen. Für Stanley ist dieser Berg auch der »König der Wolken«; fast immer ist er von Wolkenschleiern umhüllt. So erklärt es sich, daß andere Forscher den Berg nicht entdeckt hatten.

Mit einem Freudenausbruch wird der Albertsee begrüßt.

Stanley begnügt sich nicht damit, das alte Rätsel gelöst zu haben, das die Menschheit so leidenschaftlich erregt hatte. Ein Jahr später, im Juni 1889, ruft er zu einem Wettbewerb auf, den Ruwenzori zu besteigen.

Leutnant Stairs, zusammen mit Emin Pascha, beginnt den Aufstieg von einem Lager in 1200 Meter Höhe aus. In ihrer Begleitung sind etwa vierzig Männer aus Sansibar. Sie schließen eine Wette ab, wem es gelingen würde, die größte Menge von dem »weißen Zeug« mitzubringen. Aber die beiden Männer, deren Gesundheit durch jahrelange Fieberanfälle untergraben ist, müssen bald aufstecken. Emin gibt auf, nachdem er ein wenig mehr als 400 Meter geklettert war. Stairs macht weiter, doch bald ist auch er sich darüber klar, daß seine Bemühungen sinnlos sind. Die schneebedeckte

Bergspitze, die ihn anlockt, ist zu weit entfernt, tiefe Abgründe trennen ihn von seinem Ziel. Er hat keine Lebensmittel mehr, seine Kleidung ist unzureichend, seine Träger zittern vor Kälte. In einer Höhe von 3254 Metern faßt Leutnant Stairs den klugen Entschluß, den Versuch aufzugeben.

Diesmal also ist Stanley gescheitert. Er ist nicht der einzige, der den Versuch wagt. In den folgenden Jahren stürzen sich zahlreiche Expeditionen – meistens englische – in das Wagnis, den Ruwenzori zu erstürmen.

Doch alles Mühen ist vergebens, sie scheitern in dem wuchernden Pflanzengestrüpp, im feuchten Morast, in der Kälte, im Nebel, im Regen, ohne jemals das Glück zu haben, die schneebedeckten Gipfel auch nur flüchtig zu sehen. Einigen dieser kühnen Mannschaften gelingt es zwar, bis zum Gletscherrand vorzudringen, sogar einige Berghöhen zu besteigen, aber das unerbittlich schlechte Wetter, die unaufhörlichen Regengüsse machen es unmöglich, auf die höchsten Gipfel zu gelangen.

Schon zweifelt man endgültig daran, diese sagenhaften Berge zu erklimmen, die nur ganz selten sichtbar sind, da taucht im Jahre 1906 in diesem Reich der Nebel ein Italiener auf, der Herzog der Abruzzen, dem es auf Anhieb gelingt, den Ruwenzori zu bezwingen.

Auch diese siegreiche Bergbesteigung gehört zur Affäre um den Nil.

Im Unterschied zu seinen Vorgängern hat Seine Königliche Hoheit, der Prinz Ludwig Amadeus von Savoyen, sein Unternehmen groß aufgezogen. Es ist eine richtige kleine Armee, die er führt. Etwa zehn Gelehrte und Techniker sind bei der Mannschaft: ein Topograph, ein Physiker, ein Photograph mit seinem Gehilfen, ein Arzt, ein Doktor der Naturwissenschaften, vier Bergführer und Träger aus dem Aostatal, und dazu . . . ein Koch. Hinzu kommen 80 Bakongos, das sind eingeborene Lastenträger, die an das Klima gewöhnt sind. Ihre Haut ist runzelig und rauh, gegerbt von Frost, Sonne und Regen. Ihre Kleidung ist einfach, sie tragen so etwas wie eine leichte Toga, welche die Europäer mitgebracht haben; am Halse hängt eine Ledertasche für Pfeife und Tabak. Beim Gehen stützen sie sich auf lange Stöcke, die sie an schwierigen Stellen äußerst geschickt benutzen.

Der Herzog und seine Begleiter folgen den Spuren ihrer Vorgänger. Sie ziehen durch das Tal des Mobuku, das Rauschen eines Wildbachs erinnert sie an Tage, die sie in den Alpen erlebt haben. Aber die Atmosphäre, die traumhafte Umgebung sind von einer anderen Welt.

Nachdem sie einen Fußpfad, der von drei bis vier Meter hohem Elefantenkraut überwuchert ist, hinter sich gebracht haben, ist die lange Trägerkette – die Lasten werden an einem Stirnband getragen – erschöpft. Es ist ein Treibhaus, in dem die Vegetation menschlichen Maßstäben nicht mehr entspricht: Riesige Farnkräuter säumen den Weg, sieben bis acht Meter hoch, ihre Blätter sind zerfasert wie reinste Spitzen, trotz ihrer Größe voller Anmut und Leichtigkeit. Die lanzenförmigen Blätter riesiger Bananenstauden sind von zartem, fast durchsichtigem Grün. Trauben von ungewöhnlich großen, elfenbeinfarbenen Begonien quellen in Kaskaden von den Bäumen herab. All das ist überdacht von einem dichten Wald, dessen höchste Bäume an die 40 Meter hoch sind.

Es herrscht eine drückende Hitze. Ein Regenguß ist vor kurzem niedergegangen, jetzt entzieht ein flüchtiger Sonnenstrahl dem Erdboden und dem Morast das, was der Himmel ihm gerade geschenkt hat. Der Fußpfad, jetzt niedrig wie ein Stollen, steigt an, und die schwarzen Träger, die eben noch wie gewöhnlich heiter lärmend den Weg langzogen, sind plötzlich schweigsam geworden und atemlos vom mühevollen Marsch.

Jetzt müssen sie den Mobuku überqueren; er ist ziemlich breit und teilt sich in zwei Arme. Das Unternehmen braucht seine Zeit, man muß einen Baum fällen und als Brücke über den zweiten Flußarm legen. Dann machen sich die Träger daran, den Fluß zu durchwaten, einer nach dem anderen, furchtsam, die schweren Lasten bringen sie aus dem Gleichgewicht. Mit ihren langen Stökken stochern sie auf dem Grund des Wassers herum, springen schwerfällig von Stein zu Stein, straucheln manchmal und fangen sich im letzten Augenblick wieder, bis sie schließlich den Baumstamm erreichen, der ihnen, so glitschig er auch ist, mehr Sicherheit gibt.

Die Karawane dringt jetzt in eine andere Landschaft ein: in einen düsteren Wald von Bambus und flechtenbehangenen Bäumen. Regen setzt wieder ein, er ist so fein und durchdringend wie die

Feuchte im November, und der Nebel folgt dem Herzog und seinen Begleitern wie ein treuer Hund seinem Herrn. Und dann, ganz plötzlich, wechselt die Szene: der Bambuswald geht über in eine noch seltsamere Welt, die wie ein Alptraum wirkt, mit Friedhöfen toter Bäume, klebrigem Moos, stinkendem Morast.

Die Natur kommt einem hier wie in einem Fiebertraum vor, wie eine Natur vor unserer Zeit. Der Prinz und seine Gefährten entdecken sie mit Staunen, aber auch mit Furcht: Heidekraut, wie Bäume, zehn Meter hoch; Moos, worin Fuß und Bein versinken; riesige Schwämme von Torfmoos, grün und braun, vollgesogen von Wasser . . . Und dazu noch wachsen diese Bäume und Pflanzen nicht aus festem Boden, sondern aus einem unwahrscheinlichen Gewirr von Wurzeln und toten Stämmen, die ineinander verflochten sind und sich auftürmen, seit Jahrhunderten.

Man könnte meinen, ein Meer habe diesen Zauberwald überflutet, sei wieder zurückgeflossen und habe die Algen zurückgelassen. Von jedem Baumstamm, von jedem kleinen Ast hängen Lianen herab, gleich langen Bärten oder grau-grünen Spinnfäden. Selbst Moose und Flechten haben ihren Platz auf dem Boden aufgegeben und überwältigen die Bäume; sie setzen sich als Wucherungen an die Stämme, verdicken die Äste und überwuchern die Zweige mit ihrem braunroten Aussatz.

Erdrückt von dieser Invasion, haben die Bäume kaum noch Blätter, höchstens in den Spitzen, und man sollte meinen, das Licht dringe in den Wald ein. Keineswegs! Es herrscht fast tiefe Finsternis, denn unzählige tote Baumstämme sind in diesem unsagbaren Wirrwarr untereinander verschlungen, und nur ein blasser Lichtschimmer sickert durch das Grün und beleuchtet diese Wahnsinnsszene, diese Landschaft aus einem bedrückenden Traum, in dessen Ängste man sich eingesperrt fühlt. Man möchte fliehen, um eine Lichtung zu finden, aber man findet keinen Ausweg. Immer ist es die gleiche Welt, feucht, bedrückend, ohne einen Lufthauch, ohne Licht, unbewegt, geräuschlos.

Jeder Meter dieses schwarzen, schwammigen, klebrigen Bodens, der nach jahrhundertealter Fäulnis riecht, fordert dem Herzog und seinen Leuten unsagbare Mühen ab. Sie müssen auf allen Vieren kriechen, hüpfend, im Sitzen oder kniend sich durch das unvorstellbare Gestrüpp von Ästen, Baumstämmen und Sträu-

Am Fuß der legendären Berge.

chern winden. Den Bakongos, den Trägern macht das weniger aus. Ihre schwere Last scheint sie nicht zu stören, sie zeigen eine ungewöhnliche Geschicklichkeit, wenn sie von Stamm zu Stamm springen, oder sich so schnell durch das Geäst schieben, daß die Europäer Mühe haben, ihnen zu folgen.

Trotz allem schreitet die Expedition voran. Nach mehreren Tagen des Marsches, der sie der Erschöpfung und dem Wahnsinn nahebrachte, kommen sie am 7. Juni am äußersten Ende des Mobuku-Tales an.

Sie finden eine weite Hochebene, die von hohen Gebirgswänden eingekesselt und von einer Vegetation überzogen ist, die kaum weniger phantastisch ist als der Urwald, den sie gerade verlassen haben. Das Tal ist, so weit der Blick reicht, mit einer Blütenpracht übersät, die alle Begriffe übersteigt. Den Boden bedeckt eine dichte Moosschicht, darauf Büsche von Immortellen mit pergamentartigen, silbrig weißen, rosafarbenen oder gelben Blüten. Über ihnen riesige Artischocken – mancher Stamm ist doppelt so groß wie ein Mann – und Blütenkerzen, drei bis vier Meter hoch, dick wie ein Arm, mit zartblauen Blüten. Kreuzkraut und Lobelien bilden einen so dichten Blütenwald, daß man sich oft mit der Axt den Weg bahnen muß.

Das langgestreckte Tal, in dem sie nur langsam vorankommen, läuft in eine enge Schlucht aus. Auf der rechten Seite ragt ein hoher Fels wie ein Dach über das Tal. Hier, in 3798 Metern Höhe, errichtet der Herzog das Basislager.

Es ist eine wilde, rauhe Gegend. Von den Gletschern weht eine kalte, beißende Brise. Wie wohl tut es der bergerfahrenen Mannschaft, nach diesem Marsch durch den Pflanzentunnel in vollen Zügen Höhenluft atmen zu dürfen. Es sind genau 54 Tage her, daß die Expedition von Italien aufgebrochen ist.

Während das Basislager eingerichtet wird, macht der Leiter der Expedition sich auf den Weg, um die Gegend zu erkunden. Er klettert die Steilabfälle hinauf, die zu den Gletschern hinführen. Dort schlägt er ein kleines Whymper-Zelt auf und wartet darauf, daß das Wetter sich aufklärt, um eine gute Sicht über das Bergmassiv zu gewinnen.

Am anderen Tag frühmorgens ist der Himmel wie so oft um diese Zeit völlig klar. Von unbezähmbarer Ungeduld getrieben, begeistert der Herzog seine Bergführer, mit ihm eilends eine mehr als 4500 Meter hohe Bergspitze zu besteigen. Von dort sieht er zum ersten Male die gesamte Gebirgskette des Ruwenzori unter dem Mantel frischen Schnees von leuchtender Weiße.

Der Tag bricht an, die Gletscher glänzen, die Sonne läßt die Umrisse der Gipfel und Gebirgskämme deutlich hervortreten. Um noch mehr von dem Bergmassiv zu sehen, besteigt der Herzog eine andere Anhöhe, die etwa 300 Meter höher gelegen ist. Aber der Nebel ist schneller als er.

Aus dem Urwald, wie aus einer geheimnisvollen Werkstatt, steigen die Nebelschwaden auf, gehen geballt zum Angriff auf die Bergkette über, steigen in flachen Spiralen die Gletscher hinauf, klettern himmelwärts und löschen die schneebedeckten Gipfel aus. Dann vertreibt die Sonne, jetzt schon mit mehr Kraft, die Wolkenmassen, und die Gipfel der Berge tauchen wieder auf. Aber die Nebelschwaden, eben noch auseinandergetrieben, sammeln sich schon wieder zum Angriff, und die Bergspitzen verlöschen abermals im Nebel.

Dieser Kampf der Natur wiederholt sich zehnmal, dreißigmal; immer wieder klärt sich der Himmel auf, und das reicht dem Prinzen, um in vier Stunden seinem Gedächtnis die Architektur des Hauptmassivs deutlich einzuprägen. Zufrieden kehrt er zum Basislager zurück, dort nagelt ihn ein scheußliches Wetter fest, Stürme und Gewitter folgen aufeinander ohne Unterlaß. Für die Gruppe sind diese Tage zwischen dem 11. und 14. Juni qualvoll.

Der Regen nimmt kein Ende, der Nebel löst sich nicht auf. Kreuzkraut mit monsterhaften Verästelungen, Lobelien, die aus dem Nebel wie Leichenfackeln heraussprießen, ragen aus dem Sumpf empor, hinter dem ein undurchdringlicher Schleier gespenstischen Graus liegt. Von den Felswänden ziehen unaufhörlich Nebelschwaden über die Zelte. Das Lager ist überschwemmt von Wasser und Schlamm, es ist – zur Verzweiflung des Kochs – fast unmöglich, ein Feuer anzuzünden.

Der Herzog und seine Begleiter stellen sich die Frage, ob die entfesselten Elemente ihnen das gleiche Schicksal bestimmt haben wie ihren Vorgängern. Aber plötzlich, in sprunghaftem Wechsel, wie das beim Ruwenzori öfter vorkommt, heitert sich der Himmel in den Abendstunden des 14. Juni auf. Jetzt kann der Herzog den großen Aufbruch für den nächsten Tag festsetzen.

15. Juni. Mit seinen vier Bergführern aus Aosta, dem Photographengehilfen und neun Bakongos verläßt der Chef das Lager.

Der Boden ist derart aufgeweicht, daß nach einer Wegstunde alle mit Schlamm bedeckt sind. Schimpfend und fluchend schleppen sie sich durch den scheußlichen, stinkenden Morast. Doch sie halten durch, der Aufstieg gelingt, und um 4 Uhr nachmittags können sie ein kleines Lager in 4045 Metern Höhe errichten. Am nächsten

Tag immer noch in dieser unentwirrbaren Vegetation von Lobelien und mit Wasser vollgesogenem Kreuzkraut ein neuer Fortschritt: 4219 Meter. Am übernächsten Tag ein weiterer Sprung in die Höhe: 4516 Meter. Sie sind jetzt auf dem Gletscher angelangt, am Fuße der Berggipfel, der heißbegehrten. Aber sie haben nur noch für einen Tag Proviant. Der Herzog schickt seine Bakongos zurück, dazu zwei seiner Leute. Bei ihm bleiben zwei Bergführer und ein Träger. Für einen Augenblick klärt es sich auf, sie benutzen die Zeit, um den Gletscher zu erkunden. Am Abend kehren sie zum Zelt zurück.

Eingeengt mit seinen Leuten in dem einzigen Zelt verbringt seine Königliche Hoheit eine angstvolle Nacht. Er kann nur abwarten, was der frühe Morgen bringen wird: man wird das Zelt einen Spalt öffnen, einen Blick zum Himmel werfen und erfahren, wie das Schicksal entschieden hat.

18. Juni: Der Himmel ist bewölkt, grau. Was tut's, der Herzog ist entschlossen, sein Glück zu wagen. Rasch, ohne viele Worte zu wechseln, seilt die Mannschaft sich an. Petigax und Ollier marschieren an der Spitze, hinter ihnen der Herzog mit Brocherel.

Man setzt an, den Gletscher zu besteigen, auf den Spuren des vorigen Tages. Mattes Licht, Nebelstreifen. Kein Laut außer dem Knirschen des Schnees unter den Schuhen.

Eine Stunde später wird die Stille von Freudenschreien unterbrochen. Es ist halb 7 Uhr morgens, die aufgehende Sonne vertreibt die Nebel. Dann entdecken die vier Männer am Ende der Hochebene, die sie durchqueren, das Dach des Ruwenzori: zwei Berggipfel nebeneinander, von einem gewaltigen Gesims umgeben, getragen von unzähligen Stalaktiten, die aus der Ferne wie eine Halskrause aus weißer Spitze aussehen.

Aber der Schnee wird schon wieder fahl und glanzlos wie bei Schlechtwetter. Noch scheint für einen Augenblick die Sonne, dann taucht die Seilschaft in Nebel ein. Sie ziehen weiter. Schweigend. Mit dem sicheren Instinkt der Bergbewohner geht Giuseppe Petigax in diesem undurchdringlichen Dunstschleier voran, Schritt für Schritt, bis zum Abschluß der Hochebene. Sie sind am Fuße des Grats angekommen, der zum ersten, dem Südgipfel führen muß. Glücklicherweise ist der Schnee fest, man kann also ziemlich rasch vorangehen. Hier und da, an den steilsten Stellen, gebrauchen sie den Eispickel, um Stufen zu schlagen. Um 7.30 Uhr haben die vier Männer es geschafft, der Gipfel ist erreicht.

Es ist ein Sieg, aber noch nicht der Sieg.

Der Wind bläst mit Gewalt, ringsherum breiten sich weiße Nebelschwaden aus, die den Gipfelschnee und die schweigsamen Eroberer buchstäblich auffressen. Starr blicken sie nach Norden und warten eine Stunde lang darauf, daß es sich aufklärt, damit sie den Hauptgipfel sehen und feststellen können, welchen Weg sie nunmehr einschlagen müssen.

Für einen kurzen Augenblick vertreibt ein Windstoß die Nebel. Zwei Lösungen zeichnen sich ab: entweder hinabsteigen zu dem Paß, der die beiden Gipfel trennt, und von dort den Aufstieg durch eine Wand versuchen, die sehr steil zu sein scheint und außerdem von einem riesigen Gesims überragt wird. Oder zurück zur Hochebene, sie unterhalb des Passes überqueren und über einen Grat im Osten hinaufklettern; das wäre ein langer, umständlicher Weg, den sie im Nebel zurücklegen müßten, ohne jeden Anhaltspunkt.

Sie entscheiden sich für den ersten, den unmittelbaren, aber auch den gefährlicheren Weg. Um 9 Uhr morgens setzen die Seilschaften sich in Marsch, sie steigen hinab zu dem Einschnitt zwischen den Berggipfeln. Immer wieder muß Petigax Stufen schlagen. Schließlich kommen sie auf der Paßhöhe an, einem schmalen eisbedeckten Streif zwischen zwei Gletscherspalten. Von hier aus geht es zur Bergwand, der Nebel ist so dicht, daß man sie nur ahnen kann. Als das Gefälle ganz plötzlich extrem steil wird, machen sich die Männer die Sache leichter, indem sie ihre Rucksäcke ablegen. Petigax macht sich wieder daran, Stufen zu schlagen, geradezu eine Treppe für die hinter ihm, die von Eisstücken und Schneeladungen überschüttet werden.

Die Seilschaften sind am Gesims angekommen, unter ihnen versinkt die Wand im Nebel.

Zwischen den Säulengängen der Stalaktiten und Stalagmiten müssen sie sich hindurchzwängen, einen Weg bahnen. Es ist eine enge, steile Rinne, zwei Meter hoch, ein »Kamin« im Gesims. Um sie zu bewältigen, muß der eine dem anderen auf die Schulter steigen. Petigax klettert Ollier auf die Schultern, auf den Kopf, der mit stoischer Ruhe die Nagelschuhe des Seilersten erträgt. Petigax schlägt seinen Pickel so hoch wie möglich ins Eis, verschafft sich schnell einen sicheren Stand, macht zwei Schritte, schlägt den Pikkel wieder ins Eis, schnappt Luft, macht dasselbe Manöver noch einmal, und erreicht so den Grat. Jetzt ist es seine Aufgabe, dem zweiten Mann zu helfen, der schnell hochklettert. Und sobald er diesem heraufgeholfen hat, wirft er seinen Gefährten ein Sicherungsseil zu, die nun durch den Kamin hinaufklettern.

Dem Nebel entronnen, stehen die vier Männer nun zusammen, mit klopfendem Herzen, fast Schulter an Schulter auf einem Schneefeld. Nur noch dreißig, vierzig Meter, und dann – ja und dann wird Schluß sein.

Petigax, Ollier und Brocherel gehen ein wenig beiseite, mit aller Vorsicht, und mit stummer Geste fordern sie die Königliche Hoheit auf, vom Mondgebirge Besitz zu ergreifen. Es ist halb zwölf Uhr, als der Herzog den Gipfel des Ruwenzori erreicht.

Er und seine drei Begleiter brechen in Begeisterung aus, um sie herum strahlt alles vor Licht. Unter ihnen breitet sich soweit das Auge reicht ein Wolkenmeer aus, aschgraue Spiralwölkchen werden vom Winde getrieben. Aus dieser unwirklichen Ebene ragen einsam zwei weiße Pyramiden hervor, auf denen Myriaden von Kristallen im Sonnenschein glänzen. Dem höchsten der Berge – er ist 5119 Meter hoch – gibt der Prinz den Namen Margherita, den anderen, 5105 Meter hohen, nennt er Alexandra, im Gedenken an die Königin von Italien und an die Königinmutter von England. Dann entfaltet er, von Rührung gepackt, eine kleine Flagge, eine Trikolore, Geschenk Margaretas von Savoyen, auf die sie diese Devise hatte sticken lassen: »Wage und hoffe!«

Während die kleine Fahne im Winde flattert, denkt der Herzog an das Gelöbnis dessen, der 18 Jahre zuvor das Mondgebirge entdeckt hatte. Hatte nicht Sir Henry M. Stanley den Wunsch ausgesprochen, »einige, die in die Berge vernarrt seien, sollten sich den Ruwenzori zum Ziel nehmen und das Werk zu Ende führen«?

Dieses Gelöbnis wird jetzt erfüllt. Stanley aber kann es nicht mehr erfahren. Seit zwei Jahren ruht er auf dem kleinen Friedhof von Pirbright.

Und dennoch, so hat es den Anschein, lebt er noch in diesem Augenblick; der Herzog der Abruzzen glaubt die aufrüttelnden Worte zu hören, die der große Forscher, vom Ruwenzori begeistert, vor gar nicht so langer Zeit ausgesprochen hatte: »Ägypter, hier liegt er, dieser wohltätige Riese, der mit seinen Schneemassen den Völkern am Nil zu trinken gibt.

Wie oft habt ihr die Wohltaten dieses Wassers gepriesen. Es sind die weiten Schneefelder des Mondgebirges, es ist der Ruwenzori, der König der Wolken, der es euch gibt.«

Wir sehen, daß der Ruwenzori ein Wunder vollbracht hat: Ein gelassener Angelsachse wird, von ihm inspiriert, lyrischer als mancher Lateiner, vielleicht sogar mehr als der Herzog der Abruzzen! Sicherlich, dieser »wohltätige Riese« ist es nicht allein, der den Völkern des Nils den Segen des Wassers gibt. Stanley wußte es besser als irgendeiner, denn er hatte den alten Vater Nil des Kapitäns Speke an der Einmündung in den Victoriasee wiederentdeckt. Aber wenn Stanley mit seiner rauhen Schale sich damals hingerissen fühlte, zu träumen, poetisch zu werden, warum sollen wir ihm nicht folgen – wenigstens für einen Augenblick? Besonders seitdem wir diese phantastische Welt des Mondgebirges entdeckt haben und wissen, daß diese Welt in die Geschichte des großen Stromes einbezogen ist.

Aber nach dieser nur scheinbaren Lösung, mit der der Herzog der Abruzzen Stanley post mortem in die Sache einbezogen hat, wollen wir ganz kurz die richtige Lösung betrachten.

Kann man sagen, daß der Nil mehrere Quellen hat?

Sicherlich ja! Bei einem so gewaltigen Fluß kommen dem Ausdruck »Quelle« mehrere Bedeutungen zu, und die spitzfindigen Geographen lassen es sich nicht entgehen, sie einzeln aufzuzählen.*

Abgesehen von den Ripon-Fällen, wo einstmals auf einer Tafel zur Erinnerung an die Entdeckung zu lesen stand: »Speke found this source in 1862«, (das heißt: ›diese Quelle‹ und nicht ›die Quelle‹) wird auch »die am weitesten entfernte Quelle« genannt, womit die von der Mündung am weitesten entfernte Quelle gemeint ist, die im Jahre 1898 Dr. Richard Kandt am Ursprung der Rukarara feststellte, die dann in den Nyawarongo einmündet.

Man spricht fernerhin von der »stärksten Quelle«: dies wäre der Ruwuwu, der in einer Höhe von 1700 Metern an den Abhängen des

* Siehe Karte 4, Seite 70

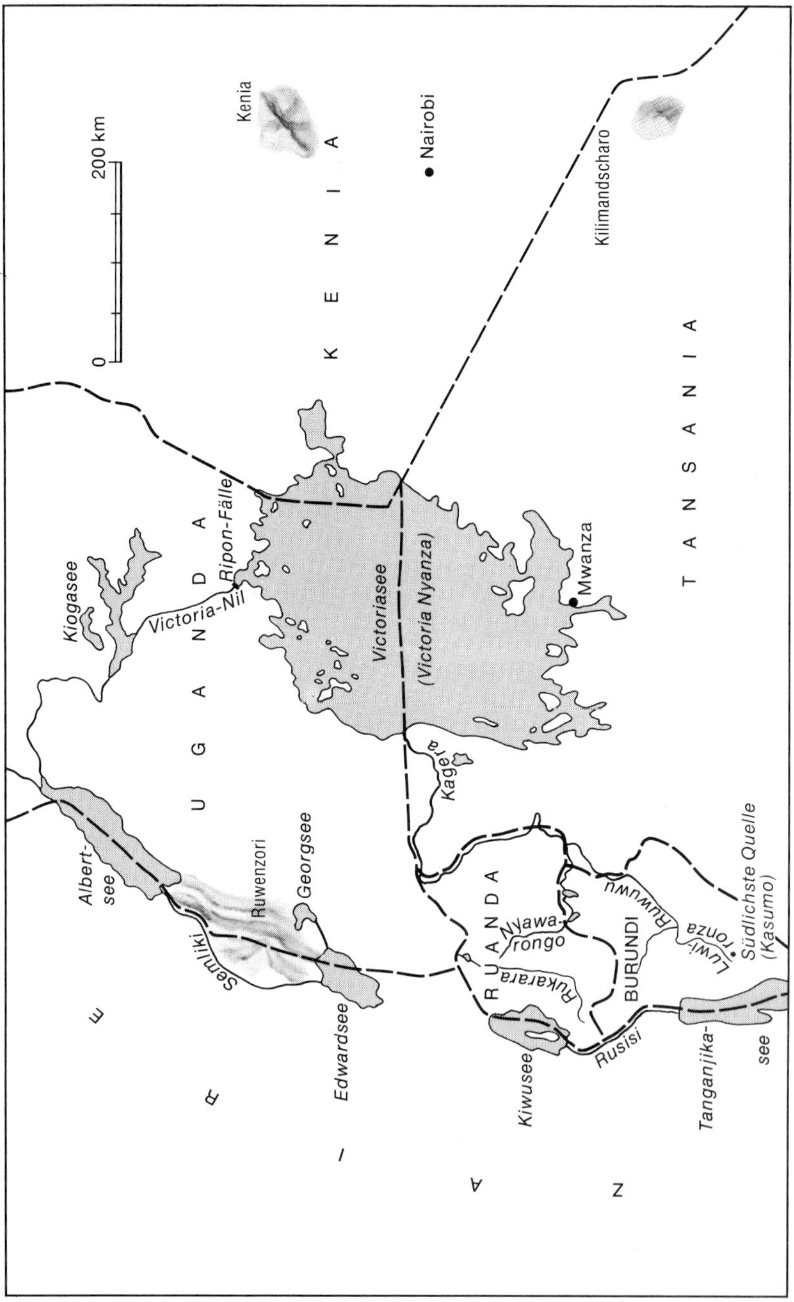

Karte 4: Die »verschiedenen« Nilquellen.

Luwironza, nordöstlich vom Tanganjikasee, entspringt. Sachverständige der Hydraulik haben festgestellt, daß vom Süden her in diesen Ruwuwu ein anderer Fluß einmündet, auch er heißt Luwironza.

Schließlich ist noch von einer vierten »Quelle« die Rede, der »südlichsten Quelle«, die Dr. Burkhart Waldecker im Jahre 1937 entdeckt hat. Es ist der Kasumo, der in einer Höhe von 2050 Metern in Ruanda, 29,31 Grad östlicher Länge, 3,55 Grad südlicher Breite entspringt.

Wenn man sich die Mühe macht, mit den Wissenschaftlern die Karten zu studieren, dann kann man klar erkennen, daß aus dem Zusammenfluß von Ruwuwu und Nyawarongo der berühmte Kagera entsteht, den Speke entdeckt und Stanley erforscht hatte. Jetzt kann man begreifen, daß dieser Kagera, der bedeutendste Zustrom zum Victoriasee, logischerweise als Ursprung des Nils angenommen wurde. Schon zu Zeiten Stanleys nannten die Eingeborenen diesen Fluß »die Mutter des Stromes, der aus den Djinndja kommt«, das heißt aus den Ripon-Fällen.

Und wenn man dies hört, dann stellt sich die Frage: Wer, abgesehen von den Eingeweihten, hat je von Rukarara, Ruwuwu, Nyawarongo und sonstigen Flüssen etwas vernommen? Lassen wir einmal die Ripon-Fälle außer Betracht. Die Quelle, welche die meiste Aufmerksamkeit verdient, und die auf alle Fälle die Geographen als die wahre Nilquelle ansehen, das ist die, welche Dr. Burkhart Waldecker entdeckt hat. Aber vielleicht müßte man, um sich darüber Klarheit zu verschaffen, nach Ruanda gehen. Und in der Tat, die südlichste Quelle des Nils ist zu einer Wallfahrtsstätte geworden, von der die Besucher ein Fläschchen dieses berühmten Wassers mitnehmen, ein bedeutsamer Besitz in der Fülle all ihrer Reiseandenken.

Die düstere Landschaft hat nichts gemein mit der ungezähmten Größe des Mondgebirges. Ein steiniger Weg führt hin zur Kikizi, einer einsamen niedrigen Anhöhe, auf der man eine kleine Pyramide errichtet hat.

Nicht weit davon entfernt hatte am 12. November 1937 der Forscher eine Höhle entdeckt, aus der ein dünnes Rinnsal fließt, das die Eingeborenen Kasumo nennen, was soviel wie »Kaskade« bedeutet. Er ließ die Höhle ausmauern, errichtete eine Stele und baute auf dem benachbarten Hügel eine Steinpyramide mit einer lateinischen Inschrift zu Ehren der Männer, die den Nil erforscht hatten, und einem Verzeichnis der Namen, die man im Laufe der Zeit den Quellflüssen gegeben hatte. Diese Pyramide wurde vor gut zwanzig Jahren wieder instand gesetzt. Auf einer Bronzeplatte ist Dr. Burkhart Waldeckers Huldigung für die zu lesen, die die Quellen des Nils gesucht haben. Und selbstverständlich nennt er, neben Ptolemäus, auch Speke und Stanley.

Ja, sie sind es, denen wir unser Wissen um den Nil verdanken, ebenso Grant und Baker, und schließlich Burton und Livingstone.

Der Nil ist für diese Männer der Inbegriff von Heroismus, er bedeutet Begeisterung für die Aufgabe, Danksagung an den Herrn, er ist Ursprung ihrer Freuden und Leiden, ihrer Streitigkeiten und ihrer Verbitterung, wenn nach ihrer Rückkehr nach Europa die Stubengelehrten hämisch ihre Quellen, ihre Seen überprüfen, um dann zu behaupten, das seien ja nur Belanglosigkeiten, kleine Bäche oder Sümpfe. Der Nil ist Name für die Ungläubigkeit der öffentlichen Meinung, die oft über die Forscher spottet und Stanley am Ende seines Lebens zu einem verbitterten Mann macht. Und er bezeichnet die Verständnislosigkeit in Regierungskreisen, die sich damit begnügen, Speke zu erlauben, ein Flußpferd und ein Krokodil in sein Wappen aufzunehmen.

Der Herzog der Abruzzen hingegen hatte schon frühzeitig begriffen, wieviel diese tüchtigen, ungewöhnlichen Männer dazu beigetragen hatten, Afrika zu erforschen. Aus diesem Wissen gab er einer Berggruppe, die von den Margherita- und Alexandra-Spitzen beherrscht wird, den Namen Stanley, anderen Bergen im Gebiete des Ruwenzori die Namen Spekes und Bakers.

Seitdem ist ein Jahrhundert vergangen, die leidenschaftlichen Auseinandersetzungen haben sich beruhigt.

Heute ist für jeden, oder fast für jeden, der Nyanza die Quelle des großen Flusses, Ursprung des »alten Vater Nil«, so wie Speke ihn genannt hatte. Die Stelle, wo der Fluß den Victoriasee verläßt, diesen Wasserstreifen dort, der einem Förderband ähnelt, sah der britische Forscher am 28. Juli 1862 vor sich; wie sich dieser Wasserstreifen dann in mehreren Wasserfällen hinabstürzt, unter grünlichem Schaum strudelnd und wirbelnd zur Ruhe kommt und eilig weiterfließt zum Sudan, nach Khartum und nach Ägypten.

ZWEITER TEIL

Die Reise nach Khartum

1. Kapitel

DIE JUGEND EINES RIESEN

Der Nil macht seine ersten Schritte, vorwärtsgetrieben von den riesigen Wassermassen des Victoriasees. Er schaut nicht zurück, er träumt nur von seiner Zukunft.

Es sind nicht die Schritte eines Kindes, sondern eines leidenschaftlichen jungen Mannes, der von Kraft und Leben strotzt. Seiner Aufgabe bewußt eilt er nach Norden, kühn entschlossen, als ob ihm eine Eingebung sagt, welche Richtung er 5611 Kilometer weit einschlagen oder immer wieder neu finden müsse.

Kaum hat er vom strahlenden Morgen seines Daseins gekostet, da setzt der Mensch seinem ehrgeizigen Streben eine Schranke. Ein Staudamm will den Fluß Demut lehren. Er wird gezähmt und bleibt doch eigentlich unbezähmbar. Er zieht seines Weges weiter und vergißt, was der Mensch ihm mit seinen Betonmauern angetan hat. Er denkt nur an das unvorstellbare Abenteuer, das ihn ruft.

Der Victoriasee ist mehr als ein See, er ist ein Binnenmeer mit fünf Häfen und einer ganzen Schiffsflotte, die mitunter vom Sturm durchgerüttelt wird. »Lady Alice«, Stanleys Schiff, weiß davon einiges zu erzählen. Der schnellste Dampfer, der bis zu 13 Knoten schafft, braucht zweieinhalb Tage, um die Runde zu machen um den See, den man ein Meer nennen könnte . . . Wie sollte man sich den Ursprung des Nils auch anders vorstellen? Der König der Flüsse, der Tausende und Abertausende von Kilometern zurücklegt, braucht einen Beginn, der seinen Ausmaßen entspricht. Dieser See mit einer Länge von 360 Kilometern im Höchstmaß, einer Breite von 250 Kilometern und einer Gesamtgröße von 68 000 Quadratkilometern ist der größte der östlichen Hemisphäre, der zweitgrößte der Welt nach dem Oberen See in Nordamerika; man könnte die Schweiz beinahe zweimal darin unterbringen.

Aber diese Ruhmestitel verblassen gegenüber dem, was man über das Land sagt, das den See vom Westen nach Norden bogenartig umgibt: Uganda. Winston Churchill hat dieses Land ein Paradies genannt.

Die Natur hat es gut gemeint mit Uganda; sein Klima ist köstlich: weder zu warm, noch zu kalt; man glaubt nicht, daß man in den Tropen ist. Das kommt daher, daß das Land, mit Ausnahme der Berge und des Niltals, in einer Höhe zwischen 1200 Metern und 1500 Metern liegt. Sonne und Regen in wohltuender Abwechslung gaben, schon bevor die Weißen auftauchten, alles, was man zum Leben braucht: Bananen, Gemüse, Getreide, Fische, Hammel und Rinder, ganz zu schweigen vom Salz, das man seit undenklichen Zeiten hatte. Heute produziert und exportiert Uganda Kaffee und Baumwolle – diese beiden Pfeiler der Wirtschaft machen den Löwenanteil des Exports aus –, Zucker, Tee und Tabak. Selbst die Reichtümer unter der Erde werden langsam ans Tageslicht gebracht: Wolfram, Beryll, Zinn, Eisen, Phosphate, Kalkspat; Kupfer, in den 50er Jahren bei Kilembe am Fuße des Mondgebirges entdeckt, ist ein Exportartikel geworden.

Ohne Zweifel ist die Landwirtschaft der wesentliche Faktor der wirtschaftlichen Entwicklung. Sie bestreitet fast 90 % des Exports und macht 65 % des Bruttosozialprodukts aus. Aber auch die industrielle Wirtschaft entwickelt sich: Bier, Zigaretten, Seife, Stoffe, Superphosphate, Formstahl, Sperrholz, Wellblech, Zement.

Uganda hat einen großen Trumpf in der Hand, die »weiße Kohle« des Owen-Staudamms, den der Nil bei seiner Geburt durch den Victoriasee speist. Die daraus gewonnene Energie wird selbst nach Kenia verkauft. Zwei weitere Staudämme sind geplant.

Auch der Tourismus bringt Devisen ein. Die Elefanten, Krokodile und Nilpferde in den Nationalparks lassen keinen Zweifel aufkommen, daß sie in der Zahlungsbilanz eine Rolle spielen. Die Bevölkerungszahl wächst schnell; man schätzt sie heute auf mehr als 11 Millionen Einwohner. Die Niloten leben im Niltal, die Hamito-Niloten im Osten des Landes. Die Bantus, die stärkste Volksgruppe, bewohnen das übrige Land. Westeuropäer gibt es nur noch eine Handvoll, Inder und Pakistani mußten das Land verlassen. Ihr Weggang hat die Wirtschaft dieses Landes bei ihrem Kampf gegen die zur Zeit sehr starke Inflation behindert und eine ernsthafte Drosselung der landwirtschaftlichen Produktion hervorgerufen. Uganda, mit 248 000 Quadratkilometern fast halb so groß wie Frankreich, ist politisch selbständig geworden. An der Spitze der Republik steht ein Präsident, dieser wiederum ernennt einen Premierminister, der eigentlich alle ausübende Gewalt in Händen hat. Uganda ist seit 1962 selbständig und, wie um sich das zu beweisen, immer Krisen ausgesetzt. Sein Weg zur Unabhängigkeit war aber auch sehr schwierig, da das Königreich Buganda mit Abfall gedroht hatte, wenn seine Eigenarten durch die staatliche Organisation nicht respektiert würden. Schließlich kam zwischen dem »Kabaka«, dem König von Buganda, und den Nationalisten Ugandas ein Kompromiß zustande, der dem jungen Staat erlaubte, die Reichtümer des Königreichs Buganda zu nutzen. Fast ein Drittel der Bevölkerung, übrigens der am meisten entwickelte Teil, wohnt in diesem Königreich. Die Herrscherfamilie kann auf eine mehr als fünf Jahrhunderte währende Machtstellung zurückblicken, deren Organisation, Stärke und Autorität Stanley und Speke ermessen konnten. Aber ein paar Jahre später wurde der alte König von Buganda von seinem Premier vertrieben, der eine Einheitsverfassung verkünden ließ, durch die das System des Bundesstaates sowie die Feudalherrschaft abgeschafft wurden. Der Kabaka starb im Exil.

Wieder einige Zeit später wurde der neue Präsident seinerseits von einem General mit Unterstützung der Armee abgesetzt und mußte nach Tansania flüchten.

Kampala, die Hauptstadt der Republik Uganda*, zählt etwa 380 000 Einwohner. Wie alle großen Städte Afrikas befindet sie sich in voller Entwicklung: breite Straßen, große Hotels, hohe Türme, imposante Gebäude. Die Banken- und Geschäftsviertel wurden saniert. Wenn auch die neue Zeit mit ihren Modernismen die alte

* Siehe Karte 5, Seite 78

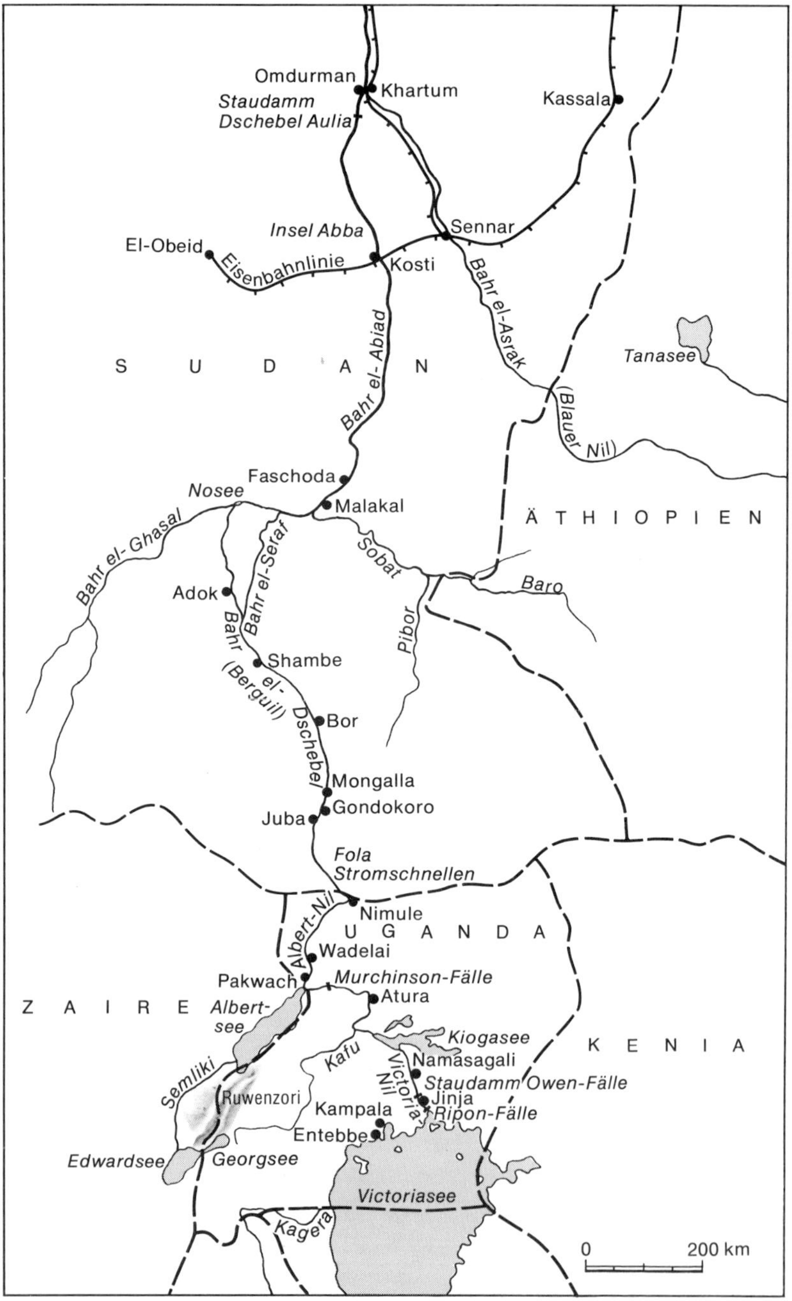

Karte 5: Der Weiße Nil.

Getrocknete Fische.

Stadt unvermeidbar überwuchert, so bewahrt sie sich dank ihrer bevorzugten Lage dennoch einen gewissen Charme.

Wie Rom ist Kampala auf sieben Hügeln erbaut, weiter reicht allerdings der Vergleich nicht. Und diese Hügelkette mit den abgeflachten Rücken, zwischen tiefe grüne Täler gesetzt, wie man sie immer wieder in dieser urwüchsigen Landschaft antrifft, gibt der Stadt eine unanfechtbare Originalität. Auf dem Bürgersteig der breiten Avenuen, der Parliament Road zum Beispiel, wo weißuniformierte Polizisten den Verkehr mit Gesten, die sie ihren Londoner Kollegen abgeschaut haben, regeln, gehen buntgekleidete Menschen spazieren, niemand hat Eile. Frauen kommen graziös angeschlendert, ihre Kleider sind leuchtend bunt: rosa, purpur, violett, grün. Und wo auch immer man in der Stadt sein mag, auf jedem Hügel entdeckt man etwas Interessantes: eine anglikanische Kathedrale, eine katholische Kirche – ein Drittel der Bevölkerung ist katholisch –, eine Moschee, ein Fort, die Universität. Das Makerere College steht jedem Studenten offen, mag er aus Uganda oder sonstwoher kommen. Dieses angesehene Kolleg ist neben Salisbury eine der maßgeblichen Universitäten zwischen Pretoria und Khartum. Im Zentrum der Stadt liegt der Bahnhof. Dreimal in der Woche herrscht dort ein besonders lebhaftes Treiben, an den Tagen, an denen der Zug nach Mombasa abfährt. Mombasa ist der Hafen Kenias, für Uganda die Verbindung zum Indischen Ozean. Möglicherweise wird die Fahrt dorthin, während der man von der Schönheit der Landschaft Ostafrikas einen kurzen Überblick bekommt, durch eine Herde von Elefanten oder Büffeln aufgehalten. Eine humorvolle Reklametafel der ugandischen Eisenbahn zeigte vor Jahren einen Zug, der mitten im Busch von allen möglichen wilden Tieren blockiert wird: Ein Reisender, von einem Löwen bedroht, hatte auf dem Dach eines Eisenbahnwagens Zuflucht gefunden; trotzdem gelang es einer Giraffe, ihm die Haare vom Kopf zu fressen. Heute braucht der Zug – er verfügt über Schlaf- und Speisewagen – 39 Stunden bis Mombasa. Es ist noch nicht allzu lange her, da gab es dieses Verkehrsmittel noch nicht, und die Kolonialbeamten bekamen, wenn sie nach London zurückreisten, zu ihrem normalen Urlaub zusätzlich noch drei Monate Urlaub, denn sie mußten den Weg zur Küste zu Fuß machen. Reittiere zu benutzen war wegen der Tsetsefliegen unmöglich.

Kampala, Zentrum des Handels, ist nun zur politischen Hauptstadt geworden. Vor der Unabhängigkeitserklärung spielte Entebbe, 35 Kilometer südlich, diese Rolle. Für Kampala spricht die schöne Lage, aber auch Entebbe ist bezaubernd gelegen, hoch oben auf einem Vorgebirge, das den Victoriasee beherrscht. Hier zeigt sich beispielhaft, was die Verbindung von Mensch und Natur hervorbringen kann. Die Engländer wußten genau, wo sie sich ansiedeln wollten. Fern vom Basar von Kampala, vom Lärm, von den Gerüchen der Eingeborenen, hatten sie sich in einer traumhaften Umgebung niedergelassen. Man stelle sich eine von Bonnard gemalte Landschaft vor, in der die Bäume Europas durch eine üppig wuchernde Vegetation ersetzt sind. Entebbe, das ist ein Kaleidoskop: große Parkanlagen mit grünen Hügeln, ein Kranich fliegt vorüber; immerblühende Gärten, in denen Tausende von Vögeln singen; Bananenbäume, die im Winde schwanken, daneben Mangobäume; dunkelrote Termitenbauten; unzählige zartgrüne Rasenflächen; weiße »homes« im angelsächsischen Kolonialstil; tadellos gepflegte Kricketplätze; hellgelbe Hütten und Wagen, die von Ochsen mit riesigen Hörnern gezogen werden, so wie wir sie auch auf Fresken sehen. Und immer wieder genießt man dieses Klima der Côte d'Azur, diese tropischen Düfte.

Entebbe ist noch nicht das wirkliche Afrika, das rauhe und herausfordernde Afrika der Wüste oder des Urwalds. Aber der Victoriasee liegt in unmittelbarer Nähe und erinnert uns, daß er dem Nil das Leben spendet. 80 Kilometer nordöstlich von Entebbe läßt der künftige König der Flüsse seine Wasser über die Ripon-Fälle, die Wasserfälle Kapitän Spekes, strömen. Und die ganze Flut wird vom Wasserstau des Dammes verschlungen, gegen den der Nil in seinem jugendlichen Übermut anrennt.

Von Jinja, auf einem Vorgebirge gelegen, kann man sehen, wie er breit und kraftvoll einen Golf mit kaiserlichem Namen, den Napoleon-Golf, verläßt und sich sein Bett in die schwarzrote Erde wühlt. Dann, verborgen hinter einer Reihe grüner, dicht mit Bananenstauden bestandener Hügel, hemmen hohe lehmige Wände den Strom in seinem Lauf, das Flußbett wird immer enger, schließlich ist es nur noch 300 Meter breit. So, wie man einen Fisch in einer Reuse fängt, braucht der Staudamm auf den Owen-Fällen den Victoria-Nil nur noch zu greifen. »Nirgends auf der Welt kann ein so schwaches Gemäuer solche Wassermassen in Schach halten«, hatte Winston Churchill vorausgesagt, als er Anfang des Jahrhunderts auf einer Afrikareise dorthin kam.

Der Nil macht sich über solche Prophezeiungen seine Gedanken, sie erregen seinen Zorn. Wie oft hat man in so kurzer Zeit seinen Stolz verletzt! Es ist erst ein paar Kilometer her, daß er sich damit abfinden mußte, sich unter der Brücke von Jinja hindurchzuzwängen, den Lärm der Eisenbahn zu hören. Und jetzt muß er es auch noch hinnehmen, daß Wagen und Lastfahrzeuge über den Staudamm hinüberfahren.

Bald aber sind diese vielen Mißgeschicke vergessen, denn nach dem Staudamm der Owen-Fälle gibt es nichts mehr, nur noch urwüchsige Natur. Der Nil, voller Lebensfreude, entdeckt begeistert eine Welt, aus der die Menschen verschwunden sind.

Er lernt den Urwald kennen. Ein hinreißendes, aber gefährliches Abenteuer. Baumriesen beugen sich über den Fluß, sie drohen ihn zu ersticken. Er darf sich nicht aufhalten, wenn er solcher Bedrängnis entkommen will. Deshalb stürzt er sich wie ein Gebirgsbach in eine Schlucht, Stromschnellen machen hier jegliche Schiffahrt unmöglich. 70 Kilometer lang – ein paar kleine Nebenflüsse haben mühsam ihren Weg zum Nil gefunden – wird es ein ständiges Ringen mit dem tiefen, geheimnisvollen tropischen Wald geben, in dem sich gnadenlose Kämpfe abspielen.

Die Böschungen des Flusses sind dicht bewachsen, hinter einer Wand von undurchdringlichem Gebüsch erheben sich Baumriesen, die sich untereinander Licht und Boden streitig machen. Sie pressen sich aneinander, verflechten und umklammern sich und lassen nur den Lianen Raum, die sich wie endlose Schlangen um die Stämme und Äste winden und sich von da auf den nächsten Baum schieben. Am Fuße dieser Riesen führen bescheidenere Vertreter der Pflanzenwelt, Farnkraut und Orchideen, ein einfaches Leben, genährt vom warmen und feuchten Humus. Aber auch sie haben ihre Genugtuung: Sie sehen die stolzen Bäume nach und nach verfaulen und eines langsamen Todes sterben. Oder der Tod kommt plötzlich, wenn der Blitz einschlägt und einen Baum fällt. Dann gibt es noch kleinere Wesen, Myriaden von arbeitsamen Ameisen, immer hin- und herrennend, Legionen von verschiedenen Insekten, deren bunte Farben über das kurze Leben ohne Licht – das Gewölbe von Bäumen verdeckt Himmel und Sonne – zu triumphieren scheinen. Über allem lastet tiefes Schweigen. Manchmal hört man einen Vogel zwitschern, läßt sich ein Affe vom Baum fallen und stößt einen grellen Schrei aus. Dann versinkt der Wald wieder in tiefen Schlaf bis zu dem Augenblick, da ein gewaltiger Lärm ihn plötzlich aufweckt: Ein Elefant bahnt sich seinen Weg. Und alles verneigt sich und schweigt, als ob ein vornehmer Herr vorbeizöge.

Der Nil hat sich aus dieser Welt herausgehalten, ist ihrem Zauber nicht erlegen, ist dem Urwald entkommen. Er ist stolz auf seine

Unabhängigkeit und genießt die Einsamkeit. Aber sie dauert nicht lange.

Als er in Namasagali ankommt – ein Gefälle mit einem Höhenunterschied von fast 100 Metern hat ihn atemlos gemacht –, trifft er wieder auf den Menschen, der ihn sofort für schiffbar erklärt und ihm eilig ein Schiff auf den Rücken setzt, während man aus weiter Ferne von neuem das Schnaufen einer Lokomotive hört. Tatsächlich, Namasagali ist nicht nur ein Hafen, sondern auch ein Eisenbahnknotenpunkt der wichtigen Linie, die von Kampala zum Indischen Ozean führt. Glücklicherweise dringt der Lärm der Eisenbahn erst wieder kurz vor Kosti, im Sudan, zum Fluß, 2200 Kilometer flußabwärts. Bis dorthin überspannt auch keine Brücke den Strom.

Aber ein sonderbares Abenteuer steht ihm bevor. Nachdem er den Urwald verlassen hatte, hielt er sich schon für einen großen Fluß. Jetzt sieht er, wie die Ufer verschwimmen, die Tiefe nachläßt, die Strömung aufhört. Der Nil begreift jetzt, daß er der Gefangene eines Sees mit undeutlichem Umriß geworden ist, der sich in alle Richtungen in grünes, fruchtbares Land ausdehnt und seine Arme bis zu einer Länge von 100 Kilometern ausstreckt. Es ist der Kiogasee, von mäßiger Tiefe zwar und viel kleiner als der Victoriasee. Zum größten Teil ist er aber von Wasserpflanzen überzogen, gefährlichen Wasservertilgern, und am Ufer versinkt man im Sumpf. Wer wird Sieger sein, der Nil oder dieser Morast?

Vom Flugzeug aus gesehen erscheint der Kiogasee wie eine unermeßliche Wiesenlandschaft, die von Wegen durchfurcht ist. Die Wiese, das sind die Seelilien, auf denen die Jassana oder das Afrikanische Blatthühnchen trippelt, dieser entzückende kleine Stelzvogel, und auch das Schilfrohr und die Papyrusstauden, die in den Ausläufern des Sumpfs eine Höhe von fast fünf Metern erreichen. Die Wege, das sind die Wasserrinnen, die auch Dampfschiffe benutzen und die die Flußpferde den Einbäumen der Eingeborenen streitig machen. Diese Wasserstraßen müssen ständig instandgehalten werden, denn schwimmende Inseln würden sonst bald diese einzigen Verbindungswege blockieren. Fischer wohnen an diesem sonderbaren See, in bescheidenen kegelförmigen Hütten, die sie im Sumpfgelände oder auf Inseln aus Schilfrohr errichtet haben, und die an die Hütten erinnern, die man in Bolivien oder am Titicacasee sieht. Getrocknete Fische sind Grundlage der Ernährung. Die Ansprüche sind äußerst gering. Die »Insulaner« sind fast völlig nackt. Der erste weiße Mann, der sie gesehen hat, war 1874 ein Franzose, Oberst Chaillé-Long, den General Gordon zu König Mtesa geschickt hatte, um einen Vertrag zu unterzeichnen, nach dem das Nilbecken unter ägyptisches Protektorat gestellt werden sollte. Als Chaillé-Long seine Mission erfüllt hatte, nutzte er die Gelegenheit, den Verlauf des Nils zu erkunden, von der Stelle an, wo Speke ihn verlassen hatte.

Stellen wir uns einmal vor, dieser Mann hätte den Lauf des Nils bis zum Kiogasee verfolgt. Dann hätte er sich vielleicht die Frage gestellt, wie sich dieser überwältigende Fluß, der ihn bei den Ripon-Fällen in Begeisterung versetzt hatte, aus dieser Schlinge ziehen würde. Nun, der Nil findet einen Ausweg nach Westen hin! Er erholt sich aber nicht leicht von einer Überquerung, die nicht enden wollte. Er hat die Angewohnheiten des Sees angenommen: Er ist träge geworden. Und er hat ein anderes Souvenir an den Durchfluß mitgenommen: Wasserpflanzen, in denen er sich immer noch verstrickt. Kurz, der Nil läßt sich gehen, und jetzt macht er sogar Anstalten, nach Südwesten abzubiegen. Glücklicherweise weckt ihn ein Nebenfluß, der Kafu, aus seinen Träumen, und mit einem Male hat er seine Richtung wiedergefunden, dem Norden zu. Und jetzt gewinnt er auch wieder sein Gesicht, das Aussehen eines großen Stromes, selbst wenn er noch Papyrusstauden und Wasserlilien mit sich schleift.

Jenseits dieses Sumpfgeländes breitet sich ein ebenso bevölkertes wie reiches Land aus, ein Land mit Pflanzungen und Viehzucht. Hier offenbart sich die Fruchtbarkeit der Landschaft von Uganda, durch die der Nil mit friedfertiger Kraft breite Kurven zieht. So erreicht er Atura, wo er sich in der Meinung, mit den 200 Kilometern seit Namasagali der Schiffahrt des Menschen genügend entgegengekommen zu sein, von den Dampfschiffen trennt. Er macht eine entschlossene Wendung nach links und fließt weiter in westlicher Richtung. Jetzt wird er enger, tiefer, reißender, er wird wieder zu dem, was er vor dem großen Staudamm war: ein Gebirgsfluß. Er läßt sich von seinem Temperament mitreißen, vergißt die Lehren der Vergangenheit, und etwa 100 Kilometer weiter stürzt er sich in ein neues, gefährliches Abenteuer.

Noch ahnt er nichts davon. Er schiebt seine Wassermassen durch ein felsiges, etwa 100 Meter breites Flußbett und stürzt sich wie in seiner tollen Jugend in eine Serie von Stromschnellen. Aber diesmal steht ihm auch kein dichter Urwald mehr im Wege: Es geht jetzt zwischen Felswänden hindurch und an Schluchten vorbei, in denen Bananenstauden und vielerlei Arten von Palmen, gemischt mit herrlichen Exemplaren von Bäumen, stehen. Wilde Tiere, Elefanten, Löwen, Leoparden und an den Ufern Krokodile bevölkern diese Region der trockenen Steppen, in der die Tsetsefliege dem Menschen und dem ihm hörigen Tier das Leben unmöglich macht. Noch heute wagen sich die Topographen nicht in diese Gegend, und von dieser »terra incognita« gibt es nur Luftaufnahmen.

Unerschrocken nimmt der Nil seinen Weg bis zu der Stelle, wo sich ein toller Theatercoup ereignet. Das Gefälle wird stärker, die Ufer pressen sich zusammen, und plötzlich zwingen ihn zwei querstehende Granitfelsen, sich in einen Engpaß zu stürzen, der nicht breiter ist als sechs Meter . . . und er stürzt vierzig Meter in die Tiefe. Das macht einen höllischen Lärm, der Nil schäumt vor Wut – er rast, weil er in diese Falle geraten ist. Ein leuchtender Regenbogen, so scheint es, freut sich boshaft, den Sturz eines Helden verkünden zu können. Von dem stürmischen, stolzen Nil bleibt nicht viel mehr als ein fast totes Gewässer, mit weißlichem Schaum bedeckt, aus dem braune Köpfe emportauchen: die Nilpferde. Es herrscht eine drückende Hitze, die Luft ist von Feuchtigkeit gesättigt; ein ideales Klima für die Vegetation. Und der tropische Urwald zeigt sich wieder in seiner ganzen Schönheit. Doch es ist nicht wie bei Namasagali, wo der Nil sich nicht schnell genug hinunterstürzen konnte, als er wie ein ängstliches Kind einer Welt entfloh, in der ein Baum des anderen Tod war. Jetzt strömt er gelassen in den Urwald hinein, sieht, daß es auch Lichtungen gibt, und läßt zu, daß zu seinen Ufern Elefanten und Büffel, Gazellen und Antilopen, Krokodile und Nilpferde, Paviane und Affen, Fischreiher und Kraniche und das ganze kleine Wassergetier kommen. Jetzt weiß der Nil, woran er ist, und er fügt sich in sein Schicksal. Niemals hat er so viele Tiere aus solcher Nähe gesehen, er fühlt sich ihnen in schönster Harmonie verbunden.

Wir sind an den Murchison-Fällen.* Barker hatte ihnen im Jahre

* Siehe Karte 5, Seite 78

1864 den Namen gegeben, zu Ehren des berühmten Präsidenten der Royal Geographical Society. Nachdem Baker den Albertsee entdeckt hat und am Nordufer entlanggefahren ist, beschließt er, auf dem Rückweg ein Stück nilaufwärts zu fahren, um festzustellen, ob der Fluß, der sich hier in den See ergießt, der gleiche ist, den er vor einigen Monaten an anderer Stelle, weiter aufwärts, überquert hatte. Er war, wie er selbst eingesteht, halbtot, aber das bezaubernde Schauspiel der Murchison-Fälle, die eigenartige Fauna geben ihm wieder neuen Lebensmut. Die dichtbewaldeten Steilufer, mehr als hundert Meter hoch; Felsblöcke inmitten grellgrünen Laubwerks; tropische Pflanzen, die sich untereinander verstricken; der scharfe Kontrast zwischen dem schneeweißen Wasser und dem schwarzen Granit; die Wasserschleier, die das Ganze verhüllen und ein Gefühl der Unwirklichkeit hervorrufen – all das ergibt für das Stelldichein der Tiere eine zugleich grandiose und liebliche Kulisse, wie sie nur Afrika zeigen kann. Über den dichtbewachsenen Steilwänden wölbt sich ein lastender Himmel, braunrot gestreift. Gedämpftes Licht schimmert durch die Bäume, die dicht am Ufer stehen. Kleine Affen purzeln aus den Ästen und nähern sich langsam und vorsichtig dem ruhigen Fluß, Flamingos schreiten ins Wasser und scheuchen einen Kranich auf. In das Konzert der Insekten mischt sich das Zwitschern der Schwalben. Plötzlich vernimmt man an den Ufern des Flusses ein dröhnendes Geräusch. Eine Schar Büffel taucht in einer Lichtung auf, eine Horde Elefanten folgt ihr mit hin- und herpendelnden Rüsseln und fächelnden Ohren. Bis zum Bauch tauchen sie ins Wasser und verscheuchen die Krokodile, die am sandigen Strand mit offenem Maul eingeschlafen waren, ihre Augen sind unter den schweren Augenlidern fast verschwunden. Jetzt gerät alles in Bewegung, in toller Flucht stürzen sich die Tiere in die schäumende Flut. Es sieht so aus, als ob die Nilpferde sich über diesen Wirrwarr lustig machen wollten. Wie ungezogene Kinder schnauben sie mit Höllenlärm im Wasser. Das klingt wie ein tiefes Brummen, schweres Atmen, wie das Rauschen eines Springbrunnens. Zu Hunderten, Wellen unter anderen Wellen, treiben sie manchmal als unbewegliche grünliche Massen im Wasser, dann wieder tauchen sie unter und kommen einige Meter weiter wieder hoch, pfeifend wie eine Dampfmaschine – man sieht aus dem Wasser nur die beiden hochsitzenden glasigen Augen hervorglotzen oder vielleicht einen halbgeöffneten Rachen mit den großen schräggestellten Zähnen. Weit hinten, in der Lichtung, aber noch im Schatten der hohen Bäume weiden scheue Gazellen und Antilopen vorsichtig zwischen hohen gelben Gräsern.

Die gleichen Bilder wecken ein Jahrhundert nach Baker die Begeisterung der Reisenden, die heute bequem mit Auto oder Flugzeug dorthin kommen. Kleine, gut gebaute Schiffe kreuzen auf dem Stausee der Murchison-Fälle, ohne daß für sie eine Gefahr besteht, von Nilpferden angegriffen zu werden, wie das am Tag der Entdeckung der Wasserfälle der Forscher noch erlebt hatte. Ein komfortables Hotel steht für die Reisenden bereit, und abends, wenn ein Tag inmitten einer unglaublich vielfältigen Tierwelt hinter ihnen liegt, können sie noch das geheimnisvolle, unaufhörliche, verzaubernde Murmeln der afrikanischen Nacht hören.

Die Murchison-Fälle sind für den Nil das größte Naturereignis in seinem Lauf. Im Vergleich hierzu sind die Katarakte im Sudan und in Ägypten ein Nichts. Jetzt muß der Fluß alle seine Kräfte sammeln, um seinen Weg nach Westen hin fortzusetzen, zum Albertsee, der übrigens nur etwa 30 Kilometer entfernt liegt. Der Nil, so scheint es, hat alle Eile, dorthin zu kommen; sein Lauf wird schneller, und unbeherrscht macht er ein paar Schleifen. Seine eingedämmten Ufer, etwa 300 Meter voneinander entfernt, sind überall von der gleichen Tierwelt bevölkert, die keine Angst vor Jägern zu haben braucht, denn der Nationalpark der Murchison-Fälle zieht sich bis zu dem See hin und verwandelt nach und nach den Urwald in eine dornige Steppe. Ein anderes, neues Element kommt hinzu: riesige Flußbarsche und Tigerfische.

Nur im hügeligen Gelände in der Nähe des Albertsees zwingt sich der Fluß zur Ruhe, als ob er sich einen würdigen Auftritt geben wollte. Zuerst versucht er dadurch zu imponieren, daß er immer breiter wird. Dann schmückt er seine Ufer mit der edelsten Wasserpflanze, dem Papyrus, dem die Gräber der Pharaonen, tausende Kilometer flußabwärts, Unsterblichkeit verleihen. Aber, um ehrlich zu sein, diesem Auftritt wird keine besondere Beachtung geschenkt. Man weiß nicht genau, wo der Nil in den See einfließt. Um die Mündung breitet sich dichte Vegetation aus, die von mehreren Rinnsalen durchzogen ist, die oft die Richtung wechseln.

Da der Fluß also seinen großen Auftritt verpaßt hat, schleicht er heimlich entlang dem Nordufer des Sees und verläßt ihn einige Kilometer weiter am äußersten Nordende. Um an diese Enttäuschung seiner Jugend nicht mehr erinnert zu werden, ändert der Victoria-Nil seinen Namen, er heißt jetzt Albert-Nil.

Was also ist dieser Albertsee, welche Bedeutung hat er im Leben des großen Flusses?

Um Näheres zu erfahren, muß man sich an die Geographen wenden. Ihre erste Antwort wird die sein, daß der Obere Nil von zwei hydrographischen Systemen gespeist werde. Das eine, das im wesentlichen aus Gebirgsflüssen besteht, versorgt den Albertsee sowie zwei Seen von geringerer Bedeutung, den Edward- und den Georgsee. Das andere System, hauptsächlich aus Sumpfgewässer bestehend, erstreckt sich zum Victoria-Nil und speist den Kioga- und den Victoriasee. Die Geographen werden weiterhin über die Entstehung des Nilbeckens Auskunft geben. In ihrer Sprache ist Afrika ein »Schild«, das soll bedeuten, daß dieser Kontinent seit Entstehen der Erde fast niemals vom Meer überflutet war. Einstmals wurde dieser »Schild« von vertikalen Stößen erschüttert, und diese waren Ursache vulkanischer Gebilde wie etwa des Kilimandscharo oder sogenannter »Gräben«. Der beachtlichste dieser Gräben, das »Ostafrikanische Grabensystem«, fängt in Moçambique an und spaltet sich in zwei Ausläufer, von denen der eine nach Kenia und Äthiopien, der andere zum Tanganjika-, Kiwu- und Albertsee und dann weiter nach Norden hin verläuft. Das Ganze hat die Form eines Ypsilon. Dem linken Ausläufer stellt sich jedoch eine Reihe von Vulkanen entgegen, die sich bis zu einer Höhe von 4500 Metern erheben. Diese Berge trennen den Kiwusee und den Tanganjikasee vom Nilbecken und bilden eine Wasserscheide: Der nördliche Teil entwässert zum Seengebiet des Albertsees, der größere Teil zum Victoriasee hin. Jetzt kann man die Lage des Nilbeckens genau erkennen: im Osten die Höhenzüge, die den rechten Arm des Ypsilon darstellen – noch anfälliger durch eine Bergkette, die höher als 4200 Meter aufsteigt und von der aus die Wasserläufe zum Kiogasee fließen; im Westen, wo der linke Arm ist, steil abfallende Hänge. Hier entspringen – man erinnert sich – der Ruwuwu und der Nyawarongo, die sich zu dem berühmten

Kagera vereinigen, dem wichtigsten Zufluß des Victoriasees. Für die Geographen ist das der Ursprung des Nils. Endlich zwischen den beiden Armen, eine sanft nach Süden abfallende Hochebene, auf der sich der riesige Victoriasee ausbreitet.

Im Vergleich erscheint der langgestreckte Albertsee schmächtig. Seine Oberfläche beträgt nur den fünfzehnten Teil von der des Victoriasees. Aber täuschen wir uns nicht, wir sind in Afrika: der Albertsee ist noch fast achtmal größer als der Genfer See, man findet hier 120 Kilo schwere Barsche. Seine Ufer – sie gehören im Osten zu Uganda, im Westen zu Zaïre – sind prächtig. Als Baker von der Entdeckung des Sees erzählte, konnte er nicht genug von der grandiosen Schönheit des Ostufers schwärmen. Das andere Ufer hat er ein Zauberland genannt.

Und wenn man nun nach Süden durch das Tal des Semliki hinabsteigt, eines langen Flusses, der das Wasser des Georg- und des Edwardsees aufnimmt und die Flut des Ruwenzori zum Albertsee hinführt, dann gelangt man in eine Art irdisches Paradies, das vom Mondgebirge beherrscht wird. Die Seen werden umgeben von zwei Nationalparks – einer gehört zu Uganda, der andere zu Zaïre –, wo die Tiere wie in den ersten Tagen der Schöpfung leben. In dem zu Zaïre gehörenden Gebiet beherrscht der Urwald das Bild; hier leben geheimnisvolle kleine Menschen, die Pygmäen. Im Gebiet von Uganda ist die Landschaft völlig anders. Es ist eine leicht gewellte Ebene, die man »Busch« nennt, kahl, mit nur wenigen, aber sehr warmen Farbtönen: das Strohgelb des Grases, hier und da blaue Farbflecken, die von Buschbränden herrühren, das Kastanienbraun der Kerzenbäume, das Wassergrün der Kakteen, das Braun der Schirmbäume. Auch diese fast vergessene Welt um den Albertsee gehört zur Geschichte des Nils.

Dort oben, in seiner sumpfigen Mündung, rüstet sich der große Fluß, aus dem See auszuströmen. Aber bevor er seinen Weg nimmt, denkt er nach über seine Vergangenheit.

Wenn man den Durchgang durch den Kioga- und den Albertsee einbezieht, dann hat er mehr als 350 Kilometer zurückgelegt, bei einem Höhenunterschied von 516 Metern. Niemals mehr wird er ein solches Gefälle haben. Er hat jedoch bei seinem Lauf voller Hindernisse Seen, Ebenen, Stromschnellen, Urwälder, wilde Tiere und Menschen entdeckt. Er ist kein Kind mehr, er ist ein kräftiger

Jüngling geworden, der einem neuen Lebensabschnitt entschlossen entgegengeht. Er fühlt sich stark. Aus Schicksalsschlägen hat er eine Lehre gezogen. Er hat Erfahrungen gesammelt.

Er ist auch reicher geworden, denn mit sich trägt er wie eine Botschaft die zarten und auch brutalen Bilder vom Afrika der großen Seen.

2. Kapitel

DER STYX

In der Morgensonne wirken die Boote der Fischer auf dem Albertsee wie chinesische Schattenrisse. Auf der riesigen, ölglatten Wasserfläche kommen einem die langsamen, mechanischen Bewegungen der Ruderer, die sicherlich dem Takt eines Singsangs folgen, wie spöttische Lebenszeichen vor.

Je weiter man nach Norden kommt, umso mehr nähern sich die Ufer des Sees. Das grüne Gebüsch auf beiden Seiten rückt immer dichter, und bald ist das Gewässer nur noch etwa einhundert Meter breit. Der Albertsee verschwindet, der Nil erlebt eine Wiedergeburt.

Man kann den Fluß – will man ehrlich sein – nur ahnen, von der Strömung ist nichts zu sehen. Dennoch spürt man, daß unter der unbeweglich scheinenden Oberfläche eine gewaltige Kraft den Fluß antreibt, auf dem sich Wasserpflanzen zu kleinen Inseln zusammenballen. Die Sonne steht schon hoch am Himmel, wenn der Nil an Pakwach vorüberfließt, wo der schwerbeladene, ächzende Fährkahn an diesem Tage seine erste Fahrt macht. Der Fluß aber scheint sich wenig darum zu kümmern, was um ihn herum geschieht. Schläfrig und träge zieht er seines Weges zwischen Papyrus- und Schilfwänden, ein Wasserballett der Nilpferde heitert ihn auf.

Man gewinnt den Eindruck, daß der Nil in diesem Augenblick,

seiner Stärke wohl bewußt, sich Zurückhaltung auferlegt. Hat er nicht die bittere Erfahrung gemacht, daß man nicht wie ein toller Bursche aus einem großen See herausstürzen soll? Jetzt übertreibt er: Er macht sich breit, dehnt sich und windet sich gemächlich in Mäanderlinien. Er hat keine Eile, sondern sagt sich, daß ihm nach all dem, was er erlebt hat, genügend Zeit zur Verfügung steht, um die rund 200 Kilometer zurückzulegen, die ihn noch von der Grenze des Sudan trennen. Er läßt sich keinesfalls aus der Ruhe bringen, er ist auf dem rechten Wege, nach Norden hin, nach Khartum.

Die günstigen Voraussetzungen auf dem Albert-Nil erlauben es den Dampfschiffen, bis nach Nimule zu fahren.*

Der Reisende erlebt auf dieser Fahrt eine eher eintönige Landschaft. Vom Deck des Schiffes aus kann er sich einen gewissen Überblick verschaffen, er sieht, alles in allem, nur Papyrusstauden, Schilf und Elefantengras. Auf dem linken Ufer ist von Zeit zu Zeit bebautes Land zu erkennen, aus der Steppe und der Savanne schieben sich Landzungen vor, und in einiger Entfernung entdeckt man bewaldete Hügel. Mitunter fahren Einbäume vorüber – es gibt also doch Menschen, die hier leben! Es sind die Madi, ihre kleinen Dörfer sind an den Umzäunungen zu erkennen, die sie zum Schutz gegen Krokodile errichten. Das rechte Ufer dagegen, wo sich ganze Wälder von Schilf ausbreiten, ist hoffnungslos flach, hier scheint es kein Leben zu geben. Dennoch hatte dort, in Wadelai, etwa 50 Kilometer von Pakwach entfernt, Emin Pascha auf der Flucht vor den revoltierenden Madi sein neues Hauptquartier aufgeschlagen. Es war eine richtige kleine Stadt, in der der Gouverneur lebte – 10 Jahre lang. Während er geduldig auf Hilfe von London und auf die Ankunft Stanleys wartete, befaßte er sich mit Botanik. Heute ist buchstäblich wieder Gras über die Geschichte gewachsen, und wie damals setzt der Albert-Nil seinen Weg gelassen fort.

Je mehr er sich Nimule nähert, umso breiter wird er; er verzweigt sich mitunter und drückt sich in Buchten oder zwischen kleinen Inseln herum. Die Fahrrinne jedoch, die das Dampfschiff benutzt, wird eng und krumm. Riesige Sümpfe fressen den Fluß auf, und

* Siehe Karte 5, Seite 78

der Reisende fragt sich, wo der Albert-Nil beginnt und wo er aufhört. Bei der Ankunft in Nimule jedoch werden solche Fragen überflüssig. Man teilt dem Reisenden mit, daß die Schiffahrt hier zu Ende ist und er von nun an seine Reise im Wagen fortsetzen muß. Was ist los? Nun, der Nil hat wieder einmal einen seiner geheimnisvollen Stimmungsumschwünge, auf den man bei seinem doch so ruhigen Betragen gar nicht gefaßt ist, und ändert für eine gewisse Zeit sein Gesicht.

Jetzt sind es nur noch wenige Kilometer bis Nimule. Die trügerische Behäbigkeit verliert sich, die Strömung wird immer stärker. Die Ufer rücken näher heran, Tausende kleiner Inseln aus Papyrus und Wasserpflanzen schieben sich aneinander und bilden einen Damm, der das Gewicht eines Elefanten tragen könnte. Der Nil, man spürt es, hat einen tollen Streich vor. Hielt man ihn denn bisher für besonnen? Er läßt sich von der Sehnsucht nach der Vergangenheit, von der Erinnerung an damals, als er wie wahnwitzig Wasserfälle hinunterschoß, wegtragen und stürzt sich steil hinab, um sich durch eine enge Schlucht zu zwängen. Vor Freude strahlend, von Kühnheit besessen ergießt er sich – nur noch 25 Meter breit – in die Stromschnellen von Fola, und auf einer Strecke von sieben Kilometern spielt er mit den schwarzen Felsen Bockspringen.

Dies ist nicht alles. In Nimule hat er plötzlich den Einfall, seine Richtung zu ändern. Bis zu dieser Stelle floß er nach Nordost hin, jetzt nimmt er eine schroffe Wendung um 120 Grad nach Nord-West. Er hat den Sudan erreicht. Am linken Ufer erinnern zwei Felsgebirge, 1500 Meter hoch, an seine Jugend in den Bergen. Schwungvoll und durch ein paar kleine Nebenflüsse angeregt, wird der Fluß wieder 150 Meter breit. Fast 170 Kilometer weit geht es nun durch hügeliges, waldreiches Land, schön wie ein Park, und über ein halbes Dutzend Stromschnellen. Für die Sudanesen ist dieser stürmische Nil der Fluß, der von oben kommt, aus Höhen, wo alles unbekannt, wild und phantastisch ist. Sie nennen ihn Bahr el-Dschebel, den »Fluß der Berge«, ein Name, der ihm wahrlich zusteht.

Die schöne Jugend geht wohl oder übel dem Ende entgegen. Als der Nil außer Atem in Juba eintrifft – 160 Meter hat er an Höhe verloren –, kommt er wieder zu sich. Er wollte sich nur noch einmal beweisen, daß er nichts von seiner Kraft verloren hatte. Zufrieden macht sich der Bahr el-Dschebel nun auf die Reise nach Khartum. Ein langer, sehr langer Weg durch eine ganze Welt von Sümpfen steht ihm bevor, die man den Sudd genannt hat, und der Samuel Baker den Namen Styx gab.

Die Araber haben eine sehr bilderreiche Sprache, und das Wort Sadd (in englische Schriftsprache als Sudd übertragen) bedeutet Staudamm. Die ganzen Massen Grünzeug schieben sich schließlich zusammen und bilden zusammen mit den Papyrusstauden, doppelt so groß wie ein Mensch, richtige Staudämme aus Pflanzen.

General Gordon soll einmal gesagt haben, der Sudd könne einen Menschen von jeglichem Ehrgeiz heilen. Solche Erfahrungen machten zuerst zwei Zenturionen, die Nero ausgeschickt hatte, die Quellen des großen Flusses zu entdecken. 4000 Kilometer legten sie geduldig zurück, ohne sich entmutigen zu lassen. Aber der Sudd blieb Sieger: Sie erklärten seine Moore für unüberquerbar. 18 Jahrhunderte lang sprach man nicht mehr von diesem Thema. Bis 1838 mußte man warten, da schickte der alte Khedive von Ägypten, Mehmed Ali, eine Expedition auf den Weg, der es fast gelungen wäre, die sagenhafte »Schilfmauer« zu bezwingen. Zwei Jahre später dringt eine andere Expedition, an der auch Franzosen teilnehmen, bis zu dieser Stelle vor. Zehn Jahre später schaffen es drei Franzosen noch weiter bis Gondokoro, und jetzt wagen auch andere Forschungsreisende, oft sind es Franzosen, den Marsch durch die Sümpfe. Keiner kommt weiter als bis zu diesem äußersten Punkt. Viele sterben unterwegs oder später auf der Rückreise an Erschöpfung. So standen also die Dinge, als Baker 1862 Khartum in der Hoffnung verläßt, die Quellen des Nils zu entdecken. Nun ist er es, der im Styx steckenbleibt.

Heute ist diese Reise kein großes Unternehmen mehr, aber sie bleibt doch für den, der sie unternimmt, eine harte Prüfung. Das Dampfschiff braucht nicht weniger als drei Tage und drei Nächte, um durch dieses Sumpfgelände hindurchzusteuern. Was für den Atlantik das Sargassomeer, das ist für den Nil der Sudd. Zwischen wilden Tieren und Moskitos, die eine Vorliebe für den Sudd haben, schwimmen ein paar Archen Noah, auf denen Menschen wie zur Zeit des Neolithikums leben.

In Juba, der größten Stadt des südlichen Sudan, geht der Reisende wieder an Bord eines Schiffs. Dort hat der Nil ein anderes, neues Gesicht. Er scheint darüber zu meditieren, wie er Khartum erreichen kann.

Er hat allen Grund dazu, denn er wird sich gegen den Sudd mit seiner wuchernden Wasserflora wehren müssen. Um durch diese ungeheuren Sümpfe durchzukommen, kann er sich nicht wie früher seinen Weg mit Gewalt erzwingen. Wenn er zwischen Nimule und Juba, auf einer Strecke von 170 Kilometern, noch ein Gefälle von 160 Metern hinuntergeschossen ist, muß er jetzt einen Weg zurücklegen, der viereinhalb mal so lang ist und ein Gefälle von nur 70 Metern hat. Aber der Nil ist mündig geworden und sieht der Zukunft ruhig und besonnen entgegen. Nach allem beginnt sein eigentliches Leben erst jetzt; bisher hat er nur den siebenten Teil seines Laufs zurückgelegt, etwa 800 Kilometer.

Juba ist für ihn ein Platz voll schmerzlicher Erinnerungen. Von 1955 bis 1971 hat das Sumpfland den Bürgerkrieg kennengelernt: Der südliche Sudan war im Aufruhr gegen den Norden, gegen Khartum.

Die Eingliederung des südlichen Sudan in die übrige Nation hat immer wieder Probleme aufgeworfen. Der Lebensstandard ist hier noch sehr niedrig: Wenn auch die britischen Kolonisatoren dort Pflanzungen angelegt haben – Zucker, Tabak, Kaffee, Tee, Baumwolle, Erdnüsse, Sesam, Gemüse, Obst –, so blieb das Land doch unterentwickelt und hat es nicht geschafft, in denselben wirtschaftlichen Schwung wie im Norden zu kommen. Das Sumpfgelände, die vielfach gewundenen, von Pflanzen überwucherten Flüsse erschweren die Anlage und den Unterhalt von Verbindungswegen, die den engen Anschluß an den Norden möglich machen würden. Hinzu kommt der krasse Unterschied der Bevölkerungsgruppen. Da oben Nubier und Araber, die durch den Islam eng verbunden sind, eine gemeinsame Sprache haben, die die Djellaba tragen. Hier eine negroide unbekleidete Bevölkerung, die die verschiedensten Idiome spricht und den Islam ablehnt. Die britische Verwaltung während des anglo-ägyptischen Kondominiums hatte für diesen Unterschied so viel Verständnis, daß sie bei Wahrung der politischen Einheit des Sudan jeder der beiden Zonen eine eigene Verwaltung gab.

Alle diese wirtschaftlichen, geographischen, rassischen und religiösen Unterschiede haben zur Folge, daß der Süden widerspenstig und separatistisch geblieben ist, und daß sein angeborenes Mißtrauen gegenüber dem Norden jede andere Überlegung scheitern läßt. Es sind noch keine 100 Jahre her, da machte der Araber Jagd auf den Neger, hier holte er sich die Sklaven. Deswegen stößt das in Khartum verkündete Dogma »ein Land, eine Religion, eine Rasse« auf wütenden Widerspruch. Der südliche Sudan, der nach Bevölkerung und Mentalität zum schwarzen Afrika gehört, wollte sich nicht arabisieren lassen. Der ehemalige »Bilad es-Sudan«, das Land der Schwarzen – drei Millionen Einwohner, Animisten und Christen – stand schließlich gegen die Vorherrschaft von fünf Millionen Nubiern und muselmanischen Arabern auf. Es wurde eine schreckliche Revolte, die seinerzeit die Zukunft des Sudan stark belastete und die Beziehungen zwischen Arabern und den Schwarzen in Afrika kennzeichnete.

Nach 17 Jahren Bürgerkrieg schweigen endlich die Waffen. Die Nationalisten mußten unterhandeln. Es ist ihnen jedoch nicht geglückt, die Unabhängigkeit zu erlangen. Immerhin wurde ein Kompromiß gefunden, der dem Süden eine gewisse politische und wirtschaftliche Autonomie zubilligt.

Die Untergrundkämpfer sind wieder in die sudanesische Armee und Polizei eingegliedert; die nach Hunderttausenden zählenden Flüchtlinge sind zurückgekehrt, und man geht daran, die verwüsteten Gebiete wieder aufzubauen. Die Regierung von Khartum stellt jetzt für den Süden mehr Geldmittel bereit, macht aber ihre Verwendung von gewissen Bedingungen abhängig, da ihr die maßgeblichen Stellen dort noch zu wenig Erfahrung haben.

So versuchen Schwarze und Araber, eine blutige Vergangenheit zu vergessen und miteinander auszukommen.

Kann der Nil als einzige natürliche Bindung zwischen Süden und Norden diese Koexistenz erleichtern? Zur Stunde hat er andere Sorgen: Er muß kämpfen, um Khartum zu erreichen, ohne sich in den Labyrinthen des Sudd zu verirren, ohne zu viel Kraft – das heißt: Wasser – zu verlieren.

Kühn entschlossen stürzt sich der Nil in dieses Abenteuer. Allein gegen den Styx, ganz auf sich gestellt – das Schicksal von Heroen.

Nicht weit von Juba entfernt fließt er an Gondokoro vorüber, von dem seinerzeit alle Welt sprach. Man erinnert sich: Hier war es, wo Samuel Baker mit Speke und Grant zusammentraf, als sie vom Victoriasee zurückkamen. Armer Baker! Sein Freund Speke und Grant waren ihm zuvorgekommen. Von Sansibar aus hatten sie den Nil sozusagen von hinten angegriffen und somit das Rätsel der Quelle gelöst.

Für diese beiden erscheint Gondokoro wie eine Rückkehr in die zivilisierte Welt. In Wirklichkeit ist es aber nur die südlichste Station der Sklaven- und Elfenbeinhändler. Baker schildert ihnen dieses Gondokoro als Hölle, einen anderen Styx, als eine Mördergrube, wo einige hundert Händler, streitsüchtig und versoffen, alle Augenblicke mit ihren Gewehren herumschießen und die Sklaven unmenschlich behandeln, bevor sie diese in die Häfen des Roten Meeres schicken, von wo sie nach Arabien oder Persien befördert werden. Daher werden Reisende, denen es nicht um Geschäfte geht, und die in diese rauhe Umgebung ein wenig Sauberkeit bringen, wie Störenfriede, Spione, also wie Feinde angesehen.

Aber der Nil hat keinen Sinn für Geschichte, er kümmert sich nicht um das Vergangene, und an Gondokoro erinnert er sich ebensowenig wie an Wadelai. Die Zeiten eines Baker, Speke und Emin Pascha liegen in weiter Ferne.

Der Nil nimmt seinen Lauf in schwermütiger Einsamkeit. Zunächst sind Krokodile und Nilpferde seine einzigen Gefährten. Je weiter er in die sumpfbedeckte Ebene, aus der nur schmächtige Bäume herausragen, eindringt, umso häufiger kommen in dem gelblichen, stillen Gewässer Ansammlungen von Vegetation vor. Der Sudd macht sich bemerkbar. Ein Büschel Gras treibt im Strom, wird an einer Biegung aufgehalten, ein zweites, ein drittes kommt hinzu. Eine schwimmende Insel ist entstanden und setzt sich in einer Bucht fest. Die herumtreibenden Inseln werden größer, pressen sich aneinander und verfilzen miteinander. Eine Sperre, ein Damm hat sich gebildet. So ist der Sudd.

Nur schwer kann man sich vorstellen, daß hier menschliche Wesen existieren können. Und doch leben an den Ufern Menschen, die von Natur aus zu solcher Lebensweise geschaffen sind. Es sind »Kranich-Menschen«, die Dinka, die von Mongalla an dem Bahr el-Dschebel auf Hunderten und Aberhunderten von Kilometern

Der Sudd hat die Menschen dem Wuchs seiner Papyrusstaude angepaßt: Sie sind bis zu zwei Meter groß.

ein wenig Menschlichkeit geben. Wie der Urwald die Pygmäen hervorgebracht hat, so hat der Sudd die Menschen dem Wuchs seiner Papyrusstaude angepaßt: Fast zwei Meter groß, nehmen sie unter den Menschen anscheinend den Platz ein, den die Flamingos in der Vogelwelt beanspruchen.

Die ersten Europäer, die diese Menschen entdeckt haben, stellten sicherlich solchen Vergleich an: Der langgezogene Kopf, der durch ein federgeschmücktes Wollbüschel gekrönt wird, der schmächtige Oberkörper, die mageren Arme, die überlangen und spindeldürren Beine. Wenn sie, gestützt auf eine Lanze oder auf einen Stock, ganz sicher auf einem Bein stehen, das andere darüber gekreuzt, dann erinnern die Dinka tatsächlich an Stelzvögel, obwohl sie fast völlig nackt sind. Manchmal sieht man sie auch auf einem tragbaren runden Holzklotz sitzen, das Kinn auf den Knien. Stundenlang sitzen sie so da, überschauen ihre Herde und verhandeln endlos über den Wert eines Ochsen oder einer Kuh. Für einen Europäer sind diese Urmenschen unerforschliche Wesen. Alle Reisenden und Forscher berichten, man könne nur schwer mit ihnen Kontakt bekommen. Das einzige Thema, worüber man vielleicht mit ihnen reden könnte, das ist – die Kuh.

Die Dinka beschäftigen sich auch mit Landwirtschaft und Fischfang, in erster Linie aber geht es ihnen um die Aufzucht ihrer Herden. Vieh bestimmt ihr soziales und wirtschaftliches Leben ebenso, wie es Dichtung und bildende Kunst inspiriert. Alles in ihrem Leben dreht sich um die Rinder, gutgewachsene Tiere mit kleinen Hörnern, die zur Rasse der Zebus gehören. Vieh ist für sie so ziemlich das Kostbarste: Tauschware und zugleich Freude und Stolz und nebenbei auch Nahrungsmittel.

Tatsächlich wird niemals ein Tier geschlachtet; man ißt nur die Tiere, die durch Unfall oder an Altersschwäche verenden. Und der Besitzer trauert tagelang um sein Vieh. Um ein Rind zu kaufen, würde er alles mögliche anstellen; um es zu verteidigen, würde er sein Leben riskieren. Wird ein Tier in feierlicher Zeremonie geopfert, dann weint man, als ob man einen Toten betrauere. Der Dinka wäscht sich Gesicht und Hände mit dem Urin seines Viehs, seinen Körper bestreut er mit der Asche der Exkremente, und damit putzt er sich auch die Zähne. Es kommt vor, daß ein Dinka nach der Gestalt und der Farbe seines Lieblingsrindes seinen Namen erhält und die Frau nach der Kuh benannt wird, die sie am häufigsten gemolken hat. Und die Kinder haben viel Spaß daran, aus Lehm einen Ochsen zu modellieren.

Alles in allem: Viehzucht ist Lebensinhalt der Dinka, die die Rinder in geradezu schmarotzerhafter Weise ausnutzen. Umgekehrt aber könnte man auch sagen, daß die Rinder ein Schmarotzerleben führen, denn die Dinka verbringen die beste Zeit ihres Lebens damit, sie zu pflegen und sie, im wahrsten Sinne des Wortes, anzubeten.

Auf seinem Weg nach Norden hin ändert der Nil mehr und mehr sein Gesicht. Die Konturen der Ufer werden undeutlicher, das Bett wird immer breiter. Langsam fließt er in eine Alluvial-Ebene, wie die Geographen sagen. Zwischen ihm und Sümpfen oder schmalen Wasserläufen zu beiden Seiten liegen schmale Landzungen oder Böschungen, die kaum höher sind als sein Wasserspiegel. Zur Zeit des Hochwassers überflutet er diese aufgeweichten Grenzlinien, und ein Teil seines Wassers geht dort verloren; es verdunstet, und die Regengüsse können den Verlust nicht ersetzen. Hinzu kommt, daß die kleinen Nebenflüsse ihn nicht erreichen und ihm die Unterstützung geben können, die er so notwendig braucht, um die lange Strecke durch den Sudd, fast 750 Kilometer, zurückzulegen.

Zunächst fließt der Nil unbeschwert durch eine Gegend, die einigermaßen bevölkert ist. Im weiten Gelände stehen Hütten, die bei Sonnenuntergang gelb schimmern. Am Abend führen die Dinka ihre Herden zum Fluß, während in der Ferne kleine Rauchwolken zum Abendhimmel steigen. Diese bukolische Stimmung trifft der Nil zum letzten Mal; denn wenn er Bor passiert – und dann hat er seit Juba eine Strecke von 180 Kilometern zurückgelegt –, beginnt ein langer einsamer Weg voller Hindernisse. Und für den Fluß ergibt sich ein ernstes Problem. Das schwache Gefälle erlaubt es ihm nicht, sich kraftvoll in den bevorstehenden Kampf mit dem Sudd zu stürzen; er weiß wohl, daß der kürzeste Weg sich nicht mit der geraden Linie deckt. Die Lebensumstände ändern den Charakter. Kaum hat der große Fluß seine sorglose, strahlende Jugend hinter sich, muß er lernen, daß man im Leben auch einmal lavieren muß und nicht mit dem Kopf durch die Wand sollte. Der

Nil zeigt, wie geschickt er sein kann: Er fintiert, weicht aus, zieht Schleifen und behält dabei doch die gleichmäßige Geschwindigkeit, durch die er gegenüber einem Gegner, der furchtbare Dimensionen annimmt, an Boden gewinnt.

Wie lächerlich nimmt ein Dampfschiff sich in diesem Styx aus! Es hat alle Mühe, sich einen Weg zu bahnen. Glücklicherweise sind ihm Menschen, Ingenieure, zu Hilfe gekommen, indem sie numerierte Pfähle in den Fluß gerammt haben, die das Papyrusdickicht überragen. Alle fünf Kilometer zeigt eine Boje dem Kapitän an, daß er vorwärtsgekommen ist. Doch er muß Geduld haben; von einer Boje zur anderen braucht er vielleicht eine Stunde, wenn nicht mehr. Die Strecke ist übersät mit Fallen. Einmal ist die Fahrrinne verstopft, und dann gibt es nur eins: mit Gewalt hindurch. Ein andermal ist die Windung so stark, daß das Schiff an das andere Ufer anstößt. Man muß hin- und hermanövrieren, rückwärts, vorwärts und wieder rückwärts. Schließlich geht es mit doppelter Kraft weiter, einem neuen Abenteuer entgegen.

Für das kleine Schiff ist es eine Odyssee. Angegriffen von Moskitos, die die Malaria bringen, von Fliegen verfolgt wie eine Karawane in der Wüste, von Aasgeiern mit schwerem Flügelschlag aus der Luft beobachtet, setzt das Schiff seine weite Reise weiter fort durch diese gottverlassene Welt der Sümpfe, in der nur Enten, Wildgänse, Störche, Eisvögel, Silberreiher, weiße Ibisse, schwarze Kormorane und ein seltener Stelzvogel leben, der etwa ein Meter große Schuhschnabel, der mit seinem Kropf, dem unförmigen Schnabel und den großen runden Augen ein wenig komisch aussieht – so wie ein kleiner buckliger Greis –, aber dennoch so sympathisch ist, daß die sudanesische Post ihn auf einer Briefmarke verewigt hat. Oben auf der Kommandobrücke steht gelassen und hoheitsvoll der Kommandant, der »reis«, sein Blick ist auf den unendlichen Horizont gerichtet. Wie sagt einmal der Held in einem Werk Sartres: »Warum soll das zu Ende gehen?«

Im Augenblick ist aber auch kein Ende zu erwarten. Der Nil fließt noch mitten durch den Sudd, und die Sümpfe, die jetzt eine Breite von 15 Kilometern erreicht haben, drohen ihn zu ersticken. Soweit das Auge reicht, breitet sich, von Windstößen wellenförmig bewegt, ein Wald von Papyrus, Schilf und Elefantengras aus; von

Gräsern, die die Araber wegen ihrer behaarten Blätter »om-suf«, »Mutter der Wolle« nennen; von Ambatsch, einer Pflanze mit armdickem Stengel aus schwammigem Holz, leichter als Kork, aus dem die Eingeborenen ihre Boote herstellen. Krokodile, Nilpferde und Elefanten, treu begleitet von kleinen Silberreihern, sind die einzigen Könige in diesem Pflanzenreich, die Hohen Herren in dieser Einöde von Wasserpflanzen. Von Land ist nichts mehr zu sehen.

Hartnäckig wehrt der Bahr el-Dschebel sich gegen diese Hindernisse, gewinnt nach und nach die Oberhand, und in Shambe, wo ein paar Landzungen vorstoßen, kann er sich eine Rast gönnen. Er hat fast die Hälfte seines Weges durch den Sudd zurückgelegt. Aber Shambe bedeutet nur eine kurze Pause, schon wieder findet sich der Nil im Hader mit dem Styx. Wie war es Baker und den armen Teufeln seiner Expedition hier ergangen! Bis zur Erschöpfung, Tage und Nächte hindurch, zogen sie die beiden Segelschiffe und die überdachte Barke an Seilen durch die Sümpfe, umklammert von morastigem Schlamm; umherirrend im Schilfgestrüpp und geplagt von Mückenschwärmen. Hier ist nichts außer Langeweile und Trostlosigkeit. Inseln aus zusammengeballten Pflanzen treiben geräuschlos im Wasser. Der eintönige Schrei des Wasserhuhns, das unaufhörliche Summen der Insekten, das rauhe Brummen der Flußpferde – all das paßt zur Melancholie des Ortes. Baker brauchte viel Mut und mußte sich viel erhoffen, wenn er diese Hölle durchstehen wollte. Auch dem Nil wird es nicht leicht gemacht, doch der ist fest entschlossen, diese Widerwärtigkeiten zu überwinden. Er macht sich seine Situation nüchtern klar und entschließt sich, seine Kräfte zu teilen: Ein Arm wird direkt nach Norden abzweigen und wie durch einen Eilboten seinen nächsten Sieg ankündigen. Das ist der Bahr el-Seraf, der »Giraffenfluß«, mit dem er sich etwa 400 Kilometer flußabwärts wieder treffen wird.

Der Nil sieht, wie sich sein Hoffnungsbote entfernt, und macht sich wieder auf den Weg. Auf tausend Umwegen durch Wasserrinnen und Lagunen kommt er endlich in Adok an, einem kleinen unbedeutenden Platz, der für ihn den Anfang vom Ende der Prüfungen bedeutet. Zwei Drittel des Sumpfgebietes hat er überwunden, der Styx ist fast besiegt! Fast! Denn noch einmal setzt der Styx sich zur Wehr und schickt seine letzten Legionen von Wasserpflanzen gegen den Bahr el-Dschebel, um ihm noch mehr Wasser zu entziehen, als selbst die Sonne es vermag. Am rechten Ufer taucht hinter einem Moraststreifen Land und manchmal Gebüsch auf. Dieses Gebiet trägt den Namen »Insel Seraf«. Dafür erstrecken sich auf dem linken Ufer die Wälder von Papyrus und Schilf bis weit zum Horizont und gehen in das Sumpfgelände des Bahr el-Ghasal, des »Gazellenflusses«, über, der aus den Bergen Zaïres kommt. Auch dieser Fluß kommt aus einem Sumpfgebiet von großer Ausdehnung und bringt nur wenig Wasser mit: Seine Nebenflüsse sind verdunstet oder von der Vegetation aufgebraucht worden. Auch sie haben sich mit ihrem Styx herumschlagen müssen, und dort ging eine andere Expedition armselig zugrunde. Romolo Gessi, einer von Gordons Offizieren, wurde dort 1888 mit einer beträchtlichen Zahl von Soldaten, die Frauen und Kindern das Geleit gaben, monatelang festgehalten. Sie fielen den Menschenfressern zum Opfer.

Um dieses trostlose Land besser kennenzulernen, müßte man es überfliegen. Allerdings würde man aus der Vogelperspektive doch auch mehr Festland in diesem Sumpfgebiet sehen, als man vom Schiff aus hätte vermuten können. Im Westen erblickt man den Bahr el-Ghasal und seine Nebenflüsse in einem unauflöslichen Gewirr, der Bahr el-Dschebel dagegen, der von Süden kommt und auf den Bahr el-Ghasal zu verläuft, nimmt schlecht und recht seinen Weg. Schließlich hat der Gazellenfluß keine Kraft mehr, kommt zum Stehen und versickert im »Fluß der Berge«. In einer etwa zehn Kilometer langen Lagune stoßen die beiden Flüsse aufeinander; auf den Landkarten ist diese Stelle mit Nosee bezeichnet, die Matrosen aber nennen sie immer Moghren el-Bohur, das heißt soviel wie »Mündungen der Ströme«. Für den Bahr el-Ghasal ist dieser Treffpunkt im Nosee auch das Ende seiner Laufbahn, für den Bahr el-Dschebel Abschluß einer schweren Prüfungszeit.

Der Dampfer gleitet nun durch das klare Wasser des Nosees, das so durchsichtig ist, daß man von der Kommandobrücke aus Tigerfische und riesige Flußbarsche erkennen kann, die sich zwischen den Wasserpflanzen auf dem Grund an den Mündungen herumtummeln. Tagelang windet sich das Schiff durch das Labyrinth der Wasserrinnen und Flußschleifen, so wie ein Jeep durch die Dünen der Wüste, dann nimmt er direkten Kurs auf den See. Die Boje Null ist überholt, der mühsame Weg durch den Sudd ist beendet. Vorüber die schwimmenden Ansammlungen von Grünzeug, vorüber die endlosen Wälle von Schilf und Papyrus, vorüber auch dieses Gefühl des Gefangenseins. Und die Schwalben, als ob sie den Tag der Freiheit feiern wollten, umschwärmen in freudigem Tanz das Schiff, während die Marabus gleichmütig zuschauen, wie sich der Dampfer entfernt. Sie sehen aus wie riesige Orchideen mit ihren schwarzen Flügeln, die den Rumpf einsäumen und um die langen Beine herumreichen, und dem roten nackten Hals, von dem ein rosafarbener Sack schlaff herabhängt.

Der Nosee – sein Name klingt eher asiatisch als afrikanisch – ist eine Etappe im Leben des Nils. Während der Fluß beim gemächlichen Durchfließen des Sees eine weißliche Linie zieht, kann er sich in diesem Hafen des Friedens über seine jüngste Vergangenheit und über seine nahe Zukunft mit Muße Gedanken machen. Ein schreckliches Hindernis – es hat tatsächlich im wahren Sinne des Wortes Schrecken eingejagt – liegt hinter ihm. Wie ein riesiger Schwamm hat der Sudd dem Fluß viel Wasser entzogen, viel zu viel Wasser. Aber der Nil hat in einem der schwersten Kämpfe seines Lebens gesiegt und geht aus dieser dramatischen Reise, die so lang wie der Lauf der Rhône war, zum Mann gereift hervor. Als wolle er diese abenteuerliche Reise durch die Wildnis vergessen, beschließt der Nil, seinen Namen zu wechseln. Von grünen Schlacken gereinigt ist er wieder ganz sauber geworden, fahl-grau. Von nun an heißt er »Bahr el-Abiad«, der Weiße Nil.

Aber von den letzten Kämpfen mit dem Styx ist er ganz durcheinander und so kopflos, daß er die eigentliche Richtung nach Khartum, bis wohin es noch 950 Kilometer sind, verliert. Kaum hat er den Nosee hinter sich gebracht, da wendet er sich statt nach Norden zum Westen hin. Er hat, so möchte man sagen, den Norden aus den Augen verloren.

3. Kapitel

DER WEISSE NIL

Der Nil hat jedoch nicht nur sein Ziel – den Norden – aus den Augen verloren, er ist nun auch um die Hälfte seines Wassers ärmer, und das ist viel schlimmer.

Wird er seine eigentliche Richtung wiederfinden und sein Kapital wieder aufstocken können?

Eine lebenswichtige Frage für unseren Helden. Nach seinem so schwer errungenen Sieg über den Styx erwartet man nun von ihm, daß er erneut seine Stärke beweist. Es scheint jedoch, daß der Bahr el-Abiad große Schwierigkeiten hat, dem Sudd zu entkommen. Denn obgleich der Nosee eigentlich schon jenseits der Sümpfe liegt, schwimmen im Fluß doch auch jetzt noch viele kleine grüne Inseln mit. Oft ist sein Lauf fast völlig unter einer grünen Pflanzendecke verborgen, und seine Oberfläche ist noch immer mit weißen, roten und blauen Seerosenblüten geschmückt. Wie die Botaniker behaupten, sollen diese Seerosen zu den schönsten der Welt gehören. An seinen Ufern, die sich auch jetzt noch nicht klar gegen das Land abzeichnen, wachsen die gleichen Pflanzen, die dem Fluß schon von der Durchquerung der Sümpfe her wohlbekannt sind. Kurz gesagt, nur langsam haucht der Sudd sein Leben aus.

Man spürt sehr wohl, der Nil hat das Bewußtsein noch nicht ganz wiedererlangt – erkennt er doch den Bahr el-Seraf nur mit

Mühe, als er ihn, nachdem er selbst den Nosee schon 70 Kilometer hinter sich gelassen hat, wiedertrifft. Der hat mittlerweile seine Mission bemerkenswert gut erfüllt. In schnellem Lauf, fast ohne Umwege ist er gen Norden geeilt und hat vor allem etwas von dem kostbaren Wasser mitgebracht, das er dem Sudd entreißen konnte. Nicht genug Wasser jedoch, um den Nil aus seiner Benommenheit zu wecken. Aber 50 Kilometer weiter wird eine eiserne Faust den schlafenden Helden wachrütteln. Ein Nebenfluß, namens Sobat, wird dies tun.*

Wo kommt denn nun die Kraft dieses Sobat her? Von seinen beiden eigenen Nebenflüssen, dem Baro und dem Pibor, die im einen Fall gänzlich und im anderen Falle zum größten Teil ihr Wasser von den Regenfällen Äthiopiens bekommen, die in den drainierten Gebieten bis zu 2 Meter betragen können. Sicherlich muß der Sobat dann der Sonne und den von seinen Windungen umschlossenen Sümpfen seinen Tribut zollen. Als er sich jedoch schließlich dem Nil schenkt, ist er kein dahinsiechender Nebenfluß wie der Bahr el-Ghasal, sondern ein Verbündeter, vor dem man Respekt hat. Und zu Recht: bringt er doch 12 Milliarden Kubikmeter Wasser mit sich, das dazu noch reich an äthiopischem Schlamm ist. Der Sobat, dessen Mündung so breit ist wie die Hälfte des Bahr el-Abiad, spielt zu diesem Zeitpunkt eine wichtige Rolle im Leben des großen Flusses: der hat es ihm zu verdanken, daß er seine Wassermenge verdoppeln und auf diese Weise den Verlust, den er bei der Durchquerung des Sudd erlitten hat, ausgleichen kann. Zugleich zwingt der Sobat den Nil dazu, seine Richtung zu ändern: jetzt fließt er wieder auf den Norden zu, noch lange von den trüben, milchigen Wassern seines mächtigen Nebenflusses begleitet, ja, man könnte meinen, bewacht.

Der Held ist endlich erwacht: es wurde auch Zeit. 120 Kilometer hat er dazu gebraucht . . .

Während dieser Zeit hat die Uferbevölkerung gewechselt. Neue Stämme, erst die Nuer, dann die Schilluk sind auf die Dinka gefolgt, die jedoch später wieder in Erscheinung treten werden.

Für jemanden, der kein Ethnologe ist, ist es recht schwierig, all diese Stämme voneinander zu unterscheiden. Alle drei gehören

* Siehe Karte 5, Seite 78

zur Gruppe der Niloten, das heißt, daß es sich um einen großwüchsigen Menschentyp handelt, mit sehr langgestreckten und wenig muskulösen Gliedern, daß sie in den grasbewachsenen Ebenen oder in der Nähe der Sümpfe wohnen, daß sie mit ihren Booten aus Ambatschholz fischen und Flußpferde jagen, daß sie Hirse, Mais und Gemüse anbauen, daß sie halbnackt herumlaufen, daß sie sich niemals von ihrem Speer und ihrer Keule trennen und vor allem, daß sie Hirten sind. Der größte Teil ihrer sozialen Aktivitäten hat mit dem Vieh zu tun. Es gibt ein Naturgesetz, welches besagt, daß ähnliche Gegebenheiten analoge Typen hervorbringen. Dies könnte sich nicht deutlicher zeigen als hier. Die Niloten sind richtige Vogelmenschen. Als Sumpfbewohner hätten sie wahrscheinlich sogar Schwimmhäute zwischen den Zehen, wäre dies durch die natürliche Verlängerung ihrer Fersen und die Breite ihrer Plattfüße nicht unnötig. Ihre Gewohnheit, unbeweglich auf einem Bein zu stehen, die großen Schritte, mit denen sie langsam wie Störche über das Schilfrohr steigen, ihre langen und dürren unteren Gliedmaßen sind weitere Merkmale, die die Ähnlichkeit verstärken.

Diese gemeinsamen körperlichen Merkmale bedeuten jedoch nicht, daß sie auf politischer Ebene keine unterschiedlichen Systeme hätten. Man kann sagen, daß die Schilluk eine Nation sind, denn sie haben eine zentrale politische Macht und erkennen die Autorität eines Königs an. Die Nuer und Dinka hingegen sind in eine Reihe von unabhängigen Stämmen aufgeteilt, die sich manchmal in großen, nicht exakt begrenzten Föderationen zusammenschließen. Die politische Einheit ist der Stamm, der sich nun selbst wieder in eine gewisse Anzahl von territorialen Gruppen aufteilt. Bei den Dinka ist die wichtigste Person des Stammes der Regenmacher. Bei den Nuern sind die wichtigsten Persönlichkeiten die Propheten und die »Häuptlinge mit dem Leopardenfell«, die als heilig angesehen werden. Kurz gesagt – diese Stämme haben keine Regierung, und ihr Staat kann als organisierte Anarchie bezeichnet werden.

Von einer großen Zahl von Nildörfern umrahmt, ist der Bahr el-Abiad bei seiner Ankunft in Malakal, dem ersten Zentrum, das seit Juba wirklich diesen Namen verdient, mit allen Eigenschaften eines großen Flusses ausgestattet: breit, ruhig, mächtig. Breit: zu diesem Zeitpunkt mehr als 400 m; ruhig: sein Gefälle ist nur gering: anderthalb Zentimeter pro Kilometer; mächtig: er hat seine frühere Wassermenge wieder erreicht. Diese Eigenschaften sind es, die ihn von nun an bis Khartum charakterisieren. Bis dahin sind es noch 800 km, die der Nil in einem majestätischen Bogen – gleich einem langgezogenen S – durchfließt, und während er langsam weiter nach Norden vordringt, gibt das Wüstenklima unmerklich seinen Ufern ein anderes Gepräge.

60 Kilometer oberhalb von Malakal . . . nun erstreckt sich der Bahr el-Abiad über eine Breite von fast 2000 Metern. Am Ufer träumt ein Stelzvogel. Etwas weiter schlafen Krokodile mit offenem Maul, während Flußpferde unter der glühenden Sonne im Weißen Nil spielen. Es herrscht eine dumpfe, feuchte Hitze; die Luft kann man kaum atmen. Am rechten Ufer: riesige gelbliche Savannen, wo die Dinka, die nun wieder in Erscheinung treten, ihre Tiere weiden. Am linken Ufer: ganze Reihen von Schillukdörfern kann man hinter einem Vorhang aus Rohr sehen. Plötzlich tauchen Häuser auf und eine Eingeborenenstadt: der Markt und sorgsam aufgereihte Wohnstätten, die am Rande der parallel zum Fluß verlaufenden Straßen liegen. Heute heißt dieser Ort Kodok. Er ist einer der Hauptorte des Distrikts. Dort gibt es einen Polizeiposten. An der Ziegelwand dieses Postens eine kleine Bronzeplakette von 30 x 10 cm. Dort kann man lesen: »Marchand, 1898.«

Hier lag also Faschoda, ein Ort, der für kurze Zeit unter französischer Herrschaft gestanden hatte. Hier sind die Interessen zweier Imperialmächte aufeinandergeprallt. Das spielte sich so ab:

Auch Frankreich steckte, wie andere europäische Nationen, Ende des 19. Jahrhunderts mitten in der Kolonisierung Afrikas und richtete so sein Augenmerk auf den Weißen Nil. Marchands Kolonne, die im Juli 1896 von Französisch-Kongo aus losmarschierte, wollte die Verbindung Dakar–Dschibuti herstellen.

England wiederum will den Sudan zurückerobern, der nach dem Fall von Khartum im Jahre 1885 in die Hände des Mahdi gelangt war. Seit März 1896 fährt General Herbert Kitchener (er trägt den Titel Sirdar, das heißt: Oberkommandeur der khedivialischen Armee) an der Spitze von dreitausendzweihundert Männern auf etwa 30 Kanonenbooten den Nil hinauf, um die Mahdisten zu unterwerfen und die Verbindung vom Kap nach Kairo herzustellen. Es ist also überaus wichtig für England, die Herrschaft über den Oberen Nil zu behalten. Ein Aufeinanderprallen der beiden Kolonialmächte wird so unvermeidlich, und der Kampfplatz ist Faschoda, ein abgelegener Erdwall in der hoffnungslosen Einsamkeit im Innersten Afrikas.

Marchand kommt am 10. Juli 1898 in Faschoda an. Bis dorthin zu gelangen, kam bereits einem Abenteuer gleich, das an die Heldentaten eines Stanley erinnerte. Er hatte die Wasserscheide zwischen Kongo und Nil überschreiten und sich einen Weg durch den Urwald bahnen müssen, um Tausende von Lasten, Lastkähnen, ja sogar einen auseinandergenommenen Dampfer transportieren zu können; er mußte von den Höhen über versumpfte Nebenflüsse bis zum Bahr el-Ghasal vordringen, den Sudd überwinden und mußte sich den Weg bis zum Weißen Nil erzwingen, um endlich bis nach Faschoda, der Residenzstadt des Königs der Schilluk zu gelangen. In dieser alten Festung, die von den Mahdisten zerstört worden war, erheben sich nun die Ruinen der Wälle bis zu 6 Meter über den Fluß.

Das wiederhergestellte Fort schlägt am 25. August einen neuen Angriff zurück und bereitet sich auf einen anderen vor, als plötzlich, am 19. September um 5 Uhr morgens eine Botschaft eintrifft.

Sie kommt von Kitchener, der mitteilt, daß der Mahdi am 2. September in Omdurman besiegt und sein Heer aufgerieben worden ist.

Der Sirdar hat kurz darauf die Stadt mit einer Flotte von 5 Kanonenbooten und »beträchtlichen Einheiten« anglo-ägyptischer Truppen verlassen und ist auf dem Weg nach Faschoda. Seine Ankunft ist also sehr bald zu erwarten. Marchand verliert daher keine Zeit und läßt ihm sofort seine Antwort zukommen. Nachdem er den Sirdar zu seinem großen Erfolg beglückwünscht hat, informiert er ihn, daß er auf Anweisung seiner Regierung einen gewissen Teil des Bahr el-Ghasal besetzt und das Land der Schilluk bis Faschoda unter französisches Protektorat gestellt hat. Er übermittelt dem englischen General ein herzliches Willkommen und zeigt sich höchst erfreut über seine Absicht, nach Faschoda zu kommen. Er werde glücklich sein, ihn dort »im Namen Frankreichs«

begrüßen zu können. Daraufhin wartet Marchand erst einmal die weitere Entwicklung der Dinge ab. Nicht für lange Zeit jedoch . . .

4 Stunden später kommt der kritische Augenblick. Um 9 Uhr erscheint eine Flotte am Horizont. Und einige Zeit später kommen zwei Offiziere an Land. Einer von ihnen ist Sirdars Adjutant, Lord Edward Cecil, der älteste Sohn des damaligen englischen Ministerpräsidenten. Er bittet Marchand, an Bord der »Dal« zu kommen, um mit Kitchener zu verhandeln. »Ich bin Euch den ersten Besuch schuldig«, antwortet Marchand und folgt den Offizieren.

Die beiden Soldaten treffen sich auf Deck des Kanonenbootes, das mit schwerer Artillerie ausgerüstet ist. Blitzschnell schätzen sie sich gegenseitig ab. Stahlhart, gespannt wie eine Feder steht vor Kitchener ein kleiner, schlanker, beweglicher Mann mit schwarzen Augen und ausdrucksvollem Gesicht. Marchand sieht sich einem einzigartigen Vertreter Seiner Majestät gegenüber: blond, ein sonnengebräuntes Gesicht, ein dicker Schnurrbart, stahlblaue Augen, ein kühner Blick.

Ein sehr höflicher Empfang durch Kitchener – auf französisch. Gegenseitige Beglückwünschung. Und die Unterhaltung fängt an – alles auf französisch. Aber der Sirdar beherrscht diese Sprache nicht sehr gut, und Marchand nimmt den Vorteil wahr, alle seine Argumente sofort widerlegen zu können. Dem Sirdar wird immer klarer, daß er den Hauptmann nicht überzeugen kann, und langsam steigt eine immer größer werdende Ungeduld in ihm auf.

Plötzlich erhebt er sich und richtet sich zu seiner vollen Größe auf. Marchand ist von diesem Riesen in der Galauniform eines englischen Generals im wahrsten Sinne des Wortes »beeindruckt«: scharlachrote Uniform, Goldsporen. Mit einer weitausholenden Geste seines Armes, die seine gesamte Flotte und seine dreitausendzweihundert Männer, die auf der Brücke in Hab-Acht-Stellung versammelt sind, umfaßt, sagt Kitchener: »Major, überzeugen Sie sich von meiner Übermacht.«

Das war, nachdem alle anderen Argumente erfolglos geblieben waren, eine nur leicht verschleierte Drohung. Marchand springt sofort auf, macht sich ein wenig größer, als er eigentlich ist, und antwortet wie aus der Pistole geschossen:

»Auf militärischer Ebene kann die Übermacht allein durch den Kampf bewiesen werden.«

Er dreht sich auf dem Absatz um und eilt zur Treppe, um in sein Boot zurückzukehren. Nun folgt eine burleske Szene. Auf die Reling über der Treppe, die Marchand hinunterläuft, gestützt, schreit Kitchener ihm nach, er solle zurückkommen. Marchand gibt keine Antwort. Ein englischer Offizier stürzt ihm nach, erreicht ihn in genau dem Augenblick, als er gerade in das Boot hinuntersteigen will, und bringt ihn dazu, wieder an Bord zurückzukehren. In ziemlicher Verlegenheit sagt Kitchener zu Marchand: »Verzeihen Sie mir, ich spreche sehr schwer französisch«, und indem er sich an Lord Cecil wendet: »Cecil, erklären Sie Major Marchand, daß alle Engländer in England viel Sympathie für ihn fühlen und ich auch!« Cecil, der diesen Satz in ein einwandfreies Französisch übertragen hat, schlägt vor, die Entscheidung der beiden Kanzleien abzuwarten. Marchand erklärt sich damit einverstanden.

Und plötzlich entspannt sich Kitchener; ohne Übergang schlägt seine Steifheit in Jovialität um.

»Nun, Major, werden wir einen Whisky and Soda trinken.« Worauf Marchand erwidert: »Wunderbar, es ist sehr heiß.« Marchand verabscheut Whisky. Da er aber denkt, daß er für sein Vaterland Opfer bringen muß, wird sich der Franzose bemühen, ihn, ohne Grimassen zu schneiden, herunterzuschlucken. Er trinkt auf das Wohl der Königin von England. Der Engländer tut ein gleiches und erhebt sein Glas zum Wohle des Präsidenten der Republik.

Lange geht die Unterhaltung auf sehr herzliche Weise fort. Kitchener unterrichtet seinen Gesprächspartner über die letzten Ereignisse in Frankreich und hat ein bösartiges Vergnügen daran, immer wieder zu betonen: Frankreich befindet sich mitten in der Dreyfus-Affäre. Und er zeigt Marchand die letzten Zeitungen, die Lord Cecil, als sei es reiner Zufall, schon sorgsam zurechtgelegt hatte. Marchand ist verletzt, unterdrückt aber seine Erregung. Gegen 1 Uhr nachmittags verabschiedet er sich vom Sirdar. Sobald sie im Fort angelangt sind, verschlingen Marchand und seine Offiziere geradezu die Zeitungen und vergießen Tränen der Wut.

3 Uhr nachmittags . . . Nun ist Kitchener an der Reihe, einen Besuch abzustatten. Er wird von Lord Cecil und zwei Offizieren begleitet. Auf dem Fort führt einer der Offiziere Marchands, Mangin (der spätere General Mangin des 1. Weltkrieges), in seiner Eigenschaft als Ortskommandant die Parade seiner Männer an: es sind

etwa einhundert. In ihren brandneuen Uniformen, die eigens zu dieser Gelegenheit eingeweiht werden – Offiziere und Soldaten in weißem und kakifarbenem Satin –, glänzt die kleine Truppe unter der tropischen Sonne und schlägt alle Rekorde der Eleganz. Man könnte meinen, eine Paradetruppe vor sich zu haben. Kitchener und seine Eskorte sind sehr beeindruckt. Wirklich, gut aussehende Männer, und die Engländer wissen genau, wieviel Mut sie aufbringen mußten, um bis nach Faschoda zu kommen. Lord Cecil betrachtet sie lange Zeit mit großer Bewunderung und kann sich nicht enthalten, Mangin schließlich vertraulich zu gestehen: »Jetzt sehen Sie, warum England Sie nicht hierlassen kann. Mit einigen Kompanien wie dieser wären Sie die Herren des Sudans und Ägyptens, ja die Herren von ganz Afrika!«

Nach der Parade begibt sich Kitchener zu Marchand, der ihn in seiner Hütte empfängt. Die Tür ist niedrig, sehr niedrig sogar, und Kitchener ist so groß, daß er sich bücken muß um einzutreten, und zwar so sehr, daß seine Hose sich an seinen Sporen festhakt und er nach vorn fällt. Albion liegt auf den Knien. Marchand sieht amüsiert zu, wie der Sirdar dank Lord Cecil, der ihm die Hosen mit dem Taschenmesser aufschneidet, wieder hochkommt. Um ihn zu beruhigen, öffnet Marchand eine seiner . . . dreitausend Flaschen Champagner. Einen Montebello, um es genau zu sagen.

Und man unterhält sich in aller Muße. Über die Schlacht bei Omdurman, über die Expedition vom Kongo bis nach Faschoda . . .

Schließlich die Abschiedszeremonie . . . Der Sirdar drückt Marchand die Hand und unterrichtet ihn über sein Vorhaben, den Nil bis zum Sobat hinaufzufahren. Er würde dort neben der ägyptischen Flagge, die außerhalb der französischen Linien weht, ein Kanonenboot und ein sudanesisches Bataillon unter dem Befehl eines Obersten zurücklassen. Noch einmal legt Kitchener die Hand an seine Uniformmütze, dann steigt er auf sein Kanonenboot »Dal«, das schon unter Dampf steht und sofort gen Süden fährt.

Die schnell hereinbrechende Dämmerung der Tropen beendet diesen Tag, der so viel Aufsehen in der Welt erregen sollte.

Wie es weitergeht ist bekannt. Marchand war von Hanotaux, dem Außenminister, unterstützt worden. Aber Hanotaux' Nachfolger war Delcossé, ein überzeugter Anhänger der Entspan-

Zu den Bildern der nächsten 3 Seiten:
Üppige Vegetation im Ruwenzori-Massiv. Im Vordergrund baumförmiges Kreuzkraut. – Der Victoriasee am Abend. – Die Murchison-Fälle in Uganda. Durch diese enge Schlucht muß sich der später so große Nil zwängen.

Links oben: Die Wasserfälle von Tisisat in Äthiopien. Der Blaue Nil hat ungefähr 30 Kilometer vorher den Tanasee verlassen. – *Links unten:* Der Kleine Abbai oder Kleine Nil in Äthiopien, kurz bevor er sich in den Tanasee ergießt. Das Wasser ist schon mit Schlamm beladen.

Rechts oben: Der Große Abbai oder der Blaue Nil in Äthiopien, von der Schafartakbrücke aus gesehen. – *Unten:* Der Name Tisisat bedeutet ›Rauch ohne Feuer‹ oder ›Rauch wie vom Feuer‹.

Oben: Der Nil in Nubien, etwa 60 Kilometer vor dem ehemaligen zweiten Katarakt. Rechts vorn die Ruinen der Festung von Kumma, wie sie vor der Entstehung des Nasser-Sees aussahen.
Linke Seite oben: Der Weiße Nil kurz vor Khartum. Die Vögel im Hintergrund sind Marabus. – *Links Mitte:* Um von einem zum anderen Ufer zu gelangen, gibt es ein ›Gemeinschaftstransportmittel‹, die Feluke. – *Links unten:* Der Weiße Nil vor Khartum. Er ist so breit, daß die Sudanesen ihn El-Bahr, ›das Meer‹, nennen.

Links: Theben am westlichen Ufer während der Nilflut. Aus dem Wasser ragen zwei Statuen des Totentempels von Amenophis III. Die linke ist der berühmte Memnonkoloß.

Rechts: In der Nähe von Kairo; einer jener schattigen Kanäle, die das Land bewässern. Und dann . . . Cheops, Chephren. – *Unten:* Eine charakteristische Ansicht der Deltagegend mit ihren vielen kleinen Kanälen, Wasserstellen und Brunnen, um die sich alles versammelt.

Der Nil unterhalb Rosette. Nur wenige Kilometer noch trennen den mächtigen, stolzen Strom von seiner Mündung ins Mittelmeer.

nungspolitik mit England. In Paris ist man entsetzt zu erfahren, daß Marchand, der seit 3 Jahren in Vergessenheit geraten war, drauf und dran ist, in Faschoda mit den Engländern handgemein zu werden. Von der Seine aus befiehlt man ihm nach einigem Hin und Her, seine Truppen vom Nil abzuziehen und nach Loango, seinem Ausgangspunkt in Französisch-Kongo, zurückzukehren.

»Ich ziehe es der Geschichte Frankreichs wegen vor, durch Abessinien über Dschibuti zurückzukommen«, schreibt Marchand.

Neun Monate später, am 16. Mai 1899, verließ Marchand an Bord des Kreuzers »d'Assas« Dschibuti. Eine Seite der Geschichte war umgeblättert.

Gleichgültig gegenüber historischen Erinnerungen, wie er es im Falle von Emin Paschas Wadelai und von Bakers Gondokoro war, folgt der Nil immer weiter seinem Lauf. Auf der Karte gibt es nicht einmal mehr einen Ort namens Faschoda . . .

Der Fluß zieht jetzt breite, flache Schleifen. Seine Wasser scheinen tot, und der Himmel spiegelt sich darin. Man könnte meinen, Fluß und Himmel seien eins geworden. Der Weiße Nil scheint sich einer gewissen Schwermut hinzugeben, die wohl durch eine allmähliche Veränderung der Ufer hervorgerufen wird. Die Pflanzen, die vorher so üppig wucherten, werden seltener und sind auch nicht mehr so unglaublich hoch. Der Papyrus, der Vater des Denkens, ist kaum noch anzutreffen. Die Bäume tragen plötzlich Stacheln; die grasreiche Savanne wird zur stacheligen Steppe, bedeckt mit grauen Akazien. Imposante Affenbrotbäume und grüne Tamarinden mit üppigem Blattwuchs sind hier zu Hause. In der unendlichen Ebene, wo die Baggara, Nomaden, mit ihren langen indigoblauen Gewändern bekleidet, ihre Herden weiden, lodern die Buschfeuer wie leuchtende Spiralen zum Himmel. Und von der Erde steigt ein trockener, nie gekannter Geruch empor. Es ist die Wüste, die langsam aber unerbittlich ihre Krallen ausstreckt. Sicher, noch gibt es Flußpferde, Krokodile, Löwen, Antilopen, Elefanten und Büffel, Störche, Kormorane, Ibisse, Marabus und Königskraniche. Ihre Gefährten aus einer Zeit, nach der sich der Nil zurückzusehnen scheint, sind weniger geworden. Auf den bunten Sandstränden, die sich hier und dort an den Ufern entlangziehen, finden sie keine frischen, grünen Oasen mehr, in denen sie sich so gern verbargen.

Ja, die Wüste kündigt sich an. Das zeigen die Neuankömmlinge, das Kamel und der Esel, die sich den Ufern des Weißen Nils nähern, wo die Hütten mit ihren spitzen Dächern ihren Platz viereckigen Häusern mit Dachterrassen und Wänden aus getrocknetem Lehm überlassen haben.

Nach den nackten Menschen des Schilluk- oder Dinkalandes sieht man jetzt ganz in Weiß gekleidete Männer, und Frauen, die in große blaue Schleier gehüllt sind. Diese biblischen Bilder bedeuten zugleich ein Ende, das des wilden Afrikas, und einen Anfang – eine andere Welt – den des Islam.

Der Nil scheint sich nur schwer dem Klimawechsel anpassen zu können; es sieht so aus, als fließe er gar nicht mehr. Dieser Fluß wird sich jedoch auf die Gegebenheiten der Natur einstellen. Man muß sich anpassen können: in seinem Leben hat er schon ganz andere Überraschungen erfahren. Er verjagt seine Schwermut und stellt sich auf sein neues Los ein. Eine Eisenbrücke, die dort als Grenze hingesetzt zu sein scheint und die vom Lärm einer Lokomotive erschüttert wird, gibt den letzten Anstoß dazu, daß er sich dieser großen Wandlung bewußt wird. Es ist die Kostibrücke. Seit wie langer Zeit schon hat der Fluß nicht mehr das Pfeifen einer Lokomotive gehört. Seit Jinja nicht mehr, kurz nachdem er aus dem Victoriasee herauskam. Und plötzlich begreift der Nil, daß er schon zweitausenddreihundert Kilometer durchflossen hat. Zweitausenddreihundert Kilometer!

Als er unter der »Kosti Brigde« hindurchfließt, befindet sich der Nil in dreihundertvierundsiebzig Metern Höhe. Um die dreihundert Kilometer zu bewältigen, die ihn noch von Khartum trennen, stehen ihm nur wenige Meter Gefälle zur Verfügung. Deshalb dehnt er sich jetzt auch aus. Mehr als das, er erreicht eine fast anormale Breite, manchmal sogar bis zu zwanzig Kilometer. Wer wagt es eigentlich, ihn so zu deformieren? Das ist gar kein Fluß mehr, sondern eine gewaltige, schwerfällige Masse, nur leicht vom Wind gekräuselt, nur dann und wann von Wirbelstürmen aufgewühlt. An seinen Ufern laufen die Wellen aus wie an der Küste eines Ozeans.

Übrigens nennen die Araber ihn hier »El Bahr«: das Meer. Ein Meer mit monotonen Ufern. Im Osten weiße Sandbänke. Im Westen schlammige Uferböschungen. Dann überall Hirsepflanzungen und weite Grasflächen, wo Schafe und Ziegen weiden. Schließlich in der Ferne die Wüste mit ihren weichen ockerfarbenen Wellen, wo manchmal verstreut, ein anderes Mal in dichten Gruppen Akazien wachsen. Selten nur unterbricht irgendein fernes Gebirge, irgendeine Erhebung diese weite Monotonie, die nur durch die unglaubliche Vielfalt von Zugvögeln belebt wird, die hier ihr Winterlager aufgeschlagen haben.

Nach mehr als zweihundertfünfzig Kilometern stellt der Nil bestürzt fest, was sich ihm nun entgegenstellt: ein neues Werk des Menschen, der Staudamm von Dschebel Aulija, ein breiter Granitdamm mit einer Vielzahl von Schleusentoren. Solch ein Abenteuer ist jedoch nichts Neues für ihn. Schon in seiner frühesten Jugend, kurz hinter Jinja, hatte er sich unterwerfen und unter dem Kaudinischen Joch der »Owen Dam Falls«, einem Kraftwerk, hindurchfließen müssen. Aber der Nil hat auch jetzt noch keinen Sinn für Selbstlosigkeit, und, stolz wie er ist, liebt er den bitteren Geschmack der Demütigung nicht sehr. Er sollte sich jedoch daran gewöhnen, denn später werden die Ingenieure ihn endgültig zähmen!

Nachdem er den Damm überwunden hat, nimmt der Nil das schöne Gleichmaß seines Laufs wieder auf und gewinnt auch die Breite wieder, die ihm gemäß ist: etwa einen Kilometer. Und stetig wie ein Fließband begibt er sich auf die letzten 20 oder 30 Kilometer, die ihn noch von Khartum trennen . . .

Khartum ist nicht mehr weit, Khartum nähert sich. Im Osten tauchen Türme auf, Häuser, ja selbst Hochhäuser sieht man, und auch im Westen erblickt man eine Stadt, von Minaretten überragt: Omdurman, die große sudanesische Stadt. Zwischen beiden, wie ein Bindestrich, eine Brücke, eine riesige, über 600 Meter lange metallene Brücke. Von diesem nie gesehenen Schauspiel beunruhigt, bewegt sich nun der Nil mit langsamen, gemessenen Schritten vorwärts. Er wird breiter, als wolle er in der Fülle seiner Kraft ankommen. Es hat geradezu den Anschein, als ob er die Dämmerung abwarte, um unter dieser Brücke hindurchzufließen, die ihn außerordentlich zu beeindrucken scheint.

Ein heißer Wind weht über den Fluß, wo das Zwitschern der unermüdlichen Schwalben erklingt. Möwen streichen über das Wasser, den Schnabel vorgestreckt, jeden Augenblick bereit, irgendeinen Fisch zu erbeuten. Kraniche landen mit weitausgebreiteten Flügeln am Ufer. Eine Gruppe Pelikane watschelt in einer seichten Lagune umher. Einsam beobachtet ein alter Marabu auf einer winzigen Grasinsel mit ernster Miene all dies Geschehen.

Schnell sinkt die Sonne über Omdurman und bemalt kleine, cremefarbene Wölkchen mit allen Farben des Regenbogens. Das linke Flußufer wird nun ganz rosa, in warmes Braun hüllt der Fluß eine langgestreckte Insel ein. Silbrig, wie Quecksilber, wechselt er bald zu allen Grauschattierungen über.

Nun leuchtet Omdurman wie unter einer Feuerkuppel auf. Nicht lange mehr, schnell sinkt die Sonne und wirft ihre letzten Strahlen auf die Stadt. Dämmerung breitet sich aus, und die Lichter, die sich in der Stadt entzünden, glänzen wie die Sterne. Auch auf der Brücke gehen die Lichter an, und so zeichnet sie einen hellen breiten Strich in den violetten Himmel. Der Fluß ist nun malvenfarbig. Zwei Fischer treideln mühsam ihr Boot flußaufwärts, immer so nah wie möglich am Ufer entlang.

Letzte Helligkeit des Tages . . . Der Nil faßt seinen Entschluß. Er fließt unter der Brücke hindurch, die ihn dazu gebracht hat, schmaler zu werden. Er ist nun nur noch 500 Meter breit, aber gleichzeitig beschleunigt sich seine Strömung, und seine Fluten reißen wütend am Ufer. Das wäre geschafft! Die Brücke liegt hinter ihm. Der Nil fühlt sich endlich befreit, erneut kann er vorwärtsstreben, einige hundert Meter weiter jedoch . . . fragt er sich, was ihm nun wohl wieder geschieht: man hält ihn auf. In seinem Selbstgefühl getroffen, versucht er, schneller zu fließen. Je mehr er sich aber anstrengt, desto stärker wird der Widerstand. Das ist ja unglaublich! Plötzlich merkt er, wie sein rechtes Ufer sich zu einer Spitze verjüngt, ganz verschwindet und einem Unbekannten den Weg freigibt, der sich im Zwielicht auf ihn stürzt, ihn mit einer unerhörten Brutalität anrempelt, es wagt, sich gegen seine Fluten anzustemmen, ja, ihn sogar nach links abdrängt. So vermengen sich die beiden Rivalen in einem wilden, wirbelnden Kampf.

Am Ende seiner Reise nach Khartum entdeckt der Nil völlig entgeistert, daß es auf dieser Erde noch einen zweiten Nil gibt.

4. Kapitel

EIN ZWEITER NIL

Aber sicher, es gibt einen zweiten Nil: es ist der Blaue Nil. Und die beiden Flüsse sind sich so ähnlich, daß man sagen könnte, sie gleichen sich wie zwei Wassertropfen.

Erinnern Sie sich an die erstaunliche »Nilaffäre« und ihre Helden, Speke und Burton, Baker, Livingstone und Stanley, die die berühmten Quellen entdecken wollten? Nun, auch der Blaue Nil hat seine »Affäre«. Sicher, sie verlief weniger leidenschaftlich und vor allem weniger dramatisch als die des Weißen Nils, aber es lohnt sich, von ihr zu erzählen, denn sie stellt einen portugiesischen Jesuiten einem extravaganten Schotten gegenüber, der ihm die Vaterschaft der Entdeckung der Quellen des Blauen Nils streitig machen wollte. Sie ist ein wichtiger Teil der Geschichte des großen Flusses.

Sie erinnern sich, daß der Weiße Nil aus einem See kommt, dessen Abfluß er ist: aus dem Victoriasee. Das gleiche gilt auch für den Blauen Nil. Auch er entspringt aus einem See: aus dem Tanasee.* Die Ähnlichkeit geht weiter: Die Geographen finden für jeden der beiden Nile eine noch weiter entfernte und höher gelegene Quelle: hier wie dort ein gleich dünner Wasserlauf, der nach und nach an Stärke zunimmt und sich schmeicheln darf, der hauptsächliche Zufluß seines Sees zu sein.

* Siehe Karte 6, Seite 118

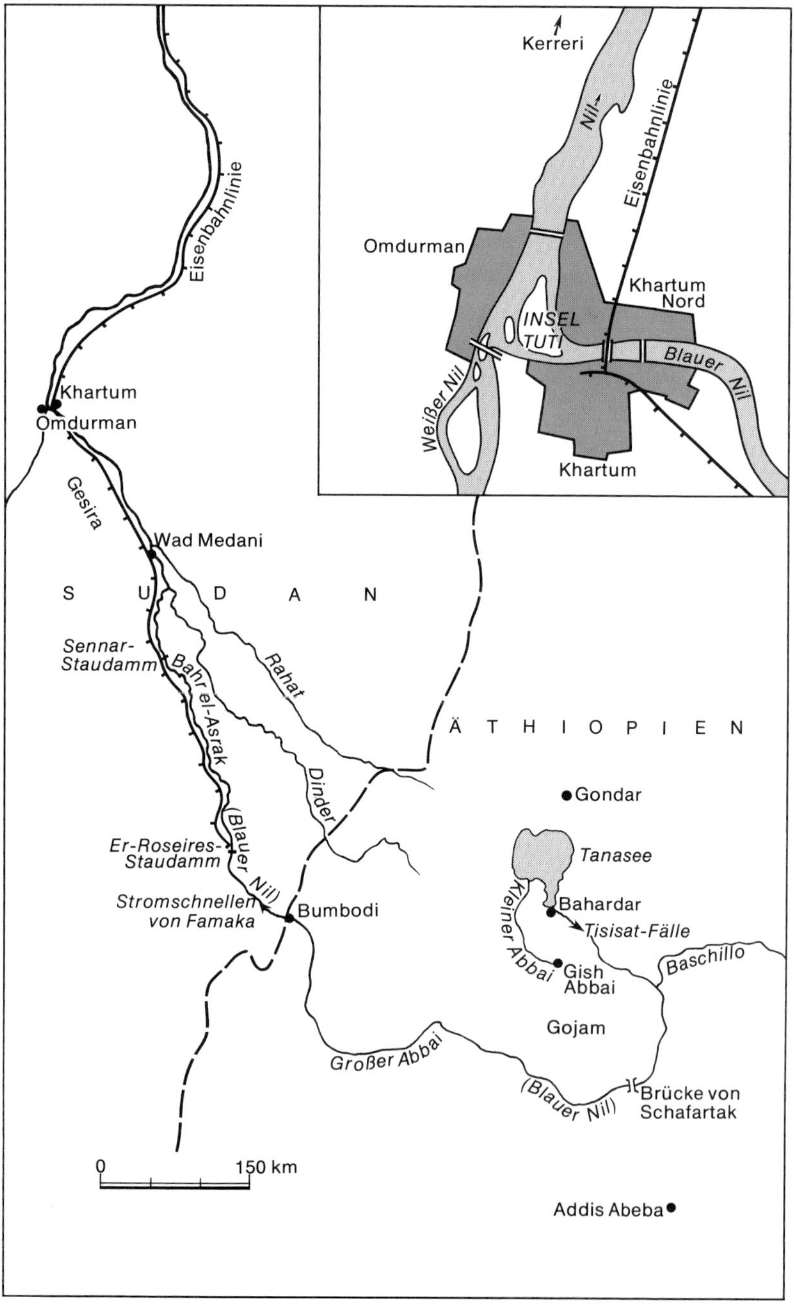

Karte 6: Der Blaue Nil. Khartum und Omdurman.

Entsinnen Sie sich auch noch des sündhaften Hochmuts, den der Weiße Nil – dieser Kühne, Arrogante – zeigt und der bei den Murchison Falls durch einen senkrechten Fall aus 40 Metern Höhe bestraft wird? Auch darin tut es der Blaue Nil dem Weißen gleich. Nachdem er den Tanasee verlassen hat, wird ihm in einer ähnlichen Kulisse von üppiger tropischer Vegetation der gleiche donnernde Unfall widerfahren. Es ist jedoch nicht allein die Natur, die es auf sich nehmen wird, dem einen wie dem anderen eine Lehre zu erteilen. Der Mensch wird sie beide durch seine Staudämme fließen lassen, beide werden Beton kennenlernen, beide werden ihre herrliche Mission entdecken: den Menschen leben zu helfen.

Analogien? Noch zwei weitere gibt es, die sie schließlich einander vollkommen ähnlich werden lassen und sie zueinanderführen. Während seiner Abenteuer hat der Weiße Nil oft seine Richtung, den Norden verloren. Der Blaue Nil gleichfalls: Sobald er aus dem Tanasee hinausfließt, schlägt er sogar ganz einfach die Südost-Richtung ein, und erst nach einer langen Schleife findet er den Norden wieder. Dann fließt er schließlich auf Khartum zu, zur gleichen Zeit wie der Weiße Nil, der ihn wie ein Magnet anzieht, von derselben Vision eines außerordentlichen Schicksals bewegt.

Es genügt nun, an diese Ähnlichkeiten zu denken, um den Blauen Nil besser zu kennen. Seine Persönlichkeit ist damit schon umrissen. Wenn wir diese Regieangaben weiter entwickeln, haben wir den Film über die Geschichte des Blauen Nils von seiner Geburt an bis nach Khartum vor uns.

Der Blaue Nil entspringt im Herzen Äthiopiens, einem Land, wo alles altertümlicher und phantastischer als anderswo erscheint, einer Gegend, die schon für die Eroberer der Antike faszinierend war, einem alten Land, das durch das legendäre, von keinem Geschehen auszulöschende Bild einer uralten Dynastie noch eindrucksvoller wird. Haile Selassie, der 225ste und letzte Herrscher, verdankte er seinen Thron nicht einer sehr alten Geschichte über die Verführung der Königin der Äthiopier, der Königin von Saba, durch König Salomon? Es wird in der Tat überliefert, daß die königliche Großzügigkeit bei weitem die prunkvollen Geschenke übertroffen hatte, die einer Königin bei ihrem Besuch überreicht zu werden pflegten ...

Von alledem, was sie über Salomon gehört hatte, war die Königin von Saba so entzückt, daß sie tatsächlich mit ihrer Karawane von 797 Kamelen und Maultieren nach Jerusalem gezogen war, um dort die Weisheit durch den Mund des Königs selbst zu erlernen. Sie wurde mit dem größten Pomp empfangen. Es sollte ein langer Besuch werden, denn es konnte nicht ausbleiben, daß sich während der langen Abende, an denen die beiden philosophierten, ein Band der Sympathie zwischen ihnen bildete; es bestand aber immerhin eine gewisse Distanz, da die Königin nicht im gleichen Palast wohnte. Auf Drängen König Salomons jedoch, der zusehends nervöser wurde, versprach sie, die Nacht vor ihrer Abreise in seinem Palast zu verbringen, aber unter einer Bedingung: er dürfe sie nicht anrühren; sie selbst hingegen werde nichts nehmen, was ihr nicht gehöre. Salomon hatte eine Idee: Die Gerichte des Abschiedsmahls würden so stark gewürzt sein, daß die durstige Königin gar nicht darum herum käme, aus dem Glas zu trinken, das listigerweise am Kopfende ihres Bettes stehen würde, und Salomon würde genau in dem Augenblick erscheinen, in dem die Königin ihn auf diese Weise von seinem Schwur entbinden würde ... Wie es scheint, gelangten König und Königin zu vollem Einverständnis, und so geschah es, daß nach einiger Zeit der Sohn des Weisen geboren wurde, Menelik Ibn Hakim. Die Liebe hatte eine Dynastie begründet.

Eine Sage oder nicht? Es ist ziemlich überraschend, im Alten Testament in Kapitel X des Buches der Könige zu lesen, daß König Salomon tatsächlich die Königin der Äthiopier getroffen hat. Jedenfalls wird die von Menelik begründete Dynastie viele Jahrhunderte hindurch an der Regierung bleiben. Ägypter und Griechen werden von dieser geheimnisvollen, undurchdringlichen Gegend, von dieser einzigartigen Festung mit ihren Hochebenen, beschützt von Lavawüsten und Dornsavannen, von wilden Bergen, von tiefen Schluchten, von sintflutartigen Regengüssen, angezogen werden. Die Pharaonen werden auf ihren Flachreliefs den Punt, das Land der Götter, besingen; und sie gefallen sich darin, die Bewohner der Gegend, die für sie eine solche Anziehungskraft hat, ziemlich genau so wiederzugeben, wie sie selbst aussehen. In dem Grabtempel der Königin Hatschepsut in Deir el-Bahari bei Theben befindet sich eine Inschrift, in der die Königin erzählt, daß ihre Friedens-

und Handelsexpedition dort Kostbarkeiten und seltene Tiere, Gold, Elfenbein, Pantherfelle und unter den Tieren Affen, eine Giraffe und verschiedene Raubtierarten, dies alles gegen Fertigwaren, die man heute Nippsachen nennen würde, eingetauscht hat. Sicherlich die erste Manifestation der Kolonialgeschichte.

Zu Beginn unserer Zeitrechnung werden dann mächtige Könige – die Erbauer der kunstvollen Stelen, die man heute in Aksum finden kann und deren Geheimnis man noch nicht enträtselt hat – ein Äthiopien gründen, das eine historische Persönlichkeit hervorbringen und sich Mitte des 4. Jahrhunderts dem Christentum anschließen wird. Tatsächlich hat sich Ezana, der berühmteste dieser Herrscher, zum Christentum bekehrt; es wurde eine neue Kirche in der aksumitischen Hauptstadt gegründet, die nun ihren ersten Bischof hat. Die Epoche, die jetzt beginnt, verspricht glanzvoll zu werden, Ezana verfolgt eine Politik der Stärke und Unabhängigkeit. Aber immer noch wacht der Islam; seine unablässigen Angriffe werden das Gebäude untergraben. Über die wirkliche Lage des Landes ist man im übrigen kaum noch informiert. Mehrere Jahrhunderte lang – vom 7. bis zum 12. Jahrhundert – von der Welt abgeschieden, dämmert es in der Finsternis dahin. Die Kirchen werden verbrannt. Aksum ist nicht mehr das Herz des Königreiches. Am Ende dieser dunklen Epoche jedoch wird eine neue Dynastie entstehen, die Äthiopien eine zwei Jahrhunderte währende Blütezeit beschert und die es Portugal näher bringt, einem Portugal, das wie hypnotisiert von der Legende des Priesters Jean ist, der an der Spitze seines Reiches die Christenheit für ewig vom Islam befreien würde. Der Große Albuquerque hatte mit Hilfe dieses berühmten Priesters Jean den Plan für einen Feldzug gegen Mekka erdacht. Portugal schickt seine Botschafter nach Äthiopien . . . Erneut jedoch bricht der Kampf mit dem Islam aus, der die Hochebene verwüsten wird. Die christliche Festung widersteht. Wieder wird der Islam mit Hilfe der Portugiesen, die die Truppen Don Cristóvão da Gamas eilig dort hinsenden, verdrängt.

Das christliche Patrimonium und das nationale Territorium werden im 16. Jahrhundert wieder hergestellt, und Aksum wird erneut Hauptstadt. Ein großer Kaiser besteigt nun den Thron Davids. Äthiopien gibt ihm den königlichen Namen Malak Sagad, »die Könige haben ihn verehrt«. Sein Nachfolger Susneos wird auch in

Aksum gekrönt und herrscht 35 Jahre lang. Wir sind nun am Anfang des 17. Jahrhunderts. Portugal, das immer noch hofft, Äthiopien in den Schoß der Kirche zurückzuführen, und vor allem einen Verbündeten jenseits der muselmanischen Welt zu gewinnen, verstärkt den Einfluß seiner Missionare, der sich nun auf das ganze Land erstreckt.

Unter dem Einfluß von Pater Paez wird Susneos und sein Königreich zum Katholizismus bekehrt. Pater Paez wird, wie wir später noch sehen werden, eine wichtige Rolle in unserer Geschichte spielen – er entdeckt die Quellen des Flusses, den man später den Blauen Nil nennen wird.

Neben seiner außergewöhnlichen Bildung und überragenden Intelligenz hatte Pater Paez außerdem noch viele andere Begabungen, insbesondere auf dem Gebiete . . . der Architektur. So baute er zum Beispiel für den Kaiser einen Palast im europäischen Stil, etwas ganz Außergewöhnliches für diese Leute, die nur Flachbauten aus Lehm und Stroh kannten. Dieses zweistöckige Gebäude aus Steinquadern, das heute noch in Gondar zu sehen ist, wurde für eines der Weltwunder gehalten, und aus allen Gegenden Äthiopiens kam man herbei, um es zu betrachten. Nur allzu natürlich war es daher, daß Pater Paez' und Portugals Ansehen dadurch so gestärkt wurde, daß der Kaiser, wie wir bereits gesehen haben, bekehrt wurde und die katholische Religion zur Staatsreligion erklärte.

Da der Pater der engste Vertraute des Kaisers geworden war, begleitete er ihn oft; und gerade auf einer ihrer gemeinsamen Reisen geschah es, daß er, am 21. April des Jahres des Herrn 1618, die Quellen des Nils entdeckte. Zu dieser Zeit sprach man noch nicht vom Blauen Nil, sondern ganz einfach vom Nil, von dem berühmten Nil, den die Vorfahren schon so sehnlich zu kennen gewünscht hatten. Aber lassen wir Paez selbst sprechen, der uns sein Entzücken angesichts dieser Entdeckung beschreibt:

»Die Quelle des Nils ist im höheren Teil eines von Bergen umgebenen Tals gelegen . . . Wie groß war meine Freude, das erblicken zu dürfen, was schon Kyros, Kambyses, Alexander der Große und Cäsar mit so großem Eifer und doch vergebens gesucht hatten.

Das reine, klare und wohlschmeckende Wasser quoll aus zwei

Die heilige Quelle des Blauen Nils in Äthiopien.

gerundeten Becken hervor, jedes mit einem Durchmesser von etwa vier Spannen. (Die Spanne ist eine Maßeinheit, die früher gebräuchlich war und der Länge einer Hand entspricht.) Ich versuchte, ihre Tiefe mit einer Lanze zu sondieren; in das eine konnte ich wegen der Wurzeln der in der Nähe wachsenden Bäume nicht weiter als 12 Spannen tief eindringen; in das andere, das nur etwa einen Steinwurf weit davon entfernt war, stieß ich zwei zusammengebundene Lanzen bis zu 20 Spannen tief hinein, ohne auf einen Widerstand zu stoßen.

Die Einwohner behaupten, daß das Gebirge mit Wasser gefüllt sei; die ganze Ebene im Umkreis sei weich und gebe unter den Füßen nach. Deshalb suche sich das Wasser unten einen Ausgang. Der Boden sei in diesem Jahr ein wenig härter geworden, aber in gewöhnlichen Jahren könne man sich den Quellen nicht ohne Gefahr nähern, versicherten mir die Einwohner und auch der Kaiser.

Eine Meile weiter entfernt liegt das Dorf Geesh, das von Heiden bewohnt wird, die sich an bestimmten Tagen des Jahres zu den Quellen begeben, um dort Opfer darzubringen; einen ihres Volkes, den sie den Priester nennen, geben sie als einen großen Heiligen aus.«

Pater Paez begnügt sich jedoch nicht allein damit, die Quelle zu beschreiben. Er schildert anschließend für die Nachwelt den oberen Lauf des Nils, die Flüsse, die in ihn münden, wie er durch den »Dembea«-See fließt, wobei er sichtbar seine Farbe beibehält, den »schrecklichen Katarakt von Alata«, die große Schleife, die er dann »vom Orient zum Abend« hin zieht und die ihn von seiner Quelle »zwei Tagereisen weit nach Süden« führt. Und Paez schließt: »Erst nachdem er unzählige Gegenden durchquert hat, die so wild und wenig bekannt sind, daß ein abessinischer Herrscher, sie »die neue Welt« nannte, zieht der Nil in Ägypten ein.«

Außerordentlich wahrheitsgetreu sind diese Angaben über den Lauf des Flusses und die Beschreibung der Nilquelle! Wer sie kennt, hegt keinen Zweifel: Pater Paez hat sie ganz bestimmt als erster entdeckt; so charakteristische Einzelheiten kann er nicht erfunden haben. Dieser Punkt sollte immer wieder betont werden, denn, wie wir noch sehen werden, man wird von Pater Paez abschreiben, man wird ihn beneiden, ja, man wird sogar versuchen, ihn in den Schmutz zu ziehen.

In der Tat überquert nicht später als 1622 ein gewisser Hieronymus Lobo, seines Standes Missionar und aus diesem Grunde auf der Reise durch Abessinien, den Nil, etwa zwei Tagesreisen von seiner Quelle entfernt. Er begeistert sich »zu sehen, was die ersten Monarchen der Antike so vergeblich gesucht haben«, und berichtet über die Quellen, als habe er sie wirklich besucht. Das sieht nach Fälschung aus. Man hat sich da zu leichtfertig der Beschreibung des Pater Paez bedient, man braucht nur die beiden Texte miteinander zu vergleichen. Die Geschichte wird Pater Lobo eine schlechte Note erteilen: Man schreibt nicht ab . . .

Viele Generationen lang hört man weder von portugiesischen Forscher-Patern noch vom Nil etwas. Bis zu dem Tage, an dem er wieder in den Mittelpunkt rückt, und zwar durch die Person eines Schotten, der, 152 Jahre nach Paez' Entdeckung, an den gleichen Ort fährt. Nach seiner Rückkehr entfacht er dadurch, daß er den Missionar als Betrüger bezeichnet, einen Streit, eine wahre »Nilaffäre«.

Wie wird sich wohl diese seltsame Debatte zwischen einem Lebenden und einem Toten abspielen? Denn Bruce hat nur einen Gedanken: die Entdeckung der Nilquellen für sich in Anspruch zu nehmen.

November 1770, genauer gesagt, der 4. November . . .

Eine kleine Karawane zieht über eine sanft gewellte Hochebene mit ihrer Decke von zartgrünen, saftigen Weidegründen, die dann und wann von einer Reihe von Bäumen und glasklaren Quellen unterbrochen werden. Am Horizont die weichen Linien blauer Berge, halbmondförmig, die Abhänge mit blühenden Wiesen, mit Akazienwäldchen getüpfelt. An der Spitze der Truppe, fest im Sattel sitzend, James Bruce. Zu seiner Linken ein abessinischer Führer, Woldo; zu seiner Rechten ein Grieche, Strates, der »treue Knappe«. Als Nachhut Tragtiere, die von ihren Treibern angespornt werden, an ihrer Seite gehen Träger, die mit einem Herbarium und wissenschaftlichen Instrumenten beladen sind, einer von ihnen tief gebeugt unter dem Gewicht eines riesigen Oktanten.

Woher kommt eigentlich dieser Schotte? Was ist er für ein Mensch? Wie bringt ihn sein Schicksal in diesem Augenblick auf den gleichen Pfad, auf den anderthalb Jahrhunderte früher Pater Paez durch seine Neugierde hingeführt wurde?

Nur aus Liebe zum Abenteurerleben wurde er Forscher und ist so das völlige Gegenteil eines moralisierenden und die Sklaverei bekämpfenden Livingstone. Bruce ist 40 Jahre alt; er ist 1736 auf Kinnaird, dem Familiengut, in Schottland geboren. Sein Personalbogen? Ein Meter neunzig, breite Schultern, dunkelrotes Haar, braune Augen. Besondere Kennzeichen . . . reich, gebildet, Monarchist bis in die letzte Faser, intelligent, von großer Überzeugungskraft, tapfer, waghalsig, jähzornig, leidenschaftlich, ein wenig eitel, ziemlich aufschneiderisch, sehr selbstbewußt. Das hätte ich fast vergessen: er haßt die Römisch-Katholischen (und die portugiesischen Jesuiten insbesondere).

Nach erfolgreichem Studium tritt er durch die Heirat mit der Tochter eines reichen Kaufmanns ins Geschäftsleben ein, aber nur wenige Monate nach der Hochzeit verliert er ganz plötzlich seine Frau. Dieses Unglück ist es wahrscheinlich, das den Verlauf seines Lebens ändert. Er geht nun in Europa auf Reisen. 1762 trifft er in Algier als Konsul Seiner Majestät ein. Zu diesem Zeitpunkt kommt ihm auch, wie es scheint, die Idee, zu den Nilquellen vorzudringen. Die zweite Etappe ist Kairo im Jahre 1768; von hier aus wird er versuchen, nach Abessinien zu gelangen. Er erreicht es über das Rote Meer und geht im Hafen Massaua von Bord. Nach einer Auseinandersetzung mit Piraten stößt Bruce im November 1769 in das Innere des Kontinents vor. Jetzt erst beginnt das wahre Abenteuer: noch ist das Land nicht völlig zivilisiert. So sieht Bruce eines Tages, jedenfalls behauptet er es, wie drei Äthiopier sich auf eine Kuh stürzen, einige Stücke herausschneiden, das Fell wieder darüberklappen, Lehm darauf schmieren und die blutigen Steaks verschlingen. Im Februar 1770, 3 Monate nach seiner Abreise von Massaua kommt Bruce endlich in Gondar, der größten Stadt des Landes an, in der sich der königliche Palast befindet. Er kommt an einen Hof, in dem es zugeht wie in einem Irrenhaus, in dem Orgien, Gewalt und alle nur möglichen Grausamkeiten an der Tagesordnung sind. Er erringt das Vertrauen des Königs und seines Wesiers, des Ras Michel, die ihn bald zu einer Strafexpedition gegen einen rebellierenden Häuptling südlich des Tanasees mitnehmen. Das paßt gut in seine Pläne. Unglücklicherweise wird die Rebellion niedergeschlagen, bevor er die Nilquellen erreichen kann. Enttäuscht, aber nicht entmutigt, kehrt Bruce nach Gondar zurück. Geschickt weiß er wiederum, sich bei Hof ins rechte Licht zu setzen, und macht sich im Oktober 1770 erneut auf den Weg, nachdem es ihm diesmal gelungen ist, sich zum »Gouverneur der Provinz Geesh« ernennen zu lassen; gerade in dieser Provinz nämlich liegen die Nilquellen. Er dringt bis zum Tanasee vor, fährt zur anderen Seite hinüber und marschiert weiter, das Tal des Kleinen Abbai hinauf, das ihn zum Ort seiner Träume führen wird. Die Tage gehen vorüber, die Karawane nähert sich ihrem Ziel. Hier sehen wir sie am frühen Nachmittag des 4. November 1770. Die letzte Etappe der Reise liegt vor ihr. Es ist viertel vor zwei . . .

Nachdem Bruce und seine Leute den ganzen Morgen durch eine bezaubernde Berg- und Tallandschaft gewandert sind – einmal stiegen sie in kleine, mit frischem Grün bewachsene Täler hinunter, das andere Mal von herrlichen Bäumen gekrönte Hügel hinauf –, erreichen sie schließlich eine Anhöhe. Von dort aus sehen sie ein scheinbar banales Schauspiel vor sich, aber für Bruce bedeutet es die Erfüllung seiner Träume: Der Nil! In der Tat ist er hier nur ein schmaler Bach, der sich durch ein kleines Wiesental schlängelt. Dies Tal steigt nach Westen hin zu einem bewaldeten Hügel an, versteckt liegt dort eine Kirche, die Sankt-Michael-Geesh-Kirche; auf der gegenüberliegenden Seite führt das Tal über eine weitere, weniger bewachsene Erhebung, den Geeshberg.

Schweigend genießt es Bruce, den Nil so nah bei seiner Quelle betrachten zu können. Und es kommen ihm einige Passagen aus den Werken alter Autoren in den Sinn, besonders aus Lukan, in denen es heißt, daß diese Quellen ewig verborgen bleiben werden. Und nun ist es ihm, Bruce, gelungen, seinen Namen mit dieser Entdeckung zu verbinden! . . . Ein plötzlicher Aufruhr weckt ihn aus diesen stolzen Träumen. In dem Augenblick, in dem die Karawane gerade aufbricht, wird der Führer angeblich krank. Dies ist nicht der erste Zwischenfall, den Woldo verschuldet. Bruce hatte schon des öfteren Schwierigkeiten mit diesem gewitzten Schelm. Wie oft schon hat er ihm schöne Flüsse gezeigt und vorgegeben, sie seien der Nil. »Um bis zur Quelle zu kommen, muß man einen anderen hohen Berg erklimmen. Dazu reicht meine Kraft nicht«, stöhnt Woldo. Bruce fühlt ihm den Puls, findet nicht das geringste Anzeichen von Fieber, verwarnt ihn und befiehlt der Karawane weiterzuziehen. Sofort ist Woldo wieder so kräftig wie eh und je. Der Trupp überquert den Nil mit der größten Leichtigkeit (an diesem Ort ist er nicht mehr als vier Schritt breit und vier Zoll tief), ersteigt den Hügel, auf dem die Kirche Sankt-Michael-Geesh steht, und hält dann an, um im Schatten eines herrlichen Zedernwäldchens zu rasten. Es ist ein heißer Tag. Die Männer strecken sich auf dem weichen Gras aus, neben ihnen weiden ruhig die Tiere, ihre Lasten auf dem Rücken. Woldo indessen beginnt erneut mit seiner Kommödie, und endlich merkt Bruce, womit er liebäugelt: mit seiner Seidenschärpe. So ungeduldig wie er ist, die Quellen zu sehen, gibt Bruce der Erpressung nach, nicht ohne dem Führer zu drohen: »Wenn Ihr noch einmal versucht, mich übers Ohr zu hauen, wird Euch nicht allein diese Schärpe vom Leib gerissen werden, sondern Eure Haut noch dazu. Kein Wort mehr. Es ist schon spät.« Tatsächlich ist es schon 4 Uhr nachmittags.

»Führt uns jetzt zu den Quellen des Nils, und zeigt mir nun endlich den Berg, der uns noch von ihnen trennt«, fährt Bruce fort. Woldo geht daraufhin mit ihm zur Südseite der Kirche. »Das war er«, sagt er und sieht ihn schalkhaft an, »der Berg zwischen Euch und den Nilquellen, als Ihr noch auf der anderen Seite der Kirche standet, es gibt keinen anderen«, – dann dreht er sich um und weist mit der Hand in die Richtung der Quellen: »Seht, dort mitten auf dem feuchten Grund jene grasbewachsene Anhöhe. Dort könnt Ihr die Nilquellen finden. Wenn Ihr aber dorthin geht, zieht Eure Schuhe aus, denn die Einwohner von Geesh sind alle Heiden. Sie glauben an nichts, außer an den Nil, den sie jeden Tag wie einen Gott anrufen.« Und der gewitzte Woldo, der die seelische Verfassung seines Meisters wohl erkannt hat, fügt noch hinzu: »Wie Ihr es vielleicht selbst tut.«

Halbnackt, seit er seine Schärpe nicht mehr besitzt, und ohne Schuhe, die er von sich geworfen hat, stürzt Bruce den blumenbewachsenen Hang hinunter und läuft auf die kleine grüne, 200 Schritt entfernte Insel zu. In der Eile verfängt er sich mit den Füßen in Wurzeln, schlägt der Länge nach hin, springt blitzschnell wieder auf, bleibt an einer anderen Wurzel hängen, schwankt, fällt und kommt am Rande des Sumpfes auf dem Bauche rutschend mit vorgestrecktem Kinn und ausgebreiteten Armen an, die Handflächen flach aufgestützt, um sich zu halten. Diesmal erhebt er sich langsam, nimmt seinen Weg mit gemessenen Schritten wieder auf, fast geht er auf den Fußspitzen, als ob er einen Dom betrete. Und so kommt er bei der grasbewachsenen Insel an. Verzückt betrachtet er die Hauptquelle, die aus der Mitte emporquillt.

Hier steht er, hochaufgerichtet, holt tief Atem, bevor er in seinem Innersten eine großartige Hymne zu seinem eigenen Ruhm anstimmt ... Seit dreitausend Jahren haben die berühmtesten Männer ihre Begabung, ihren Mut eingesetzt, um die Nilquellen zu erreichen ... Könige wollten sie an der Spitze ihrer Armeen erreichen ... Vergeblich all die Anstrengungen ... Niemand konnte die Neugier der Herrscher befriedigen, niemand die Wünsche der Geographen erfüllen ... Seit Jahrhunderten sind Ruhm und Reichtum dem Manne versprochen, der das Glück hätte, bis dorthin vorzudringen. »Und dieser Mann bin ich!«

Das Ich ist Bruce in diesem Augenblick der höchsten inneren Bewegung nicht verhaßt. Schließlich dreht er sich langsam um, als komme er wieder auf die Erde zurück oder vielleicht auch, um dieser Erregung ein Ende zu bereiten. Aber nein ...

Aus einer Entfernung von etwa zehn Schritten betrachtet ihn unbeweglich Strates, der Grieche Strates. Bruce ruft ihn an: »Strates, mein treuer Knappe, kommt und triumphiert mit Eurem Don Quichote über alle Könige der Erde, über ihre mächtigen Armeen, über Helden und Philosophen.«

»Mein Herr«, antwortet Strates, »ich verstehe nicht ein einziges Wort von alledem, was Ihr da sagt. Ihr wißt, ich bin kein Gelehrter. Es wäre besser für Euch, aus diesem Sumpf herauszukommen, in das Haus des Nilpriesters zu gehen, wo wir wohnen sollen, und Euch vor Woldo zu hüten, der noch etwas anderes begehrt als nur Eure Schärpe. Seit unserer Ankunft schon unterhält er sich mit einem alten Teufelsanbeter.«

Aber Bruce kümmert sich nicht um Strates' Warnungen. »Los, los«, antwortet er ihm und reicht ihm eine bis zum Rand gefüllte Kokosschale, ein Andenken aus Arabien, »nehmt dieses Wasser und trinkt mit mir auf die Gesundheit Seiner Majestät, Georg III.« Von seiner unwiderstehlichen Überzeugungskraft gewonnen, trinkt Strates fröhlich ... »Schande unseren Feinden!«, schreit er, nimmt seine Mütze und wirbelt sie unter lautem Hurra-Geschrei durch die Luft.

Die Hitze und sein langer Wortwechsel mit Woldo haben Bruce durstig gemacht, und er trinkt tüchtig: »Strates, laßt uns auf eine glückliche Heimreise anstoßen. Nur zu, mein Freund, ich habe zwei Becher mehr als Ihr getrunken!« . . .

»Ach, mein Herr, ich habe mit dem besten Willen auf die Gesundheit König Georgs, seiner Frau, seiner Kinder, seiner Brüder und Schwestern getrunken. Gott möge sie alle behüten. Amen. Aber verzeiht mir, wenn ich nicht mehr trinken möchte, diese Wilden beten jeden Morgen an dieser Quelle, zum Teufel, ich spüre Hörner in meinem Bauch, dies Wasser ist höllisch.«

»Doch, doch!« Bruce besteht auf seinem Wunsch. »Seid nicht störrisch. Ich habe Euch noch einen Toast vorzuschlagen.«

»Mit Wein herzlich gern; mit diesem Wasser auf keinen Fall mehr.«

Aber Bruce erinnert ihn daran, daß Rußland die Türken bekämpft, um die Griechen zu befreien. Nun ruft Strates doch aus: »Ich will auf die Gesundheit von Katharina trinken. Gebt mir Eure Schale. Und wenn ich daran sterben sollte.«

»Habt's damit nicht so eilig, Strates. Denkt daran, daß dieses Wasser von den Teufelsanbetern verzaubert ist. Erinnert Euch an die Hörner, die Euch der erste Becher Wasser fühlen ließ. Mit einem weiteren Becher könnten sie Euch durchbohren.«

»Die Schale, die Schale!«, stöhnt Strates. »Und bis oben hin voll! Ich fordere den Teufel heraus. Auf die Gesundheit Katharinas; der Himmel bringe ihren Feinden Schmach! Gott beschütze die Russen. Hurra und Sieg für Katharina!« Und wieder fliegt der Hut in die Luft.

Während dieser Zeit hat sich eine große Menge von Eingeborenen versammelt, die staunend diese seltsame Szene betrachten. Man kann sie wohl verstehen . . . Zwei oder drei von ihnen sind sogar mit Woldo zusammen näher herangekommen. Sie wundern sich über diesen Zirkus und fragen sich, warum Strates wohl solche Grimassen schneidet und derartige Schreie ausstößt. Woldo antwortet geschickt, der Mann sei verrückt, seit ihn ein tollwütiger Hund gebissen habe. Das Nilwasser werde ihn jedoch heilen, wenn er es nur auf nüchternen Magen trinke. Letzten Endes hatte der listige Woldo seine Schärpe wohl doch dafür verdient, daß er die Geschichte wirklich originell und einfallsreich erklärt hat.

Man sollte meinen, daß Bruce vom Gefühl des Ruhms eingelullt, sofort einschlafen würde. Es fällt ihm jedoch schwer, Ruhe zu finden. Eher erschöpft als erfrischt springt er nach einigen Minuten eines unruhigen Schlafes in einem Anfall von Verzweiflung aus dem Bett. Zweifel bemächtigen sich seiner: Und wenn Paez die Wahrheit gesagt haben sollte? Glühend heiß wird ihm, als er sich der Sätze des Jesuiten erinnert . . . Die Quelle des Nils liegt im höheren Teil eines von Bergen umgebenen Tals . . . Das reine, klare, wohlschmeckende Wasser quillt aus zwei gerundeten Becken hervor . . . Die gesamte Ebene im Umkreis ist weich und schwankt unter den Füßen . . . Das etwa eine Meile entfernt liegende Dorf Geesh wird von Heiden und ihrem Priester bewohnt . . .

So ist vielleicht doch nicht er, James Bruce, der erste, der die Nilquellen entdeckt hat? Nein, unmöglich! Der Gedanke ist ihm unerträglich. Die Kühle der Nacht beruhigt jedoch seine Nerven, der Sternenhimmel lindert seine Qualen. Und Bruces unbezähmbarer Stolz stellt nun einen Schlachtplan auf. Paez' Angaben müssen Punkt für Punkt zerstört werden, indem bewiesen wird, daß seine Ortsbeschreibung frei erfunden und alles, worüber er berichtet hat: die Lage der Quellen, ihre Anzahl, die Lage des Geeshberges und des Dorfes, falsch, von Grund auf falsch ist. Dafür wird Bruce in den vier Tagen, die er in dieser Gegend verbringt, arbeiten.

Schon am nächsten Tag bestimmt er – bei herrlichem Wetter, unter wolkenlosem Himmel und bei fast völliger Windstille – den Längen- und Breitengrad der Quellen, was Pater Paez nicht getan hatte und was, nebenbei bemerkt, eine große Nachlässigkeit war.

Am übernächsten Tag zeichnet Bruce, in der Hand Kompaß und Meßkette, eine detaillierte Karte und vermißt mit der größten Genauigkeit die Entfernungen, die die Quellen von den anliegenden Orten trennen. Schließlich fertigt er eine äußerst präzise Beschreibung jeder Quelle mit all ihren Charakteristika an, die Entfernung, die sie voneinander trennt, ihr Durchmesser, ihre Tiefe . . . So würde, wenn er bei seiner Rückkehr die Ergebnisse seiner Arbeiten veröffentlichte, der wenig präzise und fehlerhafte Bericht von Pater Paez um so verdächtiger erscheinen. Die Öffentlichkeit würde natürlich daraus schließen, daß es nicht möglich sei, daß einem Augenzeugen derartige Versehen unterliefen, und daß Pater Paez daher nichts als ein Lügner sei.

So verabschiedete sich Bruce beruhigt und von der Aussicht begeistert, dem verabscheuten Jesuiten den Rang ablaufen zu können, von dem Nilpriester, der ihm neben anderen Geschenken herrliche Artischocken aus Jerusalem für seine Rückreise schenkt. Er kehrt nach Gondar zurück. Dort wütet der Bürgerkrieg. Bruce, der nicht weiterreisen kann, hat so Gelegenheit, noch einmal die Messungen, die er an den Nilquellen vorgenommen hat, in aller Ruhe zu überprüfen. Schließlich erhält er unter einigen Schwierigkeiten die Erlaubnis, Abessinien im Dezember 1771 zu verlassen, und er beschließt, über Khartum und Kairo zurückzukehren. In Khartum entdeckt er zwar mit Bedauern, daß dort auch ein anderer Nil vorbeifließt, den man später den Weißen Nil nennen wird, geht der Sache jedoch nicht weiter nach. Welch ungebetener Gast in seiner These! Schließlich kommt er im Januar 1773 in Kairo an, geht im April des gleichen Jahres in Marseille an Land, unternimmt Reisen in Frankreich und Italien und kommt endlich 1774 in London an. Dort wird er kritisiert, ja, man verhöhnt ihn sogar. Verletzt, enttäuscht, zieht er sich in sich selbst zurück und wartet . . . fünfzehn Jahre, bevor er sein Werk »*Reisen zur Entdeckung des Nils*« in fünf dicken Bänden veröffentlicht. So hat er reichlich Zeit gehabt, einige Argumente gegen Paez noch etwas auszufeilen und die Behauptung aufzustellen, daß die in der Nähe der Nilquellen liegenden Berge die Mondberge der Alten seien, was ihm gut ins Konzept paßt. In der Zwischenzeit hat er eine 24 Jahre jüngere Frau geheiratet, die ihm mehrere Kinder schenkt, und widmet sich nun der Astronomie. Auf tragische Weise wird Bruce durch einen Sturz auf einer Treppe sterben.

Die Geschichte, diese unerbittliche Richterin, hat ihr Urteil gefällt. Sie hat Paez Recht gegeben, indem sie seinen Namen mit der Entdeckung des Nils verband. Vielleicht hätte Bruce sogar den Sieg über den Jesuiten davongetragen, wäre seine Arroganz seinen Zeitgenossen nicht so lästig geworden. Denn eigentlich, muß man gestehen, war sein Material weit solider als das von Pater Paez, das des öfteren große und befremdliche Lücken aufwies. Übrigens erreichte es Bruce, daß sich die französische Öffentlichkeit einige Zeit seiner Auffassung anschloß. Die Geschichte wird jedoch auch ihm Gerechtigkeit widerfahren lassen und ihn zu würdigen wissen – besaß er doch bewunderungswürdigen Mut und eine seltene Kühnheit und leistete zweifellos einen wichtigen Beitrag zur Kenntnis Abessiniens und des Nils. Unglücklicher Bruce – in England verhöhnt – in Frankreich anerkannt. Wie schon der Volksmund sagt, der Prophet gilt nichts in seinem Vaterlande, vor allem dann, wenn man nur der Zweite ist, der die Quelle des Flusses entdeckt, der später Blauer Nil genannt wird, und wenn man diesem Blauen Nil außerdem noch eine Wichtigkeit beimessen will, die in Wirklichkeit nur einem zusteht . . . dem Weißen Nil. Als dann ein Jahrhundert später der große Nil entdeckt wird, verzeiht man es Bruce auch nicht, daß er auf zweifache Weise hatte täuschen wollen. Welch ein Gegensatz zum bescheidenen Speke, dem wahren Entdecker des wahren Nils, den ein gewisser Burton mit gleicher Bösartigkeit hatte herabsetzen wollen.

Wer die Gegend schon einmal besucht hat, wird feststellen, daß der von dem schottischen Forscher beschriebene Ort sich kaum verändert hat. Heute jedoch umzieht ein Steinmäuerchen »die grasbewachsene grüne Insel«, das jedem, der nicht die erforderliche Erlaubnis besitzt, den Eintritt verwehrt. Denn der Ort ist ein Heiligtum geworden, das allein der Gouverneur des Gisch Abbai, wir würden sagen, der Bürgermeister – er könnte ein weit entfernter Nachfahre des großen Nilpriesters sein, bei dem Bruce während seines Aufenthalts in dem Dorf nahe beim Geesh gewohnt hatte –, die Priester der Sankt-Michael-Geesh Kirche – neben der die Karawane angehalten hatte – und die Diener betreten dürfen. Das Wasser der Nilquelle ist heilig. Die Priester allein sind dazu berechtigt, es zu schöpfen und es täglich an die Gläubigen, die noch nichts zu sich genommen haben dürfen, auszuteilen. Ja, das Wasser soll sogar Wunder bewirken. Die wenigen Reisenden – man kann sie für die letzten 15 Jahre an den Fingern abzählen – haben vielleicht das Glück, einer seltsamen Zeremonie beizuwohnen.

Am frühen Morgen geht der Gouverneur, von einigen Priestern und Chorknaben begleitet, die Flaschen, Krüge oder Kalebassen tragen, langsam zu der heiligen Stätte. Vor sich hält er ein Kreuz mit gleichlangen Balken aus feinziseliertem Silber. Er muß sich bücken, um durch den Bogen zu treten, den die Zweige einer Sykomore am Eingang bilden. Dann geht er etwa 20 Meter einen unebenen Weg voller Wurzeln von Nuß- und Eukalyptusbäumen entlang, der zu einer aus Baumstämmen gebauten Plattform führt; dort hält der Zug an. Hinter Bambusrohr verborgen, von einer Einfriedung aus Zweigen, an der Brombeeren ranken, beschützt, ein Teich. Nicht sehr groß ist er: drei oder vier Meter im Durchmesser, und auch nicht sehr tief: 20 oder 30 Zentimeter. Sein Wasser ist hell und kristallklar, ohne Wasserpflanzen, unbeweglich; nur ein paar Kaulquappen stören seinen Frieden. Der Grund ist Erde, ohne Steine oder Kiesel.

Dies ist die erste der Nilquellen, die Hauptquelle.

Wie wir später sehen werden, gibt es noch andere, etwa 50 Meter von hier entfernt, die außerhalb des Heiligtums liegen. Dieses ganz kleine Gewässer, in das die Teilnehmer des Zuges nun ihre Gefäße tauchen, ist das gleiche, dessen Wasser wiederholt die Kokosschale von James Bruce füllte, als er seine Trinksprüche auf Georg III., auf Katharina von Rußland und auf seinen eigenen Ruhm darbrachte! Wenn die Offizianten ihre Aufgabe beendet haben, gehen sie den gleichen Weg wieder zurück; seine rechte Seite ist von Kakteen gesäumt, auf seiner linken Seite erstreckt sich eine Wiese, von Butterblumen getüpfelt.

Beim Verlassen des Heiligtums sieht das Gefolge auf dem Abhang des Hügels, der zur Sankt-Michael-Kirche führt, drei bärtige Priester in weißen Tuniken vor sich. Chorknaben, in Ziegenfell gehüllt, halten verbrämte Sonnenschirme mit goldenen Fransen, unter deren Schutz die Priester abwechselnd mit eintöniger Stimme aus einem dicken Gebetbuch vorlesen, das auf einem Holzpult liegt. Die Gefäße werden nun vor sie hingestellt, und so ist das Wasser geweiht. Junge Priester gießen es später auf die Köpfe von etwa zwanzig Gläubigen, die ganz nackt, in Gebetstellung, mit einem Kreuz um den Hals auf der Erde kauern. Das Wasser ist natürlich eiskalt, man befindet sich hier in fast 3000 Metern Höhe, und die Leute reagieren so, wie man es sich gut vorstellen kann. Hier klappert eine Leprakranke mit den Zähnen; dort kreischt ein Kind, das die Mutter zusammen mit sich selbst von einem Priester begießen läßt, dem das Ganze großes Vergnügen zu bereiten scheint. Einige Schritte von ihnen entfernt, weiden unbekümmert Zebus.

Zur Abbildung auf Seite 135:
Junge Priester gießen das heilige Nilwasser auf die Köpfe der Gläubigen.

Die Gläubigen, die zwar inzwischen wieder angezogen sind, denen es aber trotzdem noch nicht wärmer ist, werden schließlich vom Gouverneur, der sich zu den drei Priestern gesellt hat, aufgefordert, an ihm vorbeizugehen und das Kreuz Christi zu küssen, das er ihnen gebieterisch entgegenstreckt. Und so endet diese Zeremonie, eine seltsame Mischung aus Christen- und Heidentum und dem Glauben an den heiligen Charakter der Nilquellen.

Dies ist ein Land der Legenden, und auch mit einer Legende erklärt der Gouverneur seinen Gästen den Ursprung des »Gisch Abbai« und warum die Sankt-Michael-Kirche auch Zarabruc heißt.

Es waren einmal vor langer, langer Zeit zwei Mönche, von denen einer Zarabruc hieß, die mit dem muselmanischen König der Provinz Gojam kämpften. Sie fürchteten, daß ein heiliges Buch in seine Hände fallen könnte, und so kamen sie hierher, um es bei der Quelle einer der vier Flüsse einzugraben, von denen die Bibel sagte, daß sie aus dem Paradies kämen. Diese Quelle hieß der Gihôn. Es war ein sehr altes Buch, in Ge'ez geschrieben, der ersten Form des Amharischen, der Sprache, die die Äthiopier sprechen. Nachdem die Mönche es eingegraben hatten, kehrten sie zum Hofe des Königs zurück, der sie fünfzehn Jahre lang festhielt. Da sie aber sehr wünschten, ihren wertvollen Besitz wiederzubekommen, begaben sie sich erneut an den Ort zurück, und Zarabruc rief die Erde an: »Erde, wir haben dir unser Buch anvertraut, nun gib es uns zurück.« Auf amharisch wird »gib zurück« mit dem Wort »Gisch« übersetzt, das sogar noch eine stärkere Bedeutung hat, nämlich: »speie aus«. Die Erde gehorchte der Anrufung und gab Zarabruc das Buch zurück. Angesichts dieses Wunders schrie sein Freund: »Mönch (Abba), sieh (Ai)!«

So soll die Geschichte eines Ortsheiligen den Namen erklären, den man dem sumpfigen Tal gegeben hat, in dem der Blaue Nil entspringt. Hier wird er übrigens auf den Karten als Abbai bezeichnet, der Kleine Abbai, der später zum Großen Abbai wird. Deshalb, so meint der Gouverneur, heißt die Kirche auch Sankt-Michael-Zarabruc, deren Priester jeden Tag und vor allem während der Zeremonie, von der wir gesprochen haben, bestimmte Seiten lesen, die aus jenem berühmten Buch stammen sollen.

Aber lassen wir die Legende beiseite und sehen wir uns einmal die anderen Nilquellen an. Verlassen wir das Heiligtum und sein stilles Wasser und gehen wir ungefähr 50 Meter von der Hauptquelle hinweg nach Westen. Man spürt wirklich unter seinen Füßen einen Sumpf, »eine weiche Ebene, die unter den Füßen nachgibt«, wie Pater Paez es berichtet hatte. Manchmal sinkt man bis zu den Knöcheln ein, dann hüpfen die Frösche erschreckt davon. Man hört das Wasser murmeln, das zwischen den Gräsern glitzert. Überall quillt es hervor und fließt schließlich dort zusammen, wo der sumpfige Boden eine muschelförmige Vertiefung bildet. Dort, im Schatten von Eukalyptusbäumen entspringen drei kleine Quellen, nur wenige Meter voneinander entfernt. Sie sind so lebendig, wie der heilige Teich tot schien. Mit ihrem kristallklaren Wasser, das dadurch noch klarer wird, daß der Grund aus Lehm besteht, mit ihren kleinen Luftbläschen, erscheinen sie springlebendig. Kurz gesagt, es sind Quellen, die wirklich wie Quellen aussehen. Sie vereinen sofort ihre schwachen Wassermengen und graben einen kleinen Graben von 50 Zentimeter Breite und einem Meter Tiefe in den Schlick.

Der Fluß, der Blauer Nil heißen wird, ist nun in 2900 Metern Höhe geboren. Aber noch ist er nichts als der Kleine Abbai ...

Zwanzig Meter weiter empfängt er einen Bach aus einem anderen Sumpf. Und auf einmal ist er ... fast einen Meter breit. Er schlängelt sich nun durch die blumenbesäten Wiesen wie ein eben geborenes Geschöpf, das seine ersten Schritte tut, um das Leben zu entdecken.

Da ist er nun, der zarte, der Kleine Abbai, der nach Osten hinfließt, durch Wiesen, wo Schafe, Zebus und weiße, graue und schwarze Pferde weiden, von Kindern gehütet, die lustig mit ihren langen Peitschen knallen. Der kleine Bach fließt durch die schwarze Erde der Felder, die von Pflugscharen gewendet wird, die direkt aus den kolorierten Handschriften des Mittelalters zu kommen scheinen. Die Sonne tönt die Felder mit einem wundervollen Grün. In einem von Wolken gedämpften Licht liegt die Landschaft in einer wunderbaren Harmonie, einer inneren Ruhe, einem ungewöhnlichen, bukolischen Frieden ...

So endet unter den süßen Klängen einer Pastorale die bescheidene Geburt eines großen Stromes.

Der kleine Abbai richtet sich immer mehr nach Osten, dann ver-

»Eine kurze Reise von 130 Kilometern, zeitweise bewegt und von Wasserfällen und Schluchten unterbrochen, dann aber ruhig und durch sumpfige Mäander aufgehalten, führt ihn zu einem großen See, dem Tanasee.«

läßt er seine Heimatberge und wendet sich machtvoll – viele Wasserläufe haben dem jungen Nil schon ihren Tribut gezollt – direkt nach Norden. Eine kurze Reise von 130 Kilometern, zeitweise bewegt und von Wasserfällen und Schluchten unterbrochen, dann wieder ruhig und durch sumpfige Mäander aufgehalten, führt ihn zu einem großen See, dem Tanasee.

Das Land, das er inzwischen durchquert hat, ist großartig: ein Auf und Ab von bewaldeten Bergkuppen, einer tropischen Vegetation, Akazien- und Schirmkiefernwäldern, Dörfern aus Strohhütten; es ist ein reiches Land mit seinem Lehmboden und seinen saftigen Weiden, die alles geben, was zum Leben nötig ist: Rind- und Schaffleisch, Milchprodukte, Geflügel, Weizen und Roggen; und es ist ein glückliches Land, in dem die Einwohner ein friedliches Leben zu führen scheinen, das sich seit Jahrhunderten und Aberjahrhunderten nicht verändert hat. Am Tanasee, grün-blau wie der See von Genezareth, geht die Taufe gewiß noch wie zu Zeiten des heiligen Johannes vor sich. Nicht weit davon entfernt liegen, geschützt auf den vielen Inseln des Sees, koptische Klöster. Um die oval gebauten Kirchen mit ihren von einem Kreuz überragten Rohrdächern versammeln sich dunkelhäutige, bärtige Mönche zum Beten, Singen und Meditieren. Farbige Fresken verzieren ihre Heiligtümer. Diese Fresken, die häufig von Ratten und von der Feuchtigkeit halb zerstört sind und von den Wänden abblättern, stellen Szenen aus der Bibel dar: Christus und seine Jünger, Sankt Michael, der den Drachen besiegt, den Engel Gabriel, der sein Schwert zückt, den Teufel, der . . . schwarz ist. An diesem Ort hält heißer Glaube die alten Riten wach und zeigt, daß das Christentum in Abessinien alle Schicksalsschläge überlebt hat.

Forsch fließt unser Kleiner Abbai in den See, baut sich einen Deich aus den Anschwemmungen, bahnt sich für sein Wasser einen Weg: Vom Flugzeug aus kann man es gut sehen. In einem etwa 50 Kilometer langen, halbkreisförmigen Bogen fließt er am Südwestufer des Sees entlang. Fast schon am Ende der Strecke angelangt, kommt er an Bahardar vorbei, gestern noch ein kleiner Marktflecken, heute eine junge Industriestadt, in der sich, von den Lichtern der Stadt angezogen, Bauern (Apostelgesichter, glänzende Augen, Adlernase, scharfgeschnittene Züge) mit ihren Chlamys und ihren Hirtenstöcken drängen.

Dann verjüngt sich der See an seiner Südspitze. Zahlreiche kleine Inseln, auf denen Affenbrotbäume mit ihrem üppigen Blattwuchs die grauen Basaltfelsen halb verborgen halten, liegen verstreut in einer Flußmündung. Viele Vögel beherbergt sie: Ibisse, Fischadler, Pelikane. Je weiter man jedoch vorwärts dringt, desto stärker wird die Strömung. Papyrus und Lotus ziehen sich an die Ufer zurück. Die Flußmündung verengt sich unmerklich, und die Boote der Eingeborenen, Boote aus Papyrus, deren Heck und Bug sich über das Wasser erheben, wagen sich nicht mehr bis hierher.

Schließlich entschwindet der Tanasee. Der Blaue Nil der Geographen ist geboren.* Für die Äthiopier ist er immer noch der Abbai, der hier weiterfließt, allerdings nennen sie ihn jetzt den Großen Abbai.

Sicherlich hat dieses Schauspiel nichts mit dem am Stau des Victoriasees, wo der Große Nil entspringt – Hauptmann Spekes Ripon Falls – gemeinsam. Ein endloses Wasserband, stürzen sich diese in dröhnenden Fällen in die Tiefe. Der Victoriasee ist fünfundzwanzig Mal größer als der Tanasee, der außerdem dem Blauen Nil kaum mehr als ein Dreizehntel seiner gesamten Wassermenge zuführt. Die Ähnlichkeit ist trotzdem auffällig: Zwei Seen, dort in Uganda, hier in Äthiopien, aus denen zwei Nile hervortreten. Und dann, dieser abessinische Zwilling, der seinen Bruder nachahmt, aber dabei einen heftigeren, ungestümeren Charakter zeigt. Bei Hochwasser führt er sich sogar wie ein richtiger Wilder auf. Sein Leben ist kürzer – etwa 1000 Kilometer kürzer – aber konzentrierter.

Zunächst nimmt der Blaue Nil, bei 1780 Metern über dem Meeresspiegel – 650 Meter höher als die Ripon Falls – Anlauf, bevor er eine Reise von 1560 Kilometern beginnt, die ihn nach Khartum, dem Weißen Nil entgegen führt.

Ein großer Wasserfall – die Murchison Falls – hatte der stürmischen Jugend des Weißen Nils seinen Stempel aufgedrückt. Der Blaue Nil jedoch sollte nicht so lange warten. Zehn Kilometer später nur, nachdem er ziemlich ruhig unter einer Brücke hindurchgeflossen war, die ihn am Ausfluß des Tanasees überspannt, zeigt der Blaue Nil seinen wilden Charakter. Eine Reihe von

* Siehe Karte 6, Seite 118

Katarakten und Stromschnellen wühlen ihn heftig auf. Schwungvoll wie bei einer Rodelfahrt stürmt der junge Wilde die nächsten 30 Kilometer, bis seine Stromschnellen in einer ein Kilometer langen und 500 Meter breiten Lagune auflaufen. Ein Felsvorsprung aus Basalt bremst die Wasserfläche für einen Augenblick, doch schwenkt sie zu einer Schräge hin, die übersät ist mit Felsbrocken, auf denen Sträucher wachsen, und stürzt sich plötzlich hinunter. Die bewaldeten Inselchen teilen das Wasser in lauter Karos und zersprengen plötzlich die gewaltige Wassermasse, wie den Fächer eines Feuerwerks. Fünfzig Meter weiter unten zerschellt der Nil an den Felsen, springt an Felsvorsprüngen hoch, stürzt sich in Schluchten, kämpft gegen Wirbel an, wird nach rechts, nach links gestoßen, während ein feiner Wasserschleier in der Luft steht. Rauch ohne Feuer, Rauch wie Feuer ... Tis Isat, Tisisat, dies ist die bilderrreiche Bedeutung des Namens, den die Abessinier diesen Fällen geben, die den Sambesi-Fällen an Schönheit gewiß nicht nachstehen. Hier saßen Pater Lobo und James Bruce unter einem der Affenbrotbäume, auf dem Paviane schaukelten, und bewunderten vom rechten Ufer aus das grandiose Schauspiel eines zerstäubten Flusses, dem sich allein die grazilen Königskraniche zu nähern wagen.

Wie der Weiße Nil, so ist also auch der Blaue Nil gestürzt. Nach seinem gewaltigen Unfall hat sich jener jedoch beruhigt. Dieser jedoch reagiert nicht auf die gleiche Weise. Noch ganz benommen, sammelt er seine Kräfte, stürzt wütend nach rechts gegen eine Steilküste, auf der ein Kraftwerk liegt – ein auffallender Kontrast zur tropischen Natur –, dann schießt er dröhnend in eine Schlucht, die sich allmählich bis auf nur sechs Meter Breite verengt. Dies ist der Ort, den die Architekten des Kaisers Fasilidas im 17. Jahrhundert ausgewählt haben, um dort eine Brücke mit sieben Bögen zu erbauen. Man nennt sie die »erste portugiesische Brücke«. 40 Kilometer weiter gibt es eine zweite, ebenfalls portugiesische Brücke. Die dritte ist ... äthiopisch: es ist die Schafartakbrücke, etwa 250 Kilometer flußabwärts gelegen. Kaiser Haile Selassie weihte 1960 diese großartige, moderne, über 100 Meter lange Brücke ein, die Addis Abeba mit dem Godjam verbindet. Wenn diese Brücke zerstört würde, gäbe es keinen Verbindungsweg mehr zwischen der Hauptstadt und den Provinzen auf der anderen

Seite des Nils. Das Land wäre zweigeteilt. Das ist auch der Grund, warum dies Kunstwerk vom Militär bewacht wird.

Eine sechs Meter breite Brücke hier, eine 100 und mehr Meter breite dort: das beweist, im Gegensatz zu dem, was man sich vorstellen könnte und was oft geschrieben wird, daß der Nil nach Tisisat und während seines gesamten Laufes in Richtung Sudan nicht ständig in einem Cañon dahinfließt. So dehnt er sich, nur wenige Kilometer nach den Tisisat-Wasserfällen, aus. Seine Ufer sind flach und grasbewachsen, manchmal sieht man auch Sandstrände. Sie werden von Weidengebüsch oder von dicken Bäumen gesäumt, auf denen eine Unzahl von Pavianen herumlärmt. Ein Tropenvogel, der Calao, stolziert auf einem Felsen herum und betrachtet sie mit der größten Verachtung. Hinter den Bäumen liegen mit dichtem Buschwerk bewachsene Hügel, die von einer Hochebene überragt werden, über die sich Gebirgsstöcke erheben. Und der Nil frißt sich nun nach und nach in die Hochebene ein, bis zu einer Tiefe von 1500 Metern. Von oben gesehen, ist es ein einzigartiges Schauspiel: dieser riesige Graben, der sich Kilometer über Kilometer entlangwindet, dann schmäler und schmäler scheint und schließlich nichts als ein blaues, verschwommenes Band ist, das mit dem Horizont verschmilzt. Aber nicht immer zeigt das Niltal die gleiche Gestalt. Nach der zweiten »portugiesischen Brücke« fallen schroffe Basaltfelsen senkrecht zum Fluß hin ab, der, buchstäblich umzingelt, in einem Cañon verschwindet und nun fast unsichtbar ist.

Der Nil greift diese Steilwände wie ein Wilder an, bearbeitet sie mit aller Gewalt, meißelt Monolithen heraus, gräbt Bögen, vergrößert Grotten, schließlich weicht der Basalt, endlich besiegt, zurück und macht einem fügsameren und völlig kahlen Gelände Platz. Es erinnert an eine Mondlandschaft, erschreckend und doch nicht ohne eine gewisse Größe. Dort wo einer seiner Nebenflüsse, der Baschillo, in den Nil mündet, sieht man wie überall Geröllfelder die verkümmerte Vegetation verdrängen, bis ein oder zwei Kilometer weiter eine stolze Anhöhe aus Sandstein am Horizont auftaucht, die rötlich in der Sonne leuchtet.

Jetzt aber wird der Nil wieder breiter, ist wieder von seinen mit dichtem Buschwerk bewachsenen Hügeln, seinen Felswänden, seinen Hochebenen umgeben. Und so fließt er majestätisch unter

Von oben gesehen, ein einzigartiges Schauspiel: Der Nil in einem schmalen Graben, der sich Kilometer über Kilometer entlangwindet.

der Schafartakbrücke hindurch. Kurz danach verengen sich die alluvialen Ufer erneut, der Fluß fädelt sich in eine enge Felsschlucht ein, die sich nach und nach wieder öffnet. Noch einmal breitet sich der Nil in einem weiten Tal aus, das entschwindet, um einem Cañon seinen Platz zu überlassen, wo er seine Wildheit richtig austoben kann. Und so geht es immer weiter...

Bis zur sudanesischen Grenze wird der Fluß mit allen Hindernissen sein Spiel treiben. Mehr als 800 Kilometer wird er unbestritten der Herr sein, denn seit dem Tanasee beseelt ihn eine unwiderstehliche Kraft; wenn er Äthiopien verläßt, wird er einen Höhenunterschied von mehr als 1340 Metern überwunden haben. Mehr als anderthalb Meter Gefälle pro Kilometer, das ist das Geheimnis der Kraft des Blauen Nils. Seinen wilden Charakter verdankt er außerdem noch einer jährlichen Verwandlung. Jedes Jahr wird er in Äthiopien zu einem gewaltigen Sammelbecken, in das sich von Schlamm dunkle Fluten ergießen. Woher kommt dieses Phänomen? Die Klimatologen – sie sollen hier zu Wort kommen – erklären uns, daß die Passatwinde die Feuchtigkeit, die sich durch die Verdunstung über dem Atlantischen Ozean gebildet hat, nach Äthiopien tragen, während gleichzeitig die über dem Indischen Ozean entstandenen Winde mit kälteren, aus Südwesten kommenden Strömungen über dem Hochgebirge Abessiniens in 4000 Metern Höhe zusammenprallen. Dieser Zusammenprall von Luftmassen verschiedener Temperaturen verursacht das, was die Fachleute mit »veränderlich« bezeichnen. In Wirklichkeit bedeutet dieses »veränderlich« sintflutartige Regengüsse und heftige Gewitter, die oft Tod und Verwüstung nach sich ziehen. So nimmt dann der Fluß vom Tanasee bis zur sudanesischen Grenze die Fluten von Dutzenden und Aberdutzenden von Nebenflüssen auf, die durch gewaltige Schluchten strömen, durch die schon Hunderte von Sturzbächen geflossen sind, die sich ihrerseits schon mit Tausenden von Bächen vereint haben. Dank dieses phantastischen Entwässerungsnetzes entreißt der Nil den Bergen Erde, die aus der Verwitterung vulkanischer Felsen, vor allem aus Gneis und Granit, besteht und die nichts anderes ist, als der berühmte Schlamm, der wohltätige Schlamm, der Leben schenkt, Oasen entstehen läßt, der den Sudan und Ägypten erhält. Das ägyptische und das sudanesische Land sind Töchter der abessinischen Hochebenen.

Der Blaue Nil im Herzen Äthiopiens.

Äthiopien, eine wahre Schlammfabrik, exportiert sein wertvollstes Gut, ohne eigentlich selbst Nutzen daraus zu ziehen, denn niemand bewohnt die Schluchten des Blauen Nils. Das Leben spielt sich oben auf den Hochebenen ab. So kann man, bevor man zur Brücke von Schafartak hinabsteigt, eine herrliche Landschaft entdecken. Sanft gewellt, hier und dort ein kleiner von Eukalyptus- und Akazienbäumen gekrönter Hügel, erstreckt sich das Land wie ein unermeßliches Schachbrett: kleine Dörfer aus Strohhütten, die von Schirmkiefern und Kandelabereuphorbien eingerahmt sind; Felder aus roter Erde, die alte Pflüge durchziehen, mit Mais-, Weizen-, Hirse- und Gerstenfeldern – jener Gerste, aus der man den Arak macht, das Getränk, das bei keinem Fest fehlen darf. Nie wird man müde, dieses herrliche Land zu bewundern, all seine

Zebu-, Schaf- und Ziegenherden aufzuzählen, die rassigen Männer in ihrer weißen Toga und die zierlichen Bäuerinnen in ihren blauen Röcken anzusehen, den Kindern zuzuwinken, die einen im Vorübergehen grüßen . . . Unten aber, bei 1200 Metern, auf dem Grunde des Cañons, herrschen Trostlosigkeit und Furcht. Es bleiben nur einige schmale Furten, wo man, bevor man sie durchschreitet, Beschwörungen murmelt, um die Geister zu verjagen, die einen »holen« (man sagt nicht, daß das Wasser einem bis zur Brust steigt, sondern, daß es einen bis zur Brust »holt«). Der Nil ist der Herr im Hause, das ist ein Prinzip. Trotzdem haben Forscher seit Anfang des Jahrhunderts versucht, mit Hilfe von Booten seine Geheimnisse aufzudecken; eine lange Kette von Versuchen, halben Erfolgen und auch von Tragödien, denn die Kaimane sind genauso wachsam wie die »Shiftas«, die Banditen . . . Erst 1968 ist es Engländern gelungen, auf dem äthiopischen Nil »Premiere« zu feiern, den 6 Jahre vorher der Franzose Laporte und eine Schweizer Gruppe unter dramatischen Umständen zu zwei Dritteln hinuntergefahren waren.

Der Fluß, der den Godjam wie eine Schlange umwindet, beendet nun eine Schleife von 830 Kilometern, die ihn in den Sudan geführt hat. Diese Schleife, die beim Verlassen des Tanasees in Richtung Ost begonnen wurde, hat sich allmählich nach Süden, dann lange Zeit nach Westen hin gewunden. Erst als der Nil – kurz nach Bumbodi – die sudanesische Grenze überquert, findet er schließlich den Norden wieder, um, wie auch sein Bruder, der Weiße Nil, den Weg nach Khartum einzuschlagen. Bevor er die große Stadt erreicht, muß er noch 730 Kilometer durchqueren, diesmal jedoch mit einem nur geringen Gefälle: etwas weniger als 10 Zentimeter pro Kilometer, das heißt 15mal weniger als dort oben. Das hält den Fluß jedoch nicht auf. Ganz im Gegenteil, denn kaum kommt er in den Sudan, befällt ihn die Sehnsucht nach der Vergangenheit, nach der Zeit, in der er Großer Abbai hieß, und 30 Kilometer nach der Grenze wird er wieder zum Jüngling. Von Felsvorsprüngen eingeengt, stürzt er in Kaskaden, hin und wieder in schäumenden Wirbeln, hinab. Man nennt sie die Stromschnellen von Famaka. Etwas weiter flußabwärts wird sein Lauf sehr gewunden, er ist nicht breiter als 25 Meter, und man fühlt, daß er wirklich Lust verspürt, noch einmal von vorne anzufangen!

Dies alles jedoch sind nur Episoden, das äthiopische Abenteuer ist für den Nil nun wirklich vorbei, der jetzt den zweiten und letzten Teil seines Lebens damit beginnt, eine doppelte Grenze zu überschreiten, eine religiöse – die christliche Zivilisation dringt nicht in die Wüste ein – und eine physische – das Land wird nun flacher. Die stolzen Berge des Godjam, die sich in der fernen Bläue abzeichnen, bilden den Hintergrund zu felsigen, ockerbraunen Hügeln. Langsam verändert sich die Vegetation. Helle Flecke erscheinen: Affenbrotbäume und dicke, stachelige Akazien. An die 100 Meter breit, durch das Hochwasser angeschwollen, wird nun der schöne Blaue Nil, der den Schlamm mit sich bringt, von den Sudanesen Bahr el-Asrak getauft, »Asrak« bedeutet nämlich »blau« oder einfach »düster«, »dunkel«. Und so hält der Fluß, El-Bahr, dem bewußt ist, was er mit sich führt, einen stolzen Einzug in einer Stadt, deren Namen man im Gedächtnis behalten sollte: Roseires.

Roseires hat nämlich einen Wasserstandsanzeiger, an dem man die Schnelligkeit des Wasseranstiegs messen kann, also so etwas wie ein »Nilometer«. Dieses Nilometer ist berühmt, denn es ist es, das als erstes das Steigen des Blauen Nils ankündigt. Es erinnert an die ganze Problematik der Nilschwelle, ein Phänomen, das das Ägypten der Pharaonen vergöttlicht hat, das Griechen und Römer zu erklären versucht und unsere Zeitgenossen endlich gemeistert haben. Darauf werden wir jedoch noch zurückkommen . . .

Ein weiterer Grund für den Nil, sich an Roseires zu erinnern: ein etwa ein Kilometer breiter Staudamm und ein Kraftwerk. Wie auch sein Zwillingsbruder lernt er die Trübseligkeit des Betons kennen; und wie der Weiße Nil entdeckt er, daß auch er eine große Mission vollbringt: auch er hilft den Menschen leben. Schließlich, die dritte Neuigkeit für den Blauen Nil – er sieht und hört eine Eisenbahn. Von Roseires geht eine Eisenbahnlinie ab, die ihm, einmal näher, einmal weiter entfernt, bis Khartum folgen wird, wo sie ihn einfach auf einer großen Eisenbahnbrücke überquert.

Wie viele Entdeckungen in so kurzer Zeit für den Blauen Nil, seit er von seinen hohen Bergen herabgestiegen ist! Dies scheint ihn jedoch nicht besonders zu beeindrucken. Einige Kilometer nach Roseires und seinem beengenden Damm fühlt der Fluß einen unwiderstehlichen Drang, sich auszutoben. Noch einmal, und jetzt zum letztenmal, überkommt ihn die Sehnsucht nach der Vergangenheit, und er kann nicht anders, als sich ein wenig seiner äthiopischen Wildheit hinzugeben. Auf einige Kilometer beschleunigen Stromschnellen seinen Lauf. Man nennt sie die Katarakte von Roseires, was ein guter Beweis dafür ist, daß die Eingeborenen den charakterbedingten Vorfall wohl bemerkt haben. Erinnern wir uns an das aufrührerische Verhalten des Blauen Nils in Famaka, an der sudanesischen Grenze. Unwillkürlich vergleicht man seine launenhaften Bewegungen mit den unerwarteten Wendungen des Weißen Nils, als er hinter dem Owen-Damm aus dem Victoriasee und hinter Nimule aus dem Albertsee herausfließt. Die beiden Nile haben in der Tat viele gemeinsame Züge!

Aber die »Katarakte« von Roseires ziehen sich nur über drei oder vier Kilometer hin. Gleich danach wird der Nil vernünftiger und zeigt ein völlig neues Gesicht. Er ist im Wachstum und zum ersten Mal in seinem Leben 400 Meter breit. Da er gleichzeitig tiefer wird, ist er nun auch schiffbar, und Dampfer – wieder etwas Neues für ihn – können ihn befahren. 250 Kilometer weiter jedoch, in Sennar, hält ein Hindernis den Fluß erneut auf. Er hat es schon in Roseires kennengelernt und seine Eigenschaften an sich erfahren: ein Staudamm.

Diesmal ist der Nil mitten in der Sudanebene, im Land der Fung, einem Volk von Eroberern, die zum Islam bekehrt wurden. Von den Arabern unterstützt, vernichteten die Fungritter zu Beginn des 16. Jahrhunderts ein schwarzes christliches Königreich. Die Ritter trugen Panzerhemden und polierte Kupferhelme, während ihre Herrscher, in goldene Gewänder gekleidet und von Sklaven umgeben, mit großem Pomp regierten. Länger als drei Jahrunderte dauerte ihre Herrschaft.

Das schwache Gefälle des Flusses bewirkt, daß er nun in majestätischen Mäandern dahinzieht, von Steilufern aus schwarzer Erde eingerahmt, die oft von Akazienwäldern überragt werden. Auf beiden Seiten erstrecken sich Durrah-, Mais- und Sorghumfelder; kleine kreisförmig angelegte Dörfer, deren runde Hütten mit den spitzen Strohdächern sich dicht aneinanderdrängen, verbergen sich in den Flußbiegungen, zu denen das Vieh zur Tränke kommt. Das kleinste bißchen Schlamm wird ausgenutzt, um Gemüse und Melonen anzupflanzen. Die bewohnbare und landwirtschaftlich völlig genutzte Zone ist nur wenige Kilometer breit. Danach werden bestellte Felder seltener, und dann herrscht nur noch der Busch mit seinen kümmerlichen Akazien, seinen von der brennenden Sonne vergilbten Gräsern, seinen Lichtungen, über die zitternde Gazellen springen, vom Brüllen der Löwen verängstigt, seinen Mimosenwäldern, durch die Elefantenherden stampfen, seinen von Mücken verseuchten Flußarmen, in denen sich Nilpferde suhlen und Krokodile vor sich hindösen.

So strömt der Fluß im alten Königreich von Sennar dahin. Dann kommt ein Augenblick, in dem er sich plötzlich in seiner Freiheit beengt fühlt. Es beunruhigt ihn, daß sich irgendetwas gegen seinen Lauf stemmt und ihn so bremst; sofort dehnt er sich in die Breite aus. Da ist auch der Grund dafür: eine Mauer ist vor ihm aufgerichtet, eine 3 Kilometer breite Granitmauer, die sich 20 Meter hoch über ihn erhebt. Der Blaue Nil prallt auf den Sennar-Damm, wo der Mensch ihn seinem Willen unterwirft. So kann ein Teil seines Wassers in einer riesigen Talsperre gestaut werden, die, wenn sie voll ist, 900 Millionen Kubikmeter fassen kann und sich dann über eine Fläche von 15 000 Hektar erstreckt. Die Talsperre macht es aber auch vor allem möglich, die berühmte Gesira zu bewässern, da sie die Wasserhöhe des Flusses genügend anhebt, so daß das Wasser in den Großen Kanal eindringen kann, von dem dann wiederum ein ganzes Netz von kleineren Bewässerungskanälen ausgeht.

Die Gesira (wörtlich »Insel«), Baumwoll- und Getreideparadies, das Gelobte Land des Sudan, besteht nun schon seit einem halben Jahrhundert. Sie stellt ein Werk dar, das sowohl in seiner Ausführung, als auch in seinem Geist bemerkenswert ist. In der Ausführung deshalb, weil die bestellte Fläche zur Zeit mehr als 1 000 000 Hektar mißt und so die größte Farm der Welt darstellt; und geistig bedeutend deshalb, weil ein originelles System zur Schaffung landwirtschaftlichen Reichtums und ein Modus der Gewinnausschüttung, den es vielleicht nur einmal gibt, aufgebaut wurden.

Eine halbstaatliche Organisation, so würden wir es bezeichnen, ist eingerichtet worden, das »Gezira Scheme«, das sich zusammensetzt aus der öffentlichen Hand, den Pächtern und dem »Sudan Gezira Board«, in dem die interessierten Ministerien (Finanzen, Handel, Landwirtschaft, Bewässerung ...) vertreten sind. Das System ist sehr sinnreich aufgebaut. Die Besitzer sind verpflichtet, ihr Land der Regierung zu übergeben, die dann den Bauern Parzellen verpachtet. Jedes Jahr erhalten sie als Gegenleistung eine bestimmte Geldsumme, die nach dem Pachtwert errechnet wird.

Jede Parzelle entspricht etwa 2 Hektar, auf denen der Pächter eine bestimmte Menge Baumwolle, Durrah oder Gemüse anbauen muß ... Saaten, Bewässerung, Ungezieferbekämpfung und Ernten sind an feste Termine gebunden, die der Bauer einzuhalten hat. Um die Besitzer zu veranlassen, ihr Land selbst zu bebauen, anstatt es von der Regierung verpachten zu lassen, sichert ihnen diese die Priorität zu. Zu dieser Maßnahme kommt noch eine zweite hinzu: man will es vermeiden, daß das Land in die Hände von Leuten fällt, die vom Ackerbau nichts verstehen, und hat zu diesem Zweck entsprechende Verbote erlassen. Die Pächter ihrerseits haben sich zu einer Gewerkschaft zusammengeschlossen, um ihre Interessen zu vertreten. Heute sind es 75 000.

Und wie geht nun die Aufteilung der Gewinne vor sich? Gerade hier liegt die Originalität des Systems. Die Bauern erhalten 44 %, die Regierung 40 % und der »Gezira Board« 10 %. 2 % gehen weiter an die örtlichen Behörden zurück und 2 % an einen Reservefonds für die Bauern. Schließlich gibt man 2 % für soziale Entwicklung aus, was sehr viel ist. Der »Gezira Board« legt überhaupt großen Wert auf die Ausbildung in der Landwirtschaft und im Gartenbau und auf die Bekämpfung der Malaria und der Bilharziose. Zu diesem Zweck erhält er von den interessierten Ministerien Unterstützungen.

Das »Gezira Scheme« ist ein Beispiel dafür, was ein Fluß erschaffen kann. Seit eh und je hat es im Niltal großer Phantasie bedurft, um den Menschen das Leben zu ermöglichen ...

»Oh, großzügiger Nil, Du erschaffst das Leben ...« Der Gesang der Dichter, die in der Antike den großen Fluß feierten, erhält hier erst seine volle Bedeutung. Auf zwei Dritteln der 350 Kilometer, die er noch zurücklegen muß, wird der Blaue Nil an dieser wunderbaren Insel entlangfließen. Stolz auf sein Werk, verliert er sie kaum aus den Augen. Aber er ruht sich deshalb etwa nicht auf seinen Lorbeeren aus. Trotz seines geringen Gefälles fließt er schnell voran. Aus der Luft gesehen ist es ein erstaunliches Schauspiel zu verfolgen, wie Wasser und Intelligenz über Sand und Sonne triumphieren. Auf der einen Seite ein riesiges, buntes, reiches und wunderbares Schachbrett: man könnte meinen, es seien Polder mit ihren Pumpstationen und silbrigen Rohrleitungen; auf der anderen die Wüste, die ihre unerbittliche Herrschaft errichtet. Man ahnt, wie weiter unten die Akazien verkümmern und die Gruppen dürrer Affenbrotbäume seltener werden. Aber kehren wir auf die Erde zurück. Vor und kurz hinter Wad Medani, der Hauptstadt der Gesira, verstärken zwei aus Abessinien kommende Nebenflüsse kurz nacheinander den Blauen Nil. Man könnte glauben, daß die wohltätigen Götter der äthiopischen Hochebenen, die Winde, der Regen, die Gewitter, die Rolle verstanden hätten, die der Fluß im Leben der Menschen spielt. Deshalb haben sie ihm zwei Verbündete, den Dinder und den Rahat, die beide Hochwasser führen, gesandt, die sich schon einen Weg durch die Wüste gebahnt haben. Sogleich strömt der Blaue Nil nun auch mit verstärkter Kraft dahin und wird ebenso grandios wie sein Bruder, der Weiße Nil, der im Westen kaum mehr als 50 km von ihm entfernt ist. Die Gesira endet, und für den Fluß beginnt nun die letzte Etappe, in siedender Hitze, die die heisere Stimme des Muezzin erstickt, der zum Gebet ruft. Nun sind wir im Herzen des muselmanischen Sudans. »Al salâm aleikum! Der Segen Gottes möge Euch begleiten!«

Träg ziehend vom Hochwasser, blau-grün vor Schlamm, fließt der Bahr el-Asrak in einer Breite von 500 bis 600 Metern voran und vergrößert seine Schleifen, um die hellen Sandinseln besser umschließen zu können. Zu seiner Linken hört er das Schnaufen der Lokomotive, die mühsam einen langen, mit Baumwolle beladenen Zug zieht. Zu seiner Rechten erstreckt sich noch immer die Wüste. Das ist ihm gleich, er hat sie besiegt. An den Fluß angelehnt, als suchten sie seinen Schutz, folgen nun, zunächst verstreut, dann immer näher beieinanderliegend, kleine Siedlungen aus roten Lehmhütten. Sie sind von Palmen überragt und von Feldern und Gärtchen umgeben, die sich bis zum Wasser hinziehen. Das Gesicht des rechten Ufers ändert sich jedoch plötzlich. Die arabischen Häuser überlassen ihren Platz luxuriösen, weißen

Villen, deren Gärten in Landungsstegen enden, an denen Segelschiffe schaukeln. Mitten auf dem Fluß zieht ein Boot mit Außenbordmotor einen Jungen, der mit einer Art Latten an den Füßen über das Wasser zu fliegen scheint. Das amüsiert den Nil, obwohl es das erste Mal ist, daß er so etwas sieht. Ein Stückchen weiter jedoch beginnt er sich ernstliche Sorgen zu machen. Und wirklich, man sieht Kräne, Pontonbrücken, eine Fabrik mit einem hohen Schornstein und ihren trotz der gleißenden Sonne dunklen, tristen Lagerhallen. Und hier schon wieder andere Dinge zum Staunen, ja, sogar zum Fürchten: eine großartige Brücke aus Spannbeton mit sieben Bögen, und etwa 500 Meter weiter eine andere große Brücke aus Eisen, die ein lärmender Zug überquert und über die in einem dauernden Hupkonzert ein nie versiegender Strom von Autos und Lastwagen fließt. Dazu landen und starten mächtige Düsenjäger und zerreißen die Luft mit ihrem Getöse. All das macht einen Höllenlärm. So donnerten früher die Gewitter in den Cañons von Äthiopien; hier aber ist der Himmel blau, und der Fluß versteht nichts mehr. 1500 Meter flußaufwärts ahnt er einen weißlich schimmernden Palast, während sich in der Ferne die Silhouetten von Hochhäusern am Horizont abzeichnen.

Wirklich, noch nie hat er in so kurzer Zeit so viel gesehen und gehört. Plötzlich entdeckt der Nil das, was die Menschen Zivilisation nennen.

Jetzt erst wird ihm bewußt, daß er in eine große Stadt gekommen ist, wie sein Bruder, der Weiße Nil, einige Kilometer westlich. Und diese große Stadt . . . ist Khartum!

Zur Abbildung auf Seite 152:
Wache vor dem Palast der Republik.

5. Kapitel

KHARTUM!

Aus der Wüste emporgeschossen, auf Sand und Lehm gebaut, 370 Meter über dem Meeresspiegel, die Hauptstadt des Sudan, Khartum – auszusprechen: Rartum, mit Zäpfchen-R – das heißt auf arabisch »Elephantenrüssel«. Und wenn man die Karte betrachtet, stellt man fest, daß der Blaue Nil tatsächlich diese Form annimmt.* Man kann verstehen, daß der Gründer der Stadt, Ismail Pascha, Sohn des ägyptischen Khediven, dieser Stelle, wo er bei der Eroberung des Sudans ein Lager aufgeschlagen hatte, eine so gegenständliche Bezeichnung gegeben hat.

Khartum ist ein Name, der die Phantasie anregt . . . Er erinnert an Sandstürme, die das Leben einer abgekapselten Stadt zum Erliegen bringen, an Aasgeier, die an einem bleigrauen Himmel kreisen, an schwitzende Menschen und Tiere; er erinnert an das Erwachen des Lebens, sobald sich der Abend nähert, daran, daß das Gefühl völliger Erschöpfung, das einen den ganzen Tag über nicht verlassen hat, nun vorüber ist, und er erinnert an die Empfindung, einem Backofen entwichen zu sein.

Khartum, das ist auch ein Name, der etwas Faszinierendes hat, der wie ein Schuß knallt, der nach Pulver und Tragödie riecht. Nach grausamer Belagerung fällt die Stadt im Jahre 1884 in die Hände des Mahdi und seiner Getreuen, die sie plündern, die die

* Siehe Karte 6, Seite 118

Einwohner foltern, um ihnen ihren Besitz zu entreißen, die Frauen und junge Mädchen in den Harem verschleppen. 14 Jahre später schlägt Kitchener am Ende der Wiedereroberung des Sudans die Revolte nieder. Ein farbiges Epos, reich an Waffentaten: ein großer Augenblick des Viktorianischen Zeitalters. Und Khartum wird von Kitchener neu erbaut, der der Stadt die Form des Union Jack gibt, große Achsen und schräge Querstraßen . . . , die von Maschinengewehren oder Kanonen leicht unter Feuer genommen werden können. Heute erscheint der Name Khartum oft in den Schlagzeilen der Zeitungen. Der Sudan macht von sich reden, sein politisches Leben ist oft recht bewegt. Obwohl er schon seit etwa 20 Jahren unabhängig ist, hat der junge afro-arabische Staat eine britische Prägung behalten. Die Fassade des Palastes ist auch heute noch viktorianisch, die anglikanische Kathedrale aus rosa Sandstein ist in romanischem Stil gebaut, und die Universität ähnelt einem Oxforder College. Wenn auch die Reiterstatue von Kitchener beseitigt worden ist, so bleibt Khartum doch eine Kolonialstadt, in der der »british way of life« fortlebt. Dies bezeugen die Villenviertel, mit ihren wunderschönen, niedrigen, im Grün versteckten Villen, die (wie immer) an den besten Plätzen liegen, der Jachtclub, der Golfplatz, wo britische Hartnäckigkeit nur mit Mühe über Sand und Sonne die Oberhand behält, und das sakrosankte Kricketfeld, kahl wie die Hinterbacken eines Kamels. Wenn der Abend sinkt, findet man auf der berühmten Terrasse des Grand Hotels, das das Ufer des Blauen Nils beherrscht, die typischen Gäste einer Kolonialstadt, unter ihnen ein paar Gentlemen mit gezwirbeltem Bart, die ihre Herkunft nicht leugnen können. Aber diese Rasse ist am Aussterben. Um die Tische, an denen sudanesische Intellektuelle, reiche Geschäftsleute und Politiker – ein großes Glas ausgepreßter Zitrone, eine Tasse Tee oder einen Scotch in der Hand – mit der Höflichkeit diskutieren, die sie von ihren alten Lehrmeistern des Denkens geerbt haben, machen sich dickbäuchige, mit Turban und langer weißer Tunika bekleidete Bedienstete zu schaffen. In der großen, ein wenig antiquierten Hotelhalle, in der riesige Ventilatoren die Luft bewegen, herrscht ein ständiges Kommen und Gehen von englisch angehauchten Sudanesen und Ausländern in Tropenkleidung. Sie werden von Empfangsdamen begrüßt, die noch nach traditionellen, bewährten Regeln ausgebildet wurden.

Noch vor kurzer Zeit konnte man mit ein wenig Phantasie den Eindruck gewinnen, als lebe man ein halbes Jahrhundert früher in der Epoche, in der Beamten des Colonial Office den Sudan verwalteten.

Aber diese Zeit ist vorbei. Khartum, Sitz der Regierung und der Ministerien, der Banken und der großen Geschäfte, wird international, verwandelt sich langsam in eine große Metropole, wie man sie jetzt häufig in Afrika finden kann. Es vervielfacht seine Klimaanlagen, errichtet ein Zentrum mit Hochhäusern, schafft aber auch Grünflächen, um gegen den sandträchtigen Wind und die Hitze anzukämpfen, dehnt sich nach Süden aus, wie es überhaupt seinen früheren Rahmen sprengt. Heute spricht man von »Groß-Khartum« ... Khartum selbst zählt zur Zeit mehr als 340 000 Einwohner. Auf der anderen Seite des Blauen Nil entwikkelt sich der industrielle Vorort Khartum-Nord mit einer solchen Geschwindigkeit, daß es notwendig wurde, eine zweite 650 Meter lange Brücke mit 6 Bögen zu bauen, um es mit Khartum-Süd zu verbinden: es zählt heute 160 000 Menschen. Wenn man bedenkt, daß Omdurman, die sudanesische Stadt auf der linken Seite des Weißen Nils, eine Einwohnerzahl von 300 000 erreicht, stellt man, vielleicht ein wenig überrascht, fest, daß in Groß-Khartum etwa 800 000 Personen vereint sind. Damit ist es, zuzüglich der 250 000 Einwohner von drei nahegelegenen Orten die größte menschliche Ansammlung dieser Gegend. Den Kosmonauten der »Gemini« ist dies nicht entgangen – sie nahmen die Lage der beiden Nile und der drei Städte als einen charakteristischen Richtpunkt auf unserem Planeten.

Laßt uns einen Blick auf den Sudan werfen ...

Mit 2 500 000 Quadratkilometern und 16 bis 17 Millionen Einwohnern ist er das größte afrikanische Land, ein Entwicklungsland, das nur ein Achtel seines bebaubaren Bodens ausnutzt und wo die Subsistenzwirtschaft weit verbreitet ist. Deshalb liegt das Nationaleinkommen pro Kopf der Bevölkerung kaum höher als 100 US-Dollar im Jahr; man ist weit entfernt von den 9300 Dollar des Katars.

Die gesamte sudanesische Wirtschaft stützt sich auf die Landwirtschaft: Sie beschäftigt drei Viertel der Arbeitskräfte, sie liefert einer wenig entwickelten Industrie den größten Teil ihrer Rohstoffe und deckt fast die gesamte Ausfuhr. Die Exporte bestehen zu 50 Prozent aus einer besonderen Baumwolle mit langen oder extra-langen Fasern, deren spezielle Eigenschaften für bestimmte Verwendungszwecke unerläßlich sind. Sie ist der große Reichtum des Sudans, des viertgrößten Erzeugers in der Welt. Aber der Sudan exportiert auch Ölfrüchte, Erdnüsse und Sesam vor allem, auch Baumwollkerne sowie Gummiarabikum, dessen größter Erzeuger der Welt er ist. Diese Erzeugnisse, die 80 Prozent seiner Exporte darstellen, ermöglichen es ihm, seine Importe zu bezahlen: Fertigwaren, rollendes Material, Maschinen, chemische Produkte, Insektizide, Textilien, Zucker und Weizen. Die UdSSR, vor einigen Jahren noch bevorzugter Kunde und Lieferant des Sudans, steht nun auf Grund politischer Schwierigkeiten an letzter Stelle.

Die Industrie ist oft nur ein verlängerter Arm der Landwirtschaft: sie beschränkt sich darauf, die landwirtschaftlichen Erzeugnisse zu verarbeiten und den örtlichen Markt zu beliefern. Ihre Schwäche zeigt sich beim Bruttosozialprodukt, zu dem sie nur 10 Prozent beiträgt, weniger als ein Viertel der Leistungen der Landwirtschaft, während der Beitrag des tertiären Bereichs – Handel und Verwaltung – 40 Prozent überschritten hat. Man kann nur hoffen, daß die veränderte Einstellung der öffentlichen Hand gegenüber den Investoren – Garantien gegen Verstaatlichung, Bewilligung der Heimführung von Gewinnen – diese wieder Vertrauen zu diesem Land fassen läßt, das sich in einer schwierigen finanziellen Lage befindet. Die an sich schon schwerfällige Verwaltung ist zudem sehr kostspielig. Trotz sparsamer Haushaltsführung besteht ein ständiges Defizit. Die Finanzierung durch die Banken genügt nicht, um aus dieser Sackgasse herauszukommen, es muß auf ausländische Hilfe zurückgegriffen werden. Die Lage der Außenhandelsbilanz ist genauso prekär: Die Zahlungsbilanz ist unausgeglichen, die langfristigen Schulden wachsen an und der Zinssatz steigt; auch die kurzfristige Verschuldung auf dem Devisenmarkt wird immer größer . . .

Trotzdem geht es im Sudan jetzt vorwärts. Warum? Weil die Aussichten ermutigend sind. Das nicht ausgenutzte Potential ist in der Tat beträchtlich, vor allem in der Landwirtschaft. Es ist bekannt, daß nur 13 Prozent des Bodens bebaut werden, und die Bewässerungsmöglichkeiten durch die beiden Nile sind bei weitem noch nicht voll ausgenutzt. Auch die landwirtschaftlichen Erträge könnten erheblich gesteigert werden. Im Hinblick auf die Viehzucht wäre es durchaus möglich, große Fortschritte zu erzielen, wenn die vorhandenen Herden besser genutzt würden. Sicherlich sind die Aussichten für eine industrielle Entwicklung weniger ermutigend. Wenn auch Vorkommen an Eisen, Mangan, Kupfer, Chrom und Zink bestehen, so ist ihr Abbau auf Grund der hohen Investitionskosten für die Infrastruktur zunächst noch unerschwinglich. Den Resultaten der Verarbeitung von landwirtschaftlichen Erzeugnissen und Nahrungsmitteln kann man hingegen mit Optimismus entgegensehen. So könnte der Sudan, der große Exporteur von Baumwolle, seine Importe an Baumwollstoffen reduzieren, indem er nämlich den Verkauf von Rohstoffen durch den von Fertigwaren ersetzt. Schließlich verfügt ja das Land mit seinen 16 bis 17 Millionen Einwohnern über einen Binnenmarkt für seine nationale Industrie.

Ehe das Land die vorhandenen Mittel voll ausnutzen kann, müssen noch viele Hindernisse überwunden werden: mangelnder industrieller und kaufmännischer Unternehmungsgeist, Schwerfälligkeit der Verwaltung, Transportschwierigkeiten und ungenügende Qualifikation der Arbeitskräfte. So richten sich denn auch die Bemühungen der öffentlichen Hand in erster Linie auf die wirtschaftliche Entwicklung. Eine Vielzahl von Projekten wird gefördert: der Bau von Zuckerraffinerien, Textilfabriken, einer zweiten Erdölraffinerie, Staudämmen auf Nebenflüssen der beiden Nile, einer Pipeline und einer Straße zwischen Khartum und Port Sudan, der einzigen Öffnung des Sudans zur Außenwelt. Ein paradoxes Faktum – bedenkt man die finanzielle Lage des Landes – ist, daß es an ausländischem Kapital nicht zu mangeln scheint. Zuerst werden vor allem die reichen arabischen Ölstaaten ihre Bemühungen zur Entwicklung des Sudans verstärken. Aus diesem Land die große Farm der arabischen Länder zu machen, ist vielleicht nicht einmal eine Utopie. Saudi-Arabien (das seinen gewohnheitsmäßigen Beitrag leistet, um das Haushaltsdefizit zu verringern), Kuwait, Abu Dhabi, Katar und sogar Libyen werden sicher weiterhin die bisherige Hilfe leisten, falls sie sie nicht sogar verstärken. Vielleicht gesellen sich der Iran und der Irak zu ihnen. Daneben dürfte sich der Beitrag der anderen traditionellen Kreditgeber auch nicht vermindern. Nach zehnjähriger Unterbrechung leihen die USA nun dem Sudan wieder Geld, und die Länder der Europäischen Gemeinschaft geben ebenfalls einen beträchtlichen Zuschuß.

Der Sudan befindet sich zweifelsohne in einer privilegierten Lage in der arabischen Welt, und man kann sicher annehmen, daß er dazu entschlossen ist, die Chance wahrzunehmen, die ihm die »Bruderländer« geben.

Der Sudan hat also Möglichkeiten zu »starten«, aber seine Bevölkerung, die alles andere als homogen ist, bedeutet für ihn ein großes Problem. Dieses Land hat eine lange Geschichte hinter sich, aber immer noch ist es auf der Suche nach seiner Einigkeit, vielleicht sogar nach seiner Seele . . .

Die 16 bis 17 Millionen Sudanesen stellen ein pluralistisches Gebilde fremdstämmiger Völker dar, die über ein riesiges Gebiet verstreut leben. Der augenscheinlichste Beweis für diese ethnische Vielfältigkeit ist sicher der grausame Kampf, den sich die Dinka, Schilluk und Nuer geliefert haben. All jene Männer hat der Weiße Nil auf seiner Reise getroffen, diese langbeinigen Menschen, die gern auf nur ein Bein gestützt dastehen, auf ihre Lanze gelehnt, den Blick fest auf ihre Herde gerichtet, ihre Rinder bewundernd. Alles trennt sie von den Arabern: ihre Religion, ihre Sprache, ihre Bräuche. Zwischen ihnen nur ein einziges Band: der Nil . . . Heute könnte daraus noch ein anderes entstehen, das allein von den Menschen abhängt: der Wille, den Versuch eines gemeinsamen Lebens zu wagen.

Auch der nördliche Teil des Sudans besitzt keine wirkliche ethnische Einheit. Die nahezu vollständige »Islamisierung« und »Arabisierung« haben weder die Unterschiede zwischen den Stämmen behoben, noch die spezifischen Züge der drei anthropologischen Typen beseitigt, die sich hier vermischen: der arabische, der hamitische und der negride Typ. In ihren Adern fließt allerdings nur wenig arabisches Blut, denn die Araber selbst sind Neuankömmlinge in diesem Land, in dem sie sich nicht vor dem 14. Jahrhundert festsetzten.

Außerdem leben hier neben Arabern des Zentrums und des Nordens andere wichtige Gruppen, die ihre eigene Geschichte und Persönlichkeit besitzen. So zum Beispiel die Nubier, die Nuba und die Bedja.

Die Nubier sind Hamiten wie die alten Ägypter. Sie bewohnen Nubien, eine eigenständige geographische Einheit, die sich Ägypten und der Sudan teilen und die in den Zeiten der Pharaonen ein ständiges Kommen und Gehen von Armeen und Völkern erlebte. Die Nubier sind braunhäutig, leben hauptsächlich im Niltal nördlich von Khartum und sind in verschiedene Stämme afrikanischer Sprache unterteilt. Da sie vollkommen islamisiert sind, legen sie großen Wert auf die Befolgung der religiösen Handlungen. Sie fürchten sich nicht davor auszuwandern, und man kann sie daher im Mittleren Orient, besonders in Hotels, wiederfinden, in denen sie als Hausangestellte arbeiten. Ihre Ehrlichkeit, ihre Ergebenheit und ihr freundliches Wesen sind sprichwörtlich. Die Nuba dagegen – sie werden so genannt, weil sie in den Nubabergen, die südlich von Kordofan, einer Provinz im Osten des Weißen Nils, wohnen – sind hauptsächlich Bauern. Sie sprechen Dialekte, die den afrikanischen Sprachen verwandt sind. Kaum vom Islam beeinflußt, heute hingegen vom Christentum berührt, genießen sie den Ruf, ihre Unabhängigkeit über alles zu lieben. Schließlich die Bedja. Sie sind nicht-arabische Eingeborene hamitischen Ursprungs, die die Gegend am Roten Meer bewohnen. Sie gehören zu einer Reihe von Stämmen mit unterschiedlicher Sprache, die in den meisten Fällen Hirtennomaden sind. Vom 14. Jahrhundert an wandten sie sich dem Islam zu. Sie fühlen sich jedoch so verschieden von den Arabern, daß sie, wie die Nuba, zwar keine Autonomie, aber zumindest eine Repräsentation als politische Einheit von der Regierung fordern. Das ist aber noch nicht alles. Zu diesen großen ethnischen Gruppen müssen auch die Fung gerechnet werden, denen der Blaue Nil bereits in der Nähe von Sennar begegnet ist, und auch die Stämme von Darfur – der westlichsten Provinz, die bis zum 19. Jahrhundert von unabhängigen Sultanen regiert wurden.

So haben wir einen Eindruck von der ethnischen Zusammensetzung des Sudans gewonnen, dessen Bevölkerung, selbst wenn man den Süden außer Betracht läßt, sehr viel afrikanischer als arabisch ist. Die wirklichen Sudanesen, die Bewohner Nubiens ausgenommen, sind die Brüder der Bewohner des Tschad, Zaïres,

Ugandas und Äthiopiens. Es sind afrikanische Schwarze, obwohl ein wahrer Sudanese niemals schwarz ist: er ist »braun«, »grün« oder »blau«.

Um sich darüber klar zu werden, wie verschiedenartig die Bevölkerung des Sudans ist, genügt es . . . in Khartum einem Taxi zu winken . . . und den Weißen Nil zu überqueren. Sie sind in Omdurman*; und dort schlendern Sie einmal durch den Suk. Es ist ein wahrer Mikrokosmos.

Omdurman – Aussprache: Om-durman, die ersten beiden Silben werden trocken hervorgestoßen und das R gerollt – ist die alte afrikanische Stadt, ein Universum von rotem Ocker, mit kleinen Plätzen, gewundenen staubigen Gäßchen, Höfen mit riesigen Löchern, in denen sich die Abfälle ansammeln, roten Lehmhäusern mit ihren niedrigen Wänden und hölzernen arabischen Gitterfenstern. Eine alte Stadt, die jedoch von unserer modernen Zeit jeden Tag ein wenig mehr zurückgedrängt wird. Diese neue Zeit mit ihren breiten vielbefahrenen Straßen, ihren überfüllten Hochhäusern aus Beton, ihren Verwaltungsgebäuden und ihren Radio- und Fernsehstationen, erster Angriffspunkt aller Putsche. Trotzdem bilden die alte und die neue Stadt eine Einheit und verschmelzen vollkommen miteinander, haben sie doch so viel Gemeinsames . . .

Zunächst einmal der Menschenstrom, zu Fuß, auf Rädern, auf Motorrädern, auf Eseln, der sich überall hin ergießt. Aber auch der vor Hitze weiße Himmel, das grelle Licht, das es nur in Afrika gibt, die unbewegliche, brennend heiße Luft, dieser klebrige Backofen, der süßliche und etwas pfeffrige Geruch, den man überall in den Städten Ostafrikas wahrnimmt. Dann ist da noch das von jedem Punkt der Stadt sichtbare Symbol, Erinnerung an eine ruhmreiche Vergangenheit und an einen heißen Glauben, die breite, spitze Lanze mit dem islamischen Halbmond. Sie wurde über der flammenden, in Spitzbogenform gebauten Kuppel der Grabmoschee des Mahdi, des »Propheten«, errichtet, der am Ende des 19. Jahrhunderts den Engländern standhielt.

In Afrika ist der Markt ein Magnet, und hier im Suk von Omdurman, fühlt man das Herz des Sudans stärker als irgendwo sonst

* Siehe Karte 6, Seite 118

schlagen. Hier ist das Leben, bei jedem Schritt spürt man es, überschäumend, lärmend, bunt und stimmkräftig. Auf der Terrasse eines Cafés rauchen Männer in langen Baumwollhemden, in grünen oder blauen Gewändern die Wasserpfeife. Während sie mit kleinen Schlucken den schwärzlichen Tee trinken, diskutieren sie mit Leidenschaft, immer untermalt von den näselnden Klängen eines Transistors. Ab und zu spuckt einer von ihnen mit großer Zielsicherheit in die Gegend. Beinah werden sie von einem mit Baumwollballen überladenen Kamel gestreift, das verächtlich weiterzieht, ohne sich um das drängende Hupen eines Taxifahrers zu kümmern, der am Steuer eines riesigen völlig verbeulten amerikanischen Wagens sitzt, dessen Chromteile nur noch eine schwache Erinnerung an einstigen Glanz sind. Geschickt geführt, läuft ein Esel Slalom in der Menge, ganz dicht an Männern mit Turban und schwarz verhüllten Frauen vorbei, an deren Rockzipfeln eine ganze Kinderschar hängt. Im Unrat herumwatend, versuchen ein paar Kinder eine widerspenstige Ziege vorwärtszuzerren. Ein Wasserhändler schwingt ein Glöckchen und ruft dabei seine Ware mit heiserer Stimme aus. Die Sonne steht senkrecht am Himmel. Schweiß perlt auf den Gesichtern. Fliegen schwirren in Schwärmen herum. Der Staub trocknet die Kehle aus, beißt in der Nase. Über allem schwebt ein Geruch von Eselsmist, Weihrauch und fauligem Wasser.

Es ist elf Uhr, und der Suk, wo Griechen, Syrer und Armenier Handel treiben, wie in vielen anderen Ländern Afrikas, wimmelt von Menschen. Man drängt sich um die Läden. Hier türmt einer sein Durcheinander von Ölkanistern , Emailleschüsseln, Lampen, Batterien, Besen und Töpfen vor sich auf, dort breitet einer Zwiebeln, Saubohnen, rote Linsen, Gurken, Erbsen, Tomaten, Tee, Zuckerhüte und Gewürze, eine Unmenge von Gewürzen, aus. Hier näht ein Schneider, fast verborgen hinter seinem mit Kleidungsstücken behangenen Stand, auf der Maschine und schlürft dabei Pfefferminztee. Dort schlägt ein Sattler goldene Nägel in ein Geschirr, während ein Schmied mit vor Schweiß triefendem Oberkörper unter lautem Gehämmer eine Eisenstange zurechtschlägt. Neben ihnen bietet eine winzige Bude unter einem Wellblechdach Schaffleisch an, auf dem ganze Fliegenschwärme sitzen, außerdem getrockneten Fisch, in Essig eingelegtes Gemüse, Wassermelonen,

Nuerinnen.

runde, dünne Fladenbrote, die aus zwei übereinandergesetzten, bitterlich schmeckenden Lagen bestehen, und Coca-Cola. Ein Goldschmied stellt Filigranschmuck und Perlenketten aus, Seite an Seite mit einem Händler, der seine Schlangen-, Krokodil-, Zebra- und Flußpferdhäute vor sich ausgebreitet hat. Etwas weiter entfernt wird es dann ernst: dies ist die Ecke der großen Händler von Baumwollstoffen und Rohbaumwolle. Im dämmerigen hinteren Teil des Ladens schreiben gekrümmt dasitzende Buchhalter Zahlenkolonnen und streichen dabei mit dem linken Ellenbogen zerfledderte Rechnungen glatt, die von den Ventilatoren aufgewirbelt werden. Währenddessen werden am Eingang des Lagers, das neben dem Laden liegt, in unaufhörlichem Kommen und Gehen Kattun- und Baumwollballen aus der Gesira – leuchtend weißes Gold – abgeladen. Zwei Schritte weiter vorn warten eine alte blinde Frau und ein Kind, auf Bauschutt und Konservendosen sitzend, auf den Kunden, der sich für ihre drei winzigen Berge von Eiern, Datteln und getrocknetem Mist interessieren könnte. Ein riesiger zerlumpter Neger bleibt mit glänzenden Augen vor ihnen stehen und bekommt schließlich einen Lachanfall.

Es ist schon ein Uhr nachmittags. Plötzlich ist die ganze Menge verschwunden, die Geschäfte schließen oder dösen vor sich hin; jedes Leben erstirbt, der graue Staub setzt sich wieder, die Fliegen finden keine Opfer mehr, weder Mensch noch Tier: die Sonne ist der alleinige Herrscher des Ortes geworden und schwingt ihr Zepter über dem Schweigen. Droben, am Himmel, kreisen Aasgeier.

Omdurman liegt im Nachmittagsschlummer versunken. Dies ist auch die Stunde, in der Gerüchte gebraut werden, und in der man unter den wichtigen Persönlichkeiten der Stadt von Staatsstreichen, Politik und Geschehnissen der Vergangenheit spricht . . .

Khartum und Omdurman sind Orte, wo die Geschichte mit derselben Gewalttätigkeit gewütet hat wie die Sandstürme der Wüste, die sie umgibt. Hier standen sich Ende des letzten Jahrhunderts zwei außergewöhnliche Männer, beide faszinierende Persönlichkeiten, gegenüber: der Mahdi, »Der Gesandte des Propheten«, und ein britischer General, General Gordon. Sie sind die Hauptdarsteller eines fesselnden Dramas, das mit der Revolte des Sudans beginnt. Der dritte Schauspieler ist der Nil. Dieses Stück in

Kriegstanz der Schilluks.

mehreren Akten ist auch nach dem tragischen Untergang der beiden Hauptpersonen – sie sterben im Abstand von nur wenigen Monaten – noch längst nicht zu Ende, denn sie werden vom Nachfolger des Mahdi, Kalif Abdullah, und von einem anderen britischen General, Herbert Kitchener, ersetzt. Der Vorhang fällt dann über der letzten romantischen Schlacht der Geschichte. Die Mahdisten werden vernichtet, der Sudan ist zurückerobert und Gordon gerächt.

Wir befinden uns im Jahre 1884 ... Der Mahdi hat das türkisch-ägyptische Joch abgeschüttelt. Der Sudan ist für Großbritannien so gut wie verloren, das sich doch so sehr für diesen Teil des Niltals interessierte und alles aus dem Hintergrund lenkte. Gladstone, Premierminister der Königin Viktoria, ist realistisch und entscheidet schließlich nach langem Überlegen, das Land den Mahdisten zu überlassen. Es ist jedoch unerläßlich, die Evakuierung der Truppen und Beamten zu organisieren, in Ehren abzuziehen und dabei diejenigen zu beschützen, die an der Seite der Ägypter und Europäer gearbeitet haben, sowie nach der totalen Evakuierung das Nötige zur Bildung einer Regierung zu veranlassen. Ein Mann allein ist dazu fähig, die Pläne Gladstones auszuführen: General Gordon. Er übernimmt diese undankbare Aufgabe. Als er nach Khartum abreist, tut er es allerdings mit dem Hintergedanken, ein Wunder vollbringen zu können, nämlich die Situation durch seinen persönlichen Einfluß und den außerodentlichen Ruf, der ihm vorauseilt, zu seinen Gunsten zu verändern. Dies zeugte im Grunde davon, daß man den Mahdi nicht ernst genug nahm, den man in London ganz einfach für einen kleinen religiösen Agitator hielt, der nur von einer Handvoll Getreuer unterstützt wird, der aber in Wirklichkeit der unbestrittene Führer einer gewaltigen nationalistischen Bewegung geworden war.

Der Mahdi hatte in der Tat einen kometenhaften Aufstieg hinter sich. Im Jahre 1844 wird in der Nähe des Nils, nicht weit von Dongola, im Norden Khartums, Mohammed Ahmed als Sohn einer armen, unbedeutenden Familie geboren. Sein Vater lehrt ihn die Grundsätze des Korans und bringt ihm die Kunst des Schreibens bei. Bald verwaist, ist er den Wechselfällen des Schicksals ausgesetzt. Er entschließt sich für ein Leben im Dienst der Religion, für den er sich begabt fühlt. Die Jahre gehen dahin. Er zeichnet sich durch die Inbrunst seines Glaubens aus, und seine Intelligenz erregt die Aufmerksamkeit eines berühmten Scheichs, der ihn als Schüler zu sich nimmt. Aber schon jetzt zeigt sich sein Wille zur Unabhängigkeit; er versammelt seine eigenen Schüler um sich und zieht sich mit ihnen auf die im Weißen Nil gelegene Insel Abba, südlich von Khartum, zurück, wo er mehrere Jahre asketisch lebt; dabei vergißt er aber nicht, dem heiligen Scheich Besuche abzustatten, um ihn seiner Gehorsamkeit und seiner Hingabe zu versichern. Dann aber tritt ein Ereignis ein, das für seine Laufbahn von größter Wichtigkeit ist: er bricht mit seinem Meister, den er anklagt, die Gesetze des Korans übertreten zu haben. Der Scheich ist empört, er beschimpft ihn und verjagt ihn von der Insel Abba. Verletzt, aber opportunistisch, wendet sich Mohammed Ahmed nun einem anderen Scheich zu, einem Rivalen seines ehemaligen Meisters, der ihn mit offenen Armen empfängt. Auch zeigt sich hier sein Sinn für Publizität, lauthals verkündet er nämlich die Gründe für den Bruch. Er begründet seine Handlungsweise damit, daß er nur gegen den Verfall der religiösen Inbrunst, gegen den Mangel an Tugend und, vor allem, gegen die Apathie seiner Mitbürger habe protestieren wollen. Eine religiöse Erklärung, hinter der man den Politiker spürt. Sein Ansehen wächst, und überall in Arabien hört man, daß ein großer Reformator erscheinen wird, der den Glauben anfachen, die Apathie brechen werde, die die Herzen der Islamiten lähmt . . . und der das Land von den so sehr verabscheuten Fremden befreien werde. Ein Mahdi, ein zweiter Prophet wird bald kommen, und der Mahdi, das ist er!

Mohammed Ahmed ist von nun an auf dem richtigen Pfad. Es besteht die Aussicht, daß sich seine ehrgeizigen Pläne verwirklichen lassen. Ein für einen noch so jungen Mann bemerkenswerter Scharfblick läßt ihn begreifen, daß er zu dem Ort zurückkehren muß, von dem er vertrieben worden war. Er erhält von seinem neuen Beschützer die Erlaubnis, auf die Insel Abba zurückzukehren, und dort wird er wie ein Triumphator empfangen. Von allen Orten kommen Pilger herbei, um ihn zu sehen, und bringen ihm Geschenke, die er an die Armen verteilt. Man verehrt ihn als »Zahed«, das heißt, als einen Menschen, der auf die irdischen Güter verzichtet hat. Aber Mohammed Ahmed spürt schon bald – ein erneuter Beweis für seinen großen Scharfblick –, daß er seinen Tätigkeitskreis ausdehnen muß, und er macht sich auf den Weg, um in der Provinz Kordofan die Liebe Gottes und den Verzicht auf weltliche Eitelkeit zu predigen. In seinem Äußeren von wohlüberlegter Einfachheit, nur mit einem Baumwollhemd, einer weiten Hose mit einem Strohgürtel um die Taille und einer Kalotte, um die ein Turban gewickelt ist, bekleidet, wird er von allen Klassen der Bevölkerung mit Respekt empfangen; nach seiner Rede verteilt er seine Schriften, die von Hand zu Hand gehen. Mit vollendeter Geschicklichkeit regt er die Einbildungskraft der Anwesenden an. Von der Religion zur Politik ist es bald nur noch ein Schritt. Er braucht diese brennende religiöse Inbrunst nur als Sprungbrett zu benutzen, und schon sehen seine Mitbürger die Befreiung des nationalen Gebietes greifbar vor sich. Genau diese Reaktion hatte Mohammed Ahmed erwartet. Der Versuch ist geglückt . . . Jetzt muß er zur nächsten Etappe übergehen. Das Glück ist ihm hold. Er erhält Hilfe von einem Mann, der ebenso entschlossen ist wie er, die Fremden aus dem Sudan zu vertreiben. Es ist Abdullahi Ibn Mohammed, ein außergewöhnlich intelligenter Mann und scharfsinniger Politiker, der von jeher geahnt hatte, daß eines Tages ein großer Führer erscheinen würde, dessen Stellvertreter und Nachfolger er dann wäre. Die Verbindung dieser beiden Männer ist außergewöhnlich fruchtbar, denn sie ergänzen sich gegenseitig sehr gut. Abdullah ist das Gehirn, Mohammed Ahmed die Seele. Und nun planen die beiden eine große Verschwörung gegen die ägyptische Regierung.

Zu diesem Zeitpunkt beschließt Mohammed Ahmed, den Namen Mahdi, »der Gesandte des Propheten«, anzunehmen. Eifersüchtig warnt sein ehemaliger Meister, der Scheich, der ihn vertrieben und beschimpft hatte, die Regierung, die daraufhin einen Gesandten auf die Insel Abba abordnet. Für diesen Gesandten ist der berühmte Mahdi, von dem man schon so viel spricht, eine wahre Entdeckung . . .

Er ist gerade 40, ein Mann von schöner Gestalt, mit breiten Schultern und kräftigem Körperbau. Ein eindrucksvoller Kopf, hellbrauner Teint, schwarze funkelnde Augen, die durch Antimonschminke noch stärker betont werden, ein tiefschwarzer Bart. Nach altem Brauch drei Einschnitte auf den Wangen; Nase und Mund von großer Vollkommenheit. Und immer ein Lächeln auf den Lippen, um seine blendend weißen Zähne und vor allem das V zu zeigen, das die Vorderzähne bilden, und das im Sudan als Zeichen des Glücks angesehen wird. Dieses V trägt auch zu seiner Beliebtheit bei den Frauen bei, die er keinesfalls vernachlässigt . . . Ein wohleingeübtes Lächeln dieses teuflischen Mahdi also, der auch nicht das geringste Detail vergißt. Ebenso ausgeklügelt die Kleidung. Der Mahdi ist mit einer »Jibba« bekleidet, einem Hemd aus Pikee, von makellosem Weiß, das mit Sandelholz, Moschus und Rosenessenz parfümiert ist, kurz gesagt, ein ganz spezieller »Cocktail«, der als »Rihet el-Mahdi«, das Parfum des Mahdi, gerühmt wird, das sogar den Duft, den die Einwohner des Paradieses verströmen, übertreffen soll!

Nachdem der Mahdi die Szene vorher mit Abdullah genau eingeübt hat, hört er sich zunächst schweigend die Botschaft des Gesandten der Regierung an. Als man ihm aber schließlich befiehlt, sich nach Khartum zu begeben und dort seine Absichten auf klare

Weise bekannt zu geben, springt er auf, schlägt sich theatralisch an die Brust und ruft mit leidenschaftlicher Stimme aus: »Bei der Gnade Gottes und des Propheten, ich bin Herr in diesem Lande, und niemals werde ich nach Khartum gehen, um mich zu rechtfertigen.« Zu Tode erschrocken, ergreift der Gesandte die Flucht. Er hat begriffen, daß die Rebellion des Mahdi ausgebrochen ist.

Die Ereignisse überstürzen sich nun wirklich. Und immer gehen sie zu Gunsten des Mahdi aus. Zunächst sendet der ägyptische Generalgouverneur zwei Kompanien Infanterie aus, um ihn festzunehmen. In der Dämmerung beschießen diese sich jedoch gegenseitig, und nun sind nur noch die Überlebenden zu erledigen. Die Nachricht von diesem an ein Wunder grenzenden Sieg verbreitet sich im ganzen Sudan. Es kann kein Zweifel mehr bestehen, der Mann, der es fertigbringt, auf diese Weise die Regierungstruppen zu vernichten, ist mit Sicherheit derjenige, den man erwartete. Trotzdem rät der vorsichtige Abdullah dem Mahdi, sich in eine entlegenere Gegend zurückzuziehen, da er meint, daß er sich noch zu nahe bei Khartum befinde. Um zu vermeiden, daß seine Anhänger diesen Rückzug für eine Flucht halten, verkündet er ihnen, in einer Eingebung sei ihm befohlen worden, sich auf einen im Kordofan gelegenen Berg in der Nähe von Faschoda zurückzuziehen. Dort werde er die göttlichen Befehle erwarten. Tatsächlich heißt es im Koran, von einem Berg wird der so lang erwartete Führer, der Mahdi, kommen.

Welche Geschicklichkeit! Nichtsdestoweniger greift der Gouverneur von Faschoda den Mahdi und seine Anhänger an. Die 1400 Männer des Gouverneurs – und er selbst auch – werden massakriert. Daraufhin sendet die Regierung 4000 Soldaten aus, die von einem sehr angesehenen Pascha befehligt werden. Die gleiche Katastrophe. Nicht ein Einziger kommt lebend zurück . . .

Diesmal ist der Sieg des Mahdi entscheidend und schleudert den Funken ins Pulverfaß. Der heilige Krieg entflammt. Der Süden Kordofans fällt in seine Hände; alle arabischen Stämme schließen sich den Aufständischen an; die Revolte bricht gleichzeitig in Sennar und Darfur aus, und die ägyptischen Beamten dieser Provinzen werden massakriert. Am Himmel ist ein wunderbarer Komet erschienen. Die Sudanesen legen dies als Zeichen für die Ankunft des wahren Mahdi auf Erden aus.

Für England wird die Lage alarmierend, zumal auch in Ägypten Unruhen schwelen. Nachdem die Ordnung wieder hergestellt ist, bereiten Engländer und Ägypter eine große Expedition vor, um den falschen Propheten zu erledigen . . . Sie sollte ein verheerendes Ende nehmen. Nachdem der Mahdi El-Obeid, die Hauptstadt von Kordofan, eingenommen hat, zieht er mit 40000 Männern, die er inzwischen um sich versammelt hat, und die jetzt nicht mehr nur mit Schwertern und Lanzen, sondern auch mit Gewehren und Kanonen ausgerüstet sind, gegen General Hicks. Mohammed Ahmed verkündet seinen Anhängern, der Prophet habe ihm prophezeit, daß zwanzigtausend Engel ihn begleiten würden, um die Ungläubigen zu vernichten. Er fordert Hicks auf, sich zu ergeben, denn das unausgewogene Verhältnis der Truppen ist augenscheinlich mehr als vier gegen einen. Der General lehnt ab. Er und seine Offiziere gehen im Massaker unter.

Hundert Kanonenschüsse feiern diesen großen Sieg, der gewaltige Konsequenzen nach sich zieht: »Ich bin der Herr in diesem Lande«, hatte der Mahdi zu dem Gesandten aus Khartum gesagt. Damals war es noch nicht wahr. Jetzt aber ist es soweit: der Sudan gehört ihm. Seinen Mitbürgern hatte er ihre Würde und Begeisterungsfähigkeit wiedergegeben, ihr religiöses und patriotisches Feuer angefacht, und so hatte sich der Mahdi, unbestreitbar der Held seiner Rasse, schließlich ein gewaltiges militärisches Werkzeug geschaffen.

18. Februar 1884. Gordon, der für die Zeit seiner Mission zum Generalgouverneur ernannt worden ist, geht in Khartum an Land. Ein berauschender Empfang: die Einwohner küssen ihm Füße und Hände. Nicht als Gesandter der Niederlage, der sie preisgibt, sehen sie ihn an, sondern jubeln ihm wie einem Retter zu. »Ich komme«, sagt er auf seine schlichte Art zu den Leuten, »ohne Soldaten, allein mit Gottes Hilfe, um die Wunden des Sudans zu heilen. Ich habe keine andere Waffe als die Gerechtigkeit.« In diesen Sätzen ist der hervorstechendste Zug seines Charakters umrissen . . .

Gordon ist ein gläubiger Christ, seinem Gott genau so tief verbunden wie der Mahdi dem seinen. Sein Glaube ist seine Stärke. Er ist überzeugt davon, daß ihn ein anderes Leben erwartet und daß er, wenn sein Verhalten auf der Erde gerecht und treu ist, im Jenseits die Möglichkeit hat, noch viel öfter Gutes zu tun. Als Ehrenmann zögert Gordon nicht, sich für sein Ideal zu opfern. Zu seinen moralischen und geistigen Qualitäten kommen die einer äußerst anziehenden Persönlichkeit hinzu; alle, die ihm gedient haben, haben ihn heiß geliebt. Er ist ein Mann von außergewöhnlichem Charme – blaue Augen in einem sonnengebräunten Gesicht, ein ergrauender Fünfziger, und von unwiderstehlicher Anziehungskraft – die Araber haben ihn verehrt, während er im Dienst des Khediven stand. Und er war immer vom Segen des Himmels begleitet, wie seine früheren Expeditionen auf die Krim und nach China bewiesen haben. Natürlich hat er auch einige Fehler: ein wenig unzugänglich, ziemlich exzentrisch, manchmal schwankend in seinen Urteilen, zu mystisch. All dies macht aus ihm für das viktorianische England einen Helden.

Und nun werden die beiden Schauspieler des Dramas im Vordergrund der Bühne stehen. Aber niemals zur gleichen Zeit. Langsam jedoch nähern sie sich einander, denn der Mahdi trifft Vorbereitungen zur Belagerung Khartums. Nun liegt nur noch die Breite des Nils zwischen ihnen – ein weiterer Schauspieler, der auch ein Wörtchen mitzureden hat.

Was geht in den Köpfen der beiden Männer vor?

Seit seiner Ankunft in Khartum hat Gordon, trotz allen Selbstvertrauens, seine anfänglichen Illusionen verloren. Es wird ihm klar, daß er sich einer fanatischen Bewegung gegenübersieht. Es ist der Islam, der gegen ihn, den Christen, ins Feld zieht. Um diese Flut einzudämmen, muß dem Mahdi, so denkt er, ein anderer Araber entgegengestellt werden. Deshalb schlägt er auch dem Premierminister Zubeir Pascha vor, den Sklavenhändler, der im Mittelpunkt aller Chroniken stand! Diese brüske Wendung ist sehr charakteristisch für Gordon. »Er hat«, so sagt er, »das mystische Gefühl« – man braucht Zubeir, um den Sudan zu retten! Sich dieses ehemaligen Sklavenhändlers bedienen? Das ist schon ein Grund zur Aufregung für das prüde England. Gladstone lehnt rundweg ab. Dieser abschlägige Bescheid ist der Anfang von Unstimmigkeiten zwischen der Regierung und ihrem Gesandten, die Gordons Haltung und auch den Verlauf der Ereignisse völlig ändern werden.

Gordon hält sich von nun an für persönlich verpflichtet, die Besatzung aus Khartum abzuziehen, die Beamten, die Notabeln, die sich für ihn in Gefahr gebracht haben, und alle diejenigen, die er darum gebeten hatte, ihre Abreise aufzuschieben, in Sicherheit zu bringen. Er fühlt sich bei seiner Ehre gepackt. Eine völlig ausweglose Lage. Sämtliche Bitten Gordons stoßen auf die eigensinnige Ablehnung Gladstones. Er ersucht um Übersendung türkischer Truppen. »No«, ist die Antwort. Er bittet mehrfach darum, ihm indische Regimenter zu schicken. Wieder heißt es: »No«. Er schlägt eine Zusammenkunft mit dem Mahdi vor, ein Versuch, eine Abmachung von Mann zu Mann zu treffen. Erneut ein »No«. Angewidert telegraphiert Gordon: »Über Euch komme die unauslöschliche Schmach der Flucht«, und er betont noch einmal seine Entschlossenheit: »Was mich betrifft, so werde ich diese Leute niemals verlassen.«

Die Ankunft Gordons hat den Mahdi und seine Kalifen ernsthaft beunruhigt. Da sie fürchten, daß sie das Vorspiel zum Einzug einer britischen Armee ist, fassen sie den Entschluß, eine Armee von zwanzigtausend Mann in Bewegung zu setzen, um die Stadt so schnell wie möglich einzuschließen. Am 12. März 1884 beginnt eine Belagerung, die 317 Tage dauern wird. Daß Gordon, als einziger Europäer unter all den Afrikanern, als einziger Christ inmitten all dieser Mohammedaner, in der Lage war, dank seiner genialen Veranlagung 8000 Soldaten Vertrauen einzuflößen und dank seines Mutes die Stimmung von mehr als 30000 Einwohnern aufrechtzuerhalten, ist eine wohl unvergleichliche Leistung in der Geschichte.

April. Die Blockade wird immer erbarmungsloser, aber dank Gordon bleibt die Stimmung gut. Mai. In England ist die öffentliche Meinung in Aufruhr geraten, man spricht von Verrat. Im Parlament sieht sich Gladstone einem Mißtrauensvotum ausgesetzt und rettet sich nur damit vor dem Untergang, daß er für den Herbst eine Hilfsexpedition verspricht. Juni. Der Mahdi fordert Gordon auf, sich zu ergeben. Der General antwortet: »Die Mohammedaner, die bei mir sind, haben nicht die Absicht, sich zu ergeben. Wollen Sie etwa, daß ich, der Christ, das Beispiel gebe?« September. Der Mahdi sendet einen seiner Emire mit mehr als 60000 Soldaten und Anhängern aus. Da faßt Gordon einen verzweifelten Entschluß. Oberst Stewart, den der französische Konsul Herbin und Frank Power, der Korrespondent der *Times*, begleiten, soll mit einem Dampfer flußabwärts fahren, um die Außenwelt darüber zu unterrichten, wie ernst die Lage ist, und sie zu alarmieren. Das Unglück will es, daß die Gruppe durch Verrat gefangen genommen und massakriert wird. Gordon, der nichts von diesem Unglück weiß, findet Zuflucht in der Bibel und in der Einsamkeit. Er schreibt ein Tagebuch, in dem er die letzten Ereignisse aufzeichnet und die Vorgänge in seiner Seele mit erschütternder Offenheit wiedergibt. Sein Mut und sein vielleicht etwas seltsamer, aber tiefer religiöser Glaube, seine Ungeduld der Regierung und den hohen Beamten gegenüber, sein schrulliges Wesen, all dies belebt diese bewunderungswürdigen Seiten. Währenddessen wird der Nil zum Komplizen des Mahdi: er beginnt zu fallen.

Oktober. Die Hilfsexpedition, die von Lord Wolesley befehligt wird, überquert die sudanesische Grenze. Das »Camel Corps« ist auf dem Weg nach Khartum . . .

Inzwischen läßt der Mahdi Gordon wissen, daß Stewart und seine Freunde tot sind; ihre gesamten offiziellen Dokumente sind in seinen Händen. Und er fordert Gordon erneut auf, sich zu ergeben. Dieser antwortet ihm, daß er hier wie ein Fels stehe, daß er hoffe, bald Verstärkung zu erhalten und daß es ihm von nun an nicht mehr möglich sei, auch nur ein einziges Wort mit Mohammed Ahmed zu wechseln. Er schickt Wolesley eine Nachricht: »Wir können noch 40 Tage aushalten. Dann wird es schwierig.« Es wird wirklich schwierig, denn Anfang November bemächtigt sich der Mahdi des Forts von Omdurman: das Netz zieht sich zusammen.

Vom Norden erhält Gordon nur ausweichende Botschaften. Kein Zweifel, die Expedition ist unterwegs, aber man kann nicht sagen, wann sie ankommen wird. Nichtsdestoweniger läßt Gordon verkünden, daß die baldige Ankunft der Engländer bevorstehe, läßt auf der Spitze des Palastes eine weiße Fahne hissen, die die herannahenden Truppen leiten soll, beschließt einen Festtag einzulegen, der zum Zeichen des gestärkten Vertrauens mit hundert Kanonenschüssen gefeiert wird, und ordnet die Zuteilung einer zusätzlichen Keksration an. Bei dieser Gelegenheit merkt er, daß die Warenlisten gefälscht sind. Das Nahrungsmittelproblem spitzt sich zu. Die Offiziere betrügen die Soldaten um ihre Rationen. Die Bevölkerung klagt über den Mangel an Nahrungsmitteln. Kornreserven verschwinden auf geheimnisvolle Weise. Die fünfte mahdistische Kolonne schweift in alle Richtungen aus und stiftet Unruhe. Komplotte werden geschmiedet. Verrat wird geplant. Gordons unbezähmbarer Mut und sein unerschütterlicher Glaube können ihn nicht darüber hinwegtäuschen, daß das Ende nahe ist. Er setzt sich an seinen Schreibtisch in seinem Arbeitszimmer, dessen großes Fenster auf den Blauen Nil hinausgeht, öffnet sein Tagebuch und beginnt auf die rechte leere Seite zu schreiben:

»13. Dezember: *Wenn in den nächsten 10 Tagen nichts unternommen wird, wird die Stadt fallen.*« Er unterstreicht diesen Satz. »Diese Verzögerung ist unerklärlich. Es ist unbedingt erforderlich, daß 50 Mann des Expeditionskorps sich auf einem Dampfer einschiffen und bis nach Halfaya reisen, 12 km Luftlinie von Khartum entfernt, und vor allem sollten sie sich möglichst stark bemerkbar machen. Das ist nicht zuviel verlangt, aber es muß sofort getan werden, sonst ist es – wie immer – zu spät.« Und nach diesen Zeilen schließt Gordon sein Tagebuch, um noch einmal die Verteidigungsmittel von Khartum zu inspizieren, die Stimmung der Soldaten hochzuhalten, die Bevölkerung zu trösten, ohne sich seine Befürchtungen anmerken zu lassen. Bewunderungswürdiger Gordon! Am nächsten Tage setzt er sich erneut an seinen Schreibtisch. Er liest noch einmal durch, was er am Vortage geschrieben hat, ändert nichts daran, lehnt sich auf seinem Sitz zurück, verharrt lange Zeit in Gedanken versunken, dann richtet er sich wieder auf, stützt sich mit den Ellenbogen auf und greift zur Feder, um das pathetischste aller Bekenntnisse niederzuschreiben: Es endet mit folgenden Sätzen: »Nun, MARK THIS (und er schreibt diese beiden Wörter mit großen Buchstaben), hört nur gut zu. Wenn die Expeditionstruppe, und ich verlange nicht mehr als 200 Mann, in zehn Tagen nicht hier ist, ist es gut möglich, daß die Stadt fällt, und ich würde mein Bestes für die Ehre meines Vaterlandes getan haben. *Good Bye.*« Gordon verhält einen Moment, als ob es ihm zu Bewußtsein gelange, daß die letzte Seite seines Lebens bald umgeblättert sein wird. Dann fügt er traurig ein kleines bedeutungsvolles Postskriptum hinzu: »Sie schicken mir keinerlei Nachricht, obwohl sie so viel Geld haben.« Nachdenklich löscht Gordon lange die frische Tinte ab. Dann schließt er sein Tagebuch, steht plötzlich auf, um seinem Schicksal entgegenzutreten und geht hinaus, um seine Befehle zu erteilen. Bei Einbruch der Dunkelheit verläßt der tapfere Dampfer »Bordein« mit Briefen, Skizzen und dem Tagebuch Khartum, um eine gefährliche Reise anzutreten – eine weitere – in Richtung Norden. Es ist die letzte Sendung . . .

Am 14. Dezember hatte also Gordon Khartum noch 10 Tage zum Überleben gegeben. Es kann jedoch noch sechs Wochen standhalten. Aber zu welchem Preis! Mit welchem Heldenmut und Widerstand! Mitte Januar ist die Hungersnot da. Soldaten nd Einwohner sind darauf angewiesen, Hunde, Affen, Tierhäute, Gummi, Palmenfasern zu essen. Die Wachen halten sich aus lauter Gewohnheit aufrecht, aber die Zivilbevölkerung stirbt vor Entkräftung. Man hat keine Kraft mehr, die Toten zu begraben. Die Leichen liegen überall auf den Straßen herum. Währenddessen sucht Gordon vom Dach seines Palastes, Tag für Tag, mit dem Teleskop den Horizont ab, in der Hoffnung, die kleine Rauchwolke zu entdecken, die den ersten Dampfer der Hilfsexpedition ankündigt. Nichts, immer noch nichts! . . . Doch der 20. Januar wird von einem Hoffnungsschimmer erhellt. Gordon ist sehr verwundert über das, was er im Lager des Mahdi sieht: eine Ansammlung von Frauen, die laut weinen. Was mag nur geschehen sein? Eine schwere militärische Niederlage der Mahdisten am 16., die von der britischen Vorhut dezimiert wurde, Tausende von Toten und Verletzten, wenige Überlebende. Und am 19., ein erneuter Rückschlag . . . Alle vorherigen Siege sind in Frage gestellt. Noch einige Tage, und es ist vielleicht aus mit dem Mahdi, dessen Macht ernstlich erschüttert ist. Wird er die Belagerung aufgeben? . . . Aber als man ihm mitteilt, daß Wolesleys Dampfer sich mit Volldampf nähern, beschließt er, alles auf eine Karte zu setzen und befiehlt den Endangriff.

Der Weiße Nil nimmt nach wie vor Partei gegen die Verteidiger von Khartum, die jedoch nicht aufgehört hatten, den Wall zu verstärken, um die Leere, die das fallende Wasser hinterlassen hatte, auszufüllen. Die Arbeiten sind seit Ende Dezember unterbrochen worden, denn mitten im Fluß ist unglücklicherweise eine Sandbank aufgetaucht, so daß zwischen ihr und dem Wall nur noch ein schmales Rinnsal bleibt. Mit anderen Worten, dies ist die Achillesferse! Durch diese Bresche wird der Mahdi, der hierüber genau informiert ist, auch seinen großen Angriff leiten, während er von einem allgemeinen Trommelfeuer gedeckt wird. Gleichzeitig wird auf der Westseite ein zweiter Angriff losbrechen.

25. Januar. Gordon beobachtet das unablässige Hin und Her von Booten, die den Weißen Nil überqueren, das den ganzen Tag über anhält. Er befiehlt seinen Leuten, sich in Alarmbereitschaft zu halten, und den Einwohnern, die in der Lage sind, Waffen zu tragen, sich den Verteidigern anzuschließen. Bei Einbruch der Dunkelheit überqueren auch der Mahdi und seine Kalifen den Fluß, um sich mit den Emiren und ihren ungeduldigen Truppen zu treffen. Er kündigt seinen Anhängern an, daß der Angriff für den nächsten Tag vor Morgengrauen geplant ist, ermahnt sie, bis zum letzten Blutstropfen zu kämpfen und beschreibt ihnen das Glück, das sie im Jenseits erwartet. Er bittet sie auch gleichzeitig darum, ihren Enthusiasmus zu dämpfen und seine letzten Anweisungen in vollkommenem Schweigen anzuhören, anstatt sich, wie sonst, zu lautstarkem Jubelgeschrei hinreißen zu lassen, um die Aufmerksamkeit des Feindes nicht zu wecken. »Gott ist groß. Vorwärts, vorwärts mit Gottes Segen«, ruft der Gesandte des Propheten theatralisch aus und weist mit der Spitze seines Schwertes auf Khartum. Nachdem er seine Ansprache beendet hat, kehrt der Mahdi wieder auf die andere Seite des Nils zurück. Gordon ahnt den Angriff der Mahdisten, erwartet ihn jedoch wohl nicht so früh am Morgen. Während der Mahdi nach Omdurman zurückkehrt, veranstaltet Gordon ein glänzendes Feuerwerk und läßt Militärmärsche spielen, um der hungrigen Garnison wieder Schwung zu geben. Die letzte Rakete ist verschossen, die Musik verstummt, und Khartum sinkt in Schlaf. Während dieser Zeit trifft der Feind seine Vorbereitungen.

Es ist 5 Uhr morgens. Die Vorhut der Derwische ist leise vorwärtsgeschlichen. Schützen voran, denen der Hauptteil der Truppe folgt, bewaffnet mit Lanzen, Schwertern und Gewehren. Die Kavallerie bildet die Nachhut. Spione haben die starken und die schwachen Stellen der Festung ausgekundschaftet. Die starken Punkte sind von Soldaten besetzt, die schwachen jedoch, zum Beispiel eine Brüstung, die hinuntergestürzt ist und nicht rechtzeitig genug wieder aufgebaut werden konnte, und vor allem die berühmte Sandbank, die der fallende Nil hatte entstehen lassen, werden lediglich von den vom Hunger geschwächten Einwohnern verteidigt. Dort werden die Mahdisten, wie vorgesehen, ihren ersten Angriff beginnen.

Es ist noch dunkel. Plötzlich, auf ein Zeichen hin, erschallen Tausende von Gewehrschüssen, und Hunderte von Kanonenschüssen lassen die Luft erzittern. Ein Hagel von Gewehr- und Kanonenkugeln schlägt in den Wall ein. Und nun geraten die Mahdisten außer Rand und Band. Durch diesen Geschoßregen gedeckt, stürzen sie sich in den Schlamm, erstürmen den Wall und überrumpeln die unglücklichen Verteidiger, die unfähig sind, ernsthaften Widerstand zu leisten. Die Truppen versuchen zwar die Tausende von Angreifern, die wie die Wahnsinnigen brüllen, aufzuhalten, sie sehen sich jedoch, wie vom Feinde geplant, im Rücken von weiteren Tausenden von Fanatikern angegriffen. Entsetzt legen die Offiziere die Waffen nieder. Wie durch Zauberei öffnen sich die Tore Khartums für die Massen der Belagerer. Ein ungeheures Freudengeheul erhebt sich. Der eigentliche Angriff hat sich in ganz kurzer Zeit abgespielt.

Es ist Sonntag, der 25. Januar 1885, 6 Uhr zwanzig. Die Sonne erscheint eben am rötlich schimmernden Horizont. Charles Gordons letzte Stunde ist gekommen . . .

Ein Teil der Angreifer ist mit dem Schrei »Lil Saraya! Zum Palast«, zu seiner Residenz gestürzt. Dort massakrieren sie die Wachen, drängen sich in wildem Haufen durch den Eingang; jeder will der Erste sein. Plötzlich bleiben sie wie angewurzelt stehen, eine Erscheinung läßt sie erstarren. Es ist Gordon. Gefaßt steht er oben auf der Treppe, die zum großen Salon des Palastes führt. In seine braune Uniform gekleidet, mit umgeschnalltem Schwert und gezogener Pistole erwartet Gordon ruhig die Angreifer: »Wo ist Euer Meister, der Mahdi?«, fragt er sie. Die Antwort kommt wie der Blitz: eine Lanze, die ihm die Brust durchbohrt. Mit einer verächtlichen Geste stürzt er, ohne einen Laut von sich zu geben, mit dem Gesicht voran, zu Boden. Seine Mörder rollen ihn die Treppe hinunter, zerren ihn an den Füßen bis zum Eingang des Palastes, und dort erst schlagen sie ihm das Haupt ab. Während sein Körper der fanatischen Menge überlassen wird, die ihn mit ihren Lanzen und Schwertern durchbohrt, bis er nichts mehr ist als ein armes zerrissenes Stück Fleisch, wird Gordons Haupt von drei schwarzen Soldaten dem Mahdi ins Hauptquartier in Omdurman gebracht. Einer der drei Soldaten tritt vor: auf einem mit Blut befleckten weißen Tuch präsentiert er das Haupt des Besiegten. Unter

Schweigen betrachten es der Mahdi und seine Kalifen lange Zeit. Die blauen Augen sind halboffen, der Mund zeigt keinen Ausdruck der Angst, er ist völlig natürlich wie immer. Aber der kleine Schnurrbart, der Backenbart und die Haare sind fast weiß.

Sechzig Stunden später erscheinen die Dampfer der Hilfsexpedition. Es bleibt ihnen nichts zu tun, als festzustellen, daß die Fahne nicht mehr über dem Palast weht. Von weitem müssen sie sich davon überzeugen, denn sie liegen unter starkem Beschuß. Am 28. Januar, gegen Mittag, machen sie tiefbedrückt kehrt. So endet eine Tragödie . . .

Sechs Monate nach seinem Triumph wird dann der zweite Schauspieler dieser Tragödie innerhalb einer Woche vom Typhus dahingerafft. Auf seinem Sterbebett weiht der Mahdi Abdullah zu seinem Nachfolger, und um den noch nicht erkalteten Körper versammelt, legen alle Kalifen den Huldigungseid ab.

Der Sudan ist nun völlig in den Händen der Kalifen. Aber die Engländer werden mit voller Stärke zurückkehren, und das Reich des Mahdi wird untergehen. Die militärische Erfahrung General Kitcheners wird über die fanatische Glut triumphieren, und die Präzisionswaffen werden über die Lanzen, veralteten Schwerter und Musketen siegen – in einer erinnerungswürdigen Schlacht, in der der Feind 11000 Tote und 16000 Verwundete auf dem Schlachtfeld zu beklagen hat.

Sechzigtausend Mahdisten greifen auf einer Front von sechs Kilometer Breite die zwanzigtausend Soldaten und siebzig Kanonen Kitcheners an. Hunderte von bunten Standarten flattern und Tausende von Lanzenspitzen glänzen. Die schwarze Kalifenfahne weht über der Menge und geht weniger als einen Gewehrschuß von den Engländern entfernt, von Hand zu Hand. Als seien sie direkt einem Bild im Museum entstiegen, sprengen die Reiter, in den Steigbügeln stehend, unter dem Klang des Horns zum Angriff und mit eingelegter Lanze vorwärts. Und das 21. Ulanenregiment dringt in die Menge der Derwische ein »wie Korinthen in einen Kuchenteig«. Das geschah am 2. September 1898 in Kerreri vor Omdurman und war der letzte Sturmangriff der Kavallerie in der Geschichte. Ein Leutnant dieses 21. Ulanenregiments, der außerdem Korrespondent der *Morning Post* war, war Augenzeuge: Winston Churchill.

Gordons letzte Augenblicke.

Der Blaue Nil, dessen majestätische Ankunft in Khartum wir beobachtet hatten, fließt nun an jenem blendendweißen Palast der Republik vorbei, dessen strahlende Helligkeit der Fluß schon von weitem erblickt hatte. Dies ist nicht mehr der Palast, in dem Gordon getötet wurde. Kitchener hat ihn gleichzeitig mit der Stadt wieder aufgebaut. Zwei prächtige Soldaten, vollblütige Sudanesen mit einer Haut von reinstem Braun, in ihren eng anliegenden Uniformen – weiße Gamaschen, violette Hose, weiße Jacke, weißer, mit einem Federbusch verzierter Turban – halten vor einem gleichfalls weißen Tor Wache. Diese Wache wird, ein Andenken an die englische Präsenz, jeden Morgen und jeden Abend unter dem Klang von Dudelsäcken abgelöst.

Der Lauf des Nils folgt dann einer breiten Straße, die von Banyans, Feigenbäumen gesäumt ist. Hinter ihnen, fast verborgen, eine Reihe von öffentlichen Gebäuden, in denen verschiedene Ministerien untergebracht sind. Auf seiner rechten Seite, in der Ferne, in etwa anderthalb Kilometern Luftlinie, Khartum-Nord. Der Blaue Nil ist jetzt breit, sehr breit sogar, und nur flüchtig beachtet er ein altes Kanonenboot aus heroischen Zeiten, das zu seiner Linken am rissigen Lehmufer ankert: die »Melik«, die einst von Kitchener bei der Rückeroberung des Sudans benutzt worden war.

Auf ihrem Vorderdeck steht noch immer stolz eine Kanone, doch die »Melik« hört nichts anderes mehr als Tanzmusik und Erzählungen über Schiffe. Sie ist heute das Hauptquartier des »Blue Nile Sailing Club«. Und all diese bunten Segel- und Motorboote, die sich auf den Fluten des Nils wiegen, geben diesem Ort ein gewisses Etwas, das an die Bretagne erinnert.

Aber der mächtige, feurige Fluß, der Tausende von Tonnen Schlamm mit sich führt, verliert nun, wenn er auch sein großartiges Gebaren beibehält, etwas an Breite, denn zu seiner Rechten ist eine Insel aufgetaucht. Es ist die Insel Tuti, die ländliche, die wie in alten Zeiten lebt. Tatsächlich, hier findet man keine öffentlichen Gebäude, keine Hotels, wie die, die der Nil gerade jetzt auf seiner linken Seite entdeckt, keine modernen Wohnviertel. Nichts als im Stampfbau nach der Jahrtausende alten Technik aus geknetetem Lehm und gehacktem Stroh hergestellte Hütten, die von fruchtbarem, von märchenhaft fruchtbarem Boden umgeben sind, der Getreide, Gemüse und Früchte in Hülle und Fülle hervorbringt. Eine

2. September 1898. Schlacht von Kerreri. Die Mahdisten greifen die Truppe Kitcheners an.

von Dattelpalmen und riesigen Affenbrotbäumen beschattete Insel, hört Tuti nur die Noria quietschen, während dort drüben in Khartum-Nord und Khartum-Süd Eisenbahn, Autos und Düsenjäger ein Höllenkonzert veranstalten – Symbole unseres Jahrhunderts. Es ist nun später Nachmittag. Eine leichte, schon den ganzen Tag lang sehnsüchtig erwartete Brise weht über den Nil, in dem Kinder Pferde und kleine Esel baden lassen, was denen einen Heidenspaß macht. Fischer, die mit ihren Booten angelegt haben, widmen sich dem Ritus ihrer Waschungen mit berechneter Langsamkeit, als ob sie diese kurzen Augenblicke der Frische voll auskosten wollten. Die Sonne sinkt zusehends, und der Himmel beginnt, sich purpurn zu färben; das Minarett von Tuti zeichnet sich gegen den rötlichen Abendhimmel ab. Kraniche zeichnen hörbar ihre Figuren in den Himmel und beziehen am Wasser Posten, in dem sich Palmen spiegeln. Von der höllischen Hitze des Tages befreit, feiert Tuti mit verhaltener, aber intensiver Freude die Stunde, in der man beginnen kann zu leben.

Die Moghren-Spitze. Am Ende ihres Weges nach Khartum haben sich die beiden Nile vereint. Eine lange Strecke liegt hinter ihnen: Der Blaue Nil, links, hat 1563 Kilometer durchflossen; der Weiße Nil, rechts, 2586 Kilometer.

Der Blaue Nil, der nun nur noch 400 Meter breit ist, rollt seine goldbraunen Fluten weiter voran, während die Tropensonne rasch hinter Omdurman versinkt. Ihre letzten Strahlen entflammen den Blauen Nil, der nun schmelzendem Blei gleicht und eine geradezu tragische Größe gewinnt. Nicht einen Augenblick jedoch denkt er daran, was ihn einige hundert Meter weiter erwartet. Genauso stolz wie der Weiße Nil, glaubt er wohl, daß es nur ihn allein auf der Welt gibt und daß er noch lange seinen Lauf als alleiniger Herrscher wird fortsetzen können. Aber plötzlich schlägt die Schicksalsstunde!

Das linke Ufer wird immer schmäler. Und plötzlich verschwindet es ganz . . . Ein anderer, genauso breiter Fluß wie er, taucht im

Halbdunkel auf. Von der Macht seines Hochwassers getragen, wirft sich der Blaue Nil mit großer Wildheit auf ihn. Und er überwältigt ihn, so groß ist seine Kraft. Es klingt unglaublich: fast läßt er ihn rückwärts fließen ...

Aber der Kampf dauert nur einen Augenblick. Die beiden Nile begreifen, daß sie Brüder sind. Mehr als das, Zwillingsbrüder. Haben sie nicht die gleichen Abenteuer erlebt? Beide sind aus einem See gekommen, beide haben dann aus Unreife die gleichen Fehler, aus Stolz die gleichen Sünden begangen. Sie sind auch auf die Staudämme der Ingenieure gestoßen, haben aber schnell begriffen, daß sie in dieses afrikanische Land gekommen waren, um den Menschen das Leben zu ermöglichen. Beide haben ihre Richtung, den Norden, verloren, aber schließlich den Weg nach Khartum wiedergefunden.

Das ist die Vergangenheit! Und morgen? Ja, morgen werden sie erneut gegen Sonne, Wind und Sand zu kämpfen haben. Sie müssen ein neues Leben beginnen. Warum sollten sie es nicht gemeinsam tun, mit doppelter Kraft? So umarmen sie sich in der Dämmerung ohne Eifersucht und gleich stark und vermischen brüderlich ihre Fluten ...

Und um ihren Bund zu besiegeln, einen Bund, der vielen Millionen von Lebewesen die Existenz ermöglicht, beschließen sie, ihren Beinamen aufzugeben. Es gibt keinen Weißen und keinen Blauen Nil mehr. Von jetzt ab gibt es nur noch einen einzigen Strom: den Nil.

DRITTER TEIL

Der Strom

1. Kapitel

DER ZUG DURCH DIE WÜSTE

Eine erste Schwalbe, Verkünderin eines herrlichen Morgens, kreist um die Moghrenspitze, die ehemalige Ras Khartum – die Spitze des Elefantenrüssels –, die der Stadt ihren Namen gegeben hat und die am Zusammenfluß der beiden Nile liegt. Ein alter Fischer in einem weiten Hemd, das um ihn herumschlottert, wirft ein über und über geflicktes Netz aus. Zu seinen Füßen zappeln noch einige Fische im trockenen Gras. Sicher ist es nicht der wunderreiche Fischzug der Bibel, aber im Hintergrund dieser gleichnishaften Szene steht der große Nil, der den Völkern des Sudans und Ägyptens das Leben bringt. Und der arme Fischer weiß nichts von dem Wunder, das geschehen ist.

»Gebt ihnen ein gemeinsames Ziel, und sie werden sich vereinen«, würde Saint-Exupéry sagen. Die beiden Nile haben sich jedenfalls am Ende ihrer Reise nach Khartum vereint, 370 Meter über dem Meeresspiegel, nachdem jeder von ihnen einen langen Weg zurückgelegt und zu dem gemeinsamen Unternehmen eine gewaltige Menge Wasser beigesteuert hat. Seitdem er den in einer Höhe von 1133 Metern gelegenen Viktoriasee in Uganda, im Herzen Ostafrikas verließ, hat der Weiße Nil 2586 Kilometer zurückgelegt. Seine Wasserführung beträgt jährlich ca. 24 Milliarden Kubikmeter. Der Blaue Nil durchfließt von seinem höher gelegenen Ausgangsort aus, dem Tanasee in Abessinien in 1780 Meter Höhe nur

1563 km, aber seine Wasserführung beträgt 48 Milliarden Kubikmeter pro Jahr, doppelt so viel wie die des Weißen Nils. Mit anderen Worten, die Hauptwassermenge des Flusses kommt aus Äthiopien. Aber zur Zeit des Hochwassers der beiden Flüsse erreichen ihre Fluten Khartum nicht am gleichen Tage: die erste Flutwelle des Blauen Nil erscheint am 26. April, die des Weißen Nil erst am 19. Mai. Die tropischen Regenfälle bringen nämlich den Viktoria- und Albertsee erst Ende Februar zum Steigen, und dann müssen die Fluten eine lange Strecke mit nur geringer Geschwindigkeit durchfließen, die durch das schwache Gefälle noch geringer wird. Es nützt der Flut des Weißen Nils nichts, daß sie erst nach der des Blauen Nils in Khartum eintrifft; dessen Kraft ist doch so groß, daß nach dem Zusammenfluß der beiden Ströme noch über mehrere hundert Meter eine Trennungslinie zwischen ihnen zu bestehen scheint. Links ist der Fluß grauweiß und rechts grünbraun. Vom Flugzeug aus ist es ein packendes Schauspiel zu sehen, wie der Blaue Nil bei seiner Ankunft den Weißen Nil im wahrsten Sinne des Wortes bremst, ja, ihn sogar ziemlich weit flußaufwärts zurückdrängt. Während der Niedrigwasserperiode des Blauen Nils hingegen sind die Rollen vertauscht. Dann ist es nämlich der Weiße Nil, der der Vereinigung den größten Teil ihres Vermögens einbringt. Dieser Rollenwechsel beweist erneut, wie gut die beiden Brüder sich ergänzen, und dies ist sicherlich eine der nutzbringendsten Seiten ihrer wundertätigen Verbindung.

Und der Nil, nun ohne Beinamen, nimmt jetzt majestätisch Anlauf für eine Reise von mehr als 3000 Kilometern bis zum Mittelmeer, bei der er in seinem Schoße Milliarden und Milliarden Kubikmeter Wasser und Schlamm trägt, die den Menschen das Leben ermöglichen. Mehr als 600 Meter breit, auf dem höchsten Stand seiner Flut und also auch auf dem Gipfel seiner Kraft, ist der Anblick, den er bietet, wirklich überwältigend, und mit Recht verdient er all die Legenden, die sich um ihn ranken! Königlich sieht er aus. Er ist Der Strom.

Aber kaum hat er sein neues Leben begonnen, muß er sich schon darauf vorbereiten, eine große Prüfung zu bestehen. Während mehr als 1400 Kilometern wird er kämpfen müssen, gegen die Sonne, die ihm seine Wasser raubt, gegen den Sand, den hinter-

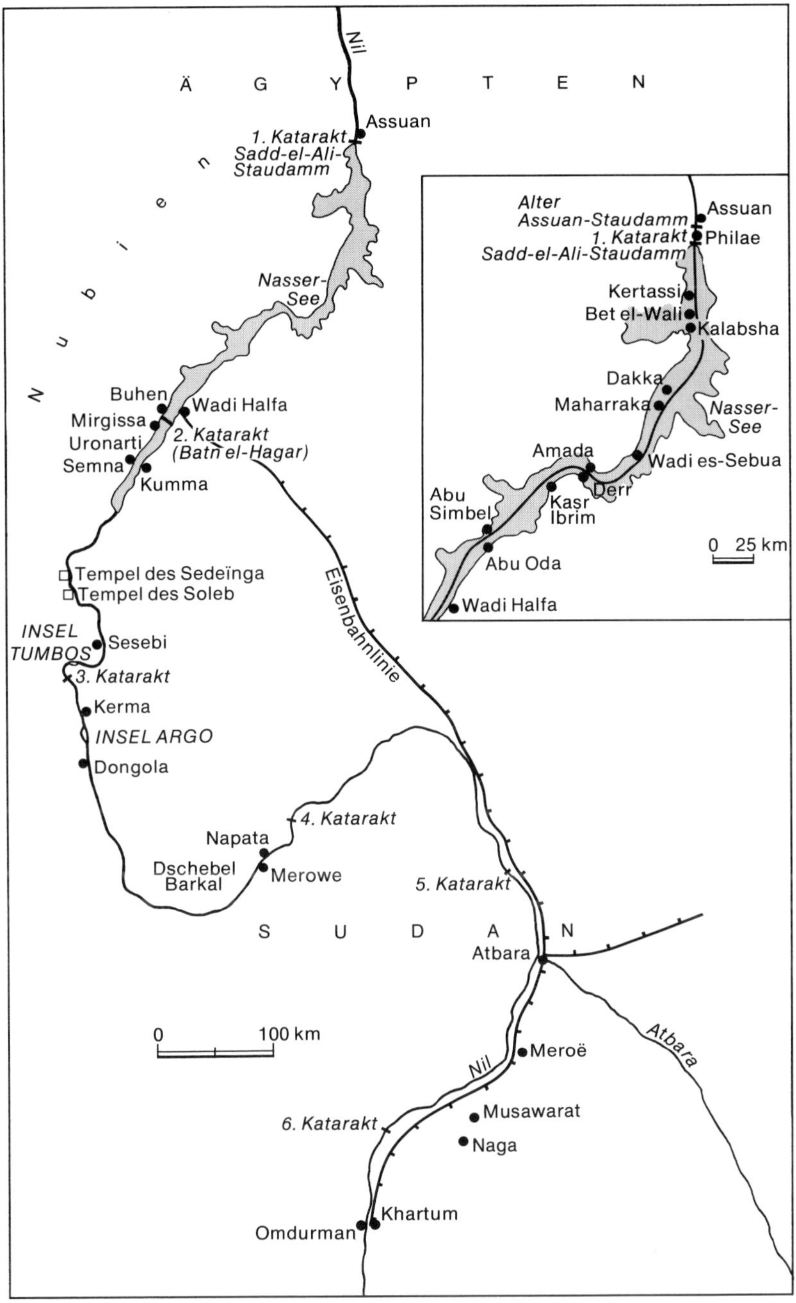

Karte 7: Der Nil von Khartum nach Assuan. Als Ausschnitt: Die wichtigsten nubischen Monumente vor ihrer Versetzung.

hältigen Eindringling, gegen den Stein, der sich seinem Lauf entgegenstellt. Es wird im physischen und moralischen Sinn des Wortes sein »Zug durch die Wüste« sein. Im Koran heißt es: »Allah hat alles Leben mit dem Wasser erschaffen, aber er hat ihm den Stein und den Sand der Wüste entgegengestellt, auf daß die Elemente, wie die Menschen, ihre Kräfte gegeneinander erproben.«

Dieser »Zug durch die Wüste«, bei dem der Fluß ein gewaltiges umgekehrtes S beschreibt, wird von Unebenheiten des Bodens, den Katarakten, und den Zeugnissen menschlichen Tuns in den ältesten Zeiten abgesteckt sein.

Grüne Inseln, auf denen Akazien und Zwergpalmen aus einem Nebel von Schaum auftauchen, einer Flut grauer Felsen, Durcheinander von schwarzen, ganz glatten Steinen, zwischen denen der Nil sich, einmal ganz ruhig, einmal wild schäumend, einen Weg bahnen muß, das sind die »Katarakte«. Eigentlich sind es gewöhnliche schmale oder auch breite Stromschnellen, die sich jedoch über viele Kilometer hinziehen, und nicht, wie man sich im allgemeinen vorstellt, Katarakte mit einem Wasserfall an einem ganz bestimmten Punkt. Überall ist die Landschaft afrikanisch: unermeßliche Dimensionen, unendliche Räume. Nur die nach der Überschwemmung zurückgebliebenen Erdstreifen, die manchmal nur wenige Meter breit sind, erlauben der Uferbevölkerung zu leben, mehr aber auch nicht. Allein einige Hügel mit schwärzlichen Spitzen beleben hier und da die Umgebung des Stromes, der mit bewunderungswürdigem Mut unter einer grausamen Sonne gegen glühende Steine und brennendheißen Sand ankämpft.

In der Antike jedoch hatte dieser Teil des Niltals – Nordsudan, sudanesisches, ägyptisches Nubien – ein ganz anderes Schicksal gekannt als das eines Korridors der Verzweiflung. Er hat Kulturen entstehen, blühen und untergehen sehen, die man erst jetzt zu erforschen beginnt. In der Tat haben sich im Laufe der Jahrtausende sudanesische Kulturen – stärker als Zivilisationen – entwickelt, von denen sich jede durch bestimmte Totenriten, durch einen gewissen Typ von Feuerstein- und Quarzitwerkzeugen, von Töpferwaren – ein Gebiet, auf dem sich die Nubier sogleich als Meister erwiesen – oder durch die Art, ihre Dörfer zu bauen, charakterisierte. So schuf man eine Chronologie, die in relativer Folge all diese Rassen von sudanesischen Eingeborenen erfaßte, die abwechselnd von Bewohnern des Nordens oder des Südens beherrscht wurden. Denn dieses Land hatte den Charakter einer Durchgangsstraße zwischen Ägypten und Schwarzafrika. Bald sind es die Ägypter, die es besetzen und Tempel, Festungen, ja, sogar Städte hinterlassen. Bald sind es aus dem Süden kommende Völker, die unter der Führung ihrer eroberungslustigen Könige nach Norden stürmen und dann bis zum Nildelta nach Ägypten vordringen.

Aber dieselben Eindringlinge, nun ihrerseits aus dem Lande der Pharaonen verdrängt, müssen ihre ehemalige Hauptstadt aufgeben und gründen eine andere weiter im Süden, wieder am Nil gelegen, die über diesen Teil Afrikas einen ägyptischen Einfluß verbreitet, wenn auch in abgewandelter Form. Eine besondere Zivilisation entwickelt sich nun, von der man nur wenig weiß, außer daß sie von großer Ausstrahlungskraft gewesen ist . . . Vom 6. Jahrhundert an wird Nubien christianisiert. Später erobert der Islam diese weite Gegend, die dann auch von den Türken besetzt wird. Die türkischen Soldaten bewachen den Nil während vieler Generationen bis zu dem Tag, wir erinnern uns daran, an dem sie von den Mahdisten vertrieben werden.

So sieht der geographische und historische Rahmen aus, in dem der Fluß jetzt seinen »Zug durch die Wüste«* unternehmen wird.

Etwa hundert Kilometer hinter Khartum trifft der Nil auf seinen ersten Katarakt. Man nennt ihn immer »sechster Katarakt«, weil die Reisenden, als sie den Fluß hinauffuhren, die Katarakte flußaufwärts numerierten.

Es ist ein beeindruckender Wirrwarr von ockerbraunen Basaltblöcken, die sich bis zu einer Höhe von 150 Metern auftürmen. Der Strom wird nun schmäler, als ob er seine Kraft besser konzentrieren wollte, und als er nur noch 200 Meter breit ist, greift er das Hindernis frontal an, durchsägt es einfach in der Mitte und gräbt so eine riesige, etwa 10 Kilometer lange Schlucht. Unheimlich ist sie, mit ihren unerklimmbaren Wänden und ihren mächtigen Basaltfelsen, deren Farben vom Ocker bis zum Rot reichen. Nachdem er den Katarakt überwunden hat, nimmt der Sieger wieder seine ursprüngliche Breite an und sieht sich nun von einer halb wüsten-

* Siehe Karte 7, Seite 189

artigen Landschaft umgeben, mit kargem Buschwerk. Ein Vorgeschmack dessen, was ihn erwartet. Mit einem dramatischen Adieu an die Natur dringt der Nil in die Wüste ein, heldenmütig und einsam. Aber bald, vielleicht 100 Kilometer weiter mag es sein, taucht aus dem tiefsten Grund der Geschichte etwas Neues auf. Das erste Mal in seinem Leben – gestern noch war er ein Primitiver – werden dem Nil Spuren der Vergangenheit begegnen, einer noch sehr geheimnisvollen Vergangenheit.

Auf seiner rechten Seite, vier oder fünf Kilometer Luftlinie entfernt, erscheinen Pyramiden in Zehnergruppen. Sie sind nicht sehr hoch und laufen spitz zu. Ihre Baumeister, die sichtlich durch die Landschaft inspiriert wurden, haben ihnen das gleiche Profil gegeben, das die Bergketten mit ihren sägeblattähnlichen Spitzen hier aufweisen. Zwischen den Pyramiden und dem Strom erstreckt sich in langen, niedrigen Anhöhen, eine wellige, steinige Ebene. Dort fährt die Eisenbahn geradewegs nach Norden, zwischen zwei Dämmen aus ungewöhnlich glänzenden, schwarzen Steinen. Es sind Schlackenhalden, lavaähnliche Schlacken, die aus den schon lange erkalteten Öfen der Gießer stammen. Hier bearbeitete man vor 2500 Jahren das Eisenerz! Und eine blühende Stadt mit ihren Wohnvierteln, ihren Bädern, ihrer Begräbnisstätte, ihren Tempeln erhob sich hier. Sie begründete die Eisenzeit auf dem gesamten afrikanischen Kontinent. Man hat sie sogar das »Birmingham Afrikas« genannt . . .

Diese Metropole ist Meroë, eines der großen Monumente der antiken Welt, von der nichts geblieben ist als einsame Ruinen von Palästen und Tempeln, verzierte Stelen aus feinem Basalt, einzelne Grabhügel, unter denen die Erbauer der Stadt ruhen, und die Granatwidder des Amun-Re, die hier den Sonnengott symbolisieren. Hier und dort kauern sie wie kleine mißmutige Sphinxe im Kampf gegen das Vergessen und den ockerfarbenen, vom Winde herangewehten Sand. Andere Schwesterstädte lüften einen Zipfel des Schleiers, der diese Zivilisation verhüllt. So hütet etwa 60 Kilometer südöstlich das im Wadi el-Safra verlorene Musawarat eifersüchtig die vom Sand zermürbten Reste der Residenz eines Gott-Königs oder einer Gott-Königin. Hier wird es offenbar, daß der Herrscher und die Herrscherin, obwohl sie keine Ägypter waren, von den Pharaonen Kunst, Pomp, Komfort und politische Organisation übernommen hatten, und daß sie eine nach strenger Etikette lebende, gebildete und hierarchisch aufgebaute Gesellschaft mit einem ganzen Heer von Sklaven umgab. In der Nähe des Hauptpalastes erheben sich noch heute Ruinen, die an diese Vergangenheit erinnern: die Grabhügel der Vasallen des königlichen Hauses und der Priester, die Ruinen von Pferdeställen und Handelshäusern. Ja, zu diesem heute so verlassenen Ort brachten Kaufleute aus aller Welt – aus dem Orient, vom Mittelmeer, aus Afrika – ihre Waren. Und Gesandte gaben ihre Ansichten, religiöse Überzeugungen und ihr technisches Wissen weiter. Wenn man über die friedlichen Terrassen des königlichen Palastes wandelte, fiel der Blick auf eine Hügelkette mit Bäumen und grünen Feldern, auf denen Herden weideten, denn dank eines kunstvollen Bewässerungssystems war die Wüste damals grün. 20 Kilometer weiter im Süden, am Ende eines Trampelpfades im Wadi Auateib zeugen die Ruinen von Naga erneut von dieser so geheimnisvollen Vergangenheit. Der größte Tempel ist einem seltsamen Löwengott, Apedemak, geweiht. Sollte er mit seinem mächtigen Maul, seinen drei Köpfen und vier Armen unter dem Einfluß asiatischer Kunstwerke entstanden sein? . . . Der Löwengott scheint sich aus langen, umeinander gewundenen Schlangenleibern zu erheben, die auf einer Lotosblume liegen, und läßt so viel mehr an die Bilder des Fernen Ostens denken als an die Ägyptens; wie auch die Figur mit dem Elefantenkopf, die nicht weit von hier, in Wadi ben Naga gefunden wurde, und die an Ganescha, den indischen Gott erinnert. Wahrlich, die meroïtische Zivilisation war ein außerordentlicher Schmelztiegel, in dem Einflüsse aus allen Teilen der antiken Welt zusammentrafen.

Von Khartum kommend, fährt der weiße Wüstenzug – eine Art gepanzerter Zug mit einer schützenden Bedachung, einem Windfang gegen den Sandsturm und blauem Fensterglas, das die ultravioletten Strahlen filtert – an den Königspyramiden von Meroë vorbei. Seite an Seite mit ihm setzt auch der Nil, den Dahabiyen mit ihren großen weißen Segeln überqueren, seine Reise nach Norden fort. Zwischen zwei Landstreifen fließt er dahin, die kaum jemals eine Breite von zwei Kilometern überschreiten, vorbei an Pflanzungen von Sorghum, Bohnen, Linsen und Melonen, die oft durch Motorpumpen bewässert werden; vorüber an Ethelbäumen und Dattelpalmen, an Eseln und Ziegen, an enggebauten Dörfern aus Lehmkastenhäusern. Und gleich danach die Wüste . . .

In weiten Schleifen zieht der Nil nun dahin oder windet sich um langgestreckte Sandinseln, und so fließt er langsam aber sicher auf den fünften, 180 Kilometer von Meroë entfernten Katarakt zu. Aber auf halbem Weg hat er eine Begegnung von außerordentlicher Bedeutung, mit dem Atbara nämlich, dem letzten Boten Äthiopiens, vom Norden des Tanasees kommend. Der Atbara steigt und fällt wie der Blaue Nil mit großer Geschwindigkeit, und wie dieser stürzt er sich mit der ganzen Kraft seiner durch das Hochwasser gewaltig angeschwollenen Wassermengen auf den, der ihm begegnet. Der Strom begrüßt jedoch mit Freude diese Verstärkung durch 12 Milliarden Kubikmeter mit Schlamm angereichertem Wasser (das ist die Hälfte der Wasserführung des Weißen Nils bei Khartum); denn der Atbara wird sein letzter Zufluß sein. Als er mit ihm zusammentrifft, wird der Nil schmaler, bis auf 600 Meter, aber kurz danach dehnt er sich wieder auf seine ursprüngliche Breite von drei oder sogar vier Kilometern aus und bahnt sich nun – welch erstaunliches Schauspiel – einen nahezu gerade verlaufenden Weg, auf dem er von der kreischenden Melodie der Sakijes begleitet wird, die pausenlos ihr Wasser auf die bestellten Felder gießen. Schwarzverhüllte Frauen füllen ihre Krüge, Kinder planschen im Wasser herum. Etwas weiter oben auf der Böschung treten kleine Esel auf dem Sorghum herum, während Männer die Spreu fliegen lassen, die der Wind hinwegträgt. Seit Jahrhunderten sind es immer dieselben Szenen, die sich auf seinen grünen, von Dörfern dicht besiedelten Ufern abspielen.

Nun aber kündigt sich der fünfte Katarakt an: große Inseln, eine Vielzahl von kleinen Inseln, lange Reihen von Felsen, die von der Sonne verbrannt sind, Felsvorsprünge aus Granit. Der Nil umfließt sie einmal ganz ruhig, ein anderes Mal frißt er sich jedoch voller Ungeduld in die Hindernisse hinein. Oft kommt er auch ganz nah an Papyrusdickicht vorbei, in dem man die Jagd auf Wasservögel, auf Flußpferde und das Fischen in Rohrbooten noch einmal zu erleben scheint, wie man es auf den Wänden der Gräber der alten Ägypter dargestellt sieht.

Das Durchqueren des fünften Kataraktes hat den Fluß oftmals dazu gezwungen, sich in Stromschnellen, Kanäle oder Flußarme zu teilen, sich in einen felsigen Engpaß einzufädeln oder Umwege zu machen. Kaum hat er seinen normalen Lauf, der ihn geradenwegs dem Ziel entgegenführen soll, wieder aufgenommen, stößt er auf eine Basaltwand, die ihm nun gänzlich den Weg versperrt. Diesmal muß der Fluß sich dem Felsen beugen, der ihn dazu zwingt, einen plötzlichen Knick nach Südosten zu machen . . . Allah hatte es ja gesagt, er würde ihm den Stein entgegenstellen . . . Der Eisenbahn aber ist das alles einerlei, sie verläßt den Nil und eilt nach Nordwesten. Bevor der Nil jedoch wieder die gleiche Richtung aufnehmen und die Schleife des großen S schließen kann, muß er nahezu 300 Kilometer durchfließen . . .

Dem Strom fällt es schwer, sich von diesem Angriff zu erholen, und er scheint seine Selbstsicherheit verloren zu haben. Einmal breit, einmal schmal fließt er in nahezu rechtwinkligen Biegungen dahin. Er zersplittert sich in Stromschnellen und schwankt auf diese Weise zwischen einer Breite von 300 bis 2000 Metern. In der Nähe des vierten Kataraktes weiß der Nil nicht einmal mehr, wohin er eigentlich fließt. Er spaltet sich in viele Arme auf, die sich ineinander verschlingen und in denen größere und kleinere Sandinseln liegen, die seinen Lauf hemmen. Um ihn herum eine beängstigende Umgebung, eine feindliche Natur: eine bedrückende Atmosphäre, eine schreckliche Hitze, eine dürre Landschaft mit ganzen Reihen von gelben Dünen, die von den hauptsächlich aus Nordosten blasenden Winden aufgeschichtet wurden, abrupte Abhänge, an denen sich Dattelpalmen festkrallen, breite gelbe Sandströme, die bis zum rechten Ufer hinunterreichen, dünne alluviale Terrassen auf dem gegenüberliegenden Ufer, auf dem, weitverstreut, die Bevölkerung in ärmlichsten Verhältnissen lebt. Hier besteht keine Grenze mehr zwischen Fluß und Wüste. Der Fluß in seiner Einsamkeit kämpft jedoch mit unbezähmbarem Mut und siegt schließlich über die Elemente, die ihn herausforderten, über den Sand und die felsigen Granit-, Basalt- und Porphyrblökke, die sich ihm entgegenstellten, über die schwarzen, beängstigenden Felswände, die ihm den Weg versperrten. Dann taucht ein schmaler Engpaß auf, der das Ende seiner Prüfungen ankündigt. Der Strom durchquert ihn und gewinnt nun ganz plötzlich seine Ruhe wieder. Das Gewitter ist vorüber. Ein neues Leben kann beginnen. Einige zehn Kilometer weiter wird er sogar wieder schiff-

Nubische Landschaft.

bar. Die letzten 800 Kilometer, nämlich schon seit Khartum, war er es nicht mehr.

Ein »Berg« ragt aus der Wüste auf. Ist es wirklich ein Berg? Er ist nur einige hundert Meter hoch . . . Aber da er die einzige Erhöhung weit und breit ist, wirkt er, im wahrsten Sinne des Wortes, furchterregend. Schon seit frühesten Zeiten war er Gegenstand besonderer Verehrung. Dieser drei Kilometer vom Nil entfernte »Berg« ist der Dschebel Barkal, der »Heilige Berg«. Er hat lange eine berühmte Stadt beherbergt, Napata, die erste politische und religiöse Hauptstadt einer nicht-ägyptischen Dynastie, einer sudanesischen, nämlich der 25. Dynastie. Als Zeugen vergangener Größe sind Ansammlungen von spitzen Pyramiden, denen von Meroë ähnlich, Amun, dem Gott von Theben, geweihte Tempel, Grabmäler aus feinem Sandstein, in denen Könige und ihre Familien ruhen, auf beiden Ufern des Nils verstreut, dem die Ägypter bis hierher gefolgt sind.

Seit Anbeginn der Geschichte hat sich Ägypten für Nubien interessiert, das Land der »Kus« – ein alter Name der Eingeborenen für diese Gegend. Daher kommt es auch, daß die beiden Länder zu Beginn der historischen Periode, das heißt gegen 3000 v. Chr., Verbindung miteinander aufnahmen. Ihr anfänglich friedliches Verhältnis verschlechtert sich jedoch bald, und die Ägypter unternehmen Streifzüge nach Nubien. Zunächst einmal aus Sicherheitsgründen; die Nubier fangen nämlich an, sich weiter nach Norden zu schieben: Sie suchen neue Weidegründe, weil die Wüste ihnen ihre Stück für Stück entreißt, und sie suchen ein Niltal, das breiter und als Anbaufläche besser geeignet ist. Dann auch aus wirtschaftlichen und militärischen Gründen: Ägypten findet in Nubien Holz und Elfenbein; außerdem braucht es Söldner. Und so fängt der Kampf etwa im Jahre 2800 an. Er endet zwei Jahrtausende später mit einem nubischen Sieg – aber wie ereignisreich sind diese Jahrtausende.

Von 2800 bis 2200 beherrscht das Ägypten des Alten Reiches mit kurzen Unterbrechungen zunächst das untere Nubien, vom ersten bis zum zweiten Katarakt. Später, zu Beginn des zweiten Jahrtausends, wird die Politik der Pharaonen des Mittleren Reiches, zum Beispiel Sesostris I. und Sesostris II., expansiv und das Land wird von starken Festungen überzogen, die den Nil an strategisch wichtigen Punkten sichern und abriegeln sollten.

Um 1700 jedoch dringen die aus Asien stammenden Hyksos in Ägypten ein, und die Pharaonen, die an Macht verlieren, müssen Nubien eine gewisse Unabhängigkeit zugestehen. Das Land wird nun während nahezu einem Jahrhundert von einem sudanesischen Herrscher, dem »König von Kus«, regiert, der so mächtig ist, daß die Hyksos sich mit ihm verbünden, um Oberägypten in die Zange zu nehmen. Der ewige Kreislauf der Geschichte will es, daß die Eindringlinge schließlich verjagt werden. Und wieder entsteht ein erneuertes und blühendes Ägypten.

Das ist die große Epoche des Neuen Reiches: Viele Menschen, Rohstoffe und Reichtümer in Mengen strömen nach Theben. Und nun denken auch die Pharaonen wieder an die Eroberung des Südens. Erneut besetzen sie Nubien – von 1580 an – und dehnen innerhalb einiger Jahrzehnte ihre Herrschaft bis zum vierten Katarakt aus, ohne das Land jedoch im eigentlichen Sinne des Wortes zu kolonisieren; es genügt ihnen anscheinend, einige Zentren zu besetzen. Für sie ist Nubien noch immer nichts anderes als ein großes Rohstoff- und Söldnerreservoir. Die Pharaonen regieren durch eine Mittelsperson, den »Königssohn von Kus«, der tatsächlich über die Macht eines Königs verfügt. Er ist eine Art Vize-König, der am Hofe ausgewählt wird. Äußerlich hebt er sich dadurch hervor, daß er in ein langes wallendes Gewand gekleidet ist und eine auf einem Stab wippende Straußenfeder in der Hand trägt. Seine wichtigste Aufgabe ist es, darüber zu wachen, daß Nubien jedes Jahr eine bestimmte Menge Gold »gibt«, das vielerorts unter unmenschlichen Bedingungen gewonnen wird. Die Ägypter decken sich hier außerdem noch mit allem Möglichen ein, zum Beispiel mit verschiedenen Tierarten, mit Holz, Elfenbein und Gummi, ganz zu schweigen von den Sklaven, den Arbeitern aller Art, den Soldaten und Polizeitruppen, den Medjaiu, die später in der ägyptischen Bevölkerung aufgehen werden. Der »Königssohn von Kus« hatte außerdem zur Aufgabe, vor ihrem Weitertransport nach Theben all die von transafrikanischen Expeditionen stammenden exotischen Produkte zu sammeln, die die Pharaonen und »Pharaoninnen« so sehr liebten, wie: Balsame, Parfüms, Weihrauch, Pantherfelle, Straußenfedern und -eier, seltene Tiere, Edelsteine und Ebenholz . . .

Nubien steht nun lange Zeit unter der Herrschaft Ägyptens; dies ist auch die Epoche der berühmten Pharaonen wie Thutmosis III., Amenophis III. und Ramses II., die monumentale Tempel erbauen oder auch in Felsen hauen lassen – Tempel, in denen man Amun verehrte, den thebanischen Gott, den vergöttlichten König. Am Ende des zweiten Jahrtausends indessen breitet sich ein großes Schweigen über Nubien aus, dessen Einwohner praktisch aussterben. Vielleicht hat diese Entvölkerung etwas mit irgendeiner großen Katastrophe zu tun, mit einer schrecklichen Dürre oder mit einem Zusammenbruch der Felsbarriere des zweiten Katarakts, der eine radikale Änderung des Wasserstandes des Nils hervorrief. Jedenfalls scheint es so, als bestünde in der Geschichte Nubiens eine Lücke von mehreren Jahrhunderten. Die Menschen können dort nicht mehr leben; der Abstand zwischen Fluß und Feldern ist zu groß geworden. Der Wasserstand des Nils ist gefallen, und der Schaduf, der alte Schwingbrunnen, der normalerweise von den Ägyptern zum Schöpfen des Wassers benutzt wurde, kann seinen Zweck nicht mehr erfüllen. Doch bevölkert sich Nubien nach dieser langen Zeit der Menschenleere langsam wieder – wie man annimmt, weil es inzwischen ein neues Bewässerungsgerät gibt, die Sakije, ein Rad, das wie die Noria Nordafrikas von einem Ochsen angetrieben das Wasser aus der Tiefe heraufholt und den Bauern relativ unabhängig vom Wasserstand des Flusses macht. Dies alles ist so etwas wie Geschichte, in Form eines Romans, der auf der Interpretation der archäologischen Funde basiert. Ob zulässig oder nicht, illustriert diese Hypothese dennoch erneut den unaufhörlichen, dramatischen Kampf um das Wasser, den die Menschen in diesem Teil des Niltals schon immer haben ausfechten müssen.

Wie dem auch sei, Nubien erlebt eine Wiedergeburt und wird sogar Ägypten erobern. In der Tat gründet um 750 eine sudanesische Königsfamilie das Königreich Napata. Dieser erste organisierte Staat in der Geschichte des Sudans nimmt sich Ägypten zu seinem großen Vorbild. War Thutmosis III. in der Vergangenheit nicht schon bis hierher vorgedrungen? Später, zur Zeit Tut-ench-Amuns, hatte einer der Vize-Könige einen Tempel in Napata errichten lassen; und um 800 war die Stadt noch immer ein berühmtes Zentrum des Amunkultes. Kaschta, der erste große König des Kus, beginnt die Eroberung Ägyptens – er wird bei diesem Kampf wahrscheinlich von dissidenten Priestern unterstützt–, die dann im Jahre 725 von seinem Sohn Pianchi vollendet wird. Diese kühnen Sudanesen werden Ägypten fünf nubische »Pharaonen« schenken und aus Kus einen mächtigen Staat machen, der zahlreiche Monumente hinterläßt: Pyramiden, in denen sich die Königsfamilien nach dem Beispiel der Pharaonen bestatten lassen, Tempel, Altäre, Sphinxe. Ihre Statuen haben einen besonderen, ganz sudanesischen Charakter und stellen zweifelsohne eine eigenständige, originale, wenn auch ägyptisch beeinflußte Kunst dar. Durch den geistigen Austausch mit den Ägyptern hatten die

»Barbaren« aus Ägypten Kenntnisse und Neigungen mitgebracht, die sie außergewöhnlich gut zu verarbeiten und ihrem Land anzupassen wußten.

Aber das Pendel der Geschichte wird erneut ausschlagen. Im Jahre 666 dringen die Assyrer in Unterägypten ein; die Kusiten müssen sich in den Süden zurückziehen. Trotzdem gelingt es ihnen, ihre Unabhängigkeit zu bewahren. Wahrscheinlich gegen 530 verlegen sie, wohl aus wirtschaftlichen und strategischen Gründen, ihre Hauptstadt von Napata nach Meroë. Das Vordringen der Wüste macht sich nämlich immer stärker bemerkbar, und außerdem liegt Meroë näher bei den Karawanenstraßen, die zu den Hochebenen Abessiniens und von dort aus zu den Häfen des Indischen Ozeans führen. Nachdem das Königreich von Napata untergegangen ist, entsteht ein neues Reich, das zu einer Großmacht heranwächst und es auch dank seiner Eisenindustrie lange Zeit bleibt. Meroë betreibt nicht nur mit zahlreichen Nationen Handel, sondern tritt auch besonders durch seine Kultur hervor – eine Kultur, die zwar noch die hauptsächlichen Charakteristika von Napata beibehält, die aber die Entwicklung zu einer eigenständigen Kunst beschleunigt. Es entwickelt eine eigene literarische Tradition; das Sudanesische wird zur Schriftsprache (die man leider bisher noch nicht entziffern konnte). Auch verstärkt es seine Kontakte mit den Kulturen des Mittelmeerraumes, der griechischen , später der römischen und mit anderen, oftmals weit entfernt liegenden. Man sollte auch die Rolle nicht vergessen, die es für den Beginn der Geschichte des modernen Afrikas spielt.

Aber das äthiopische Königreich von Aksum blockiert die Karawanenstraßen zwischen Kus und dem Indischen Ozean. Ein Krieg bricht aus, und gegen 300 n. Chr. werden die kusitischen Krieger besiegt. Isoliert zwischen einem feindlichen Ägypten und einem triumphierenden Aksum, versinkt das Königreich von Kus . . .

Der Weg, der den Nil zum dritten Katarakt führen wird, ist lang, mehr als 350 Kilometer lang. Durch den Kampf gegen den Fels hat der Fluß jedoch eine solche Vitalität gewonnen, daß er zunächst einmal eine große Schleife zieht, bevor er sich seiner natürlichen Richtung, dem Norden, zuwendet. Übrigens verwenden die

Nubier das Wort »bahari« – das von bahr = Fluß kommt –, um den Norden zu bezeichnen. Norden erhält so die Bedeutung: »Richtung, in die der Fluß fließt«.

Kurz hinter Napata trifft der Nil noch auf zwei weitere große Pyramidenfelder, die an viele Generationen kusitischer Herrscher erinnern. Von jetzt an jedoch wird er hauptsächlich die Spuren des ägyptischen Einflusses – und auch des Christentums – an seinen Ufern finden, deren Landschaft sich auf beeindruckende Weise gewandelt hat. Auf den strengen Granit und den schwärzlichen Basalt, auf den kargen Porphyr folgt nun ein gelb-oranger Sandstein, der besser zu den falben Farben der Ebene paßt. Das einsame Zwiegespräch von Fluß und Wüste ist nun vorüber. Der Strom fließt ständig nah an Feldern vorbei, die von der Sakije, diesem alten magischen Gerät bewässert werden. Die Palmen – eine Baumart, die zu allem zu verwenden ist – werden jetzt wieder zahlreicher, und die Pflanzungen werden vielfältiger: Weizen, Roggen und Hirse neben den üblichen Bohnen und Erbsen, Tomaten und allen möglichen Salatsorten. Auch die kleinen Dörfer sieht man häufiger.

Der Nil fließt jetzt direkt nach Norden und erreicht Dongola, das Zentrum einer Gegend, in der Ruinen einer christlichen Kultur verstreut an seinen beiden Ufern liegen. Dies ist auch der Heimatort des berühmten Mahdi. Nur bis hierher fahren die Dampfer, ein Zeichen dafür, daß dem Fluß unerwarteteQualen bevorstehen. Wirklich teilt ein überraschender Angriff des Granits seine Fluten: eine etwa 30 Kilometer lange Insel, die Insel Argo, zwingt ihn dazu, sich in zwei Arme zu spalten, um sie zu umfließen. Nach diesem Angriff auf sein Selbstbewußtsein gewinnt der Nil jedoch bald seine stattliche Erscheinung wieder und strömt nun geradeaus durch das reiche Kermabecken. Dieses Becken ist eine wahre Oase von Feldern und Palmen, schon von der Natur so begünstigt, in der sich eine eigenständige Kultur entwickelte. Anscheinend kannte man dort Kollektiv-Beerdigungen, das heißt, daß man, wenn ein bedeutendes Oberhaupt verstorben war, an seiner Seite seine Diener oder seine Familie einmauerte oder eingrub. Die Zahl der Menschenopfer konnten bis zu 300 erreichen. In Defufa, der Nekropole von Kerma, hat man in den Gängen, die zur königlichen Gruft führen, eine große Anzahl von

Skeletten männlicher und weiblicher Wesen jeglicher Größe und jeglichen Alters gefunden, neben reichen Grabbeigaben. Dieser Ritus, der sich von allen anderen unterscheidet, die im Niltal gebräuchlich waren, zeigt eine Kultur, die in ihren Menschenopfern wohl außergewöhnlich barbarisch, andererseits auch wieder sehr verfeinert war, wie man aus den kunstvollen braunen Tonvasen und Einlegearbeiten aus Elfenbein und Perlmutt schließen kann. Die »Kermakultur« gibt den Nubienexperten weiterhin ihre Rätsel auf . . .

Für den Nil ist Kerma jedoch nichts als ein Zwischenspiel. Bald teilt er sich in mehrere Stromschnellen. Erst erscheinen Inselgruppen, dann viele kleine Granitinseln, die sich ihm mit großer Unverschämtheit entgegenstellen. Wut packt den Nil. Er verringert seine Breite, um seine Kräfte besser konzentrieren zu können; aufbrausend nimmt er nun alle Hindernisse, die sich über etwa zehn Kilometer dahinziehen. Brennende Sonne im Zenith, wüstenartige Hügel in der Umgebung, wilde Archipele der Stromschnellen: das ist der dritte Katarakt. Nicht zu vergessen die dicken Wolken – man könnte meinen, es sei Rauch – die bei Niedrigwasser von Myriaden von aufdringlichen kleinen Fliegen, im örtlichen Dialekt »nimitti« genannt, gebildet werden. Diese Insekten kriechen auf der Haut herum und dringen in Nase, Augen und Ohren von Mensch und Tier ein. Die Eingeborenen schützen sich vor ihnen, indem sie glühende Stücke von getrockneten Kuhfladen mit sich herumtragen.

Der Nil hat jetzt den dritten Katarakt durchquert. Das bedeutet jedoch nicht, daß er nun alle Prüfungen bestanden hätte. Weiter oberhalb hatte die Insel Argo seine Fluten geteilt, es war ihm jedoch gelungen, sie zu umfließen. Hier ist es eine andere, weniger breite, gedrungenere Insel aus Granit, die ihn demütigt – die Insel Tumbos, ein ehemaliger Steinbruch, in dem für alle Ewigkeit ein unvollendeter Koloß ruht. Sie schneidet dem Nil mit ihrem grauen Granit den Weg nach Norden ab und zwingt ihn dazu, scharf nach Osten abzubiegen . . . Aber der »Zug durch die Wüste« hat seinen Charakter gestählt, und zehn Kilometer weiter hat er die Sache wieder ins Gleichgewicht gebracht. Kaum hat er jedoch seine eigentliche Richtung wiedergefunden, muß er erneut gegen Stromschnellen ankämpfen, die ihn dazu zwingen, seinen Lauf zu beschleunigen. Ihm werden noch weitere begegnen. Allerdings stören Granit und Porphyr seinen Lauf, der nun kurvenreich wird und es auch weiterhin bleibt.

Wenn es Orte gibt, »wo man den Atem der Geschichte spürt«, so sind es sicher die, die der Fluß jetzt durchqueren wird.

Auf seinem linken Ufer, an dem sicherlich früher der Verkehr entlangzog, hat das Ägypten der Pharaonen Monumente hinterlassen, von denen zwar oft nur noch die Ruinen bestehen, die aber auch heute noch überwältigend sind. Da ist zunächst einmal Sesebi, wo die Archäologen eine ganze Stadt mit ihrer Begräbnisstätte, ihrer Mauer, ihren alten Häusern und ihrem Tempel ausgegraben haben – einen Tempel, den Amenophis IV. dem Gott Aton geweiht hatte. Etwas weiter halten zwei Tempel, nur etwa zehn Kilometer voneinander entfernt, ein Zwiegespräch zum ewigen Ruhm eines vergöttlichten Pharaonen und seiner Gemahlin. Amenophis III. läßt den Tempel von Soleb zur Ehre Amuns und . . . vor allem zu seiner eigenen errichten, und flußabwärts widmet er einen anderen, den von Sedeinga, seiner Frau Teje. Der prächtigere von beiden ist mit seinen von hellem Gold bedeckten Säulen ohne Zweifel der von Soleb, der dem von Luxor so ähnlich ist, daß man sich gefragt hat, ob er nicht ein Werk des gleichen Baumeisters sei. Die Menschen, die sich später seiner Steine bedienten, zerstörten ihn mehr als es Zeit, Wind und Sand vermochten, dennoch blieb ein Pylon und eine große Anzahl der herrlichen Bündelsäulen des ersten Hofes erhalten. Soleb ist aber mehr als ein Sinnbild der Schönheit. Es drückt die Macht eines Reiches aus, rühmt den Unternehmungsgeist eines Pharaons, der fähig war, ein solches Werk, dort unten im Lande der Kus, in dem so fernen Süden zu verwirklichen.

Während vieler Kilometer führt der Nil so seine Reise durch die Geschichte fort, zwischen Ufern, an denen Archäologen bei ihren Ausgrabungen immer wieder Funde gemacht haben, die Zeugnis ablegen von all den Kulturen, die dieser Fluß geschaffen hat. Sind es diese grandiosen Szenen aus der Vergangenheit, die ihm ein so souveränes Aussehen verleihen? In einer Kulisse von wilder Schönheit, von gleißendem Licht erhellt, sieht man nur noch ihn und seine Palette kräftiger Farben: ockergelb die Sandböschungen; smaragdgrün die Palmenwedel; ockerrot die tonigen Ufer; blauschwarz die Felsen. Jetzt weiß der Fluß, daß er die Wüste besiegt hat, und diese Überzeugung verleiht ihm eine noch größere Sicherheit, während er sich auf die Suche nach dem zweiten Katarakt macht. Ein Kilometer nach dem anderen bleibt zurück, aber der Katarakt erscheint immer noch nicht. Er wird auch nie mehr erscheinen . . .

Palmenkronen tauchen aus den Fluten des Nils auf. Kleine Buchten durchglühten Sandes werden von seinen Fluten überschwemmt. Ausgedörrte Hügelchen verschwinden langsam unter seinem Vorwärtsdrängen. Der zweite Katarakt, diese Vielzahl von Wasserfällen und Vorsprüngen aus schwarzem Granit, die ihm früher den Weg versperrten und ihm Engpässe entgegenstellten, durch die sich seine schäumenden Wasser in ihrer mit den Stunden wechselnden Farbenpracht hindurchwinden mußten, diese so wilde und ausgedörrte Gegend, die die Araber Batn el-Hagar nannten, »der Bauch des Steines«, ein Name, der den schrecklichen Kampf zwischen Wasser und Stein ausdrückt, all dies ist nun dahin. Als einziger Überlebender dieses Untergangs bleibt der Gipfel einer schroffen Bergspitze: der Felsen von Abusir, in den Champollion seinen Namen eingrub. Hier ruht der zweite Katarakt . . .

Mit diesem dramatischen Untergang endet für den Nil sein »Zug durch die Wüste«. Wieder hat der Strom all die Hindernisse überwunden, die die Natur ihm in den Weg gestellt hat. Aber zur gleichen Zeit wird er die größte Wandlung seines Daseins erfahren. Während er immer weiter vordringt und die Wüste geradezu verschlingt, die ihm seit Khartum – also während mehr als 1300 Kilometern – so häufig Fallen gestellt hat, wird er immer breiter und sein Wasserstand steigt langsam an. Er wird einem unbarmherzigen Druck ausgesetzt. Da begreift der Fluß: dort flußabwärts, im fernen Norden, müssen Ingenieure einen Staudamm errichtet haben, damit viele Millionen Menschen besser leben können, einen gewaltigen Damm, wie er ihn noch nie gesehen hat. Er weiß auch, daß er es zulassen muß, sich für eine gewisse Zeit von einem künstlichen See, dessen Ufer mit dem Himmel verschmelzen, verschlingen zu lassen.

2. Kapitel

DIE VERGANGENHEIT UND DIE ZUKUNFT

Eben ist der Nil in den Nasser-See geflossen, ein riesiger See, mit einer Länge von 500 Kilometern, einer Durchschnittsbreite von 10 Kilometern – manchmal kann sie sogar 30 Kilometer betragen – und einer Tiefe bis zu 100 Metern.

Für den Fluß in seiner neuen Gestalt – seine Fläche beträgt mehr als das Fünfundachtzigfache des Genfer Sees – ist dies eine Offenbarung, die gleichzeitig die Vergangenheit erschüttert und die Zukunft verwandelt. Es war unumgänglich, das Untere Nubien einer totalen Zerstörung preiszugeben, seine Bewohner zu evakuieren, seine Tempel umzusetzen. Schließlich aber reguliert ein großer Staudamm den Lauf des Nils. Der alte Traum, um dessen Verwirklichung die Pharaonen die Götter anflehten, ist heute wahr geworden. Noch niemals hat der Fluß Menschen mit so viel Beharrlichkeit und Intelligenz darum kämpfen sehen – er erinnert sich daran, denn er hat ein Gedächtnis – über die Grenzen von Jahrtausenden hinweg die moderne Welt und die der Pharaonen zu vereinen, Menschen, die auf die Zukunft bauen, ohne das Erbe der Vergangenheit zu opfern.

Auch die Landschaft hat sich verändert. Vom Flugzeug aus bietet sie ein niegesehenes, phantastisches Bild, das einer Sahara in heller Ockerfarbe, die von einem dunkelbraunen Meeresarm durchquert wird. Unter dieser flüssigen Wüste ruht nun das Untere Nubien.

Verzweifelt haben die Nubier bis zum bitteren Ende gekämpft. Sie wollten sich nicht in das Unvermeidliche fügen. So haben die Einwohner von Wadi Halfa – ein kurz vor der sudanesisch-ägyptischen Grenze gelegener Ort, Endstation der Eisenbahn, die aus Khartum kommt, und Ausgangspunkt der Schiffslinien nach Ägypten – zugesehen, wie ihre rings um die Moschee gebauten Häuser wie Zuckerwürfel zergingen, und sind dann schließlich doch nach und nach vor dem unerbittlichen Ansteigen der Fluten zurückgewichen. Schließlich hat sich Wadi Halfa, nach mehrmaligem Rückzug zu einem Neuaufbau des Ortes mit widerstandsfähigem Material entschlossen. Überall sonst jedoch haben sich die Nubier in ihr Schicksal fügen müssen. Sie mußten ihre Häuser verlassen, deren Bauweise an Schwarz-Afrika erinnerte, und die den Reiz des Landes ausmachten. Mit ihren mit Spiegeln und Tellern geschmückten Türen, ihren rötlichen Einfriedungsmauern, die mit weißen, Blumen, Vögel und harmonische geometrische Motive wiedergebenden Malereien bedeckt sind, stellen diese Häuser ein Symbol des stolzen und aufrechten Charakters ihrer Bewohner dar, ihrer Sauberkeit, ihrer Liebe zur Behaglichkeit und zur Geräumigkeit, kurz ihrer unabhängigen Seele. Ein breiter Zwischenraum, von 30 oder 50 Meter, trennte zum Beispiel ihre Häuser voneinander, ein Zeichen für ihren Hang zur Unabhängigkeit und Freiheit und für das Respektieren ihrer Nachbarn. Oft scheinen die Dörfer ein kontinuierliches Nebeneinander, ohne Tiefe, das sich über fünf, sechs, vielleicht sogar sieben Kilometer erstrekken konnte. Es waren recht außergewöhnliche Menschengruppen, die Nubien sein besonderes Aussehen verliehen, ebenso wie die so einfache, so schlichte Landschaft in ihrer fesselnden Schönheit. Rosa Sandstein, schwarzer Granit, smaragdgrüne Palmenwedel, goldene Dünen, schwarzgrüne Hügel, der blaugrüne Nil, nicht sehr breit, mit vielen Windungen, von kleinen, mit Liebe bestellten Feldern gesäumt, Wadis, wo das kleinste Fleckchen Erde bepflanzt war, und Sand, Sand und nochmals Sand und niemals auch nur der geringste Regentropfen. Dieser ungeheuer brutalen Natur jedoch hatten die Nubier mit ihrer Freundlichkeit, ihrem Lächeln und durch ihre Wohnstätten ein menschlicheres Gesicht gegeben.

Nubien: Ein alter Schwingbrunnen.

Ahnungslos spielten die Kinder bis zum bitteren Ende, und melancholische Greise glaubten noch immer an einen Aufschub. Und dann, eines Tages, mußte man für immer fortziehen. Ein Exodus begann, dramatisch wie jeder Exodus, von den Ufern aus verfolgt von den Hunden, die man nicht hatte mitnehmen können. Auf großen Schleppkähnen, auf denen Schafe, Ziegen, Hühner und alles, was sonst noch einen Wert haben konnte, zusammengepfercht war, gingen die Einwohner auf die Reise. Dieses Durcheinander, dieses Gerümpel strahlte die Verzweiflung eines Volkes aus, das ein Land verlassen mußte, das es liebte, auch wenn es ein Land war, das bei weitem nicht alle ernähren konnte. Vielen von ihnen bleibt nichts anderes übrig, als in den großen Städten des Sudans und Ägyptens eine Anstellung zu suchen. Ausgezeichnete Seeleute, die sie sind, kann man sie auch oft auf dem Nil finden. So erklärt es sich auch, daß in Abwesenheit der Männer die meist unverschleierten Frauen die Führung der Häuser übernahmen. Heute sind die 70000 aus ihrem Lande vertriebenen Nubier wieder »untergekommen«, wie man zu sagen pflegt. Die sudanesische

Regierung hat ihre Staatsangehörigen in der Nähe der äthiopischen Grenze angesiedelt. Die »Ägypter« haben große Anstrengungen unternommen und haben für die Ihren »Auffangdörfer« in Oberägypten gebaut. Die Leute können sich jedoch immer noch nicht an ihr neues Leben gewöhnen. Sie, die verstreut an den Nilufern wohnten, hat man in der Wüste angesiedelt und vor allem in geometrischen Betonbauten, die viel zu dicht beieinander stehen.

Die Nubier haben die letzte Schlacht ihrer Geschichte verloren . . .

Bevor Nubien in der ewigen Nacht unterging, haben sich alle Nationen zusammengeschlossen, um die Denkmäler einer alten Kultur, auch wenn es nicht die Ihre war, aus den Fluten zu retten. Das ungeheure, durch die UNESCO wachgerufene Interesse hat es ermöglicht, all die finanzielle, wissenschaftliche und menschliche Hilfe zu vereinen, die eine solche Aufgabe von noch nie dagewesenem Ausmaß erforderlich machte. Es ging darum, wie der Generaldirektor dieser großen internationalen Organisation damals sagte, ein Erbe zu retten, das, wie die Lehren des Sokrates, die Fresken von Adschanta, die Mauern von Uxmal, die Symphonien von Beethoven, Eigentum der gesamten Menschheit seien. Wenn auch die berühmten Tempel gerettet werden konnten, so mußten doch leider die Festungen aufgegeben werden, die im Mittleren Reich in der Gegend von Batn el-Hagar, dort wo der Nasser-See anfängt, erbaut worden waren.

Auf einem steilen Abhang errichtet, zeichnet sich Kumma mit ihren rötlichen Backsteinmauern gegen den blauen Himmel ab und scheint ihrer Zwillingsschwester Semna, die auf dem anderen Ufer gelegen ist, die Hand hinzustrecken, um einen schon eingeengten Nil noch fester in die Zange zu nehmen. Man stelle sich vor, wie hier das tägliche Leben der Garnisonen verlief, die Hunderte und Aberhunderte von Kilometern von zu Hause entfernt waren – man nimmt fünfzig Mann für die erste, hundertfünfzig für die zweite Festung an, allein und verlassen am Ende der Welt! Der Sand hat nach vielen Jahrtausenden die Zeugnisse ihres Daseins wieder freigegeben. Die »Depeschen von Semna«, das sind die Berichte, die die Kommandanten der Festungen an einen hohen Beamten in der ägyptischen Hauptstadt sandten, haben es ermöglicht, den

Ablauf des täglichen Lebens zu rekonstruieren. Diese Depeschen handelten nicht von wichtigen Ereignissen, auch deckten sie keine bisher unbekannten historischen Fakten auf, sie waren prosaischer, bewirkten aber trotzdem eine zu Herzen gehende und tiefe Resonanz. Sie berichteten über das Kommen und Gehen der Nachbarstämme, Erkundungszüge bei den Nomaden, Meldungen der Patrouillen nach einer Streife durch die Wüste, über Verhöre möglicher Verdächtiger, Regelungen des Verkehrs am Kontrollpunkt, gelegentliche Bewilligungen von Passierscheinen, über all die kleinen Geschehnisse, die das Leben der Wüste bunt durchwirken. Kurz gesagt, es handelt sich um »Nachrichtendienst«, mit allem, was an Berichten anfällt, wie es Besatzungstruppen kennen, solange die Welt besteht. Doch hier war der Schluß der Depeschen ganz besonders respektvoll. Man wünschte dem »Chef«, an den sie gerichtet waren, ein langes Leben, viel Glück und gute Gesundheit.

Semna und Kumma waren jedoch nicht völlig isoliert. Sie waren Glieder einer Kette und konnten mit einer anderen Festung, Uronarti, die einige Kilometer weiter auf einer Insel lag, durch Signale Verbindung aufnehmen. Ein weiteres Glied in der Kette war etwas weiter flußabwärts Schalfak. Diese Festung, die auf einem Vorgebirge aus schwarzem Granit und gelbem Sand errichtet war, verteidigte eine Verengung des Nils, der zu ihren Füßen gegen eine Böschung aus rotem Lehm anrollte.

Etwa 40 Kilometer von Schalfak entfernt, verriegelt eine mächtige Festung den zweiten Katarakt. (Fachleute meinen jedoch, daß noch weitere Forts existiert haben müssen. Man kann sich nicht gut vorstellen, daß die ägyptischen Strategen eine solche Lücke in ihrem Verteidigungssystem und dem Schutzgürtel für ihre Transporte hätten bestehen lassen.) Diese Festung war Mirgissa, deren Verteidigungssystem sich genau der Bodenbeschaffenheit anpaßte, und die mit einem anderen, bedeutend kleineren, auf einer gegenüberliegenden Insel gelegenen Kunstwerk verbunden war. Außer diesem Verteidigungskomplex, dessen doppelte, zwischen sechs und acht Meter breite, durch einen Graben gesicherte Mauer Mirgissa eine absolute Unbesiegbarkeit garantierten, hatten die Ägypter ein einfallsreiches strategisches System erfunden, das es ihnen ermöglichte, die flußaufwärts stationierten Garnisonen mit

Lebensmitteln und militärischem Material zu versorgen. Da in jenen Zeiten der »Bauch des Steines« der Schiffahrt Hindernisse entgegenstellte, die immer gefährlich, bei Niedrigwasser aber unüberwindbar waren, hatte man direkt bei der Festung und weiter flußabwärts über eine Strecke von etwa zwei Kilometern eine Gleitbahn aus Lehm gebaut. Hier fuhren Schlitten entlang, die Lebensmittel und verschiedenes Material zu den Festungen brachten. Auf der ganzen Strecke war die Bahn durch einen mächtigen doppelten Wall geschützt, während flußaufwärts ein kleines Fort über dem Ausgang wachte.

Zwei weitere Festungen, die die Archäologen nicht mehr erforschen konnten, setzten die Kette am Nil fort. Experten in der Bearbeitung von Erde und Stein, waren die Ägypter zu Meistern in der Herstellung künstlicher Verteidigungsanlagen geworden, deren Bauweise je nach den natürlichen Gegebenheiten und den militärischen Erfordernissen variierte.

Auch das eindrucksvolle Buhen, das die Ägypter etwa fünfzehn Kilometer flußabwärts erbaut hatten, mußte geopfert werden. Diese mächtige Festung von rechteckiger Form – 172 mal 160 Meter – konnte in Kriegszeiten mehr als 3000 Soldaten beherbergen und flößte jedermann Respekt ein. Sie wurde kurz nach 2000 im Mittleren Reich errichtet und war bedeutend besser ausgebaut als Mirgissa. Eine riesige, elf Meter hohe und fünf Meter breite Ziegelmauer, in regelmäßigen Abständen durch mächtige rechteckige Türme verstärkt, war ihr größter Schutz. Eine Reihe von aufeinanderfolgenden Bauten vervollständigte auf bewunderungswürdige Weise diese Anlage. Nach außen hin war zunächst direkt an der großen Mauer ein gepflasterter Gang, der von einer mit Zinnen gekrönten Brustwehr geschützt wurde, die einen sieben Meter tiefen und neun Meter breiten Graben beherrschte. Auf dem Gegenhang ein Wehrgang mit Bastionen, dessen dreigezinnte Schießscharten es den Bogenschützen ermöglichten, den Graben unter Kreuzfeuer zu halten. Schließlich ein natürliches Glacis. Der am stärksten befestigte Ort war der Haupteingang, der Wüste gegenüber. Dort endeten die Straßen, die von den Minen und Steinbrüchen herkamen. Er war von zwei doppelten Toren verschlossen, die durch eine hölzerne Zugbrücke miteinander verbunden waren. Der große Eingang und die Brücke waren von zwei hohen Mauern flankiert, die den Ringwall überquerten und einen ersten schmalen Gang bildeten, in dem der Angreifer einem von drei Seiten kommenden Hagel von Geschossen ausgesetzt war. Selbst wenn er dieses Hindernis überwunden hätte, so wäre doch das Spiel noch längst nicht für ihn gewonnen gewesen. Er mußte sich noch unter den Würfen der Schleuderschützen und Speerwerfer in einem winzigen Viereck mit dem Gegner schlagen, dann einen weiteren Gang überwinden, in dem ihn andere Verteidiger erwarteten, bevor er schließlich das Innere der Festung erreichen konnte. Unseren Burgenbauern aus dem Mittelalter wird nichts Besseres einfallen ... Allerdings muß betont werden, daß nach Ansicht der Experten Buhen damals der Sitz des Vize-Königs von Nubien war. Die Festung beschützte eine richtige Kolonialstadt mit Wohnhäusern, Kasernen, Geschäften, dem Palast des Gouverneurs und natürlich dem Tempel. Nach einem geschickt erdachten Plan gezeichnet, hatte jeder Stadtteil sein eigenes Abwassersystem. Zwei große Tore führten zum Nilhafen, wo Schiffe anlegten, die mit exotischen Erzeugnissen und den Abgaben beladen waren, die Nubien seinen Eroberern zu leisten hatte. Kurz, Buhen lebte im Wohlstand, wie der Reichtum seiner Gräber und der Zustand seiner Häuser beweisen. Heute würden die Ökonomen sagen, die Stadt erfreute sich eines hohen Lebensstandards ...

Leider ist von diesen außergewöhnlichen Bauten, die ein Zeichen der politischen Intelligenz und des Organisationstalentes der Pharaonen waren, nichts mehr erhalten, nichts als ihre Tempel, die die internationale Solidarität vor den Fluten gerettet hat. Im Museum von Khartum haben die Vereinigten Staaten und Großbritannien den Tempel von Buhen, Belgien und die Niederlande die von Kumma und Semna wiederaufgebaut. Die Festungen haben sich im Nasser-See aufgelöst. Lehm waren sie, zu Lehm sind sie wieder geworden ... Wie auch die vielen, vielen christlichen Kirchen und Klöster; die Grabhügel, die Gräber, die Friedhöfe und die Forts, in denen die saßen, die die Geschichte Nubiens prägten. Sie zählen nach Hunderten – unglücklicherweise konnten nur die wenigsten Stellen, an denen man Funde vermutete, noch rechtzeitig umgegraben werden. Aber auch hier konnte das Wesentliche gerettet werden. 50 Kilometer im Norden von Wadi Halfa hat eine polnische Arbeitsgruppe von den Wänden der aus dem 7. Jahrhundert stammenden fünfschiffigen Basilika von Faras nicht weniger als hundertneunundsechzig Fresken abgelöst, deren Farben sich in unvergleichlicher Frische erhalten hatten. Sie stellten Szenen wie die Geburt Christi oder die drei Männer im Feuerofen dar und bilden eine wunderbare Bildergalerie mit all den Porträts der Bischöfe, die während fünf Jahrhunderten aufeinander gefolgt waren. Der größte Teil bereichert heute das Museum von Khartum, während etwa fünfzig als Geschenk an Polen gingen.

Vierzig Kilometer weiter im Norden war es nicht nötig einzugreifen. Die Natur selbst hatte glücklicherweise eine steile Klippe wie einen Sockel emporgehoben, auf dem die Hochburg von Kasr Ibrim, ein Werk des Zusammenwirkens mehrerer Jahrtausende Geschichte, auch in Zukunft bleiben kann. Hier lösten sich unter anderem die alten Ägypter, die Kusiten von Meroë, Christen und Mameluken ab. Unter den Ruinen der christlichen Kirche hat man vor etwa zehn Jahren die Gruft eines Bischofs aus dem 14. Jahrhundert entdeckt. In seinen Gewändern befanden sich noch zwei fünf Meter lange Rollen, die eine auf Koptisch, die andere auf Arabisch verfaßt, die über die Konsekration des Prälaten im Jahre 1372 n. Chr. berichtet.

Die Erbauung der Tempel Nubiens war in der Tat ein außergewöhnliches Ereignis in der Geschichte der Menschheit. Ihr Abbau und Wiederaufbau – ohne Zwischenfall – waren ein ebenso großartiges Werk, einzigartig in seiner Art. Diese »Premiere« war ein Triumph des Geistes, eine Heldentat der Ingenieure und Archäologen aus fünfzig Nationen, die in ständigem geistigen Austausch arbeiteten. Während der Nil die Nubier aus ihrem Land vertrieb, versammelte er andere Menschen allein zu dem Zweck, um die Tempel zu retten, die einer toten Religion geweiht waren, und vollbrachte das Wunder, sie in diesem Babel der Moderne dieselbe Sprache sprechen zu lassen.

Wo aber sollte man diese Monumente wieder aufbauen? Da keines von ihnen auf seinem Originalplatz bleiben konnte, mußten sie in eine Umgebung gesetzt werden, die am meisten an ihren ersten Standort erinnerte. Man beschloß, etwa zehn dieser Tempel – einige hatte Ägypten zum Zeichen seiner Dankbarkeit anderen Ländern übergeben – in vier Zonen, alle auf dem Westufer des

Nasser-Sees gelegen, neu zu gruppieren. Dort erhebt sich auch, etwa 60 Kilometer von Wadi Halfa entfernt, kurz hinter der sudanesisch-ägyptischen Grenze das Symbol aller Kunstdenkmäler Nubiens, die gerettet werden konnten: Abu Simbel.

Zauberhaft war dieser alte Ort, wo Ramses II. sich selbst unsterblich gemacht hat. Der Felsen von Abu Simbel rahmte im Westen einen Bogen des Nils ein. Ein schwerer gelblicher Sandstrom, den die Libysche Wüste vorwärtsdrückte, kam zwischen zwei auseinanderlaufenden Vorgebirgen hinab, in die die Baumeister des Pharaos je einen Tempel eingehauen hatten. Im Norden fiel die Felswand aus Sandstein steil bis nahe zum Wasser hin ab, während sie im Süden weiter davon entfernt blieb und so einen Vorhof freiließ, der sich nach Osten hin öffnete und über den Fluß hin die Höhen des Ostufers anzurufen schien, wo sich der kleine, in den Fels gehauene Tempel Abu Oda erhob. Die Tempel von Abu Simbel waren wie für den Ort geschaffen, so wie auch er für sie gemacht war. Alles strahlte Harmonie aus. Die beiden Monumente schienen in ein Zwiegespräch vertieft. Auf der einen Seite der kleinen Bucht die trapezförmige Fassade des Südtempels, vor der sich vier zwanzig Meter hohe Kolosse erhoben, die Ramses II. darstellten und die paarweise auf beiden Seiten des einzigen Portals saßen, über dem sich die riesige Gestalt des Sonnengottes Re mit dem Falkenkopf befand; auf der anderen wie ein Echo die kleinere Ausgabe – der Nordtempel. Ein anmutiger, wenn auch nicht so großartiger Reflex, war seine flache, in senkrechte Nischen unterteilte Fassade. Darin stehend zwei zehn Meter hohe Koloßpaare, die Königin Nefertari, Gemahlin des Königs, unter dem Blick der Himmelskönigin Hathor, einrahmten. Diese herrliche architektonische Komposition, die symbolisch darstellte, wie die Macht der Sonne, neues Leben zu erwecken, Ägypten die Fähigkeit schenkte, sich immer wieder zu erneuern, beeindruckte alle, die den Nil hinauf- oder hinunterfuhren. Die nach Nubien gesandten Ägypter beobachteten, wie sich die Fassade des Südtempels, je näher sie kamen, desto mehr vergrößerte, und ihr Patriotismus flammte beim Anblick des dem Gotte Re geweihten Tempels auf; die Nubier hingegen mahnte dieses in den Fels gehauene Sinnbild der Besitzergreifung des Landes durch die Ägypter immer wieder, einem Staat, der solche Macht und solche Größe zeigte, untertan zu bleiben. Um einen etwas familiären Vergleich zu gebrauchen, der Tempel Hathors empfing sozusagen den ägyptischen Soldaten oder Beamten auf seinem Rückweg und zeigte dem Nubier, daß er sich auf dem Weg zur Zivilisation befand. Das Innere des großen Tempels war genauso imposant. Man trat in eine geräumige Halle von 18 m Tiefe, die durch Säulen, an die stehende, zehn Meter hohe Kolosse gelehnt waren, in drei Schiffe unterteilt wurde. Die Kolosse sahen vollkommen gleich aus und stellten den König-Gott Osiris mit den Zügen Ramses' II. dar. Nur mit einem einfachen Lendenschurz bekleidet, lebendig, athletisch, war der Pharao in seiner halben Nacktheit außerordentlich eindrucksvoll. Dann folgte ein weiterer elf Meter langer Saal, dessen Decke von vier dicken Säulen gestützt wurde. Auf diesen waren Szenen mit zwei Personen zu sehen: der König, von Gottheiten umarmt. Der Saal gab den Zugang zu einem sieben Meter tiefen Heiligtum frei. Diese fortschreitende Verkleinerung der Räume – auch an Breite verlieren die Säle – zog eine gewollte Betonung der inneren Perspektive nach sich. Die Baumeister König Ramses' hatten dies mit einer bestimmten Ausrichtung der Tempel nach der Himmelsrichtung hin verbunden, die bewirkte, daß zu bestimmten Zeitpunkten des Jahres die Sonne bei ihrem Aufgang bis in die hintersten Winkel des Heiligtums drang. Und um den ersten Sonnenstrahl des anbrechenden Morgens zu hüten, standen die Riesen des großen Saales Wache. Dieses gewaltige Spalier vermittelte außerdem den Eindruck kriegerischer Feierlichkeit, der durch große militärische Szenen noch verstärkt wurde, auf denen man den König im Sieg über seine Feinde aus Nord und Süd sah.

Hier nahm die berühmte Schlacht von Kadesch einen bevorzugten Platz ein. In dieser Schlacht, im 5. Jahre seiner Herrschaft, verdankte es Ramses II. allein seiner Tapferkeit als Soldat, daß er einer Falle entkommen konnte, die ihm die taktisch geschickten Hethiter und ihre Verbündeten, die Syrer, gestellt hatten. Inschriften und Reliefs beschrieben dieses denkwürdige Geschehen in epischem Ton. Als Prolog sieht man den König auf seinem Thron, im Kriegsrat mit seinen Offizieren; es werden gerade zwei Spione des Königs der Hethiter verprügelt, um ihnen Auskünfte zu entreißen – falsche Auskünfte, die Ramses täuschen werden; man läßt das ägyptische Lager, das von einer Palisade aus Schildern umgeben ist, ungeschützt und, ohne die geringsten Vorsichtsmaßnahmen zu treffen, kümmern sich alle nur um ihre Unterbringung. Dann beginnt ein Gefecht nahe der begehrten Stadt Kadesch, die von den Fluten des Orontes umgeben ist. Die ägyptische Infanterie, mit Schildern und Lanzen bewaffnet und von Kampfwagen begleitet, rückt vor. Die Kavallerie wirft sich in den Kampf, während Ramses mit seinem Bogen schießend die Lage wendet und die Feinde, die ihn in die Falle gelockt hatten, mit seinen Pfeilen dezimiert. Das ist das Ende der Schlacht. Die Hethiter sind besiegt. Aufrecht, immer noch auf seinem Kampfwagen, wohnt der König der Ankunft eines Gefangenentransportes und der Zählung der Hände und anderer abgeschlagener Glieder bei. Über den Triumph des Königs hinaus jedoch war es die Unbesiegbarkeit Ägyptens, die man noch einmal unter Beweis stellen wollte. Zweifelsohne hatte man Abu Simbel absichtlich so machtvoll erbaut, um es zu einer Kraft des Erschreckens und . . . Abschreckens werden zu lassen.

Dreiunddreißig Jahrhunderte später wird dieser Ort vom Nil, der die Ausmaße eines Meeres angenommen hat, tödlich bedroht. Um das Kunstwerk der Baumeister Ramses' II. zu retten, muß es etwa sechzig Meter angehoben und versetzt werden. Eine gigantische Aufgabe, die in mehreren Phasen durchgeführt wird. Man könnte meinen, ein Roman von Jules Verne sei Wirklichkeit geworden. In der ersten Phase müssen die Tempel freigelegt werden. Dazu müssen die Felsen, die sich über ihnen erheben – 30 Meter über dem großen Tempel, 40 über dem kleinen – und auch die Hügel bis zu 80 cm über ihrer Decke abgetragen werden. Das bedeutet eine Bewegung von 300000 Tonnen Fels mit Hilfe von Preßluftbohrern, denn die Benutzung von Sprengstoff verbietet sich von selbst; sie würde die Monumente beschädigen. Gleichzeitig wird ein provisorischer Damm errichtet, der den Anstieg des Wassers aufhalten soll; ein Deich, der 360 Meter lang und 25 Meter hoch ist. Zweite Phase: Das Auseinanderschneiden der zwei Tempel in 1305 Blöcke, von denen manche bis zu 30 Tonnen wiegen. Das ist die undankbarste Aufgabe. Der Sandstein von Abu Simbel ist so mürbe, daß man ihn durch Einspritzen von synthetischen Harzen verstärken und seine Oberfläche an den Sägestellen auf eine besondere Art behandeln muß, die das Abbröckeln des Steins verhindert. Bestimmte Teile sind so empfindlich, daß das Zerlegen mit

Hilfe von Sägen aus Spezialstahl mit der Hand und ohne Wasser vor sich gehen muß, denn der Sandstein würde sich sonst nach und nach im Wasser auflösen. Dritter Arbeitsgang: Im gleichen Rhythmus wie die Demontierung erfolgt die Numerierung der Blöcke und ihre Überführung auf einen Lagerplatz. Das kommt einer Bewegung von 11500 Tonnen für den großen Tempel und von 3500 Tonnen für den kleinen gleich. Vierte Phase: Das Wiederzusammenbauen. Würfelspiel für Zyklopen ... Auf einem Überbau aus Zement befestigt, werden die Blöcke wieder in die entsprechenden Positionen gebracht und natürlich auch in ihre ursprüngliche Richtung gesetzt. Außerdem rekonstruiert man möglichst naturgetreu die ehemalige Umgebung. Zu diesem Zwecke errichtet man mit einer Sandsteinschicht bekleidete Betonkuppeln, die denen ähneln, an die die Monumente gelehnt waren.

Fünf Jahre Arbeit, 800 Personen, 50 ausländische Techniker, 40 ägyptische Ingenieure, viel Geld, aber auch viel Glaube und Wagemut, das alles hat die Rettung von Abu Simbel erfordert. Seit dem 22. September 1968, dem Tag seiner Einweihung, konnte es auf den Höhen seiner von der modernen Technik neu gestalteten Felsen ein zweites, wenn auch unverändertes Leben beginnen. Der Geist der Baumeister des Neuen Reiches wurde nicht verraten. Sie hatten zwei Tempel-Berge erschaffen, die außerordentliche Harmonie zwischen Umgebung und Monument blieb bewahrt, denn sowohl die Tempel als auch die Berge wurden wieder erschaffen. Wie gestern, mit dem Gewand der Göttin Hathor geschmückt, verwandelt sich auch heute die reizende und zerbrechliche Gemahlin des Pharaos jeden Tag in die Mutter der Sonne des nächsten Tages; während jeden Morgen der Held von Kadesch, der Erbauer, der vergöttlichte König Ramses II., nach Osten gerichtet, gelassen, die Hände auf den Oberschenkeln ruhend, mit gleichmütigem Gesicht ein leichtes, rätselhaftes Lächeln andeutet und wie vor 3300 Jahren den gleichen Blick auf einen Wasserspiegel richtet, der gestern Nil hieß und sich heute Nasser-See nennt.

Ein Wasserspiegel, auf dem sich 80 Kilometer weiter oben zwei Tempel widerspiegeln, die man am gleichen Ort vereint hat: die Tempel von Derr und Amada. Der eine wie der andere hat die Ingenieure vor manches Problem gestellt. Der Tempel von Derr, wo Ramses auf seinem Kampfwagen die Nubier noch einmal an die

Unbesiegbarkeit Ägyptens erinnert, war in den unteren Teil des Berges eingehauen, in den er bis zu einer Tiefe von 30 Metern hineinreichte. Man hatte ihn also in Blöcke zerschneiden müssen, um ihn transportieren zu können, da er damals 10 Kilometer flußaufwärts von seinem jetzigen Standort lag. Und die Überführung Amadas, eines kleinen Tempels des Neuen Reiches, stellte eine weitere Spitzenleistung der Ingenieure dar, diesmal Franzosen. Da die Zerbrechlichkeit seiner praktisch intakten Malereien und die Feinheit seiner Skulpturen jegliche Demontierung untersagten, hat man einfach die Idee verwirklicht, den Tempel in einem einzigen Block zu transportieren. Nachdem man die felsige Plattform durchgesägt, dann den Tempel geradezu eingepackt hatte, indem man ihn mit Stahl und Beton umgab, hat man ihn auf eine dreifache Eisenbahnlinie gesetzt. Und so hat das Werk von Thutmosis III. und Amenophis II., von kleinen, regelmäßigen hydraulischen Stößen bewegt, eine Entfernung von 2600 Metern zurückgelegt und einen Höhenunterschied von 65 Metern überwunden.

40 Kilometer flußabwärts von diesem Ort in einem sandigen Tal, wo Granit zutage tritt, erheben sich heute drei Tempel. Sie bilden die dritte der drei neuen Anlagen. Zwei weitere Tempel, der eine aus der ptolemäischen, der andere aus der griechisch-römischen Epoche stammend, hat man in die Nähe von Wadi es-Sebua, das von einem Königssohn von Kus zu Ehren Ramses II. erbaut und heute auf einem höher gelegenen Platz wiedererrichtet worden ist, gesetzt. Ihre Einsamkeit ist nahezu absolut. In der Ferne fliegt von Zeit zu Zeit ein Gleitboot über den See, das Touristen nach Abu Simbel trägt. Werden auch diese Monumente eines Tages die ehrfürchtige Bewunderung der Besucher erfahren? Nichts ist weniger gewiß. Doch das ist ohne Bedeutung. Nicht deshalb hat man sie gerettet. Wer weiß, ob nicht sogar die Störche sie verlassen haben. Irritiert von dem Verschwinden des alten Wasserlaufs des Nils, erschreckt von dem Neuen, Unmäßigen der Landschaft, meiden sie vielleicht jetzt den Jahrtausende alten Rastplatz, für den ihre fernen Vorfahren eine besondere Vorliebe hatten . . .

Auch der Mensch spürt auf dem Nasser-See ein unbehagliches Gefühl und sicherlich auch Traurigkeit. Man fühlt wirklich, daß dieser Landschaft etwas Unersetzliches fehlt. Aber ja, es ist der Nil, jener Nil, der die Formen der Landschaft um ihn annahm: Wie niedrige Hügel mit einem sanften, harmonischen Profil, dort wie lange Bergketten, die an ein Pyramidenfeld erinnern. Er ist nicht mehr, der majestätische Strom, der einmal in gerader Linie dahinfloß, ein andermal langsam eine breite Schleife zog, um die Ufer eines kleinen nubischen Dorfes zu bespülen. Dort sah man Tiere an der Tränke, Kinder, die ins Wasser sprangen, Männer, die dem vorbeifahrenden Schiff zuwinkten, schwarzgekleidete Frauen, die zum Ufer herunterkamen, den Krug auf der Schulter. Es waren nur kurze Visionen, aber so lebte die Wüste . . . Heute aber, wie sollte man nicht daran denken, daß man über einer »Welt« schwimmt, in der 4000 Jahre Nubien versunken sind. Verschwunden die bescheidenen Gräber all jener rassischen Gruppen, von denen man noch so wenig weiß, und die doch die Geschichte dieses Landes aufgezeichnet haben, in einer Epoche, in der man die Schrift noch nicht kannte. Unter den Wassern begraben die befestigten Klöster, in denen die Christen vor den Angriffen der Heiden und den Überfällen der Muselmanen Schutz suchten. Auseinandergefallen die Kirchen und ihre naiven Heiligenbilder. Vergessen das bescheidene Zeugnis von Soldaten, die auf irgendeinem Rastplatz ihren Namen in den glühenden Felsen ritzten. Der Nasser-See, auf dem sich die langen, zerfließenden Schlammdecken wie große weißliche Flügel auf dem grünen Grund des Wassers ausbreiten, ist von nun an das alleinige Reich einer Wasserfauna, deren Vertreter Riesenausmaße annehmen.

Zwischen den Schluchten, die von Sandströmen aus der libyschen Bergkette halb zugeschüttet sind, auf der linken Seite, und den schwärzlichen Granitfelsen der arabischen Bergkette auf der rechten, hat der Nasser-See nun von einem ausgedehnten Territorium Besitz ergriffen. Er erstreckt sich in weite Ferne, wie ein Binnenmeer mit überraschenden Konturen. Manchmal sind seine beiden Ufer etwa 30 Kilometer voneinander entfernt. Nach und nach jedoch nähern sie sich einander, und 150 Kilometer flußabwärts von Wadi es-Sebua erscheint gegen den blaßblauen Himmel, an dem unerwartet kleine Wölkchen hängen, ein Vorgebirge, auf dem sich drei Tempel erheben. Diese Tempel lagen früher 40 Kilometer weiter flußaufwärts. Es sind Bet el-Wali, dessen Mauern die kriegerischen Triumphe Ramses' II. besingen; Kertassi, ein zierliches kleines Heiligtum, das die Römer der Göttin Hathor widme-

Gesamtansicht des Tempels von Kalabsha (aus: David Roberts, Sketches in the Holy Land, Syria, Arabia, Egypt and Nubia, 1835–1839).

ten; Kalabsha, ebenfalls aus der römischen Epoche stammend, ein massives geradezu abstraktes Monument, zu dem man über eine Treppe von 20 Stufen emporsteigt – die Umsetzung dieses Tempels war der deutsche Beitrag. Niemals haben Vergangenheit und Zukunft näher beieinander gelegen als hier, denn nur einen Kilometer von dieser »Trilogie« entfernt, die Rom und Theben vereint und Ramses II. dem Augustus – der den ägyptischen Gottheiten opfert – näherbringt, ist ein gewaltiges Werk entstanden, das der Pharaonen würdig wäre. Dieses Werk hält hier den Nasser-See besser auf, als es ein Berg könnte, und verwandelt dort oben, weit im Süden, 500 Kilometer flußaufwärts, den Nil. Ihm ist es zuzuschreiben, daß das Obere Nubien unter den Fluten versank, daß die Bevölkerung wegziehen mußte und daß die Ingenieure gezwungen waren, die Tempel umzusetzen. Diese gewagte Konstruktion wird den Fluß zähmen und endlich sein Schicksal besiegeln. Es ist der Sadd el-Ali, das heißt der Hochdamm.

Ja, er wäre der Pharaonen würdig: Sein Volumen – 43 Millionen Kubikmeter – beträgt das Siebzehnfache der Großen Pyramide; seine Breite an der Basis beträgt 980 Meter und an der Krone 40 Meter; er ist 3600 Meter lang und 111 Meter hoch. Und der Granit, aus dem das Ägypten der Pharaonen seine Obelisken schuf, ist der gleiche, aus dem auch er zum größten Teil gebaut wurde. Er besteht aus Lehm, Sand, Kies, Steinen und Felsblöcken und ist in der Mitte durch eine Dichtungswand verstärkt, die durch alluviale Ablagerungen von 200 Metern hindurch in das Flußbett bis zum kristallinen Sockel eindringt. Der Sadd el-Ali ist eine Schwergewichtsmauer, d. h. ein Damm, der von keinem anderen Element als seinem Eigengewicht abhängt und deshalb aus eigener Kraft dem Wasserdruck standhält.

Seine Realisierung lief nicht ohne politische Schwierigkeiten ab. 1956 löste das Projekt sogar eine internationale Krise aus, an die sich sicherlich noch viele erinnern. Nachdem die Vereinigten Staaten ihr Angebot einer finanziellen Unterstützung zurückgezogen hatten, verstaatlichte Oberst Nasser umgehend den Suezkanal. Franzosen und Engländer beantworteten dies mit Waffengewalt, es kam sogar zu dem Anfang eines Krieges . . . Schließlich waren es die Russen, die den Bau des Hochdamms zum größten Teil finanzierten. Am 15. Januar 1971 wurde er von den Präsidenten Sadat und Podgorny in einer festlichen, enthusiastischen Atmosphäre eingeweiht, die selbst die frische Brise, die an jenem Tage wehte, auf keine Weise abkühlen konnte. Ein Triumphbogen, Hunderte von sowjetischen Fahnen, frenetischer Jubel aus Tausenden von Kehlen, der die Staatsmänner empfing, während Schilder in russischer und arabischer Sprache immer wieder der Dankbarkeit Ägyptens Rußland gegenüber Ausdruck verliehen. So endete ein großes Werk, das fast auf den Tag genau elf Jahre früher begonnen worden war.

Am 9. Januar 1960 hatte Präsident Gamal Abdel Nasser nämlich die erste Ladung Dynamit explodieren lassen, die einen Umlauf-

Kalabsha. Links im Bild der Steinbruch, der das Baumaterial für das Heiligtum hergegeben hatte. Unten, auf der Höhe des Bergrückens, Reste der Stadtmauer aus der Römerzeit.

kanal von 200 Metern Breite und 80 Metern Tiefe öffnen sollte, durch den der Nil fließen würde, während man gleichzeitig den Fluß staute. Unter einer brennenden Sonne begann nun ein Ameisenhaufen von 30000 Männern, die von sowjetischen und ägyptischen Ingenieuren geleitet wurden, dies zyklopische Werk. Auf dem rechten Ufer des Nils, in einer Mondlandschaft von verbrannten Steinen und sandigen Ebenen, schoß ein wahres pharaonisches Lager aus der Erde. Auf einer Strecke von zehn Kilometern sah man nichts als Lagerhallen, Werkstätten, Wagenhallen, Fertighäusern, Baracken und Schienen. Durch ein Gewimmel von Arbeitern mit Turban inmitten einer Staubwolke, ein Hin und Her einer Armada von Lastwagen. »Wir haben die Pyramiden erbaut. Wir werden den Sadd el-Ali erbauen«, so ertönte die Hymne des Hochdamms. Viertausendfünfhundert Jahre nach Erbauung der Pyramiden wiederholten sich die gleichen Szenen. Diesmal aber waren die Werkmeister und Techniker in der Mehrzahl Russen, halfen den Menschen Hunderte von intelligenten Maschinen, viele Zehntausende Tonnen mechanischen Materials.

Der gigantische Ameisenhaufen benötigt mehr als vier Jahre, um den Nil mit einer riesigen Anhäufung von Steinen (ein Deich, der später in den Hochdamm mit eingebaut wird) zu meistern und um gleichzeitig am Flußlauf entlang sieben Regulierungstunnel in den Granit zu hauen, in die der Fluß strömen soll. Eindrucksvoll ist der Vorgang des Umleitens. Am 14. Mai 1964, um 12 Uhr 35, sprengt Präsident Nasser, von seinen Gästen begleitet, unter denen sich selbstverständlich Nikita Chruschtschow befindet, die Absperrung des Umlaufkanals. Dreißig Minuten später ist der Nil umgeleitet! Das ist jedoch noch nicht alles, es muß außerdem die offene Stelle, die sich noch im Deich befindet, verkleinert werden. Eine ununterbrochene Schlange von Kippern transportiert Felsbrocken zu den Siebanlagen am Fluß, auf dem riesige Lastkähne hin und her pendeln und das Material in die offene Stelle schütten. Am Abend des 15. Mai ist der Lauf des Nils vollkommen abgesperrt.

Sieben Jahre sind danach nötig, um den Hochdamm zu errichten und das Kraftwerk zu erbauen. Zwischen jenem Maitag im Jahre 1964, an dem die Staatsoberhäupter von Ägypten und Rußland symbolisch zwei kleine Granitblöcke in den Nil warfen, und der Einweihung des Sadd el-Ali spielen sich viele wichtige Ereignisse ab. Präsident Chruschtschow wird aller Ämter enthoben; Präsident Nasser stirbt an einem Herzanfall – weder der eine noch der andere erlebt die Beendigung dieses monumentalen Werkes. Es erforderte ungeheure finanzielle Investitionen, während der Sudan für die Überflutung der Länder durch den künstlichen See entschädigt wurde.

Die ägyptische Geschichte ist auch dadurch gekennzeichnet, daß sie zu allen Zeiten Kunstwerke hervorgebracht hat. So kann man im *Ashmolean Museum* in Oxford einen Keulenkopf sehen, der den ersten König Ägyptens, den König »Skorpion«, darstellt, wie

Wiederaufbau des Tempels von Kalabsha. Viele der Bausteine mußten in mühseliger Arbeit aus Trümmern neu zusammengefügt werden.

er mit einer Hacke einen Kanal gräbt. 5000 Jahre später hat sich Gamal Abdel Nasser gewaltiger Bagger bedient, um dem Nil ein neues Bett auszuschachten, seinen Lauf zu regulieren und noch einmal das Wasser und die alte Erde Ägyptens zum Wohle seines Volkes zu vereinen.

Es war unerläßlich, denn das Land befand sich in einer bedrohlichen Lage. Von seiner Oberfläche von 1002000 Quadratkilometern sind nur 38700 bebaubares Land, das heißt vier Prozent seines Territoriums, ein wenig mehr als die Oberfläche der Niederlande. Die Bevölkerung wächst mit außergewöhnlicher Schnelligkeit an. Die 19 Millionen Ägypter des Jahres 1947 haben sich zu 26 Millionen im Jahre 1961 vermehrt und heute 38 Millionen erreicht.

Wie kann diese noch so wenig industrialisierte Nation all die neuen Münder stopfen? Wenn dies Problem sich den Pharaonen auch nicht auf die gleiche Weise stellte, so war es doch genauso beängstigend, denn im Altertum konnten Schwankungen der Nilflut Katastrophen auslösen. War sie zu stark, konnte sie an Bauten und Feldern beträchtliche Zerstörungen anrichten. Das Land war dann nur noch ein einziges Meer, das, wenn es zu langsam ablief, die Fellachen daran hinderte, die Saat rechtzeitig genug in die Erde zu bringen, und die nächste Ernte um die gleiche Zeitspanne verzögerte. Vor allem das Bewässerungssystem war nach dem Zurückweichen des Stromes in den meisten Fällen nicht mehr zu verwenden. War die Flut zu schwach, ließ sie große Bodenflächen unfruchtbar zurück, dann folgte fast immer der Hunger, ein Hunger, der schreckliche Ausmaße annahm. Und ein weiterer Umstand erhöhte die Möglichkeit einer Hungersnot: der Bürgerkrieg, der eine Schwächung der Autorität nach sich zog. Das alte Ägypten hat ziemlich oft Unruhen erlebt, die manchmal recht schwerwiegend und von langer Dauer waren. In Krisenzeiten war die zentrale Macht sichtlich geschwächt. Es gab also keine Autorität, die dazu fähig war, Maßnahmen zu ergreifen, um Getreidevorräte zu schaffen und gegen das Elend anzugehen, das von einer zu schwachen Nilflut herrührte. Sicherlich gab es in den Provinzen oft eine örtliche Autorität, die sich bemühte, das Nötige zu unternehmen; da sie sich jedoch gegen ihre Nachbarn verteidigen muße, sorgte sie sich mehr um die Außenpolitik als um Probleme der Verwaltung, der Bewässerung oder der Lagerung von Vorräten. Man kann sich gut vorstellen, mit welcher Freude, mit welchem Jubel unter diesen Bedingungen eine normale Nilflut empfangen wurde, wenn sie in eine Zeit politischer Stabilität fiel. Man feierte sie mit Festen, und die Hymne an den Nilgott drückte die überglückliche Dankbarkeit eines Volkes aus: »Es naht, das Wasser des Lebens, das im Himmel ist; es naht, das Wasser des Lebens, das in der Erde ist. Der Himmel erglüht für Dich, die Erde bebt für Dich, angesichts der Geburt des Gottes. Der Gott offenbart sich, der Gott ergreift von Ägypten Besitz.«

Heute ist der Gott gezähmt. Von nun an wird der Nil durch den Hochdamm reguliert. In der Tat garantiert der Sadd el-Ali mit den 164 Milliarden Kubikmetern Stauraum des Nasser-Sees (man rechnet damit, daß in 300 Jahren 30 Milliarden durch Schlammablagerungen aufgefüllt werden, und daß 6 Milliarden Kubikmeter Wasser pro Jahr verdunsten), nicht nur eine Wasserführung von 84 Milliarden Kubikmetern, also die eines normalen Hochwassers, sondern verhindert zum Beispiel auch Katastrophen, die von Hochwasser oder Dürren hervorgerufen werden. Der Staudamm hat außerdem die Möglichkeit geschaffen, die bebaute Ackerfläche um 20 Prozent zu erhöhen und mehr als 10 Prozent davon unter Dauerbewässerung zu halten, was dazu beitragen wird, die Erträge zu verdoppeln. Nichtsdestoweniger beginnt man mit der Zeit, sich um einen Tatbestand Sorgen zu machen, den man die »Nebenwirkungen« des Dammes nennt. Der ständig schnell fließende Fluß reißt von seinen Ufern kostbares Land ab. Gezähmt, hat er nicht mehr die Kraft, in seinem Delta das Mittelmeer zurückzudrängen. Die Bauern beklagen sich über den steigenden Salzgehalt des Bodens. Diese sterilisierenden Salze, die an die Oberfläche kommen, waren früher durch die lange Überschwemmung »in den Boden getrieben« worden. Vor allem aber bemängeln die Bauern, daß der Staudamm nicht mehr genug von dem berühmten Schlamm, der den ägyptischen Boden bereicherte (und die Fische des Deltas ernährte) hindurchläßt. Schließlich hat man ein Anwachsen der Bilharziose zu beklagen – einer Krankheit, die den Fellachen befällt, wenn er in stehendem Wasser arbeitet –, denn die Anzahl der unter Wasser stehenden Felder steigt mit den Bewässerungsarbeiten natürlich an . . .

Dahin jene Bilder eines vollständig unter den Fluten der jähr-

Seit dem Bau des Hochdammes gibt es solche Bilder von der jährlichen Überschwemmung Ober-Ägyptens nicht mehr.

lichen Überschwemmung verschwundenen Oberägyptens; vorbei die traditionellen Aufnahmen, auf denen ein Zug zu sehen war, der auf einem Deich entlangfuhr, unter ihm eine graugrüne flüssige Masse, schwer von Schlamm, unbeweglich, wie erstarrt, aus der hier und dort Palmenhaine oder irgendein auf einem Hügel gelegenes Dorf wie eine Arche Noah herausragten. Der Hochdamm verändert langsam das Gesicht Ägyptens. Im Geiste der Ägypter, und so war es schon immer seit der Antike, war Ägypten ein Schachbrett. Ein Schachbrett aus kleinen, von Deichen umschlossenen Rechtecken, die ihrerseits wieder aus einer Vielzahl von überfluteten Becken bestanden. Diese Einteilung in Quadrate war etwas so Grundsätzliches, daß eine Hieroglyphe sie wiedergab. Das Neueste jedoch, das der Staudamm dem Niltal bringt, sind die Hochspannungsleitungen, die die in der Sadd el-Ali-Zentrale hergestellte Elektrizität bis nach Kairo führen und Städte und Dörfer beleuchten. 10 Milliarden Kilowattstunden pro Jahr, das ist – um einen Vergleich zu haben – ungefähr dieselbe Energiemenge, die 1973 in der Bundesrepublik Deutschland insgesamt aus der Wasserkraft gewonnen wurde, das ist das Potential, das Ägypten sich aufgebaut hat, um seine Industrialisierung zu beginnen, auf dem schnellsten Wege seine demographischen Probleme zu lösen und auf die Herausforderung der Unterentwicklung zu antworten.

Wenn Ägypten dieses Kapital einmal voll ausgeschöpft hat, wird es seine Erzeugung elektrischer Energie verdoppelt haben, und dadurch müßte es dem Land möglich sein, die Ziele, die es sich für seine wirtschaftliche Expansion gesetzt hat, zu erreichen. Statt die bereits vorhandenen Industrien wie bisher weiter zu führen, soll ein ehrgeiziges Industrialisierungsprogramm verwirklicht werden, das seine Hoffnung auf die Förderung der Petrochemie, auf die Errichtung einer Aluminiumindustrie, auf den Aufbau der Produktion von Stickstoffdünger setzt, der anstelle des Schlamms, der von dem Staudamm zurückgehalten wird, die Bedürfnisse des ägyptischen Bodens decken soll. Die vom Sadd el-Ali produzierte Energie ist es auch, die die Hochöfen eines Eisenhüttenwerkes arbeiten läßt, das gestern noch mit importierter Kohle oder teurem Öl betrieben wurde. Mit diesen großen Projekten, die allerdings auch eine absolute Notwendigkeit darstellen, will Ägypten beweisen, daß es von nun an auch anderes erzeugen kann als nur Baumwolle. Der Hochdamm wird durch eine Erhöhung der landwirtschaftlichen Produktion und eine Belebung der industriellen Entwicklung das Bruttosozialprodukt vergrößern, dessen Struktur sich notgedrungen tiefgehend verändern wird. Der relative Anteil der Landwirtschaft wird sich verringern, der der Industrie sich vergrößern. Auf dem Lande wird man die nötigen Arbeitskräfte finden; ein neues Proletariat wird sich bilden. Sogar die Mentalität der Menschen dürfte der Sadd el-Ali verändern. Elektrizität heißt nicht nur Verbesserung der hygienischen Verhältnisse, es bedeutet auch eine Zunahme des Fernsehens, das bildet, erzieht und bei einer Kampagne zur Geburtenkontrolle eingesetzt werden kann. Wird es dem Damm auch gelingen, nachdem er die Fluten des Nils stauen konnte, die der 800000 Ägypter, die jedes Jahr geboren werden, einzudämmen? Das Land sieht sich immer wieder dem gleichen Problem gegenüber. Und man kann nur wünschen, daß Ägypten, das voller Mut bis an die Grenze seiner Kräfte geht, auch fähig sein wird, dieses Problem zu lösen.

Und natürlich kommt man immer wieder auf den alten Vater Nil, den uralten Nil, zurück, der, als er sich zähmen ließ, seinem Tal die größte Revolution seit 5000 Jahren brachte. Der wichtigste Rohstoff Ägyptens ist das Wasser, das Wasser der beiden Nile, die sich 1800 Kilometer flußaufwärts in Khartum getroffen haben.

Der Sadd el-Ali hat die Phantasie der Menschen erstickt. Isis, die ihren Gatten Osiris beweint und das Hochwasser mit ihren Tränen nährt, ist nichts mehr als eine schöne Geschichte der Vergangenheit. Die Zukunft ist der abgesperrte, gezähmte, von den Turbinen zerstäubte Fluß. Die ehemalige Gottheit ist für die 37 Millionen Ägypter und für alle, die nach ihnen kommen werden, zu einer neuen Größe geworden. Sicher wird sie für alle immer der herrliche großzügige Nil sein, der aber durch den Sadd el-Ali seine dunkle und schreckliche Macht verloren hat. Der Staudamm, die große Pyramide des heutigen Ägyptens, hat aus dem Nil einen Gefangenen der modernen Zeit gemacht.

3. Kapitel

DAS TOR ÄGYPTENS

Vom Beton gemeistert, schießt der Fluß donnernd in die riesigen Ablauftunnel des Staudammes und springt, als man ihn befreit, wie ein Geysir empor, dessen kochende Flut sich in einem Höllenlärm flußabwärts stürzt.

Der Umlaufkanal endet nach fünfhundert Metern, und sogleich befindet sich der Nil erneut in einer Kulisse, die er schon vergessen hatte: der eines Katarakts. Seit Beginn des Jahrhunderts hat bereits ein Staudamm, der ebenfalls dazu bestimmt war, den Lauf des Nils zu regulieren, und mehrere Male erhöht worden war, das Aussehen dieses »ersten« Katarakts, der früher nichts als eine Folge von Stromschnellen und Wirbeln war, bedeutend verändert. Heute sind die Inseln, die der Nil trifft, nur teilweise überschwemmt. Der alte Damm hält die Fluten zurück. So verhält es sich auch mit Philae, dem Bereich der Göttin Isis, wo allein die hohen Teile der Pylonen und Kolonnaden ihres Tempels aus dem Wasser emporragen.

Bevor man an den Bau des Sadd el-Ali ging, konnte man nur in den Monaten Juli und August, wenn der Stausee den größten Teil seines Wassers freigab, die »Perle Ägyptens«, wie sie die Reisenden des vorigen Jahrhunderts nannten, sehen. Unter einem Himmel von vollkommener Bläue, inmitten einer rauhen Kulisse von Granitfelsen, stellte die heilige Insel ein wunderbares architektonisches Meisterwerk zur Schau, das in seinen Proportionen in vollkommener Harmonie zu seiner Form und Ausdehnung stand und einen glücklichen Kontrast zu der Strenge des sie umgebenden Rahmens bildete. Durch die Erbauung des Sadd el-Ali erwuchs das Risiko, daß ihre Zerstörung beschleunigt würde, denn die tägliche Schwankung des Wasserstandes kann eine weit intensivere Erosion zur Folge haben. Wieder hat die UNESCO einen Hilferuf ertönen lassen, dem auch Gehör geschenkt wurde. Wie Abu Simbel, so wird auch das bewundernswerte Philae gerettet und ihr bezaubernder Standort rekonstruiert werden. Eine Nachbarinsel, die man nach dem genauen Vorbild von Philae umgestalten will, wird Isis und alle Kunstdenkmäler aufnehmen, die vom alten Ägypten, von den Griechen und Römern ihrem Kult geweiht wurden. Wie auch Ramses II., der von der Höhe seines Felsens für immer den gleichen Blick auf den Wasserspiegel vor ihm wirft, wird die Göttin fortfahren, aus der Tiefe ihres Heiligtums die Augen in die geheimnisvolle Richtung zu wenden, aus der der Nil kam.

Bei seinem Austritt aus dem ersten Stausee, der nur 5 Millionen Kubikmeter Wasser faßte – weniger als ein Dreißigstel des Nasser-Sees –, begegnet der Nil diesmal einem richtigen Katarakt: Anhäufungen von schwarzen ausgewaschenen Felsen, durch die er sich einen Weg bahnt. Kleine Inselarchipele aus dunklem Granit; eine große Insel, die Insel Sehel. Ihre Felsen sind mit Hunderten von Graffiti bedeckt, die vom Vorbeimarsch der militärischen Expeditionen der Pharaonen oder der »Königssöhne von Kus« auf dem Weg nach Nubien oder vom Aufenthalt der großen Baumeister zeugen, die gekommen waren, um Granit für den Bau der Tempel und königlichen Pyramiden zu holen. Der Nil kommt schnell voran, denn in nur wenigen Kilometern überwindet er ein Gefälle von mehreren Metern, und vielleicht gibt ihm dies die Illusion, seine frühere Freiheit wiedererlangt zu haben und erneut der werden zu können, der er vor dem Nasser-See war. Dieser Ausflug in die Vergangenheit dauert jedoch nur einen Augenblick, denn plötzlich wandelt sich sein Aussehen. Breit und gemächlich wird er nun, und auch die Landschaft verwandelt sich. Der Nil schiebt sich jetzt langsam in eine neue Kulisse, die nichts Wildes mehr an sich hat. Zu seinem linken Ufer hin senken sich die Abhänge einer Anhöhe, deren verbrannte Felsen vom Gelb des Sandes abstechen.

Der Damm von Assuan.

Zu seiner Rechten umgibt ein niedriger Hügelkranz eine Stadt mit ihren weißen und ockerfarbenen Häusern, ihren Minaretten. Und mitten auf einem friedlichen Nil, auf dem die Feluken leicht dahingleiten, liegen zwei Inseln, die Insel Elephantine, auf der sich zwischen Palmengruppen und Ruinen drei oder vier kleine Dörfer verbergen, und die Kitchener-Insel mit ihrer tropischen Flora. Eine verzauberte Traumlandschaft. Jetzt hat der Nil den Süden verlassen. Und die Stadt, die seine Wasser bespülen, ist Assuan.

Seit Verlassen des Victoriasees hat der Strom mehr als 4400 Kilometer zurückgelegt und begibt sich nun endlich auf die ägyptische Szene. Und da er jetzt von den Menschen gezähmt ist, scheint die alte Metapher Herodots wahrer als je zuvor: »Ägypten ist eine Gabe des Nils.« Noch 1200 Kilometer muß er durchfließen, bevor er am Ende seiner Abenteuer angelangt ist. Er befindet sich nun nicht mehr als 76 Meter über dem Meeresspiegel und, um zum Mittelmeer zu gelangen, verfügt er lediglich über ein Gefälle von 6 Zentimeter pro Kilometer. Man wird es nicht mehr erleben, daß er sich erregt oder sich aufbäumt. Von nun an ist es ein ruhiger, gelassener Nil, seiner stillen Macht bewußt – wie ein gereifter Mann –, der diesen schmalen, langgestreckten, von zwei Wüsten eingeschlossenen Garten, den man Ägypten nennt, durchquert und ihn mit seinem schaffenden Geiste befruchtet, wie schon seit vielen Jahrtausenden.

Wir werden einen Aufenthalt in Assuan haben, aber von hier bis zum Meer können wir natürlich nicht an jedem Ort und in jeder Stadt anhalten. Wir werden also eine Wahl treffen müssen, je nachdem, was die jeweilige Stadt oder der jeweilige Ort Besonderes in bezug auf den Nil zu bieten hat. Und so sehen wir, während wir den königlichen Strom begleiten, eine Reihe von Bildern, die ägyptische Landschaften vergegenwärtigen und an besondere Augenblicke der ägyptischen Geschichte erinnern.

Assuan mag zwar keine sehr wichtige Stadt sein – andere Städte sind vom archäologischen Standpunkt aus gesehen sehr viel reicher – seine geographische Lage, seine mit dem Nil verbundenen Sagen, die Dokumente, die man hier wiedergefunden hat und die sich auf ihn beziehen, laden jedoch zu einem kurzen Aufenthalt ein. Assuan war für das alte Ägypten der »erste« Katarakt, also das

Philae. Pylone des Isis-Tempels.

erste Hindernis, auf das die Pharaonen stießen, als sie ihre Expeditionen nach Süden schickten. So mußte Sesostris III., um seiner Flotte einen Weg zu bahnen, im Süden der Insel Sehel einen 78 Meter langen, 10 Meter breiten und 8 Meter tiefen Kanal graben lassen, der es beim höchsten Stand der Nilflut den Booten, die von Treidlern gezogen wurden, ermöglichte, ohne Zwischenfälle die Zone der Stromschnellen zu durchqueren. Assuan war auch das Ende des bewohnten Ägyptens und gleichzeitig der Ankunftsort eines Nils, dem Griechen und Römer einerseits, Ägypter andererseits, einen unterschiedlichen Ursprung zuschrieben. Für die ersteren – man erinnere sich ihrer Auslegungen – entsprang ein Fluß irgendwo am Ende eines Tals oder trat aus dem Abhang eines Berges hervor; er war zu Anfang nur ein kleiner Bach. Für die zweiten hatte das Wort »Quelle« nicht die geringste Bedeutung. Es existiert übrigens nicht einmal in der ägyptischen Sprache. Der Nil war ein Element der Welt, wie auch der Himmel und die Berge. Hingegen hatte das Hochwasser seinen Ursprung in riesengroßen unterirdischen Reservoiren, die sich in der Gegend des Kataraktes befanden. Es genügte, daß Chnum, der Gott mit dem Widderkopf, Schöpfer des Lebens, Erzeuger der Arten, und hier, in Elephantine, Hüter der Nilquellen zur Seite der Göttinnen Satis und Anukis, die gesegnete Flut aus diesem Reservoir befreite, damit sie sich über das ganze Land ausbreitete. »Chnum ist da, wie ein Gott; die Sandalen auf die Flut gesetzt, seine Hand auf dem Riegel der Tür, auf daß die Türflügel sich auf seinen Wunsch öffnen.« Dieses Zitat stammt aus einer Inschrift auf der sogenannten »Hungersnot-Stele«, die sich auf der Insel Sehel befindet. An Chnum wandte sich auch, wenn man dieser Inschrift Glauben schenken darf, Djoser, einer der größten Pharaonen des Alten Reiches, nach sieben Jahren Hungersnot. Der verzweifelte König brachte Chnum feierlich eine Opfergabe dar, und der Gott erschien ihm im Schlaf, um ihm zu sagen: »Für dich werde ich die Flut emporsteigen lassen, und es wird kein Jahr mehr geben, in dem die Überschwemmung auch nur auf irgendeinem Felde fehlt.«

Zeuge dieser ewigen Besorgnis der Ägypter ist das Nilometer von Elephantine – eine Treppe mit 90 Stufen, mit einem breiten abgewinkelten Absatz, der in den Nil eintaucht. Es ist, wenn auch ziemlich baufällig, bis heute erhalten geblieben. Es ermöglichte es, wie der griechische Geograph Strabo berichtete, mit großer Genauigkeit die Höhe der nächsten Flut vorauszusagen. In seine Wände waren Striche eingekerbt, die der jeweiligen Höhe entsprachen, die der Nil erreichte, vom Minimum über die Norm zum Maximum. So waren die Bauern über die Wassermengen, die ihnen zur Verfügung standen, unterrichtet, und die Gouverneure konnten ihre Steuern je nach Wasserstand festsetzen. Der alte Damm früher und der Hochdamm heute liegen auf der gleichen Linie wie die Bemühungen der Uferbewohner des Nils, die Nilflut zu beherrschen. Einst in Elephantine im voraus bestimmt, ist sie jetzt völlig gezähmt und auf die Bedürfnisse des Menschen abgestimmt. Heute sind die Türflügel des Gottes Chnum folgsame Schleusen in den Händen der Ingenieure. Der Mythos ist Wirklichkeit geworden, Ägypten hat sich aus einer fünfmal tausend Jahre alten Knechtschaft befreit, und der Gott Chnum heißt Sadd el-Ali.

Auch durch seine Granit- und Metamorphitbrüche hat Assuan in der Geschichte des alten Ägyptens eine wichtige Rolle gespielt. Von hier stammen die Obelisken, die monolithischen Kapellen, die Granitkolosse, die hier und dort die Tempeleingänge schmückten, die Türschwellen und -sturze, die großen Monumente aus hartem Gestein. Wenn man heute einen dieser Steinbrüche besucht, kann man nicht umhin, sich die Szenen vorzustellen, die sich dort unter einer unbarmherzigen Sonne in einer atemraubend heißen Luft abspielten. Zuerst prüften die Werkmeister die Oberfläche des Granits, dann schlugen die Steinbrucharbeiter in regelmäßigen Abständen schmale Gräben in das Gestein. In diese schmalen Gräben, die die zu gewinnenden Blöcke anzeichneten, schlug man Holzkeile, die, nachdem sie mit Wasser getränkt waren, das Gestein an den gewünschten Stellen sprengten. Auf diese Weise erhielt man fast völlig glatte Flächen, schon fertig zum Behauen, Polieren oder Gravieren. All diese Arbeiten wurden erst am Bestimmungsort ausgeführt. Die Steinbrüche von Assuan lieferten also ein halbfertiges Erzeugnis, das dann in den Norden transportiert werden mußte. Eine große Menge Arbeiter zog die riesigen, auf Schlitten gebundenen Blöcke, die über leicht geneigte Rampen glitten, zum Fluß hin. Man lud die Blöcke in aufgelaufene Lastkähne, die die Flut wieder flott machte. Und der herrliche, großzügige Nil zeigte nun diesen langen, von Hunderten von Ruderern bewegten, langsam dahingleitenden Flottillen den Weg zu den großen pharaonischen Städten. Diese Expeditionen wiederholten sich viele Jahrhunderte lang immer und immer wieder, um den Steinbrüchen gewaltige, Hunderte von Tonnen schwere und 20 bis 30 Meter hohe Granitblöcke zu entreißen, und um diese Monolithen und Obelisken bis mitten in das Reich zu transportieren, wo sie von genialen Künstlern mit eingemeißelten Ornamenten oder Reliefs verziert, oder mit Gold belegt, vor den Toren der Tempel leuchten sollten wie die ersten Strahlen der Morgensonne.

Während die Baumeister mit ihrer Fracht nach Norden fuhren, wagten sich Prinzen mit Forschersinn und Abenteuerlust in den Süden vor, um Ägypten dem afrikanischen Handel zu öffnen.

Es waren Abenteurer, vielleicht sogar ein wenig piratenhaft, aber sie zeigten außergewöhnlichen Mut und waren zweifelsohne von einem seltenen Unternehmungsgeist besessen. Einer von ihnen erweckt sicherlich Sympathie und vielleicht sogar eine gewisse Bewunderung. Sein Name ist Herkhuf. Er hat Phantasie, ist furchtlos, dabei aber doch realitätsnah – weshalb er den Dialekt der Stämme des Südens erlernt. König Merenre, der ihm dreimal Missionen anvertraut, hegt daran keinen Zweifel. Von seinen zwei ersten Reisen, die viele Monate dauern, und bei denen er sicher noch weiter als bis zum zweiten Katarakt vordringt, der – man erinnere sich daran – nahezu 500 Kilometer von Assuan entfernt ist, bringt er »seltene und kostbare Geschenke« mit, »wie man sie noch niemals aus jenen Ländern bekommen hatte«. Von der dritten Reise kommt er mit noch größerem Triumph zurück: »Mit dreihundert Eseln, die mit Weihrauch, Elfenbein, Öl, Leopardenfellen, Elefantenstoßzähnen, Bumerangs und mit allen möglichen wertvollen Produkten« beladen sind. All dies bringt ihm das wohlverdiente Lob seines Herrschers ein. Und man kann es natürlich gut verstehen, daß Herkhuf in seinem Stolz nicht der Versuchung widerstehen konnte, dieses Lob in die Wände seines künftigen Grabes einzumeißeln, das in die westliche Felswand gegraben ist, jene Felswand, die im Nordwesten der Stadt am Ufer des Stromes liegt. Noch bemerkenswerter ist seine vierte Reise. Zunächst begibt er sich durch die Wüste zu einer Oase, die westlich des Nils liegt, benutzt dann streckenweise die Karawanenstraßen, die Nubien und den Darfur mit den Gebieten der Savanne und der Wälder verbinden, kommt darauf in der alten Schleife von Derr zum Flußufer zurück, entfernt sich dann wieder etwas von ihm, um weiter im Norden erneut auf seine Ufer zu stoßen, bevor er schließlich nach Assuan zurückkehrt. Aber von noch viel weiter her kommen die Dinge, die er von seiner Expedition mitbringt, aus dem Innern des schwarzen Erdteils. So öffnet er einen Zugang zum tropischen Afrika. Dies ist das wichtigste Ergebnis seiner Rundreise. Herkhuf bringt sogar einen Pygmäen mit, der bereits Sklave sudanesischer Stämme gewesen war, mit denen er Verbindung aufgenommen

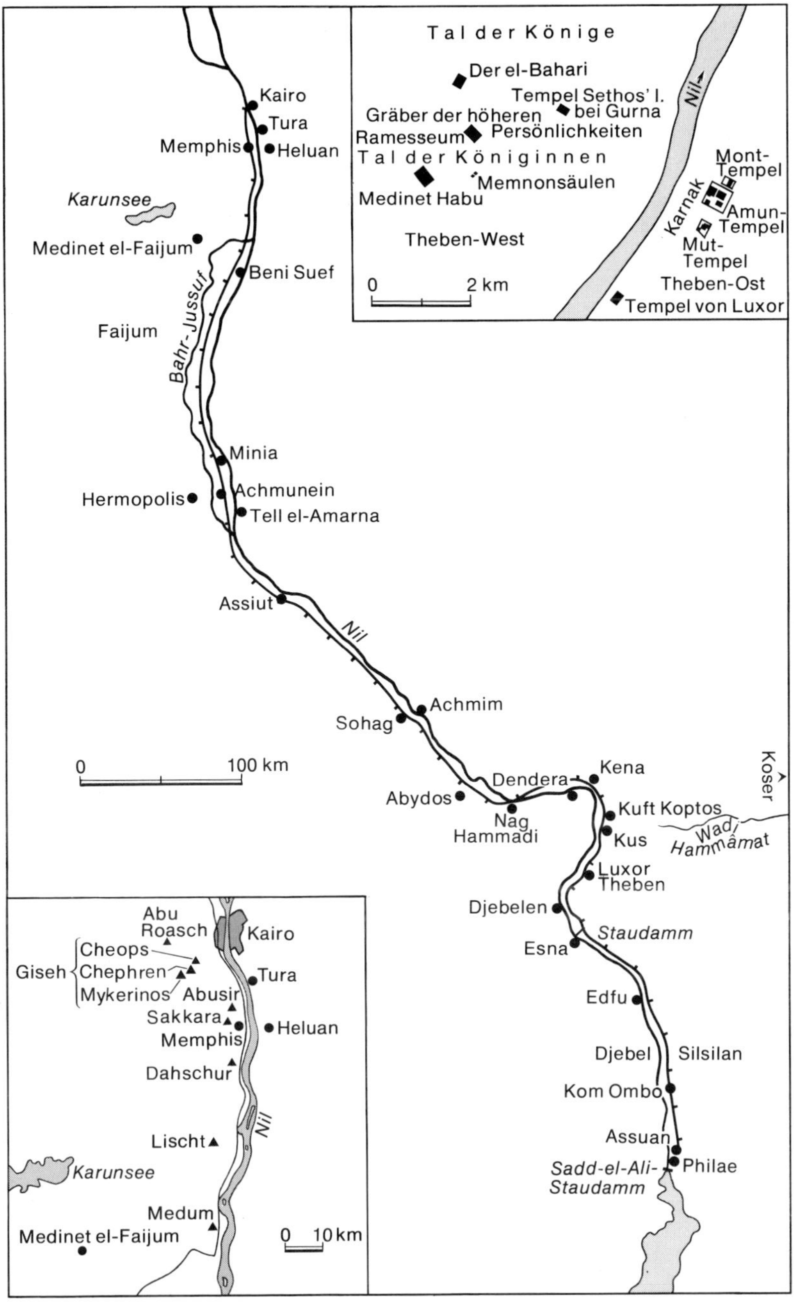

Karte 8: Der Nil von Assuan und Kairo. Als Ausschnitt unten: Das antike Theben; oben: die bekanntesten Pyramiden.

hatte, zur größten Freude des jungen Pepi II., des Nachfolgers Merenres . . . »Welch brennenden Wunsch fühlt Meine Majestät, diesen Pygmäen zu sehen . . . Komm doch mit der Strömung des Flusses sogleich zur Residenz; laß alles andere liegen (das heißt die große Menge wertvoller Beute, die er außerdem noch mitgebracht hat) . . . Er soll lebendig, heil und gesund sein . . . Wenn er mit Dir in das Boot steigt, postiere auf beiden Seiten des Bootes Deine Leute; gib acht, daß er nicht ins Wasser fällt. Wenn er sich schlafen legt, richte es so ein, daß sich Deine Männer in seiner Kabine um ihn herumlegen. Sieh jede Nacht zehnmal nach. Denn Meine Majestät begehrt diesen Pygmäen mehr zu sehen als alle Güter der Minen des Sinai oder des Punt.«

Auch diesen so überraschenden und originellen Brief hat Herkhuf in die Fassade seines Grabes meißeln lassen, das jenem fernen und geheimnisvollen Süden zugewandt ist, der ihn so sehr fasziniert. Eigentlich müssen wir ihm für seinen Stolz dankbar sein, denn durch ihn erfahren wir von der Existenz eines Pioniers aus der Zeit vor mehr als vierzig Jahrhunderten: von Herkhuf, dem Forscher-Prinzen. Und vielleicht dem Vater der Forscher Nubiens und des Niltals.

In den pharaonischen Zeiten war Assuan nichts als ein Anhängsel – Hafen und Arbeitsstadt – von Elephantine, wo sich die Residenz des Oberhaupts der Provinz, das Nilometer und der dem Gott Chnum geweihte Tempel befanden. Nach und nach jedoch trat Assuan an deren Stelle, und unter den Pharaonen wird die gesamte Geschichte dieser Stadt die eines Handelspostens und strategisch wichtigen Punktes sein. Sie bleibt es auch weiterhin, denn zu Beginn des 2. Jahrhunderts n. Chr. sind dort römische Garnisonen stationiert, türkische Truppen im 16. Jahrhundert und die Franzosen während ihrer Ägyptenexpedition mit Dasaix im Jahre 1799; auch Kitcheners Ausgangspunkt ist Assuan, als er Ende des 19. Jahrhunderts den Sudan von den Mahdisten zurückerobern will.

Von nun an wird Assuan das Leben einer kleinen ruhigen Stadt führen. Jeden Tag ruft der Muezzin von dem Holzbalkon der Moschee die Stunden aus und lädt zum Gebet ein. Im Basar, über dem der Duft von Gewürzen schwebt, drängen sich Menschen aller Rassen Nubiens und des Sudans um die Auslagen, die mit Produkten aus dem Süden und heimischer Handarbeit vollgestopft sind: Gummi, Ebenholz, Elfenbein, Waffen, ausgestopfte Tierköpfe, Leder, Holzschnitzereien und Korbwaren . . . Am Ufer des Nils empfangen Hotels mit ihrem etwas antiquierten Charme alte Ladies, die direkt aus dem Viktorianischen Zeitalter kommen könnten und »Milliardäre«, die jeden Winter in diesem idealen, trockenen und warmen Klima Heilung ihrer rheumatischen Erkrankungen suchen. Vor ihren Augen spielt sich hier das bezaubernde und ewig neue Schauspiel der Feluken mit ihren großen weißen Segeln ab, die von den blauen Granitufern des Nils, auf denen sich Palmen wiegen, die in besonderer Harmonie gepflanzt zu sein scheinen, zu der von rotem Nilschlamm umgebenen Insel Elephantine oder zur Kitchener-Insel fahren, die sich in traumhaft schöner Flora verbirgt. Zu Beginn der sechziger Jahre wird Assuan vom Fieber des Hochdammes erfaßt. In den breiten asphaltierten Straßen gehen Kutschen und Kaleschen – Sinnbild einer bezaubernden Vergangenheit – im dichten Autoverkehr unter. Man spricht nicht mehr nur Arabisch, sondern auch Russisch. Auf den Gehsteigen mischen sich kupferfarbene Gesichter und blonde Schöpfe sowjetischer Beamter und Ingenieure, Touristen, Bergarbeiter, Arbeiter und Bauern, die so wie früher Turban und Galabije tragen. Aus der UdSSR importierte Schnellboote machen den Feluken den Nil streitig, und neben den alten Hotels erheben sich moderne mit zwölf Etagen. Sogar der Himmel zeugt von dem Wandel: die große Wassermenge, die von dem Damm gestaut wird, ruft eine hohe Luftfeuchtigkeit hervor, so daß kleine Wölkchen entstehen, die zwar nur vereinzelt, dafür aber ständig am Himmel hängen. Diese Revolution hat natürlich auch einen Boom im Bauwesen mit sich gebracht, und die Stimme des Muezzins verliert sich zwischen den Mauern moderner Gebäude. Durch das besondere Licht in Assuan passen sie sich jedoch gut an die alten Häuser an. Die Stadt ist zu einer einzigen Baustelle geworden, die sich langsam nach Süden ausdehnt, wo man inzwischen Eisenerz abbaut und ein industrielles Kombinat zur Herstellung von Düngemitteln errichtet hat. Gleichzeitig wurden Siedlungen mit Sozialwohnungen gebaut, ein harter Schlag für das exotisch-afrikanische Gepräge der Stadt. Durch die Sonne wirken sie allerdings weniger trübselig als bei uns. Schulen sind gebaut, ein Bahnhof ist errichtet worden . . .

Parade vor dem Grabmal des Mahdi in Omdurman.

Durch all dies ist die Bevölkerungszahl von 20000 auf mehr als 100000 Einwohner angewachsen. Die Stadt scheint in einer Verjüngungskur begriffen zu sein und das Wirtschaftswachstum zu entdecken. Es ist der vom Sadd el-Ali gemeisterte Nil, der seine schöpferische Begabung ausübt, deren moderner Ausdruck Industrialisierung, Expansion und Stadtplanung heißt. Sicherlich ersetzen Waren aus Kairo mehr und mehr die Erzeugnisse, die aus Nubien oder vom Roten Meer kamen; aber der Duft des Südens, den man hier spürt, wird niemals ganz verschwinden. Halb sudanesisch, halb ägyptisch, hat sich Assuan sicher sehr verändert, aber es bleibt trotz allem eine Stadt zwischen zwei Welten.

An der Nilpromenade und den Kais entlangfließend, an denen Dampfer und Boote angelegt haben, wird der Nil nun unmerklich breiter und ergreift, kaum hat er die Stadt verlassen, von Ägypten Besitz*.

Oberägypten, das er nun durchfließen wird, zeigt bis auf wenige Ausnahmen immer das gleiche Gesicht: das eines Tals, das sich, einmal zwanzig Kilometer breit, ohne Widerstand ausdehnen kann, und ein andermal vier bis fünf Kilometer schmal, von den Steilabfällen der Wüstentafeln der libyschen Bergkette im Westen und der arabischen im Osten, oder auch nur von einer der beiden, eingeengt wird. Sicherlich ist die Wüste, der Geist des Bösen, ständig dabei, den Fluß zu belauern und ihn anzugreifen, aber der Nil, der Geist des Guten, geht siegreich aus allen Kämpfen hervor. Und unter dem fahlblauen Himmel, von dem sich rosafarbene Berge abheben, läßt das ägyptische Land – von seinen Kanälen versorgt wie der menschliche Körper von seinen Adern – seine sanften und zugleich grellen Farben spielen: strohgelb die Zuckerrohrfelder, zartgrün die Pflanzungen, grellgrün die Palmen, ziegelrot die Lehmhütten. Diese Farben verschmelzen ihrerseits mit der Ockerfarbe des Schwemmlandes der Nilufer, während der Fluß selbst, je nachdem, wie das Licht auf ihn fällt, von Blau zu Grün übergeht. Diese Landschaft, die allein Ägypten gehört, ist dieselbe, die einstmals die Pharaonen entdeckten, als sie auf der Rückkehr von ihren Feldzügen in den Süden den Fluß hinunterfuhren. Heute aber hat ein Pharao der Moderne, der Sadd el-Ali, Hochspan-

* Siehe Karte 8, Seite 237

nungsleitungen auf diesen uralten Boden gepflanzt. Übrigens kommt der Fluß auf dieser Strecke seiner Reise an Altem und Neuem vorbei, an der Fabrik und dem Tempel aus den Zeiten der Ptolemäer oder der Römer. Dieser Dualismus fällt einem nirgends mehr auf als vom Tempel von Kom Ombo aus, der auf einem isolierten Vorgebirge steht, das eine leichte Biegung des Flusses beherrscht. Durch ein Granittor hindurch entdeckt man, in einem ergreifenden Abriß von zwanzig Jahrhunderten, die hellen Kolonnaden des Heiligtums, den malvenfarbenen Nil, die Raffinerie mit ihren dunklen Mauern und helle Zuckerrohrpflanzungen, die sich im bläulichen Horizont verlieren.

Das Niltal ist ein Universum der Sonne, des Wassers und des Schlamms, das sich mitten durch eine Wüste zieht, wo seit Jahrtausenden Millionen von Menschen den Rücken beugen und die gleichen Handbewegungen vollführen, die gleichen Ackergeräte benutzen, wenn auch heute die Pflugschar des hölzernen Pflugs aus Stahl besteht. In den gleichen Hütten aus luftgetrockneten Ziegeln wohnen sie, die sie immer noch mit eigener Hand erbauen. Diese Menschen sind die Fellachen alter Zeiten, die um ihr »Kerndorf« versammelt sind, wie in den Tagen der Pharaonen. Wohl erscheinen nach und nach Traktoren und Mähmaschinen, aber das vor den Pflug gespannte Ochsenpaar bleibt immer noch das traditionelle Bild des Landes, des gleichen Landes, das auf den Wänden der Gräber der großen Nekropolen abgebildet ist. Sicherlich werden neuerdings auch Dampf- oder Elektropumpen in Betrieb genommen, aber die alte, vom Büffel, Ochsen oder Kamel betriebene Sakije und der noch ältere Schaduf sind noch längst nicht von der Bildfläche des ägyptischen Landes verschwunden. Wenn auch die großen Städte von nun an die von der Talsperre erzeugte Energie ausnutzen, so lebt doch das kleine Dorf am Nilufer immer noch wie in der Vergangenheit.

Der ägyptische Boden ist reich, aber der Fellache ist arm. Wenn er auf dem Felde arbeitet, hat er nichts an als eine Galabije und eine weite Hose. Manchmal geht er auch mit nacktem Oberkörper, dann fällt einem sein gedrungener und kräftiger Körperbau auf. Sein breiter Kopf und die längliche schräge Augenform erinnern ungemein an seine Vorfahren, die alten Ägypter. Auch die Frauen der Fellachen gleichen den Abbildungen, die man von ihnen in den

Nekropolen findet – schwarz geschminkte Augen, feingeflochtenes, von Öl glänzendes Haar, breite Schultern, kräftig und fruchtbar. Die Frauen bilden ein unersetzliches Element in der ländlichen Wirtschaft.

Der ägyptische Boden ist reich, aber der Fellache ist genügsam. Seine Nahrung besteht aus Durrah und Mais, aus gekochten roten Linsen und Saubohnen, aus Salat, Zwiebeln und Gurken, aus in Essig eingelegtem Gemüse, aus Datteln, aus gesalzenem Käse. Sein Brot ist ein runder, kleiner Fladen, der aus zwei aufeinanderliegenden leicht feuchten Scheiben besteht, die nach dem Mist riechen, der als Heizmaterial gedient hat. Fleisch – vom Büffel oder vom Schaf – ist wie die traditionelle Gans nur für Festtage bestimmt.

Der Boden Ägyptens ist reich, aber die Hütte des Fellachen ist von biblischer Einfachheit: ein Kasten, mit Mauern aus Lehm und Stroh, mit einem Terrassendach, auf dem sich manchmal ein Taubenschlag befindet. Sie steht dicht an dicht mit dem Nachbarhaus, denn kein Stückchen Land darf verlorengehen. Es ist eine primitive Hütte: ein niedriger Raum mit einer Tür als einziger Öffnung; als Möbel Matten, Decken, eine oder zwei Truhen und einige rustikale Geräte. Ein kleinerer Raum als Küche, mit dem Backofen und dem Mühlstein zum Mahlen des Korns und ein angrenzender Hof, auf dem man nach Sonnenuntergang mit Freunden ein Schwätzchen halten kann, sind für den Menschen des Nils die Ergänzung der Familiengemeinschaft. Der Fellache ist arm. Er ist – trotz der Agrarreform – noch immer nur ein kleiner Besitzer von wenigen Hektar Land oder auch Pächter. Sein Dorf jedoch, seine einzige Welt, ist reich an Leben. Man fühlt es, dieses Dorf, man hört es. Dorfbewohner und Tiere machen sich auf lautstarke Weise bemerkbar. Kinder schreien oder sagen im Chor einen Vers aus dem Koran auf; verschleierte Frauen flüstern sich den letzten Klatsch zu, Männer führen mit durchdringender hoher Stimme ein lautes Gespräch, ein blinder Bettler wiederholt wie eine Litanei seine Bitte um ein Almosen; Hunde versuchen, sich etwas zu schnappen, man schreit sie an, Hühner gackern, ein Esel schreit, wann es ihm gefällt, und nur er weiß, warum. Alle aber gehen schnell aus dem Weg, um eine Art Tiermaschine mit vier langen muskulösen Beinen und einem dünnen Hals vorbeizulassen. Mit einer gewaltigen Maisladung auf dem Rücken, schreitet seine Majestät das Kamel, oder richtiger das Dromedar, unter unentwegtem Kauen unerschütterlich vorüber. In all diesem Lärm ist das einzige schweigsame Wesen ein Greis, der unbeweglich in seinem Eckchen sitzt und all dem Durcheinander mit philosophischer Miene zuschaut.

So verläuft das Leben des Fellachen . . . Intelligent, aber in sein Schicksal ergeben, pflügt er, sät er, erntet er. Er arbeitet, er arbeitet immer noch, er wird ewig arbeiten. Jenseits der Zeit, wie es bis jetzt scheinen konnte. Nichtsdestoweniger wird auch ihn früher oder später die Revolution des Staudammes erreichen. Vielleicht nicht ihn selbst, er bleibt seinem so fetten und fruchtbaren Boden und dem Nil, dem er sein ganzes Vertrauen schenkt, zu innig verbunden. Von seinen beiden Kindern aber wird ihn sicher eines verlassen, dem Ruf der Stadt oder der Fabrik folgend.

Währenddessen setzt der Strom, den leichte Feluken und ganze Heere von schweren Lastkähnen beleben, die Eisenerz aus den Minen Assuans transportieren, seine Reise durch Oberägypten fort. Eine Reise, die ihn immer weiter geradeaus führt und auf der geschichtsträchtige Orte und ewige Landschaften einander abwechseln. Aber auch das 20. Jahrhundert ist, mit seinen Fabriken, vor allem mit Zuckerraffinerien, gegenwärtig.

Seit Assuan von Reihen gelber Ruinen im Westen und ausgedörrten Steilabfällen im Osten eingeengt, dehnt sich nun das Tal auf einmal bei Kom Ombo aus. Hier ragt am rechten Ufer der Doppeltempel über den Nil hinaus, der zwei Gottheiten, Sobek, dem Krokodilsgott, und Horus mit dem Falkenkopf, geweiht ist. Und, was in Ägypten sehr selten ist, dieser Tempel ähnelt mit seinen leuchtenden romantischen Ruinen einer Akropolis. Der Strom verläßt nun diese weite Ebene, die der Wüste durch Bewässerung entrissen wurde und wo nach der Umsiedlung eine große Anzahl von Nubiern lebt – daher nennt man diese Ebene auch Neu-Nubien. Der Nil fließt jetzt wieder in vielen Windungen dahin, und seine Vegetation wechselt von einem Ufer auf das andere über. So steht das Gold einsamer Sandstrände auf dem einen in scharfem Kontrast zu dem Grün der Terrassenkulturen und der Dattelpalmen auf dem anderen, ohne daß jedoch die beiden Ufer jemals das

Der Falkengott Horus im Tempel zu Edfu.

gleiche Gesicht zeigten. Bald aber vermindert sich die Breite des Tals – wieder diese Wechselfolge –, bis sie nahezu mit der des Flusses übereinstimmt, nämlich etwa 300 bis 400 Meter. Dies ist der Djebel Silsilah, der »Berg der Kette«, der mit den Anhöhen des rechten Ufers eine Schlucht bildet, von der es in einer Sage heißt, daß hier der Nil von einer Kette, die von einem Felsabhang zum anderen gespannt war, abgesperrt worden sei. Hier herrscht nicht mehr, wie in Assuan, der Granit vor, sondern ein wunderschöner Sandstein. Dieser Sandstein wurde von den Pharaonen in Steinbrüchen abgebaut, die zu den wichtigsten der damaligen Zeit gehörten. Heute ziehen sich hier Hochspannungsleitungen entlang.

Sobald er diesen Ort verlassen hat, nimmt der Nil wieder seine gewöhnliche Breite an, während in der Ferne die ockerbraune arabische Bergkette wieder sichtbar wird. Diese senkt sich zunächst ein wenig, um einem breiten fruchtbaren Tal Raum zu geben. Dann erhebt sie sich wieder, um den Strom ein wenig näher an sich zu ziehen, bis nach Edfu, wo auf dem linken Ufer, über Palmen und Häusern der kleinen Stadt, die zwei Mauern eines Pylons sichtbar werden – monumentaler Eingang zu einem ptolemäischen Tempel, der dem großen Himmelskönig, dem Falken Horus, geweiht war. Auf dem anderen Ufer erheben sich ein großes Wasserschloß und Fabrikschornsteine, deren grauer Rauch die Bläue des Himmels verdunkelt. Und jetzt ist es wieder eine schöne bebaute Ebene, an der der Nil vorbeifließt. Ziemlich breit dahinströmend, trifft er in Esna – ein erneutes Beispiel für das ständige Nebeneinander von Altertum und Moderne – auf einen 875 Meter langen Staudamm mit 120 Schleusentoren, die die für die Bewässerung bestimmte Wassermenge regeln. Und er begegnet einer am linken Ufer gelegenen Stadt, der größten seit Assuan, deren Boden sich derartig gehoben hat, daß die Kapitelle einer Säulenhalle kaum über ein Gäßchen hinausragen. Dieser Hypostylsaal wurde von den Römern an der Stelle eines alten Tempels erbaut, der zur Zeit der Ptolemäer Chnum, dem Widderkönig geweiht war. Und dann verengt sich das Tal noch einmal bei Gebelein, das seinen Namen »die zwei Berge« den zwei Felsen verdankt, die sich am Flußufer erheben. Der Nil muß sich gegen die Wüste verteidigen, sich auf der Rechten, auf der Linken wehren, Mäander beschreiben, um Angriffen auszuweichen, seine Breite manchmal bis auf 150 Meter verringern und zwischen abschüssigen Lehmabhängen dahinfließen, hinter denen Felder, Palmenhaine und Dörfer auftauchen.

Dann aber wird der Fluß wieder breiter, mehr als 1000 Meter breit ist er nun, und setzt zu einem großen Bogen an. Das Tal hingegen wird von der libyschen Wüste im Westen und der arabischen im Osten eingeengt. Ein ganz anderes Land kündigt sich an. Man ahnt, daß etwas Außergewöhnliches bevorsteht.

Im Osten dehnt sich eine weite Ebene, ein großes Schachbrett von Palmen und Feldern zwischen dem Nil und der arabischen Bergkette aus, deren spitze Gipfel sich am fernen Horizont abzeichnen. Drei dieser Spitzen, die dicht hintereinander liegen – man nennt sie »die drei Brüder« – waren vielleicht das Vorbild für die Hieroglyphe, die zur Bezeichnung von Bergen und Wüste verwandt wurde. Auf der linken Seite, im Westen, erstreckt sich vom Ufer des Flusses aus ein grüner Teppich, auf dem bestellte und erntereife Felder, Palmen und Häuser ineinander übergehen, bis hin zu den sanften Wellen der Wüste. Diese steigen treppenförmig bis zu der mächtigen Barriere der libyschen Bergkette an, deren steilabfallende Kalkwände Amphitheater zu bilden scheinen, die auf den Fluß hinunterschauen. Das westliche Gebirge krönt »Der Gipfel«, etwa 500 Meter hoch und fast pyramidenförmig – man traut kaum seinen Augen. Er herrscht über diesen riesigen, eindrucksvollen Talkessel, dessen grelle Farben mit den Tageszeiten wechseln: hell ockerfarben am Morgen, leuchtend weiß am Mittag, bläulich am Nachmittag und dunkelviolett am Ende des Tages, wenn die Sonne schnell hinter »Dem Gipfel« versinkt und über das ganze Land eine schräge Flut goldbrauner Pfeile gießt.

In diese Landschaft, einer der schönsten, harmonischsten, außergewöhnlichsten, die man sich nur vorstellen kann, zieht nun ein ruhiger, glatter, wie Marmor polierter Nil, 230 Kilometer hinter Assuan, dem Tor Ägyptens, mit dem Gebaren eines Herrschers ein.

Und dieser königliche Ort ist Theben . . .

4. Kapitel

THEBEN

In Theben hat der Strom den Höhepunkt seines Ruhms erreicht . . .

Nirgendwo in Oberägypten hat er so viel Glanz, so viel Reichtum und Macht gesehen.

»Das hunderttorige Theben«, von Homer besungen, Theben, dessen Ruhm niemals vergehen wird, Theben, mehr als ein Jahrtausend lang Hauptstadt des alten Ägyptens, ist das Abbild einer einzigartigen Kultur, aus dem Nil, dank des Nils, am Ufer des Nils entstanden*.

Wenn der Ruhm einen Ort krönt und aus ihm eine der Angelpunkte der alten Welt macht, kann man sich einen bescheidenen, geradezu unbedeutenden Anfang nur sehr schwer vorstellen. Und doch verhielt es sich so mit Theben. Sicherlich mußte es dank seiner landschaftlichen Gegebenheiten zu einem außerordentlichen Schicksal berufen sein, aber ursprünglich bestand es aus nichts weiter als aus ein paar Hütten – Unterschlupf für Stämme, die halbe Flußbewohner waren und von Jagd und Fischfang lebten. Vielleicht bauten sie auch schon auf den Anhöhen, die nicht überschwemmt wurden, Getreide an. Nichtsdestoweniger war die Bescheidenheit des Ursprungs dieser Stadt für die Ägypter schwer vorstellbar. Es schien ihnen nur allzu natürlich, daß schon seit ewi-

* Siehe Ausschnitt in Karte 8, Seite 237

gen Zeiten Theben – sie nannten es Quaset – einer der größten Orte der Welt war, als erste alluviale Insel, die aus dem Chaos auftauchte. Tatsächlich sah nämlich das Bild, das sich die Ägypter von der Entstehung der Erde machten, nicht viel anders aus, als das, was sie jedes Jahr vor Augen hatten. Wenn der Nil sich zurückzog, folgte auf eine unorganisierte, unter der Flut versunkene Welt so etwas wie Leben. Anhöhen und Deiche wurden sichtbar, Schlammhügel tauchten aus dem Wasser empor. In der Vorstellung der Thebaner war auch die Schöpfung nicht viel anders vor sich gegangen.

»Wasser und Erde waren an diesem Ort, zur Zeit des Ersten Anfangs, und der Sand, der kommt, die Felder zu säumen, schuf einen Hügel, der aus den Wassern emportauchte. So ward die Erde ...«

Theben also war der von allen erwählte Ort, in dem sich die erste Anhöhe erhob.

Und einige Zeit später, irgendwann und irgendwo, inmitten der Hütten von Fischern, Sumpfbewohnern, primitiven Bauern, wurde auf der Spitze eines Erdhügels eine Hütte aus Schilfrohr errichtet. Das war der erste und bescheidene Tempel eines Gottes namens Amun, der einer der größten Götter des Reiches werden würde, der Beschützer des Königtums, der Eroberer der Alten Welt. Amun bedeutet auf ägyptisch »der Geheime«, »der Verborgene«, »der Mysteriöse«. In der folgenden Hymne kommt die Vorstellung zum Ausdruck, die sich die Ägypter des Neuen Reiches von ihm machten.

Oh, Du, der Du der erste warst, zur Zeit des ersten Anfangs,
Amun, der Du ins Dasein kamst am Beginn aller Dinge.
Wir wissen nicht, woher Du kommst.
Kein Gott war vor Dir,
Und kein Gott war Dein Begleiter,
Der Deine Gestalt offenbaren könnte.
Keine Mutter, um Dir einen Namen zu geben,
Kein Vater, um Dich zu zeugen,
Und der sagen konnte: »Hier ist mein Werk.«
Oh, Gott, der Du das Ei schufst, aus dem Du kommen solltest,
Macht der unbegreiflichen Geburt,
Göttlicher Gott, aus Dir selbst geboren ...«

In Theben also beginnt Amuns Laufbahn als Gott, in Theben, das auf diesem Platz entstanden ist, weil Menschen gerade diesen Ort irgendeinem anderen am Nil vorgezogen haben, um hier zu leben unter Umständen, die wir niemals kennen werden.

Für Homer übertrafen nur die Vielzahl der Sandkörner die Menge der Reichtümer, die »das hunderttorige Theben« verbarg... Bevor sie aber bis zu diesem Ruhm gelangte, hatte die legendäre Stadt schon einen langen Weg hinter sich.

Erst um das Jahr 2130 v. Chr. – am Anfang der 10. Dynastie – beginnt Theben zu wachsen. Von einem Marktflecken, der es damals noch war, entwickelt es sich dank seiner geographischen Lage zu einem größeren Ort. Militärische Erfolge machen es dann um das Jahr 2060 – zu diesem Zeitpunkt beginnt das Mittlere Reich – zu einer Hauptstadt. Am Ende der 11. Dynastie nimmt eine prunkvolle Epoche ihren Anfang, die bis zum Ende der 12. Dynastie (1785) anhält.

In diese Zeit gehören die Kunsthandwerker der Pharaonen, deren wenige erhalten gebliebene Statuen uns auf bewunderungswürdige Weise mit ihren Gesichtern bekanntmachen und ihren Charakter offenbaren. Das Abbild Sesostris' III. zeigt ein ausdrucksvolles, energisches Gesicht: Augen mit hängenden Lidern, einen scharf geschnittenen Mund, hohe, kräftige Backenknochen. Diese Könige – zugleich Eroberer, Organisatoren und Verwalter – waren auch die Erbauer herrlicher Monumente zum Ruhme Amuns. Von diesen sind die meisten nicht mehr erhalten. In einer späteren Epoche wurden sie zerstört, um Material für neue Bauten zu liefern. So verhält es sich z. B. mit einer kleinen Kapelle aus Kalkstein, einem von Sesostris I. erbauten Meisterwerk mit zarten Reliefs, von der man alle Blöcke fast unversehrt in dem Pylon eines Tempels wiederfand, der von einem Pharao des Neuen Reiches errichtet worden war.

Gegen 1700 wird das Land von den Hyksos angegriffen. Theben wird zum Helden des nationalen Widerstandes und beginnt den Kampf gegen die asiatischen Eindringlinge. Schließlich gelingt es, sie zu vertreiben. Dann baut Theben sein Reich wieder auf und vergrößert es durch Feldzüge nach Kleinasien und Nubien. Diese neue Blütezeit ist das Werk von vier Königsdynastien – der 17. bis zur 20. –, die von etwa 1680 bis 1085 herrschen. Allmächtige Herren ihres Landes und ihrer Untertanen, Göttersöhne, ja selbst Götter, verwandten die Herrscher des Neuen Reiches diese alte metaphysische Vorstellung, um ihre Stellung zu festigen und Ägypten und seiner Hauptstadt Macht und Wohlstand zu bringen.

Dies ist das Goldene Zeitalter Thebens. Tausende von Kriegsgefangenen bevölkern die Stadt. Alles was erbeutet wird, sammelt sich hier in ungeheuren Mengen an. Erzeugnisse aller Art treffen von überall her ein. Die Stadt wird zum größten Lagerplatz der Welt. Während nahezu sechs Jahrhunderten erstrahlt Theben in unvergleichlichem Glanze. Es benutzt seinen Wohlstand, um dem König der Götter, Amun, der ihm den Sieg gebracht hat, Monumente von nie gekannter Größe zu errichten, in denen sich die außergewöhnliche architektonische Begabung der alten Ägypter offenbart. Es sind die großen, am Ostufer des Nils gelegenen Tempel von Karnak und Luxor, wie man sie später nennen wird. In ihrer Nähe liegen, von duftenden Gärten und Palmenhainen umgeben, weitere Tempel. Sie sind der geiergestaltigen Göttin Mut, Gattin des Amun, Beschützerin und Rachegöttin, und Chons, Abbild des Mondes und Heilgott, geweiht, an den das Volk sich wendet, damit er böse Geister vertreibt. Man ehrt auch den falkenköpfigen Month, Sohn des Amun und der Mut, einen Kriegsgott, den Gott Ptah, Erfinder der Technik, Schutzherr der Handwerker und die Nilpferdgöttin Ipet, eine Fruchtbarkeitsgöttin.

Und die größten Pharaonen jener Zeiten – Thutmosis III., Amenophis II., Sethos I., Ramses II., dessen Herrschaft dreiundsechzig Jahre dauerte, und Ramses III. – rühmten Amun durch den Stein, und jeder war bemüht, mächtigere und kunstvollere Bauten zu errichten als der andere. So wurde Karnak ein gigantischer Komplex von Monumenten, der sich über mehr als hundert Hektar erstreckte. Hier folgen gewaltige, mit Flaggenmasten geschmückte Pylone, Innenhöfe, imposante Hypostylsäle, wie die Sethos' I. und Ramses' II. mit ihren 134 mächtigen Säulen, die ein riesiges Dach tragen, aufeinander. Hier erheben sich Obelisken vor den Toren, hier findet man breite, von Sphinxen gesäumte Alleen, Kolosse, Hunderte von Königsstatuen, nicht zu reden von den Monumenten, die Prinzen, Priester und Privatleute zu Tausenden errichten. Gewisse Privatleute hatten nämlich das Recht erhalten, für sich selbst Monumente zu erbauen, um so an dem Kontakt mit den Gottheiten teilhaben zu können. Überall zeigt sich der Reichtum, glänzen das Gold und Silber der Verkleidungen, leuchtet die Vielfalt der Farben, die vom Blau und Grün beherrscht wird. Das Kolossale schließt jedoch die Vollkommenheit des Details nicht aus: die kleinste Einzelheit ist auf das Kunstvollste ausgeführt.

Der gleiche Reichtum im Luxor-Tempel, dem »Harem des Südens« des Gottes Amun. Im Verhältnis zur Fläche des gesamten Komplexes von Karnak, nimmt er nur wenig Raum ein. Er dient jedoch auch nur dazu, einmal im Jahr, am Neujahrstage, vom König der Götter besucht zu werden. Mit welcher Sorgfalt hat Amenophis III. ihn erbauen lassen: Aus schönem weißen Gestein wurde er »auf einem Boden aus Silber und einem Bett aus Weihrauch« errichtet. Die Flügel seiner Türen aus Akazienholz sind mit Einlegearbeiten aus Gold und mit Angeln aus Bronze verziert, und der Name Amuns ist mit Edelsteinen darauf geschrieben.

Während man in Karnak um Amun und die anderen Götter einen phantastischen Kult des Steins, mit einem vollkommenen Gleichgewicht von Raum und Linie errichtet, lassen sich die Könige auf dem linken Ufer des Nils beisetzen, in einem Tal, am Fuße der Steilwände, die in der glühenden Sonne des westlichen Gebirges liegen. Die Königinnen haben im Südwesten, 1500 Meter von hier entfernt, ein kleines Tal ausgewählt, das in die libysche Bergkette hineinreicht. Adlige, Priester, Offiziere, Beamte und reiche Privatleute lassen sich größtenteils in privaten Nekropolen begraben, wo sie, vor den Angriffen der Menschen und der Zeit geschützt, jenseits dieses Lebens eine selige Unsterblichkeit erfahren werden. Ihre durch den Tod freigewordene Seele kehrt, nachdem sie alle Prüfungen überstanden hat, die ihr von einem göttlichen Gericht auferlegt wurden, wieder in den einbalsamierten Körper zurück, und der Tote erwacht zu neuem Leben. Es gefällt ihm, wenn er dann die Szenen, die er auf der Erde erlebt hat, wiedersieht oder wiederfindet. Daher sind die Wände der Grabkammern mit Malereien in kräftigen Farben geschmückt, die charakteristische Ereignisse im Leben des Toten darstellen, seine Familie, Personen oder Tiere, die sein tägliches Leben teilten, Szenen der Arbeit von Bauern und Handwerkern, Bilder des Glücks im Erdenleben – jenes Glück, das die Thebaner zu ihren Lebzeiten genossen,

Das Flachrelief vom Grab des Ramose (Theben, Westufer) zeigt Urel, Gattin des Mai, Mitglied der Familie des Wesirs Ramose (18. Dynastie).

wo sie konnten. So lieben sie es, »sich einen glücklichen Tag im Papyrus zu machen«, das heißt sie nehmen ein Boot und fahren in die Sumpfgegend des Nils, wo sie essen und trinken. Oft kann man an den Wänden ihrer Gräber diese so nostalgischen, aber, man muß gestehen, auch etwas skeptisch gefärbten Strophen lesen, die gut dieser immerwährenden Suche nach dem Glück Ausdruck verleihen:

»Denk' an Dein Glück, solang' Du lebst,
solang' Dir Kräfte bleiben.
Folge stets Deinem Verlangen
bis zum Tag der Nimmerwiederkehr.
Denn die, die da gegangen sind, seit alter Götter Zeiten,
sie kehrten wieder nimmermehr,
ihren Namen kann man suchen, man kann fragen:
Nicht ein Stein ihres Hauses blieb stehen.
Ihr Gesicht kennt keinen Festtag mehr,
weiß nicht, was nach dem Herzen handeln heißt;
Die Güter, die sie hatten, gehören Andern nun.
Sie aber sind entschwunden; weit fort sind sie gegangen.
›Ach, hätt' ich nur gewußt!‹ – ist alles, was zu sagen bleibt . . .«

Während in der persönlichen Atmosphäre der Privatgräber ein gewisser Frohsinn zum Ausdruck kommt, verhält es sich mit den Gräbern der großen Könige ganz anders. Lange, abfallende, mehr als 100 Meter tief in den Fels getriebene Stollen teilen sich durch eine Reihe von schmalen Gängen, die in Kammern münden, in mehrere Abteile auf. Die Wände dieser Kammern sind mit Hunderten und Aberhunderten von Hieroglyphen bedeckt. Von einem oft geradezu dramatischen Dekor aus Skulpturen oder Malereien sind manchmal nur die Säulen, oft auch die ganze Decke überzogen. Ein außergewöhnliches Universum von Figuren verschiedener Gottheiten, von Bildern, die den nächtlichen Lauf des Sonnenschiffes oder Ungeheuer aus dem Jenseits darstellen, von Abbildungen jener anderen Welt, die der höllische Nil bespült, dessen beide Ufer von seltsamen Wesen bevölkert sind, die die Phantasie der Ägypter außerhalb der bekannten Welt sieht. Und im Zentrum der Grabkammer, von einer verschwenderischen Fülle wertvoller Gegenstände umgeben, die denen gleichen, die der Herrscher zu seinen Lebzeiten kannte, ruht die Mumie des Königs.

Das »Große Haus für Millionen Jahre« der Königs-Königin Hatschepsut
in dem grandiosen Kessel des Tals der Könige (Der el-Bahari; Theben, Westufer; 18. Dynastie).

Aber nicht nur durch unterirdische Bauten will man sich in Theben-West das ewige Leben sichern. Besorgt darum, ihr jenseitiges Schicksal mit dem der großen Götter zu vereinen und ihre persönliche Genialität zu verewigen, errichten die Pharaonen »große Häuser für Millionen Jahre«. Einige blieben von der Zeit verschont, wie zum Beispiel der Tempel der »Königs-Königin« Hatschepsut, in dem grandiosen Talkessel von Der el-Bahari. Dieser Tempel, »Erhabener unter den Erhabenen«, ist von einer bewunderungswürdigen Reinheit der Linien, einfach und doch gewagt mit seiner zentralen Rampe, die drei große, von Kolonnaden gestützte Terrassen verbindet und die zur libyschen Bergkette hin ansteigt, so daß sie mit ihr zu verschmelzen scheint. Bewahrt blieben auch der Tempel von Sethos I. in Gurna, auf flachem Terrain gebaut, in dem die Kunst des Reliefs einen Höhepunkt erreicht; der Tempel seines Sohnes, Ramses' II., mit dem er noch zu seinen Lebzeiten die Macht teilte, das gewaltige Ramesseum, wo die »Sonne der Herrscher« noch einmal den Sieg von Kadesch feierte; der Tempel Ramses' III., in Medinet Habu mit seinem befestigten Tor, seiner Reihe von Höfen, Kolonnaden und Kammern, mit seiner hohen Ziegelmauer. Von einem viel älteren Tempel des Amenophis III. blieben nur die zwei monolithischen Statuen erhalten, die den Eingang schmückten. Sie waren mehr als 15 Meter hoch, die Höhe ihrer Sockel nicht mitgerechnet. Eine wurde später berühmt durch ein . . . Erdbeben, das im Jahre 27 v. Chr. stattfand. Der obere Teil des nördlichsten Kolosses wurde nämlich ernsthaft beschädigt, und daraufhin trat ein sonderbares Phänomen auf, das tiefes Entzücken bei Griechen und Römern erregen sollte. Wenn die ersten Sonnenstrahlen den Stein erwärmten, konnte man einen Laut vernehmen, der, wie die einen meinten, einem melodischen Ton, und nach Ansicht der anderen dem Klang eines Kupfergongs ähnelte. Immer nach Wunderbarem suchend, fanden die Alten sofort eine passende Erklärung. Memnon, der mythische, bei Troja gefallene Held, den Homer besungen hatte, war nach Theben zurückgekehrt, sozusagen in den Leib einer Statue, und grüßte jeden Morgen mit klagendem Ruf seine Mutter Eos, die Morgenröte, die in tiefer Verzweiflung rosafarbene Tränen über die Erde fließen ließ. Da die Griechen der thebanischen Nekropole den Namen Memnoneia gegeben hatten, war es um so leichter gewesen, die berühmte Statue zu taufen. Von nun an wuchs die Verehrung, die man dem Koloß entgegenbrachte, immer mehr an. Neugierige strömten in Massen nach Theben. In der Frische des frühen Morgens erwartete man die Klage des Memnon. Man schlug sogar Zelte auf, denn der Held ließ nicht jeden Tag seine Stimme ertönen. In diesem Falle konnte sein Schweigen als ein Zeichen schlechter Laune ausgelegt werden. Die Besucher ritzten ihre Namen in die Füße der Statue – drei Meter maßen sie – das Datum ihres Besuchs und eine Formel, die bezeugte, daß sie Memnons Stimme tatsächlich gehört hatten. Manchmal wurden den zwei Beinen aus Stein sogar Gedichte anvertraut. Außer gewöhnlichen Reisenden kamen auch wichtige Persönlichkeiten hierher, Präfekten der Bezirke, Gouverneure der Provinz Ägypten, Kaiser, wie Hadrian, der von der Kaiserin Sabine und einer Dichterin begleitet wurde. Die Dichterin berichtete, daß dem Kaiser ein dreimaliger Gruß entgegengebracht worden sei: »Es war augenfällig für alle, daß die Götter ihn liebten.« Kurz, der Memnonkoloß blieb die große Attraktion bis zu dem Tage, an dem Kaiser Septimius Severus die Statue reparieren lassen wollte, weil er fand, daß sie mit ihrem großen Spalt ein jammervolles Bild darbot. Welche Katastrophe! Memnon rief nie mehr seine Mutter Aurora an. Und so starb eine wunderschöne Legende, die sich länger als zwei Jahrhunderte erhalten hatte.

Die Verbindung zwischen Theben-Ost und Theben-West ist natürlich der Nil. Und der Glanz Thebens findet seinen Ausdruck ganz besonders in dem außerordentlich lebhaften Betrieb, der an seinen Ufern und auf dem Fluß selbst herrscht.

Theben-West, das sind nicht nur Tempel für Jahrmillionen und ewige Behausungen, in Schweigen versunken, sondern auch eine ganze Reihe von Bauten, in denen das Personal der Nekropole wohnt; ein ganzes Heer von Steinbrucharbeitern, Maurern, Graveuren, Malern und . . . Balsamierern. Es ist eine richtige Stadt, ausschließlich der Industrie des Todes gewidmet. Und während langer Jahrhunderte stellen die Werkstätten dieser seltsamen Stadt Mumien und Kultgegenstände her, die nicht nur die Erinnerung an die Verstorbenen am Leben erhält, sondern ebenso die Sterblichen. Etwa vier Kilometer von hier entfernt, in der reichen Ebene, die zu den Ufern des Nils führt, bewirtschaftet ein weiterer menschlicher Bienenstock riesige Ländereien, welche »Tiere mit Hörnern, Hufen oder Federn« sowie die für das Leben in der Hauptstadt und ihre großen religiösen Gemeinschaften notwendigen landwirtschaftlichen Erzeugnisse liefern.

In Theben-Ost, dem Theben der Lebenden, widmet sich währenddessen eine andere Menschenmenge dem irdischen Dienst eines göttlichen Wesens, Amun, von dem das Geschick und der Ruhm Ägyptens abhängen. Amun ist ein Gott, dem man Ehre erweisen muß. Er ist ein ungemein reicher Besitzer, dessen Patrimonium aus Ländereien und Abgaben aller Art verwaltet werden muß. So stehen Zehntausende von Menschen in seinem Dienst: Priester, Kaplane, Geläuterte jeglicher Natur, und auch ein Heer von Beamten, das vom niedrigen Angestellten bis zum Leiter der Schreiber in der Buchhaltung reicht, vom bescheidenen Hirten zum Oberhaupt der Herden, vom einfachen Arbeiter zum Domänenverwalter; und wie in allen Verwaltungsapparaten bedeutet das viele Büros . . .

Der tägliche Gottesdienst, dessen Ziel es ist, das Leben der Gottheit zu erhalten, ihr Wohlbefinden zu sichern, sie gegen jeden Angriff, der ihre Wirkungskraft auf Erden vermindern könnte, zu beschützen, stellt die große religiöse Aktivität der Priester dar, die als einzige, dank ihres Zustandes seelischer Reinheit, das Allerheiligste betreten oder die Kultgegenstände und die dem Gott geweihte Nahrung berühren dürfen. Schon vor Sonnenaufgang beginnt der heilige Dienst. Man öffnet den Tempel, und die Priester, die sich mit dem heiligen Wasser gereinigt haben, das sie erneuert, beginnen in den seitlichen Sakristeien mit den Vorbereitungen zum morgendlichen Opfer, wie z. B. mit dem Weihrauchverbrennen. Dann bringen die Träger auf ihren Armen die Nahrung, die in den Arbeitsräumen vorbereitet worden ist, in den Raum, der sich vor dem Allerheiligsten befindet. Die »Opferprozession« hält hier an, und die Träger gehen wieder zurück. Einer der Priester schreitet nun vorwärts, löst das Siegel aus Ton, das das Allerheiligste verschließt und öffnet die Türen weit. Gesang ertönt: »Erwache, großer Gott, in Frieden! Erwache, Du bist im Frieden!« Nun kommt der Augenblick, in dem der Offiziant allein dem Gott gegenübersteht. Er bricht das Siegel, das das Naos verschließt, das ist die Kapelle mit der Statue: »Er übergibt ihr seine Seele« und zugleich jene »irdische Grundlage«, die es ihm erlaubt, den ganzen Tag über zu herrschen, hier wie im Universum. Jetzt wird der Gott sein Mahl einnehmen. Man legt einige der Opfergaben vor ihn hin: Brote, Kuchen, Fleisch, Gemüse, Obst, Bier und Wein, all die Gaben des Nils. Die Priester ziehen sich zurück. Der Gott »frühstückt«: der nicht-materielle Geist dieser Gaben dringt in seine Seele ein. Nun, da er sich gesättigt hat, werden die Opfergaben wieder in die Arbeitsräume zurückgetragen, wo die Mitglieder der Priesterschaft und ihre Gehilfen sie sich teilen. Schließlich geht man zur Reinigungszermonie über. Die Statue wird gewaschen, mit sauberer Kleidung angetan – aus zartem Leinen, Wolle ist verboten –, geschminkt, parfümiert und mit feinen Ölen gesalbt. Der mittägliche Gottesdienst, der mit dem Stand der Sonne im Zenith zusammenfällt – ein präziser Moment in ihrem kosmischen Lauf – geht ohne großes Ritual vor sich. Der Gottheit werden keine Speisen dargeboten, man besprengt sie mit Weihwasser und verbrennt Weihrauch. Der Abendgottesdienst ist weit weniger imposant als der am Morgen. Man wiederholt die gleichen Opferzeremonien, aber außerhalb des Allerheiligsten in einer Seitenkapelle. Danach sinkt der Gott, wie die Lebenden, in Schlaf. Der Tempel, ein letztes Mal mit Weihrauch gereinigt, schließt sich. Dämmerung erfüllt ihn nun. Draußen, allein in der Nacht, beobachtet der Priester-Astronom die Konstellationen der Gestirne und zählt die Stunden, die noch vergehen werden, bis der Gott zu neuem Leben erwacht.

Das ist jedoch noch nicht alles. Dieser tägliche, ebenfalls an die untergeordneten Gottheiten gerichtete Kult, wird alle vier oder fünf Tage zu einem feierlichen Gottesdienst, der vor allem von »Auszügen« des Gottes begleitet ist. Sicher ist es nötig, daß Amun den Tempel verläßt, wenn man wünscht, daß auch das Volk, das nicht berechtigt ist, in den Raum von Karnak einzudringen, mit dem Gott in Beziehung treten kann. Das spielt sich auf zweierlei Arten ab. Der »Auszug« des Königs der Götter kann entweder mit einer »tragbaren« oder in einer großen »schwimmenden« Barke vor sich gehen.

Die tragbare Barke, auf der sich die Holzkapelle befindet, in der die Statue Amuns verborgen ist, wird bei großen Volksfesten von den Priestern durch Theben getragen. Diese Feste werden z. B. bei

Eintreffen des Hochwassers oder bei der Ernte gefeiert. Zu wiederholten Malen hält die Prozession an »Stationen« an, und dort wird die Barke auf einen Ruhealtar gesetzt. Die Priester nutzen die Gelegenheit aus, um Atem zu holen, dann verbrennen sie Weihrauch für den Gott und singen ihm Hymnen. Der Gott wird von Ruhealtar zu Ruhealtar getragen, vom Jubel der Gläubigen begrüßt, die ihn oft anhalten, um ihm Fragen zu stellen. Und Amun antwortet auch vor tausend Zeugen durch Bewegungen, die er bei den Trägern auslöst, und die die Menschenmenge unter lauten Ausrufen deutet. Die große Barke hingegen ist von ganz anderem Ausmaß. Sie ist ein richtiger schwimmender Tempel, aus libanesischem Pinienholz auf das Kunstvollste gearbeitet, mit Obelisken, mit Symbolen, mit Abbildungen einer ganzen Reihe von Gottheiten und Persönlichkeiten, die dem Gott auf seiner Reise einen permanenten Kult garantieren. Da Karnak nur ein paar hundert Meter vom Nil entfernt ist, kann die große Barke aus ihrem Becken auslaufen, einem See direkt vor dem Kai am Tempel, und dann durch einen Kanal bis zum Fluß fahren. Von dort aus kann sich Amun nach Luxor begeben, zum »schönen Fest des Harems (Ipet)«. Da es flußaufwärts geht, wird sein Schiff vom Land aus von Matrosen getreidelt, die von Musikern und Sängerinnen angefeuert werden. Hinter ihm fährt in jubelnder Freude eine ganze Flotte. Vielleicht überquert er aber auch den Nil, um eine Wallfahrt – sie findet alle zehn Tage statt – zu seinen Vorfahren, den Göttern und Königen der thebanischen Nekropole, zu unternehmen. Bei dieser Gelegenheit bringt man »das Trankopfer« dar, das Wasser, das die Toten erneuern soll, und man spricht eine Reihe von Gelübden, Totenformeln, die es ihnen erlauben werden, im Jenseits erneut zu leben und einen Augenblick diesseitiger Freuden zu genießen.

Diese offiziellen, periodischen Besuche der Götter jedoch – Schauspiele der Größe, Demonstrationen des Pomps, prunkvolle Wasserparaden, die die Menge bewundert und denen sie lebhaften Beifall spendet – sind nicht der einzige Grund des lebhaften Betriebs auf dem Fluß. Weit gefehlt ... Jeden Tag herrscht ein ständiges Kommen und Gehen von Bürgern aus dem Theben der Lebenden und von Arbeitern aus der Stadt der Toten von einem Ufer zum anderen. Der Nil wird von zierlichen, bunt bemalten, leichten Papyrusbooten voll von farbigem und lärmendem Leben überquert. Von knienden Ruderern vorwärtsbewegt, scheinen sie lebende Kopien der Bilder, die die Grabwände bedecken. Zu diesem beträchtlichen, von einer Vielzahl kleiner Boote herrührenden Verkehr kommt noch der der großen Flöße und der langen flachen Lastkähne, die ständig aus dem Süden Sandstein aus den Steinbrüchen von Djebel Silsilah, Granit aus Assuan und aus dem Norden Schiefer vom Wadi Hammamat bringen.

Wenn es ein Gestein gibt, das von den Bildhauern gepriesen wird, so ist es der Schiefer von Wadi Hammamat. Sehr homogen, gibt er mit seinen roten Reflexen den Statuen ein wärmeres Aussehen und läßt sie lebendiger wirken. Um aber diese seit dem Alten Reich bekannten Steinbrüche ausnutzen zu können, muß eine richtige Expedition ausgerüstet werden, denn die Brüche liegen nicht so nah am Fluß wie die von Djebel Silsilah und von Assuan. Sie befinden sich im Inneren des Landes, mehr als hundert Kilometer östlich des Nils. Von einer etwa 40 Kilometer nördlich von Theben gelegenen Stadt muß man ein Wadi hinaufziehen – ein trockenes Tal, in dem die kaum gewellte Wüste mit einem brennenden Himmel verschmilzt, wo nichts den Blick aufhält als vielleicht ein verkümmerter Strauch oder irgendeine glänzende Felsmauer, falls dies nicht eine Fata Morgana ist. Die Expedition, für die die Armee sowohl Führungskräfte als auch Arbeiter und die Verwaltung Techniker, die Leitung, sowie den Kommunikationsdienst stellt, wird von einer seltsamen Truppe von rauhen Nomaden begleitet, die Hunde mitführen und alle Pfade und die entlegensten Ecken des Wadi genau kennen. Auch Wasserträger und sogar Schlangenjäger sind dabei, denn in dieser Gegend wimmelt es geradezu von Reptilien. Endlich am Ziel ihres Marsches angelangt, müssen die Leute des Pharaos dort lange genug bleiben, um den Steinbrüchen den berühmten Schiefer zu entreißen, der immerhin den Vorteil hat, in regelmäßigen Schichten abgebaut werden zu können. Nach vollendeter Arbeit meißelt der Leiter der Expedition – ein Prinz, das Oberhaupt eines Gaus, das heißt einer Provinz Ägyptens, oder der Verwalter einer Domäne oder Werkstätte – das Protokoll der Arbeiten in den Felsstein. In diesem Protokoll erinnert er an die Erfolge, aber auch an die manchmal dramatischen Zwischenfälle der Unternehmung und erklärt die angewandte Technik. Ein Bauleiter erzählt, wie es ihm gelungen sei,

Schieferadern zu entdecken, die weder rissig noch an der Oberfläche verwittert waren. Ein anderer hat die Idee, von der Höhe einer Steilwand große überhängende Felsblöcke abzulösen und dann die herauszusuchen, die verwendbar sind, anstatt seine Arbeiter auf die zu schroffe Felswand zu schicken. Die Expedition ist jedoch noch nicht beendet. Die Monster müssen noch auf Rollen, Gleitbahnen und Schlitten bis zum Nil transportiert werden. Tausende von Menschen, in kurzem Lendenschurz, mit schweißglänzendem Schädel in der glühenden Sonne, leiden so in dieser Hölle, damit dort unten in Theben das Gestein vom Wadi Hammamat die Götter und Pharaonen unsterblich mache.

Und so treffen in Theben Sandstein, Granit, Schiefer und – noch weiter aus dem Norden – auch Kalkstein ein, wo Baumeister und Ingenieure, Werkmeister, Handwerker und Bildhauer sich auf sie stürzen, um riesige Statuen, Kolonnaden, Obelisken, Pylone und Hypostylsäle zu errichten. Es sind außerordentlich mühsame Arbeiten: das Transportieren, das Umformen, das Erbauen, das Montieren, das Fertigstellen – wir würden heute sagen: das »Engineering.« All diese Menschen jedoch verfügen nur über eine empirische Wissenschaft und über elementare Mittel: eine Art Lünette, die Elle, das Winkelmaß und das Lot. Aber sie haben ein angeborenes Gefühl für Proportionen gehabt, eine ihrer Rasse eigene Begabung, die sie die Säule und die gerade Travée hat erfinden lassen. So ist der Nil, auf dem riesige Lasten befördert werden, ein ewiger Arbeitsort, und während des ganzen Jahres kreist an seinen Ufern ein wohlorganisiertes »Karussell« von Material und Menschen. Alles wird hier mit Hilfe des Flusses getan. Und ihm ist es auch zu verdanken, daß die Reichtümer der alten Welt, wie von einem Magneten angezogen, hierherkommen – sei es von den Mittelmeerinseln, aus Palästina, aus Syrien, vom Roten Meer, vom Persischen Golf, aus Nubien oder sogar aus dem tropischen Afrika.

Theben steht wirklich auf der Höhe seiner Macht. Händler aus fernen Ländern bieten ihre Waren an. Viele Sprachen sind hier zu hören. Gesandte aller Nationalitäten in prächtiger Aufmachung sind gekommen, um die Abgaben ihrer Heimatländer abzuliefern und gesellen sich zu den Würdenträgern des könglichen Hofes. Mittelpunkt neuer Ideen, Philosophien und Kenntnisse in dieser imposanten Stadt ist der königliche Palast; eine Stadt voller Tempel, deren Pylone sicherlich Homer inspirierten, als er vom »hunderttorigen Theben« sprach. Die Besucher begreifen, daß es der Nil war, der die ägyptische Gesellschaft schuf. Die Untertanen des Pharaos mußten sich vereinen, um Kanäle und Deiche zu erbauen. Der Nil ist der Ursprung der Gesetze, des Katasters und der Polizei, denn das Besitztum muß geschützt, das Wasser verteilt, die Streitigkeiten unter Nachbarn geregelt werden. Der Nil hat die Ägypter dazu gebracht, in den Sternen zu lesen und sich Rechenmethoden auszudenken, denn man muß das Datum des Eintreffens der Flut und ihre Höhe errechnen, die Ernten schätzen und die Steuern festsetzen. Der Nil hat einen Kalender von 12 Monaten mit je 30 Tagen plus 5 zusätzlichen Tagen erfunden, den Tag und die Nacht in 24 Stunden eingeteilt, er hat das Jahr in drei Jahreszeiten – »Überschwemmung«, »Saat«, »Ernte« – aufgegliedert, weil es notwendig ist, Landarbeit auf rationale Weise einzuteilen.

Eine Hymne der Verehrung, die ein Schreiber des Neuen Reiches komponiert hat, drückt die tiefe Verehrung aus, die dieses Volk seinem Fluß entgegenbrachte:

»Sei gegrüßt, oh Nil, der Du Dich auf dieser Erde offenbart hast, und der Du in Frieden kommst, Ägypten das Leben zu bringen ... Du tränkst die Erde ... Herr der Fische, wenn die Überschwemmung wiederkommt ... Bewässerer der Obstgärten ... Du machst den Weizen, Du erzeugst das Korn.«

»Die Erde ist voller Freude, alle Körper sind voller Fröhlichkeit, jede Kreatur hat Nahrung empfangen, jeder Zahn nagt ... Er läßt das Gras für das Vieh wachsen; er wacht über die Opfer an jeden Gott ... er füllt die Lagerhallen, schafft volle Speicher, bereichert die Unglücklichen ... Er läßt es keimen, um alle Wünsche zu erfüllen, und ist doch nicht erschöpft ... Er stärkt die Menschen ...«

»Als Du in der königlichen Stadt glänztest, wurde der Reiche satt; der Arme verschmäht die Lotuspflanze ...«

»Erhebe Dich, mach' Dich bemerkbar! Erhebe Dich, mach' Dich bemerkbar, oh Nil! Erhebe Dich, mach' Dich bemerkbar, der Du den Menschen Leben gibst durch Deine Herden, und der Du den Herden Leben gibst durch Deine Gärten; erhebe Dich, mach' Dich bemerkbar! Erhebe Dich, mach' Dich bemerkbar, oh Nil! erhebe Dich, mach' Dich bemerkbar!«

So zögert auch der Pharao nicht, sich bis zum Fuße des Djebel Silsilah zu begeben, um ihm Opfergaben darzubringen. Wenn der Nil »sich bemerkbar macht«, wird ein feierliches Fest zum Eintreffen der Flut gefeiert. Einige Wochen später beginnt die Saat und noch ein wenig später die Ernte, die erneut zu einem Fest Anlaß gibt. Und da begreifen die Fremden, daß der große Strom, über das von ihm abhängende tägliche Leben hinaus, die Sitten beeinflußt, zur Bildung des Regierungssystems angeregt und die Einigkeit eines Landes begründet hat, das auf der Höhe seiner Macht steht und dessen Verkörperung Theben und sein göttlicher Beschützer sind.

In der Tat ist Amun der größte Kapitalist des Reiches geworden. Er besitzt eine unglaubliche irdische Macht. Seine Herrschaft über die Wirtschaft Ägyptens ist verblüffend. Aus einem Papyrus der Ramessidenzeit kann man ersehen, daß die Zahl der Männer in seinem Dienst – Priester, Bauern, Hirten, Schiffer, Arbeiter aller Art, Verwalter – sich auf . . . 81 322 Personen beläuft! Der Gott besitzt 421 362 Stück Vieh, verfügt auch über 433 Gärtner und 2393 Quadratkilometer Land, nennt 83 Schiffe und 46 Bauplätze sein eigen und regiert dazu noch über 65 Marktflecken! Aber dieser märchenhafte Reichtum, dieses Übermaß an Allmächtigkeit und Ruhm, tragen den Keim der Eifersucht und Revolte in sich . . . Die anderen Götter leiden unter dieser Übermacht und die Könige selbst unter der der Hohenpriester Amuns. Amenophis IV. (1372–1354) reagiert darauf, indem er die Sonnenscheibe zum alleinigen Gott erklärt und weiter im Norden eine neue Hauptstadt gründet. Dies ist jedoch nichts als ein Versuch ohne Zukunft. Schnell kehrt man zu den guten alten Doktrinen zurück, und Theben erblüht erneut zu voller Größe, bis zum Ende der Ramessidenzeit im Jahre 1035. Amun behält seine Oberhoheit und ist auch weiterhin der Gott Ägyptens. Seinen Hohenpriestern gelingt es sogar, nach den Ramessiden sich selbst als Könige einzusetzen. Die folgenden Dynastien jedoch verlegen die Hauptstadt in den Norden, wohin sich der wirtschaftliche und politische Schwerpunkt Ägyptens verschoben hatte. Theben ist nichts mehr als der Ort des religiösen Kultes.

Von nun an kann es seinem Schicksal nicht mehr entgehen . . . Obwohl die äthiopische Dynastie, die Amun als höchsten Gott anerkennt und ihm Monumente errichtet, Theben für kurze Zeit auf seinem Weg zur Dekadenz aufhält, erstirbt die Stadt nach und nach doch. Sie wird kleiner; ihre Bewohner ziehen fort; sie wird von der Historie verlassen.

Theben liegt im Sterben.

Die Assyrer, die während des 5. Jahrhunderts v. Chr. in Ägypten eindringen, plündern es, bemächtigen sich seiner Statuen, legen Hand an den größten Teil seiner Schätze und führen seine Bewohner in die Sklaverei.

Für die Stadt, die die »Herrin aller Städte« war, ist es der Niedergang für immer.

Und es kommt der Tag, an dem Theben nicht mehr an seinem Fluß trinken geht.

Theben wird sterben.

Nachdem es der Ewigkeit nahe war.

5. Kapitel

VON DEN STÄDTEN, DEN GÖTTERN UND DEN MENSCHEN

Der erste Schimmer des Tages ... Im Osten wird sogleich die Sonne aufgehen. Sie erwärmt die Berge der arabischen Kette, verleiht ihnen einen rötlichen Schimmer und zeichnet mit den zackigen Gipfeln eine Zickzacklinie in den malvenfarbenen Himmel. Und plötzlich, eine Explosion, ein feuriger Glanz überall. Eine blendende Scheibe erscheint am Himmel, die brutal von der thebanischen Landschaft Besitz ergreift. Die libysche Mauer fährt aus dem Schlaf auf. Der Gipfel im Westen steht in Flammen. Und das Licht breitet sich schnell bis zum Fluß hin aus. Die ockerbraunen Farben der Hügel erglühen alle zugleich, die Gewölbe der großen Nekropole tauchen aus dem Schatten auf, die Ruinen erwachen zu neuem Leben; während die Ebene im gleichen Augenblick ihre Farben wiederfindet: das grelle Grün der Palmen, das Strohgelb des Mais', das blasse Rot der Lehmbauten.

Währenddessen rollt der Nil seine gewaltigen Fluten weiter, der zwischen diesen engen Ufern eingeschlafen zu sein schien, und verläßt Theben, die Herrliche. Bald verschwinden Grabtempel und Kolonnaden am Horizont ...

Der Nil führt nun seine abenteuerlichen Reisen fort* und nähert sich anderen Städten, die jede, auf ihre Weise, eine bedeutende Rolle in Ägyptens Geschichte gespielt haben. Kuft und Kus, Anfangsstationen der Karawanenstraßen zum Roten Meer und Tore

* Siehe Karte 8, Seite 237

zum Seehandel; Abydos, die dem Gott Osiris geweihte heilige Stadt, wo die Ägypter über den Tod triumphiert haben; Achmim, die Intellektuelle, deren bedeutende Persönlichkeiten auf die Gedankenwelt der Antike einen starken Einfluß ausübten; Tell el-Amarna, die vergängliche Hauptstadt Amenophis' IV., die mit Aton, der Sonnenscheibe, als einzigem Gott eine Revolution ohne Zukunft erlebte; Hermopolis, eine seit dem hohen Altertum wegen ihrer theologischen und kosmogonischen Konzeptionen sehr bekannte Stadt.

Der Lauf des Nils bis Kuft und Kus ist von königlichem Gepräge. Der Strom, hier fünf- bis sechshundert Meter breit, kann wieder einmal stolz auf sich sein. Unter seinen Schritten entsteht Leben, dessen ewiges Symbol die Palme ist. Überall ist er zu finden, dieser wunderbare Baum, der die Dörfer beschützt, die grünen und gelben Felder begrenzt und in großer Zahl die belebten Ufer säumt, Ufer, an denen Kinder im Wasser plantschen, Frauen ihre vielfarbige Wäsche trocknen, an denen Männer rittlings auf ihren Eseln entlangreiten und Kamele gleichgültig mit riesigen Lasten vorüberschaukeln. Der Nil hat es nicht eilig; in großen Mäandern fließt er dahin. Flöße mit Hunderten von sorgfältig aufeinandergestapelten hellen Tonkrügen – manchmal verdoppelt man die Last, indem man Netze am Rand der Flöße befestigt – treiben in der Strömung dahin. Mit Zuckerrohr beladene Feluken überholen sie, deren hohe schmale Segel an der arabischen Bergkette entlanggleiten, die sich gegen den blauen Himmel Oberägyptens abzeichnet. In diesem romantischen Dekor ein moderner Akzent: Hochspannungsleitungen, die jedoch nicht störend wirken, sondern vollkommen in ihm aufgehen. Heutzutage erscheint es ganz natürlich, diese Pylone zu sehen und zu spüren, wie die Elektrizität vom Sadd el-Ali das Tal durchzieht wie das Rückgrat einen Körper.

Die beiden vierzig Kilometer von Karnak entfernt gelegenen Städte Kuft und Kus haben sowohl zur Zeit der Pharaonen, als auch in der griechisch-römischen und später in der islamischen Epoche eine ganz besondere Rolle gespielt. Ihnen hat es Ägypten, diese schmale, langausgedehnte und durch ihre Katarakte unzugängliche Oase zwischen Gebirgen und Wüsten zu verdanken, daß es seine Isolierung durchbrechen, Kontakt mit den Völkern des Roten Meeres aufnehmen, mit Asien Handel treiben und dadurch andere Kulturen kennenlernen konnte. Heute ist Kuft ein bedeutender Handelsplatz und der Ausgangsort einer modernen Straße, die nach Kosser, einer Hafenstadt am Roten Meer, führt. Auf natürliche Weise folgt sie so den Spuren ehemaliger Pfade. Kuft war der Ausgangspunkt der Expeditionen der Pharaonen zu den berühmten Steinbrüchen von Wadi Hammamat. Im Gebiet von Kosser schiffte man sich nach dem nicht weniger berühmten Punt ein, geheimnisvoll dadurch, daß man es nie richtig lokalisiert hat – es befand sich wohl in südöstlicher Richtung an der afrikanischen Küste, in der Nähe von Eritrea und Somalia – aus dem man die Schätze Afrikas mitbrachte: Giraffen, Leoparden, Tierfelle, Elfenbein, Ebenholz, Goldstaub, Weihrauch und Parfums. In der griechisch-römischen Epoche war Kuft, das damals Koptos hieß, durch einen Kanal mit dem Fluß verbunden. Mit seinem Verkehr – es erhob übrigens eine Gebühr von den vorüberziehenden Karawanen –, seinen ausländischen Händlern, seinen Sklaven, seinen orientalischen Suks, ähnelte es, nach den Worten des Geographen Strabo, weit mehr einer arabischen Stadt als irgendeiner anderen im Niltal. Etwas später, in der islamischen Epoche, entwickelt sich ein wenig südlich von Koptos eine mit ihr rivalisierende Stadt, Kus, die die Griechen Apollinopolis Parva, die Stadt Apollons, genannt hatten. Da Kus bereits in der Nähe der Straßen lag, die zum Wadi Hammamat und zum Roten Meer führten, nahm es mit einer sehr südlich, nahezu auf einer Höhe mit Abu Simbel gelegenen Hafenstadt in der Nähe der sudanesischen Grenze, Verbindung auf. In dieser Hafenstadt, namens Aydhab, wurden die Reichtümer des Fernen Ostens ausgeladen, zum Beispiel Seladonporzellan. Ein Schnelltransport brachte dann die Waren auf dem Nil in den Norden. In diesem Ort schiffte man sich auch nach Mekka ein, und über ihn kam man auch wieder zurück. Und diese Straßen, die ein Kommen und Gehen von Pilgern erlebten, sahen auch, wie Leute aus dem arabischen Süden nach Ägypten eindrangen, um sich dann nach Libyen und Nordafrika zu begeben.

Typische Karawanenstädte, farbenfroh, exotisch, ein wenig barbarisch, tauschten Kuft und Kus Produkte und Menschen und mit den Menschen Ideen aus.

Kurz nach Kuft macht der Nil, von der arabischen Bergkette zurückgedrängt, einen plötzlichen Knick nach Westen, obwohl er nur noch etwa hundert Kilometer vom Roten Meer entfernt ist. Für Kena, eine Handelsstadt mit einem belebten Markt, stellt die Herstellung von Tonkrügen den wichtigsten Industriezweig dar. Es werden vor allem poröse Wasserkrüge, sogenannte »Gulla« hergestellt, die durch Verdunstung die Kühlung des Wassers bewirken, und an der Sonne getrocknete Krüge aus einem Gemisch von Ton und Espartograsasche, die die Frauen benutzen, um Wasser zu holen. Eine Brücke überquert den Fluß, eine moderne Brücke mit Bögen. Aber auf der anderen Seite findet man, in nur wenigen Kilometern Enfernung, das Ägypten der Ptolemäer wieder, mit dem Tempel von Dendera, der, wie der von Edfu, mit dem er übrigens viele Ähnlichkeiten aufweist, in der griechisch-römischen Epoche erbaut wurde. In diesem Tempel wurde eine Göttin verehrt, Hathor, »die Goldene, die sich von Gesang nährt, die die Stunden der Erquickung erstrahlen läßt«, »die Herrin der Freude, die Herrscherin des Tanzes, die Meisterin der Musik, die Herrscherin der Harfenmelodie«. Wie der dem Gott Horus geweihte Tempel in Edfu, ist Dendera ein eindrucksvolles Beispiel für die Blütezeit von Monumenten, die zur Zeit der Dekadenz Thebens und des Untergangs der irdischen Macht des Amun hervorgebracht wurden. Von diesem Joch befreit, erlebten Kom Ombo, Edfu, Esna und Dendera eine architektonische und religiöse Entwicklung ohnegleichen. Ein weiteres Zeichen für die Verbindung zwischen Dendera und Edfu: Ihre Gottheiten waren miteinander verheiratet. Jedes Jahr führte ein großes Fest Hathor zur Residenz ihres Gatten Horus. Natürlich reiste man mit dem Schiff, und der Nil bot dann ein buntes, lebendiges, lärmendes Schauspiel. Eine ganze Flotte begleitete unter freudigem Jubel die Göttin. Sie wurde bei jeder Stadt von offiziellen Delegationen befreundeter Priester oder von einer imposanten Menge privater Schiffe vergrößert, deren Besitzer sich auf Pilgerfahrt oder . . . zum Geschäftemachen begaben. In Edfu fanden 14 Tage lang Feierlichkeiten und Feste statt. Dann fuhr die Nilprozession wieder flußabwärts, um nach Dendera zurückzukehren. Und so endete das Fest der »guten Begegnung«.

Bei Kena ist der Druck der arabischen Bergkette so stark, daß der Nil in Richtung Nordnordwesten ein Knie bildet, das sich über

Hunderte von Kilometern erstreckt. Auch die libysche Bergkette bedrängt ihn. Und auf diese Weise zwingen die Berge den Fluß dazu, wenn auch zum letzten Mal, zahlreiche Mäander zu ziehen, die eine Vielzahl von Inseln entstehen lassen. Auch die Menschen erinnern den Nil daran, daß er gezähmt ist. So begegnet er in Nag Hammad einem Staudamm, der zugleich als Brücke dient, über die die Straße und die Eisenbahnlinie führt. Dieser Damm ermöglicht es, die ganze Gegend zu bewässern, in der hauptsächlich Baumwolle und Zuckerrohr angepflanzt werden. Das Zuckerrohr wird dann in Nag Hammad in einer der größten Zuckerfabriken verarbeitet. Zuführungskanäle leiten das Wasser zu den verschiedenen Gruppen von Becken und verteilen es. Das Wasser breitet sich dann durch die Wirkung der Schwerkraft von selbst aus. Die Benutzung dieser Kanäle untersteht, wie schon in alten Zeiten, strengen Verordnungen. Bei dem »Wiegen der Seelen«, wenn der Tote vor Osiris erschien, mußte er vor seinen Richtern schwören: »Ich habe das Wasser in seiner Zeit nicht angehalten, ich habe keinen Abzugsgraben abgesperrt.«

Hundert Kilometer nach Dendera, am Saume einer Ebene, die zwischen der libyschen Bergkette und dem Strom liegt, zeugen Ruinen von einem Ort, der in der Geschichte des Ägyptens der Pharaonen außerordentlich berühmt war: Abdju, das die Griechen in Abydos umbenannten. Seinen Namen verbindet man sofort mit Osiris, dem bekanntesten aller Götter. Von Abydos, das etwa 10 Kilometer vom Nil entfernt liegt, ist nicht mehr viel erhalten. Seine ehemaligen Gebäude sind zum größten Teil vom Sand verschüttet. Die Araber nennen es El Arâba-el-Madfûna. »Arâba, die Begrabene«. Zu den durch die Zeit hervorgerufenen Zerstörungen sind die Verwüstungen durch Plünderer gekommen. Die Trümmer, die sie hinterließen, haben sich zu richtigen Hügeln aufgeschichtet. Man könnte meinen, eine Sintflut sei über diesen heiligen Boden hereingebrochen. Glücklicherweise sind drei Monumente wenigstens teilweise unversehrt geblieben: der große Tempel des Sethos I. und sein Kenotaph und auch der Tempel Ramses' II. Dieser Tempel enthält Flachreliefs auf Kalkstein, die weltweit wegen der Vollkommenheit ihrer Farben, ihrer Komposition und ihrer wunderbaren Formen bekannt sind. Leider ist von den

Begräbnisstätten der großen Epochen nichts geblieben als ihr Standort; die Königsgräber sind vom Sand verschüttet. Vom Heiligtum des Osiris zeugen nur noch Mauerreste, zwischen denen man die Spuren nacheinander erbauter Tempel fand, die dort seit der ersten Dynastie und sogar in früheren Zeiten, das heißt seit dem Jahre 3000, errichtet worden waren. Abydos hat jedoch weit mehr in der Geschichte der Menschheit hinterlassen als dieses. Diese heilige Stadt, die keiner anderen ähnelte, und ihr unvergleichlicher Gott haben den Ägyptern während mehr als zwei Jahrtausenden ein unschätzbares Geschenk dargebracht: Die Hoffnung auf ein ewiges Leben.

Das ist ein Wunsch, so alt wie der Nil, diese Hoffnung auf ein ewiges Leben. Schon bei den neolithischen Uferbewohnern des Stromes macht sie sich bemerkbar: Sie gaben ihren Toten die für die große Reise nötige Nahrung mit. Diese Frage aber gehörte nicht zum Verantwortungsbereich der ersten Götter. Sie waren nur die Schöpfer, deren Namen mit der Entstehung der Welt verbunden war und die sich nicht mit dem Leben nach dem Tode zu beschäftigen hatten. Nach vollendeter Arbeit hatten sie sich in eine heilige Ecke der Nekropole ihrer Stadt zurückgezogen und ihren Nachfahren, einer jüngeren Generation von Gottheiten, die Sorge überlassen, ihr Werk zu bewahren. In den großen Heiligtümern, wie Esna oder Edfu, handelt es sich um tote Götter. Hier aber, in Abydos, wohnt ein Gott mit menschlichen Zügen, der gelebt hat, gestorben ist und dann, welch' Wunder, zu neuem Leben erwachte. Mit Osiris hatten die Ägypter eine Antwort – ihre Antwort – auf die so beängstigende Frage des Lebens nach dem Tode gefunden.

Wie sah eigentlich das außergewöhnliche Schicksal des Osiris aus? Es wird überliefert, daß er der erste Herrscher über Menschen war, die er Landwirtschaft, die Künste und Wissenschaften lehrte und daß er von seinem Bruder Seth, der wegen seiner Macht und seiner Beliebtheit eifersüchtig auf ihn war, ermordet wurde. Seth, der daraufhin zum Symbol der feindlichen und zerstörerischen Kräfte wurde, zerschnitt die Leiche in vierzehn Stücke, die er in den Nil warf. Die Göttin Isis, Gattin des Opfers, begann eine lange und traurige Suche im ganzen Land, um die verstreuten Teile wiederzufinden. Thot, der weiseste der Götter, Erfinder der Schrift, geschickter Rechner, der auch als Zauberer galt, half Isis bei dieser

Aufgabe. Die Göttin fand alle Stücke, fügte sie aneinander und schaffte es, sie mit Stoffstreifen zusammenzuhalten. So entstand die erste Mumie. Jetzt war es wieder Thot, der nun die ursprünglichen Riten erfüllte, die den Toten wieder auferstehen ließen. Und so kehrte Osiris in das Leben zurück. Das Leben jedoch, das er von jetzt ab führen würde, wäre nicht mehr das gleiche, das er auf Erden gekannt hatte; es würde sich in einem parallelen Universum abspielen. Und die Ägypter stellten sich vor, daß im Jenseits – dessen geographische Lage immer ein wenig unbestimmt geblieben war, jedenfalls lag es sicher irgendwo im Westen – eine Welt bestand, die der ihren ziemlich ähnlich war, mit ihren täglichen Freuden, aber auch ihren Sorgen. In dieser Welt konnten die Verstorbenen ein Dasein wiederfinden, das dem der Lebenden ähnelte, wenn auch nicht identisch damit war.

Da Osiris also wegen seiner menschlichen Odyssee und seiner Wiederauferstehung nicht ein Gott wie alle anderen war, gewann er eine Art Universalität, und sein Kult dehnte sich langsam aber sicher in ganz Ägypten aus. Dadurch jedoch, daß man Abydos als den Ort ansah, der den Leib des Gottes beherbergte – die ersten Könige hatten ihre Gräber in der Nekropole errichten lassen und man dachte, daß sich die Grabstätte des Osiris vielleicht auch am selben Ort befände –, erlangte diese Stadt in der Überlieferung des Volkes ein außergewöhnliches Ansehen. Die Ägypter glaubten, daß an der näheren Umgebung dieser Grabstätte eine ganz besondere Macht haftete. Von ihr ging eine solch gewaltige Kraft aus, daß sie die Menschen dem Tode entreißen und ihnen die Unsterblichkeit schenken konnte. Abydos wird zur ersten der heiligen Städte, in der jeder, bei den Herrschern angefangen, repräsentiert sein will, sei es durch einen Tempel, durch ein richtiges Grab oder durch ein »zweites« Grab, durch ein Kenotaph, das an seine Gegenwart erinnert, durch eine schlichte Stele aus Kalkstein mit seinem Namen oder, für die Ärmsten, durch ein einfaches Loch am Rande der Wüste. Unzählige Monumente werden so über Kilometer und Kilometer aufgereiht. Es empfiehlt sich auch, eine Wallfahrt nach Abydos zu unternehmen, um beim Totengericht die Nachsicht des Osiris zu verdienen. Dieser, würdig wie ein Pharao auf seinem Thron, hält den Vorsitz beim göttlichen Gericht. Zweiundvierzig Richter – die gleiche Anzahl wie die der Gaue, der Verwaltungsdistrikte Ägyptens – unterstützen ihn. Osiris läßt den Verstorbenen erscheinen. Ist er schuldig, wiegt sein von Sünden schweres Herz mehr als die Feder der Göttin Maat, Verkörperung der Gerechtigkeit und der Wahrheit, wird er zum Opfer der »Fresserin«. Unschuldig, wird er in das »Königreich des Okzidents« gelangen, in das Reich von Osiris: er wird »osirifiziert« werden. Wenn der Tote jedoch zu seinen Lebzeiten die Wallfahrt nicht hatte machen können, ist es möglich, ihn noch nach seinem Tode, bevor er in sein Grab gelegt wird, nach Abydos zu bringen. In Theben sind auf vielen Bildern die Mumien eines Verstorbenen und seiner Gattin dargestellt, die nebeneinander auf einer Barke liegen, die von kräftigen Ruderschlägen bewegt, den Nil hinunterfährt, und dann, vom Nordwind getrieben, wieder flußaufwärts zurückkehrt. In der Stadt der »Mysterien« fanden auch bestimmte Feste statt, die an den Tod, die Auferstehung und das neue Leben des Gottes erinnerten und die zu den größten Feierlichkeiten Ägyptens zählten. Sie wurden an verschiedenen Punkten des heiligen Gebietes gefeiert, vor allem am Fuße einer wunderbaren, kreisförmigen Bergkette, in U-Peker, wo ein tiefer, vertikaler Einschnitt beginnt, der in Richtung des Sonnenuntergangs nach dem Westen von Abydos zeigt. U-Peker ist der Eingang zu einer anderen Welt als der irdischen, zu einem Universum, in dem Osiris herrscht, von all den Verstorbenen, die ihm folgten, begleitet, mit anderen Worten, das Tor zum Jenseits.

So kann man ermessen, was Abydos und sein Gott im menschlichen Bewußtsein bedeutet haben: einen der bevorzugten Orte, die an jene erinnern, die in den berühmtesten Berichten des Altertums, der »Änäis« oder der »Odyssee«, beschrieben werden, einen jener Orte, von dem man sagen kann, hier habe der Mensch über den Tod triumphiert.

Die Menschheit hat sich seit der Zeit, in der sich die alten Ägypter fragten: Wohin gelangen wir eines Tages?, nicht sehr geändert. Auf diese Fragen haben die Uferbewohner des Niltals eine ehrliche Antwort gegeben. Sie haben an ihre Antwort geglaubt. Sind wir, fünftausend Jahre nach ihnen, imstande, eine bessere zu geben?

Achmim ist eine typische Stadt Oberägyptens, der Nil, der nun in zahlreichen Mäandern dahinfließt und sich dabei in vielen

Inseln verstrickt, begegnet ihr etwa 50 Kilometer hinter Abydos an seinem rechten Ufer. Ihre schmalen Gassen und ihre Häuser aus Lehmziegeln, ihre koptischen Kirchen und ihre Moscheen stehen am Abhang des Hügels, auf dem sich früher die dem Gott Min geweihte Stadt erhob. Min war der Schöpfer aller Formen von Energie, die die Wesen lebendig erhalten, der Fruchtbarkeitsgott, dem man meistens Lattich als Opfer darbrachte, der wegen seines weißen Safts als Aphrodisiakum galt. Das, was den bis heute erhalten gebliebenen Zauber Achmims ausmacht, steht jedoch in Gefahr zu verschwinden, denn eine Brücke verbindet Achmim heute mit Sohag, einer modernen Stadt mit ihren Siedlungen von Sozialwohnungen, ihren gelblichen Gebäuden, ihrem Beton. Und es ist zu befürchten, daß sich in nächster Zukunft das linke Ufer auf das rechte ausdehnt. Trotz dieses Krebses, der es belauert, wird Achmim in der Geschichte des menschlichen Geistes bestehen bleiben, denn es wurde von großen Persönlichkeiten geprägt. Es hat die Geburt von Männern erlebt, vor und nach unserer Zeitrechnung, deren nichtkonformistische Ideen religiöse Bewegungen begründet, Texte von größtem Interesse erschaffen oder auch heftige Reaktionen hervorgerufen haben.

So wurde zur Zeit der Pharaonen Amenemope in Achmim geboren, ein Weiser, der später sehr berühmt wurde und es auch nach dreitausend Jahren immer noch ist. Dieser Philosoph hat einen jener »Texte der Weisheit« verfaßt, die im alten Ägypten häufig waren, und die meistens in der Form von Ratschlägen geschrieben waren, die ein Vater an seinen Sohn richtet. Diese Reflexionen über das Dasein und über die Kunst zu leben sind an die junge Generation gerichtet und erklären ihr, wie man sich seinen Mitmenschen gegenüber verhalten und was man tun soll, um seine Seele zu retten. Sie zeichnen ihr »den Lebensweg« vor. Die Lehre dieses Amenemope ist von solch reichem Gehalt, von solcher Tiefe und besitzt eine solche philosophische Resonanz, daß verschiedene Exegeten versuchen werden, den gegenseitigen Einfluß zwischen seinen Grundsätzen, denen der Bibel und des Psalters zu erforschen. Wie dem auch sei, es bleibt ein Faktum, daß im Neuen Reich, in Achmim eine Persönlichkeit geboren wurde, deren philosophische und religiöse Konzeptionen die Quelle zu Texten von großer Schönheit und tiefer Bedeutung bildeten, Texte, die noch immer der Beachtung wert sind, und die zu studieren auch heute noch lohnt.

Wissenschaft und Kultur waren in dieser Stadt heimisch, wie das Vorhandensein einer Schule für Schreiber von hohem Niveau um das dritte oder vierte Jahrhundert v. Chr. bezeugt. Das hervorragende Niveau dieser örtlichen Akademie kommt in den herrlichen Gravuren der Stelen zum Ausdruck, die man in großer Zahl in den Nekropolen gefunden hat. In der griechisch-römischen Zeit entwickelt sich Achmim zu einer wichtigen Stadt. Die Griechen nennen sie Khemmis oder Panopolis; sie ist der Hauptort des 9. panopolitischen Gaus. Verschiedene Papyri berichten über ihre Ausdehnung und die Zahl ihrer Straßen, über die Arbeit ihrer Weber und Färber. Die berühmten koptischen Stoffe, die sich die Museen gegenseitig aus den Händen reißen, kommen zum größten Teil aus Achmim. Bis heute ist dieser besondere Hang Achmims zur Weberei bestehen geblieben – ein erneutes Beispiel dafür, wie oft sich in Ägypten alte Traditionen erhalten. Wie in Sohag stellt man auch hier baumwollene, buntgestreifte Umschlagtücher mit Fransen her, die in Ägypten sehr viel getragen werden. In Panopolis erscheinen markante Persönlichkeiten, zum Beispiel Horapollo, dem man Abhandlungen über die Hieroglyphenschrift zuschreibt. Vor allem aber war er im letzten Jahrhundert, das der Herrschaft des Christentums vorausging – einer Religion, die schon an zahlreichen Orten des Nahen Orients Triumphe feierte –, einer der Vertreter des vergehenden Heidentums. Aus Panopolis stammt auch der Dichter Nonnos, der Kopf einer wahren Dichterschule. Von ihm sind vor allem Dichtungen heidnischer Inspiration, die Dionysiaka, in 48 Bänden, erhalten geblieben, eine umfassende Sammlung von Mythen, die noch heute den Gelehrten eine Freude ist. Achmim verstärkt so, dank des lebhaften kulturellen Lebens, das von seiner Akademie ausgeht, seinen Ruf als Stadt, in der hervorragende Köpfe eine günstige Atmosphäre finden. In seinen intellektuellen Kreisen widersteht das Heidentum dem aufkommenden Christentum lange Zeit. Es gibt Orte in Oberägypten – und Achmim ist einer davon – in denen die Heiden im 7. Jahrhundert direkt zum Islam übergehen, ohne daß sie in der Zwischenzeit christianisiert worden wären. Ein um so überraschenderes Phänomen, als am gegenüberliegenden Ufer, im Hinterland von Sohag, die christliche Religion bereits zu solcher Stärke gelangt war, daß ihre Macht und ihr Erfolg gesichert waren.

Gegenüber von Achmim gründete Schenute, eine starke, feurige und tyrannische Persönlichkeit, einer der großen Männer des ägyptischen Christentums, eines der ersten koptischen Klöster in Ägypten. Es ist ein rechteckiger, massiver Bau aus weißen Kalksteinblöcken, die von einem benachbarten, dem Gott Horus geweihten Tempel stammten, und der heute den Namen Der el-Abiad, das »weiße Kloster«, trägt. Der inbrünstige Glaube und der ein wenig zu enthusiastische Bekehrungseifer seines Heeres von Mönchen waren natürlich in keinerlei Einklang mit dem Dasein einer Gesellschaft am anderen Nilufer zu bringen, die sich an die alten Götter klammerte, deren Verehrung ihr als die letzte Form von Humanismus erschien.

Entschlossen, ihre Ideen wenn nötig auch mit Gewalt durchzusetzen, zögerten die Bewohner des Weißen Klosters nicht, den Fluß zu überqueren, wie aus griechischen und koptischen Texten hervorgeht. Richtige »Kommandos« fielen am linken Ufer ein, zerstörten eine Kapelle, verwüsteten ein Haus, ließen einen Hagel von Schlägen auf die Ungläubigen niederregnen und kehrten schnell in die Geborgenheit ihres Klosters zurück, überzeugt davon, wie Soldaten des Kreuzes gehandelt und ihrer Religion gedient zu haben. Schenute selbst hatte keine Bedenken, Schläge an seine Mönche auszuteilen, wenn er ihren apostolischen Eifer übertrieben oder ihre Absichten verwerflich fand. Achmim ist also eine Stadt, in der es weder an üblen Streichen noch an Backenstreichen fehlte.

In der Epoche der Islamisierung nimmt die Stadt ein anderes Gesicht an. Kultur und Ideen drücken sich in neuen Formen aus. In Achmim erblickt – in den letzten Jahren des 8. Jahrhunderts – einer der berühmtesten Mystiker des Islams das Licht der Welt. Dhu'n-Nun, der die Selbstdisziplin, die Pflicht zur Reue, die Entsagung, das Sichlösen von dieser niedrigen Welt lehren wird. In seinen Augen ist das Ich ein Hindernis auf dem Weg des geistigen Fortschrittes und die Tugend »das Schwert Gottes auf Erden, das alles trennt, was es trennt«. Dhu'n-Nun ist der große Meister des berühmten Sufismus, dessen Anhänger, die sich einem mystischen Leben weihen, ein Gewand aus Wolle tragen – daher ihr

Name, denn das arabische Wort »sufi« bedeutet »mit einem Wollkleid Bekleideter«. Später verfällt diese Kultur und wird zur Magie. Zu dieser Zeit ist Achmim bekannt für seine Magier, deren Statuen und Statuetten, Zauberbücher, Amulette und anderes mehr die Menschen beschützen. Übringens würde Dhu'n-Nun selbst Bücher über Magie und Alchemie schreiben. Wie dem auch sei, seine religiöse Aktivität beweist, daß die Bewegung, die Amenemope, dieser überragende Geist, gegründet hatte, sich über viele Jahrhunderte hin erhalten hat, und daß diese Stadt sich seit jeher für diesen Aspekt der menschlichen Aktivität interessiert hat.

Und wirklich hebt sich Achmim aus der Menge der anderen Städte heraus. In der Geschichte Ägyptens nimmt diese Stadt eine besondere Stellung ein, sowohl durch die Persönlichkeiten und die Ideen, die sie hervorbrachte, als auch durch die Reaktionen, die die Geschehnisse ihrer Zeit in ihr wachriefen.

Der Nil setzt seinen Weg fort und zieht dabei auch weiterhin seinen Kreisbogen, den er hundertfünfzig Kilometer flußaufwärts begonnen hatte. Man könnte meinen, daß die arabische und die libysche Bergkette ihn bewachen. Einmal engen sie ihn ein, dann entfernen sie sich wieder von ihm und lassen Raum für eine grüne, von Kanälen durchzogene Ebene.

In der Ebene, die je nach Laune der Berge schmäler oder breiter wird – sehr breit ist sie niemals: höchstens etwa 20 Kilometer –, veranschaulichen Ruinen von Tempeln, Überreste von ehemaligen Steinbrüchen, Gräber und unterirdische Gruften des Alten, Mittleren und Neuen Reiches, Gräber aus ptolemäischer Zeit, Grotten, in denen einsame Christen Schutz suchten, koptische Klöster und arabische Friedhöfe mit weißen Kuppeln die Geschichte Ägyptens. Auch die Vorgeschichte ist vertreten. Eine neolithische Kultur hat an diesen Ufern geblüht. Hier haben Menschen 4500 Jahre vor dem christlichen Zeitalter Getreide angebaut, Tiere gezähmt, Töpferwaren hergestellt, gewebt und, zum ersten Mal in diesem Land, das rote, aus Sinai eingeführte Kupfer verwendet, um daraus Werkzeuge herzustellen. Während der Nil in Schleifen an einer ganzen Reihe von Städten und Dörfern vorbeifließt, kündigt ein großer Staudamm, der als Brücke dient, eine wichtige Stadt an. Es ist Assiut, deren Name noch an die Pharaonen erinnert. Man nannte sie damals Sjut. Ein großer Sklavenmarkt in der islamischen Epoche, zählt es heute mehr als 200000 Einwohner. Wegen seines Handwerks, seines Handels, seiner Schulen, Gymnasien und seiner Universität wird es als die Hauptstadt Oberägyptens angesehen.

Hinter Assiut, das mehr als 100 Kilometer von Achmim entfernt ist, wird es für den Nil sehr kurvenreich. Zuerst nähert sich ihm die libysche Bergkette, dann die arabische, und natürlich verschiebt sich dadurch die Lage der Felder, obgleich in Oberägypten der Druck der arabischen Berge so gleichmäßig ist, daß der breite und fruchtbare Teil des Tals sich am linken Ufer des Flusses befindet. Dies erklärt auch die Lage der Ortschaften und das System der Bewässerungskanäle. Der Druck der arabischen Bergkette wird sich sogar als so stark erweisen, daß etwa sechzig Kilometer nach Assiut das rechte Ufer des Nils nur noch eine senkrechte Wand ist, eine richtige, mehrere Kilometer lange Mauer, die in ihren Felsvorsprüngen Adler und Geier beherbergt. Plötzlich jedoch verläßt die Felswand den Fluß, weicht schnell nach Osten zurück, um ein etwa 20 Kilometer umfassendes Halbrund zu bilden, das schließlich bis zum Nil vordringt. Hier, an diesem von der Natur so herrlich gestalteten Ort – heute heißt er Tell el-Amarna – gründete Amenophis IV., Prophet einer neuen Religion, die nur einem einzigen Gott, dem Sonnengott geweiht war, um 1370 v. Chr. eine neue und vergängliche Hauptstadt, von der fast nichts erhalten blieb als Ruinen aus Ziegeln, kaum ein Meter hoch, die der Sand oft mit seinem Mantel des Vergessens bedeckt.

Tell el-Amarna ist ein wenig wie Sparta, wenn man einen solchen Vergleich wagen darf. Man hat schon einmal davon gehört; es ist ein großer Name, der literarische, religiöse, historische Erinnerungen wachruft. Wenn man aber den Ort selbst besucht, entdeckt man, daß nichts mehr besteht als die Hülle, der Inhalt ist verflogen. Die Phantasie muß das Ihrige tun. Selbst wenn man nicht sehr viel über die Amarna-Zeit oder über das erstaunliche Leben Amenophis' IV. und der Königin Nofretete weiß, auch wenn man nur ein klein wenig von den enthusiastischen Tönen der Hymnen an die Sonne, die zu den schönsten lyrischen Werken der Weltliteratur gehören, berührt wird, wie kurz man auch in Karnak die unzähligen Fragmente der gemalten Flachreliefs, die der König dem

Sonnengott widmete, bewundert hat, so kann doch für ein glühendes Herz alles noch einmal zu neuem Leben erwachen: die geistige Atmosphäre und das politische Leben, der tägliche lebhafte Betrieb, den die Stadt in ihrer Blütezeit kannte.

Die geniale Begabung der Pharaonen ist auch in der Auswahl der Orte zu spüren. Wie in Theben, so auch in Tell el-Amarna. Dieser gewaltige Kreis abgerundeter Berge, der sich um den Nil erstreckt, diese »gemeißelte« Wüste im Inneren des Amphitheaters, dieser Palmenhain von kräftigem Grün, der sich über mehrere Kilometer am Ufer des Flusses entlangzieht und hinter dem sich die Dörfer aus Lehmbauten verbergen, all dies bildet eine der reinsten und schönsten Landschaften, die es in Ägypten gibt.

Von Osten, von den Gipfeln des Bergkreises in Richtung auf den Nil schauend, begreift man am besten, was Achet-Aton, der »Horizont des Aton« gewesen sein muß, die Stadt, die Amenophis IV. völlig neu auf einem Boden, der noch keinem Gott, keiner Göttin gehört hatte, erbauen ließ und die er mit majestätischen Grenzstelen von nahezu vier Metern Höhe umgab. Dort drüben, in den fernen Bergen, befinden sich nördlich und südlich eines Wadi Gräber von Adligen, die wie in Theben in den Fels geschlagen waren und vor denen offene Höfe lagen. Dieses Wadi war das Königswadi, das nach Osten zum Grab Amenophis' IV. führte, das begonnen aber nie beendet wurde und wahrscheinlich sogar nie seinem Zweck gedient hat. Jenseits des Reiches der Toten, an den Ufern des Stromes, erstreckt sich über mehrere Kilometer die Stadt der Lebenden mit ihren aus Lehmhügeln und Holz erbauten Privathäusern, Verwaltungsgebäuden und natürlich mit ihren Tempeln. Was blieb davon erhalten? Der Schatten der Königin Nofretete schweift noch in den Ruinen des Nordpalastes umher, und man meint, auch Amenophis auf seinem Balkon im offiziellen Palast zu sehen. Durch die Entdeckung der Werkstatt eines Bildhauers konnte eine ganze Reihe von Masken wiedergefunden werden. Aus den Flachreliefs der Gräber kann man ersehen, daß der große Sonnentempel ein breites Rechteck von nahezu fünfzehnhundert Metern bildete, und daß er, wie der kleine Tempel Atons, kein Dach besaß. Dies war eine typische Bauweise der Tempel, die dem Sonnenkult geweiht waren. Die Forschungsarbeiten der Archäologen haben auch die Villen der Würdenträger des Hofes mit ihren

Einfriedungsmauern, ihren Gärten, ihren Wasserbecken für uns zu neuem Leben erweckt. Der Eingang befindet sich auf der Nordseite, man erreicht ihn über eine kleine, an die Fassade gelehnte Treppe. Man tritt durch einen Bogen und kommt zuerst in einen Vorraum, dann in einen Salon und erreicht schließlich den Hauptraum, einen anmutigen Saal mit Holzsäulen und kleinen Fenstern, um den herum die Wohnräume, die Schlafzimmer und die Toiletten angelegt sind. Schließlich darf man sich fragen, ob man hier nicht doch einmal den heimlichen Suchern gratulieren darf, die 1888 aus den Ruinen des »Foreign Office« von Amenophis IV. Hunderte von Tafeln, die mit Keilschrift bedeckt waren, »herausholten«. Dies waren historische Dokumente ersten Ranges, denn es handelt sich um den Schriftverkehr, der zwischen dem ägyptischen Hof und den Herrschern Asiens gewechselt wurde.

Die Geschichte Tell el-Amarnas hat in Wirklichkeit in Theben begonnen. Dort fand die religiöse und geistige Bewegung ihren Anfang, die in den Annalen Ägyptens und des menschlichen Geistes solch großen Widerhall finden sollte. Amenophis IV., Nachfolger des prunkliebenden Amenophis III., hatte es unternommen, in den großen Anlagen, die herkömmlicherweise dem Gott Amun und seinen Mitgöttern geweiht waren, Monumente zu errichten, die dem Gott Re, dem schon seit jeher verehrten Sonnengott, und einem anderen, relativ neuen Gott geweiht waren, dem Gott Aton, der erst vor einem halben Jahrhundert von Thutmosis IV. in das ägyptische Pantheon eingeführt worden war. Durch das Ausmaß und vor allem durch die Vielfalt der ägyptischen Eroberungen in Asien, war diesem Pharao klar geworden, daß es einen Gott geben mußte, den alle kannten: Aton, »die Sonnenscheibe«, die keine Statue brauchte, um angerufen und verehrt zu werden. Der Nachfolger Thutmosis' III., Amenophis III., folgte ihm auf diesem Wege und widmete Aton einen ganz besonderen Kult. Ihn zu verehren, war also an sich nichts Neues. Die Erneuerung rührte daher, daß nach dem ausdrücklichen Willen König Amenophis' IV. nur noch ein einziger Gott, der Sonnengott verehrt werden sollte. Die Sonne, aton, mit einem kleinen a geschrieben, der Name, der die Sonnenscheibe bezeichnet, sollte nicht mehr nur das sichtbare Symbol eines zurückgezogenen oder fernen Gottes, sondern Gott selbst, Aton, mit einem großen A geschrieben, sein. Und der König beschloß nun, daß er nicht mehr Amenophis, d. h. »Der Gott Amun ist befriedigt«, sondern »Echnaton« – »Dem Aton wohlgefällig« heißen würde. Von nun an werden keine anderen Götter mehr geduldet. Die Tempel werden geschlossen, die Bildnisse zerstört. Die Namen der vorhergehenden Herrscher werden – trotz der Verehrung, die Echnaton als Sohn seinem Vater entgegenbringt – getilgt. Amun widerfährt das gleiche Schicksal. Es handelt sich also um eine monotheistische Revolution, könnte man sagen, denn sie will einen einzigen Gott an die Stelle aller anderen setzen, einen sichtbaren Gott, die Sonne – den Gott Aton. Man muß wirklich zugeben, daß zwischen diesem und Amun, dem Gott von Theben, ein gewaltiger Unterschied besteht. Niemand war in der Lage, die authentische Form, die wirkliche Essenz Amuns zu begreifen, er ging weit über die Vorstellung hinaus, die man sich von ihm machen konnte. Wie anders stellte sich hingegen das Bild des Gottes Aton dar. Für Amenophis IV. gibt es keine Transzendenz mehr, der Gott verläßt den Hintergrund, um zu Licht zu werden. Aton ist die Sonne selbst, der Sonnenschein, den man glänzen sieht, die Sonne, deren Wärme man fühlt, deren Strahlen man spürt. Aton ist nicht mehr verborgen wie Amun, Aton geht ganz in der Sonne auf. Die Entwicklung der neuen Religion des Amenophis richtet sich also auf der einen Seite auf die Einzigkeit, auf der anderen ist sie nicht mehr abstrakt und transzendent; ihr Symbol ist sichtbar. Sie ist eine Religion, die eine Art Allgemeingültigkeit für sich in Anspruch nimmt. Da die Sonne der einzige Gott des Universums ist, leuchtet sie nicht nur für die Ägypter, sondern auch für alle anderen Menschen. Welches auch immer ihre Farbe, welche auch immer ihre Sprache sei, sie sind alle Kinder desselben Vaters.

Auch für die Natur gilt das gleiche, in der man zweifelsohne die gemeinsame Macht der Sonne und des Lichtes erkennt. Die Menschen könnten einen Gott haben und die Tiere ihren Instinkten gehorchen. Für Amenophis IV., Echnaton, ist es die Sonne, und nur sie allein, die es bewirkt, daß die Menschen sich morgens erheben, glücklich sind und arbeiten, daß die Tiere am frühen Morgen fröhlich springen, daß die Vögel mit den Flügeln schlagen, die Fische sich im Wasser tummeln. Und wenn der Abend fällt, kehren all diese scheinbar lebendigen und glücklichen Wesen in die Dunkelheit zurück, in eine Art todesähnliches Chaos. Die Sonne ist wahrlich der Gott aller auf Erden. Mensch und Tier können also gar nicht anders, sie müssen ihm ihr Dasein und ihr Leben in einer Art Hymne der Dankbarkeit weihen. » . . . Dein Erscheinen ist schön am Horizont des Himmels, oh lebender Aton, Prinzip des Lebens! Wenn Du Dich erhebst am östlichen Horizont des Firmaments, erfüllst Du jedes Land mit Deiner Schönheit, denn Du bist schön, groß, strahlend . . . Wenn Du versinkst am westlichen Horizont des Himmels, so ist die Erde im Dunklen, wie die Toten . . . Durch Dich leben die Menschen, und ihre Augen schauen Deine Schönheit . . . « (Sonnenkult – Hymne Echnatons)

Eine neue Religion zu schaffen, war eine Sache, eine neue Verwaltung einzurichten, eine andere. Echnaton würde auf zu viel Widerstand stoßen. Daher bricht er im fünften Jahr seiner Herrschaft mit der Priesterschaft Amuns, verläßt Theben, begleitet von Frau und Töchtern, von seiner Familie, seinen Getreuen und den Würdenträgern, die Anhänger seines Glaubens sind und das Reich von der neuen Hauptstadt aus verwalten werden. In Achet-Aton werden Paläste und Villen, Verwaltungsgebäude, Ministerien und Tempel aus dem Boden schießen, während Arbeiter Gruften in die östliche Steilwand schlagen. Die Flachreliefs aus diesen Gräbern sind es – einzige Zeugnisse, die die Jahrhunderte überstanden haben, denn von der Stadt und ihren Gebäuden ist praktisch nichts erhalten geblieben –, die uns eine Vorstellung vom Leben in Tell el-Amarna ermöglichen und uns ahnen lassen, wie in Echnatons Vorstellung das Schicksal des Menschen nach dem Tode verlief. Wie sah der neue Prophet das Jenseits? Vergingen die Seelen der Verstorbenen in der Sonne? Stellten sie die verschiedenen Sterne dar? Um der Wahrheit die Ehre zu geben, man weiß noch viel zu wenig darüber. Jedenfalls ist eines sicher, die Würdenträger fühlten sich verpflichtet, in den Bildnissen der Gräber etwas Neues zu erschaffen, etwas, das nicht eine einfache Kopie der thebanischen Darstellungen, Ausdruck einer vergangenen Religion war. Auf den Wänden der Gruften stellte man die hauptsächlichen Motive dar, die den Sonnentempel schmückten, d. h. Szenen, die die Königsfamilie bei all ihren Tätigkeiten zeigte oder die sich auf die großen Ereignisse Amarnas bezogen. Das Eindrucksvollste dieser Flachreliefs ist der äußerst freie Stil, der alle Figuren lebendiger erscheinen läßt. Während die ägyptische Kunst sehr traditionell und in ihrer vollkommenen Schönheit ein wenig starr und stereotyp bleibt, entdeckt man hier Szenen voller Bewegung, voller Leben. Die Menschenmengen werden nun lebendig. Die Perspektiven überschneiden sich. Die Figuren geraten in Bewegung. Diese Figuren stellen Soldaten beim Vorbeimarsch dar, Wachen, die den Herrscher bei seinen Geschäften begleiten, Würdenträger, die sich bei seiner Ankunft verneigen. Echnaton selbst, die Königin Nofretete und die sechs Töchter, die sie ihm schenkte, sind in ihrer realistischen Darstellung voller Leben. Man sieht den König unterwegs in einer Sänfte, wie er der Sonne Opfer darbringt, wie er die Huldigung der Völker Asiens entgegennimmt oder aber aufrecht auf seinem Wagen, in Umarmung mit seiner Gemahlin oder beim Spiel mit seinen Kindern. Die Statuen weisen ein noch familiäreres Element auf. Hier zögert man nicht, die Züge hervortreten zu lassen, das Gesicht übertrieben langzuziehen und den Herrscher mit wulstigen Lippen und geblähten Nasenflügeln abzubilden.

Über Politik sagen diese Flachreliefs allerdings recht wenig aus, vor allem nichts über die Außenpolitik. In seinen Traum einer weltweiten Brüderlichkeit versunken, richtete Amenophis IV. sein Augenmerk kaum auf die Ereignisse, die sich in der Außenwelt abspielten. Waren nicht alle Menschen Kinder Atons? Welche Probleme konnten dann eigentlich in der Beziehung zu Ägypten auftauchen? Diese Probleme bestanden jedoch und sie waren schwerwiegend, ja, sie wurden sogar immer schwerwiegender. Die Keilschriftbriefe, die man gefunden hat, bestätigen, daß die Befehlshaber der Truppen, die in den Ländern, die einst von den ersten Herrschern der 18. Dynastie erobert worden waren, in Garnison lagen, voller Sorge ständig den Königspalast aufsuchten. Ihre Berichte zeigen ihre Beunruhigung: sie können sich nicht mehr halten, wenn sie nicht auf dem schnellsten Wege Verstärkung bekommen. Amenophis geht nicht darauf ein, es interessiert ihn nicht. Nach und nach verfällt die ägyptische Herrschaft jenseits der Grenzen. Lange Jahre werden nötig sein, um zurückzuerobern, was der Traum eines Vierteljahrhunderts hatte verloren gehen lassen . . .

Nach Montaigne gibt es »Niederlagen, die den gleichen Wert wie Siege haben«. Amenophis IV. – Echnaton, war der Urheber einer der pathetischsten Phasen in der Entwicklung des menschlichen

Geistes, denn von ihm ging die gewaltigste Revolution aus, die je von einem Herrscher gewagt wurde.

Man könnte glauben, daß über dieser Gegend ein religiöser Geist weht, denn, einige Kilometer flußabwärts, am linken Ufer des Nils – an dem man auch die Stelen findet, die das große Gebiet der Hauptstadt Amarna begrenzten – erhob sich eine andere Stadt, Hermopolis Magna, das große Hermopolis, die »Hermesstadt« der Griechen. (Hermes war der griechische Name des Mondgottes Thot.) Seit dem hohen Altertum schon war diese Stadt wegen ihrer Schulen, ihrer Theologie, wegen ihrer kosmographischen und kosmogonischen Anschauungen berühmt. Die Menschen von Hermopolis hatten bestimmte Vorstellungen über das Entstehen der Erde. Vier Götterpaare, die die Finsternis, die Endlosigkeit, das Urgewässer und die Leere darstellen, personifizieren die Elemente des ursprünglichen Chaos. Über die Schöpfung selbst herrschten verschiedene Vorstellungen: Da gab es ein geheimnisvolles Ei, das sich auf der aus den Fluten emportauchenden Urerde befand und aus dem die Sonne geschlüpft war; oder es gab auch einen Teich mit toten Wassern, sinnfälliges Symbol des anfänglichen Chaos', auf dessen Oberfläche ein Lotus seine Blüte entfaltet hatte, aus der wiederum in einem glühenden Lichtblitz die Sonne entsprungen war. Durch diese Bilder des Lotus, der Geburt der Sonne, des Gottes Thot auf dem Wasser schwimmend, der vier Paare, durch all dies hat Hermopolis einen bevorzugten Platz in der Religionsgeschichte Ägyptens und den Lehren über die Entstehung des Universums erlangt.

Sei es am rechten, sei es am linken Ufer, die Theologie hatte jedenfalls von der Gegend um Tell el-Amarna Besitz ergriffen. Auch die Philosophie war hier zu Hause, denn im Achmunein, dies ist der moderne Name der Stadt Hermopolis, lebte um 350 v. Chr. eine Persönlichkeit, deren gut erhaltenes Grab vor etwas mehr als einem halben Jahrhundert zufällig bei Ausgrabungen gefunden wurde, der Weise Petosiris.

Als Hoherpriester des Gottes Thot, machte er es sich zur Pflicht, die zerstörten Monumente in seiner Stadt wiederaufzubauen. Der große Tempel der Göttin Heket, das Heiligtum des Gottes Thot, die Umfriedung, die den Urhügel umgab, auf dem sich zum ersten

Mal das Urei in zwei Hälften gespalten hatte, all dies war nur noch ein Berg von Ruinen, von dem die Fluten Besitz ergriffen hatten. Heutzutage bietet Hermopolis wohl ein ähnliches Schauspiel wie das, das Petosiris vor mehr als zweitausend Jahren vor Augen gehabt haben muß. Die Wiederherstellung der Monumente ist jedoch nicht das einzige Verdienst des Petosiris. Während seines ganzen Lebens dachte er ebenso intensiv über das menschliche Schicksal nach. In seinem Grab hat man Texte von weitreichender philosophischer Bedeutung gefunden. Der Weise erteilte den kommenden Generationen Ratschläge, ermahnte sie, fromm zu leben wie er und stets auf dem Pfade Gottes zu wandeln. Wer diese Regeln befolgte, könnte im Jenseits die ewige Glückseligkeit erlangen.

Dieses kleine Eckchen Ägyptens sah bedeutende Schriften entstehen. Einige Quadratkilometer nur, aber welch intensives geistiges Leben . . . Fetzen – von Sand bedeckt, von der Wüste ausgeblichen, aber befruchtet von einer einzigartigen monotheistischen Revolution . . . Sei es die Tat des bescheidenen Petosiris oder des Giganten Echnaton, der Nil ist an einer der Etappen seines Laufs angelangt, an der seine Fluten Bruchstücke der Geschichte mit sich führen. Mit Würde begibt sich nun der Fluß auf seinen Weg zum Norden, der ihn zu den großen Hauptstädten der Vergangenheit und der Gegenwart, zum Delta und schließlich zum Mittelmeer führen wird, mit dem er seine Fluten vereint. Vorübergehend nur gibt er sich auf. Denn ist nicht auch der Nil wie der Gott Amenophis ewig?

6. Kapitel

DIE GROSSEN HAUPTSTÄDTE

»Es ist eine verbrannte Wüste und doch erstreckt sich zwischen den beiden Bergketten, die sie bildet, ein Land voller Wunder. Im Westen zeigt diese Kette das Aussehen einer Reihe von Sandhügeln; im Osten ähnelt sie dem Bauch eines mageren Pferdes oder dem Rücken eines Kamels. Dies, oh Befehlshaber der Gläubigen, ist Ägypten; all sein Reichtum entsteht ihm aus dem gesegneten Strom, der es mit der Würde eines Kalifen durchquert. Mit der Regelmäßigkeit der Sonne und des Mondes wächst er an und nimmt er ab. Die Stunde kommt, in der alle Quellen der Welt diesem König der Flüsse ihren Tribut leisten, den die Vorsehung über alle anderen gestellt hat. Da treten die Wasser aus ihrem Bett aus, überschwemmen die Ebene und lagern dort den fruchtbaren Schlamm ab. Alle Dörfer sind voneinander abgeschnitten und können nur durch Boote miteinander in Verbindung treten, die so zahlreich sind wie die Blätter der Palme. Aber in seiner Weisheit kehrt der Fluß dann in die Grenzen zurück, die ihm das Schicksal setzte, auf daß die Menschen den Schatz bergen könnten, den er unserer Mutter Erde anvertraut hat. So, oh Befehlshaber der Gläubigen, zeigt Ägypten nacheinander das Gesicht einer dürren Sandwüste, einer silbrigen Wasserfläche, eines mit dickem Schlamm bedeckten Sumpflandes, einer grünenden Wiese, eines Gartens mit Blumen aller Art und eines riesigen, reiche Ernte verheißenden Feldes.«

Man kann als General auch Dichter sein, das Blut und auch den

Kampf lieben und sich doch mit Feingefühl ausdrücken. Tatsächlich ist es, zwölf Jahrhunderte vor Bonaparte, ein arabischer Bonaparte, Amr Ibn al-Ass, der diese Zeilen schreibt. Er hatte Ägypten erobert und schickte seinem Meister, dem Kalifen Omar, einen Bericht. Heute »treten die Wasser nicht mehr aus ihrem Bett aus«, denn ein anderer Meister hat den Nil gezähmt: der Sadd el-Ali. Der große Damm von Assuan gibt genau das Wasser ab, das gebraucht wird. Und heute sieht man Hochspannungsleitungen die Ebene durchqueren, die neue Industrien versorgen. Der Fluß aber bleibt jener »Kalif«, von dem der muselmanische Eroberer in lyrischem Ton berichtete und strömt noch immer mit der gleichen Würde durch das Land. Breit, sehr breit ist er hier – er kann eine Breite von 700 Metern erreichen. Vom Gebiet von Tell al-Amarna bis nach Kairo, also auf einer Strecke von 300 Kilometern, beendet »der gesegnete Fluß«, in dem hier und da Inseln liegen, seinen weiten Kreisbogen.* Er bahnt sich dabei einen Weg durch ein »riesiges, reiche Ernte verheißendes Feld«, das von einer Vielzahl von Kanälen, die mit größter Sorgfalt unterhalten werden, in Rechtecke unterteilt und durchzogen wird. An seinen Ufern – auf diesem uralten ägyptischen Boden – eine bunte Folge von Palmen, Marktflekken und Dörfern. Die Städte sind besonders am linken Ufer entstanden. Es haben sich verschiedene wichtige Landwirtschafts-, Handels- und Industriezentren gebildet, z. B. mit großen Zuckerfabriken. Einige zählen mehr als hunderttausend Einwohner. So Beni Suef oder Minia, wo die »Melaya« hergestellt werden, die Schleier und Baumwollstoffe, die man in ganz Ägypten trägt. Viele Städte haben jedoch ihren ländlichen Charakter behalten, mit Fleischständen unter freiem Himmel, von Fliegen umschwärmt, die Waage an einem Ast hängend; mit den kleinen Läden der Schneider und der Hersteller von runden Filzkappen, mit Gruppen schwatzender Frauen, deren schwarze Kleidung die anderen Farben umso mehr hervorhebt, und junger Mädchen in bunten Röcken.

Je weiter man nach Norden gelangt, desto deutlicher spürt man so etwas wie ein Ansteigen der Kräfte. Auf dem Fluß wird der Verkehr lebhafter. Die Bevölkerung wird dichter. Die Ortschaften werden zahlreicher und liegen näher beieinander. Das Leben, das

* Siehe Karte 8, Seite 237

der Nil erschuf, entfaltet sich hier in seinem ganzen Reichtum, und man begreift, warum an dieser Stelle zwei große Hauptstädte gegründet wurden: Memphis im Altertum und Kairo in unserem Zeitalter.

Der Strom ist nicht mehr allein. Auf seiner Linken, in einer Entfernung von einigen Kilometern, begleitet ihn der Bahr Jussuf, »der Fluß Josephs«, wie ihn die Kopten nannten. Dieser Kanal, der etwas oberhalb von Tell el-Amarna, direkt bei Dairut abzweigt, durchfließt Mittelägypten über eine Strecke von mehr als zweihundert Kilometern. Dann spaltet er sich in eine unendliche Zahl von Verzweigungen auf und verliert sich in einem tiefen Becken, das von einem Kreis leicht rosagetönter felsiger Hügel und von fahlen Sandwüsten eingerahmt ist. Dieses Depressionsgebiet ist das Becken von El-Faijum, eine reiche, fröhliche Provinz mit einer Million Einwohnern und vielen großen Dörfern. Die Dörfer sind durch ein dichtes Straßen-, Eisenbahn- und Kanalnetz mit Medinet und El-Faijum, der Hauptstadt, verbunden. Es ist ein blühendes, grünes Gebiet mit Pflanzungen, Obstplantagen und Weinbergen, ein weiteres Niltal, das sich durch die Entwässerungsarbeiten immer mehr vergrößert, ein Becken von wunderbarer Fruchtbarkeit, das der Reisende voller Staunen aus der Wüste auftauchen sieht. Ein Teil dieser Senke wird vom Karunsee eingenommen, der 44 Meter unter dem Meeresspiegel liegt. Sein Wasserstand hat sich im Laufe der Jahrhunderte immer weiter gesenkt. Wie alle Binnenmeere trocknet er langsam aus. Im Neuen Reich nannte man ihn Pa-Yôm, »das Meer« und auch sein Becken erhielt diesen Namen.

Das Becken von El-Faijum veranschaulicht am besten, wie die Ägypter immer wieder die Wüste oder den Sumpf besiegen. Lange war es nichts als ein unermeßlicher See, an dessen morastigen Ufern Sumpfbewohner lebten, die sich vom Jagen und Fischen ernährten. Oftmals fingen sie riesige Fische, die bis zu zwei Metern lang sein konnten. Hier fühlten sich die Krokodile besonders wohl, und Sobek, der Krokodilgott mit dem Echsenkopf und dem Menschenkörper – den man speiste und dessen Mumie bei feierlichen Prozessionen umhergetragen wurde – wie auch Neith, seine Mutter, waren die wichtigsten Götter dieser Gegend. Um 2000 sind es die Herrscher der 12. Dynastie, die Amenemhet und die Sesostris, die, wie man aus Überlieferungen und Funden entnehmen kann, im Korridor, in dem der Bahr Jussuf fließt und der das Becken mit dem Niltal verbindet, große wasserbauliche Arbeiten durchführen: Schutzdeiche gegen die jährliche Überschwemmung, ein Netz von Entwässerungs- und Zuführungskanälen, einen Staudamm (zum Regulieren der Wasserhöhe). In dieser nun so glücklichen Provinz werden sie eine Stadt erbauen – die zukünftige Krokodilopolis »Stadt der Krokodile« – und große Wohngebiete. Der bekannteste dieser Herrscher, Amenemhet III., hinterließ einen Totentempel, das berühmte Labyrinth. Seine Komplexität mit all den Windungen und toten Gängen und die Vielzahl der Räume rufen bei Herodot und Strabo, die es um 450 und um 24 v. Chr. besuchen, eine »unendliche Bewunderung« hervor. »Wenn man alle Bauten, alle Kunstwerke, die die Griechen erschufen, zusammennimmt, so werden sie doch nicht dem Vergleich mit diesem Labyrinth, weder von der Arbeit, noch von den Ausgaben her, standhalten«, berichtet Herodot im Zweiten Buch seiner Geschichten. »Es besteht aus zwölf überdachten Höfen, deren Tore einander gegenüber liegen, sechs nach Norden, sechs nach Süden gerichtet und alles von der gleichen Außenmauer umgeben. Es gibt dort zwei Reihen von Sälen, die einen unterirdisch, die anderen über der Erde, direkt auf die ersten gebaut. Ihre Anzahl beträgt 3000, das heißt jede Reihe besteht aus 1500 Sälen.« Strabo sah nur ein nicht besonders hohes Gebäude mit nicht mehr als einer Etage . . . Heute ist es schwierig, sich davon ein Bild zu machen, denn die vermeintlichen Spuren des Labyrinthes konnte man noch nicht genau identifizieren.

Die Nutzbarmachung und Bewirtschaftung des Faijums, die schon unter den Königen des Mittleren Reiches, die zahlreiche Gruppen von Bauern und Arbeitern in dieser Gegend angesiedelt hatten, in großem Umfang begonnen worden waren, werden auch im Neuen Reich unter den Ramessiden aktiv weitergeführt. Zwischen 1300 und 1200 werden im Faijum ganze Dörfer aus Gefangenenkolonien der asiatischen und nubischen Feldzüge gegründet. Vor allem aber in der griechischen Epoche, der »ptolemäischen«, also der Zeit, die der Ankunft Alexanders des Großen in Ägypten um das Jahr 333 v. Chr. folgt, erhält der Faijum eine neue Dimension und wird zum Gegenstand einer systematischen Kolonisierungspolitik. Der Grieche Zenon, Domänenverwalter des Apollonios, des Finanzministers unter Ptolemäus II. Philadelphos, berichtet uns auf kostbaren Papyri, daß neugewonnenes Land den griechischen und mazedonischen Veteranen übergeben wird. Später lassen sich auch andere Siedler hier nieder. Fleißig und aktiv holen sie aus dem Land ein Maximum an Erträgen heraus, ja, sie bringen es sogar fertig, in den felsigen Gebieten Olivenbäume wachsen zu lassen, die sie an ihr Heimatland erinnern. Dörfer entstehen, Städte entwickeln sich. Sie tragen griechische Namen: Philadelphia, Philoteris, Euhemeria, Theadelphia . . .

Die Griechen und ihre Götter werden nicht nur gut mit den Eingeborenen und deren Göttern auskommen, sondern sie werden schließlich ägyptisiert. Bei ihrer Ankunft heißen die Griechen Apollodor, Zenon oder Hermodor. Sie heiraten Ägypterinnen und geben ihren Kindern fast immer ägyptische Namen. Nach zwei Generationen ist die Familie vollkommen ägyptisiert. Man erinnert sich nur noch daran, daß der Großvater Grieche war. Genauso verhält es sich mit den Göttern. Zu Anfang verehrt man natürlich die Gottheiten des hellenistischen Pantheons, aber nach und nach treibt man auch Kult mit Isis und Osiris, mit Ermuthis, der Erntegöttin, und natürlich auch mit den Göttern des Faijum, Sobek und Neith. Nur verehrt man sie unter leicht hellenisierten Namen: So wird Sobek zu Suchos. In Wirklichkeit jedoch hat sich nichts verändert.

Durch den Kontakt mit dem Orient ist der Grieche aus Griechenland kein griechischer Siedler mehr. Er ist nun ein Mitglied der orientalischen Welt geworden. Wenn der Faijum also auf der einen Seite einen weiteren Sieg des Menschen über die Natur verkörpert, so ist es auch ein typisches Beispiel einer Konstanten des ägyptischen Lebens: die fundamentale Undurchdringlichkeit Ägyptens für jeden fremden Einfluß.

Der Nil ist nun in der Nähe des Beckens von Faijum angelangt, nach Westen hin trennen ihn noch einige zehn Kilometer davon. Der Bahr Jussuf hat ihn verlassen, und wie er hat er schon mehr als 200 Kilometer durchquert. Der Nil folgt weiter dem Pfad, den ihm das Schicksal vorgezeichnet hat. Auf seinem Wege nach dem Norden berührt er auch wieder die Geschichte und nähert sich nun den großen Hauptstädten der Vergangenheit und der Gegenwart,

Memphis und Kairo. Der Strom begegnet zuerst der Pyramide von Meidum, deren Erbauer wahrscheinlich König Snofru war, der erste Herrscher der 4. Dynastie. Sie hat die schöne Tönung gelblichen Kalksteins, und die Araber nennen sie »el Haram el-Kaddab«, die »falsche Pyramide«, denn sie erhebt sich inmitten ihrer Trümmer wie ein Bergfried in verschieden hohen Absätzen. Dann erblickt der Fluß nach einigen zehn Kilometern die Ruinen der beiden Pyramiden von Lischt, Werke Amenemhets I., des Begründers der 12. Dynastie, und seines Nachfolgers Sesostris I. Dies sind die ersten einer Reihe von mehr als achtzig Pyramiden, die sich von Dahschur, südlich von Memphis, der Hauptstadt des Alten Reiches, bis nach Abu Roasch, im Westen Kairos, der riesigen und tausendarmigen Metropole des 20. Jahrhunderts, am linken Ufer des Nils über etwa 40 Kilometer entlangzieht.*

Daß die großen Hauptstädte mit einem Zeitabstand von Jahrtausenden gerade hier entstanden – nichts ist logischer, denn diese Gegend, am Rande Niederägyptens, war schon in der Vorgeschichte und ganz am Anfang der Geschichte bewohnt. Eine Vielzahl menschlicher Gemeinschaften, die natürlich vom Wasser den günstigen Bedingungen des Ortes, von dem fruchtbaren Land, von der Jagd oder der Fischerei angezogen wurden, hinterließen hier zahlreiche Spuren. Die Prähistoriker haben 25 Kilometer südlich von Kairo, in El-Omari, in der Nähe von Heluan, ein großes neolithisches Dorf entdeckt. In diesem Dorf fand man neben Hütten Silos und Gräben, in denen die Toten mit dem Kopf nach Süden und auf ihre linke Seite gelegt waren, so daß sie nach Westen »sahen«. In einer »Station«, wie sie die Prähistoriker nennen, der von Maâdi, das heute ein moderner Vorort Kairos ist, hat man in den Resten eines Dorfes aus rechteckigen Lehmziegelhäusern, das aus protohistorischer Zeit stammte, eine Menge Werkzeuge aus geschliffenem Feuerstein – Klingen, Ahlen, Schaber – Gefäße aus oftmals poliertem Basalt und Kalkstein, Paletten aus Schiefer und Feuerstein und auch Keramik gefunden. Die Einwohner bauten hier Gerste, Rizinus und Weizen an und hielten Schweine, Schafe, Ziegen und Rinder. In Heluan – wo sich heute die Schornsteine der Stahlfabriken erheben – haben Ausgrabungen Nekropolen von Beamten der 1. und 2. Dynastie freigelegt. Dies beweist, daß diese

* Siehe Ausschnitt in Karte 8, Seite 237

Gegend in neolithischer Zeit, wie auch an der Schwelle der Geschichte, ein Brennpunkt des Lebens und der Kultur war, ein »Prä-Ägypten«. Hier am Ende des schnurgerade verlaufenden Nils, war ein strategisch idealer Ort für Herrscher, die in Ober- und Unterägypten regieren wollten. Hier, zwischen dem linken Ufer des Flusses und der libyschen Wüste, in einer weiten Ebene, wurde Memphis um das Jahr 3000 gegründet.

Man nimmt an, daß ihr Ursprung auf Menes, den Begründer der 1. Dynastie, den Einiger Ägyptens, zurückgeht. Menes trug die doppelte Krone, den *pschent*, der aus der roten Krone des Nordens und der weißen Mitra des Südens bestand und der die »Vereinigung der beiden Länder« versinnbildlichte. Neben einem Marktflecken, in dem man den Gott Ptah verehrte, den man hier als den Schöpfer der Welt ansah, soll Menes eine Festung, die »Weiße Mauer« erbaut haben, die die Straße bewachte, die nach Oberägypten führte und die es ihm erlaubte, »Herr der beiden Länder« zu sein. Nach ihm residierten viele Herrscher in dieser Gegend, die strategisch so wichtig und außerdem landwirtschaftlich so reich war. Sie errichteten Pyramiden-Gräber in der näheren Umgebung von Memphis, im Westen der Hauptstadt, am Saum der libyschen Wüste, während Hunderte von Würdenträgern sich in Gräbern, die »Mastaben« genannt wurden und die in geraden Alleen um die Gräber der Pharaonen angelegt sind, bestatten ließen. Eine Ausnahme bildeten drei Könige der 4. Dynastie: Cheops, Chephren und Mykerinos, die ihre Residenz etwa 20 km weiter im Norden errichteten und grandiose Pyramiden auf dem Plateau von Giseh erbauten. Mit ihren 137 Metern ist die Cheopspyramide die Königin einer berühmten Dreiergruppe, zu der die berühmte, aus dem Fels gehauene, kolossale Sphinx gehört, über deren Bedeutung man sich heute noch nicht im Klaren ist.

Ja, wie wurden sie erbaut, diese so friedlichen Pyramiden von Dahschur, von Sakkara, von Abusir und von Giseh, die sich in der Stille der Wüste erheben? Man kannte weder das Rad noch die Rolle, doch ging der Bau mit natürlichen Mitteln vor sich, vielleicht mit Hilfe von Rampen. Viele Jahre lang schleppen Zehntausende von Menschen Millionen von Kalksteinblöcken aus den nicht sehr weit entfernten Steinbrüchen von Tura hierher, während der Nil den für die Grabkammern bestimmten Granit aus Assuan herbeibrachte. Welches war die symbolische Bedeutung dieser künstlichen Dreiecke? Wir wissen, daß jede dieser phantastischen Steinmassen ein Element eines Grabkomplexes war. Dieser umfaßte einen »Taltempel« oder Empfangstempel, der am Rande des Fruchtlandes oder am Ufer des Nils lag, und einen »hohen Tempel«, der an der Ostseite der Pyramide gebaut war. Die beiden Tempel waren durch einen langen Aufweg verbunden. Wir wissen auch, daß die Pyramide die Grabkammer verbarg, deren Eingang mit größter Sorgfalt getarnt und von einem Labyrinth von Gängen geschützt war – die den Sarkophag der Pharaonen enthielt. Der Leib mußte beschützt werden, damit »Ka«, die Kraft des Lebens, die die Seele ins Jenseits geleitete, den Toten nicht verließe. Wir wissen ebenfalls, daß die Könige ursprünglich wie die Würdenträger in Mastaben aus Stein und Ziegeln beigesetzt wurden, die aus einer Kapelle, in der der Totenkult abgehalten wurde, und einer Grabkammer, in der sich der Sarkophag befand, bestanden. Durch die Weiterentwicklung der Baukunst wurden aus diesen Mastaben Pyramiden. Zu Beginn der 3. Dynastie tauchen zwei Neuerungen in der Bauweise der Grabanlagen auf: einmal ein Größenunterschied zwischen den Königsgräbern und den Gräbern der hohen Beamten, zum anderen der Bau aus behauenen Steinen. Um 2700 läßt Djoser, der erste König der 3. Dynastie, nacheinander mehrere Vergrößerungen seiner Mastaba in Sakkara vornehmen, die zu einem beachtlichen stufenförmigen Bau von 60 Metern Höhe heranwächst. Das ist die Stufenpyramide. Von Imhotep, dem genialen Baumeister, erbaut, ist sie der Ausgangspunkt für alles Weitere. Ein Jahrhundert später geht es in Meidum einen weiteren Schritt vorwärts mit einer Stufenpyramide, deren Zwischenräume man auffüllt und die man dann mit einer glatten Verkleidung versieht. Die erste Pyramide ist entstanden: die reine Pyramide. Während man in Meidum nicht sicher ist, wer der Erbauer war, weiß man mit Bestimmtheit, daß es der mächtige Snofru war, der zwei große Pyramiden in Dahschur erbauen ließ. Eine davon wird als »Knickpyramide« bezeichnet, denn sie weist zwei verschiedene Neigungswinkel auf. Der Winkel ändert sich etwa auf halber Höhe der Seitenmauern. War dies Absicht? Einige behaupten, daß diese ungewöhnliche Form auf eine überstürzte Beendigung des Baus zurückzuführen ist, vielleicht deshalb, weil sie Gefahren in sich barg.

Man mußte diese Pyramide schnell fertigstellen, um die zweite zu errichten, in der man übrigens keinen Sarkophag gefunden hat. Wo wurde der große König beigesetzt? . . . Jedenfalls setzte sich nach den Pyramiden von Meidum und der Knickpyramide von Dahschur die regelmäßige Pyramide zuerst in Giseh, dann in Abusir und Sakkara durch. Welchen Glauben jedoch mochten die reine und die Stufenpyramide symbolisieren? In der Religion von Memphis stellten die Toten Sterne im Gefolge der Sonne dar oder verschmolzen mit ihr. Der verstorbene König lebte dort oben als Tischgenosse des Sonnengottes, des großen Re, oder wurde eins mit ihm. Die Stufenpyramide war also eine symbolische Darstellung der Leiter, auf der der Herrscher, der Sohn Res, zum Himmel emporstieg. Die reine Pyramide hingegen eine Vergegenständlichung der auf die Erde fallenden Sonnenstrahlen, so daß der verstorbene Pharao sich abwechselnd des einen oder anderen Weges bedienen konnte, um zum Himmel zu gelangen oder auf die Erde zurückzukehren. Hier erwarteten ihn die Opfergaben, die man in seinem Grabtempel niedergelegt hatte. Weitere Hypothesen: die Pyramide als Umwandlung des primitiven Grabhügels in Stein; die Pyramide als Abbild des Urhügels, der aus dem Urgewässer emportaucht; die Pyramide als Konzentration eines Teilchens jenes Sonnenlichts, zu dem der verstorbene Herrscher aufsteigen mußte; die Pyramide als Ort des Übergangs zwischen dem Irdischen und der Welt des Göttlichen. Es ist schwierig, sich für eine dieser Deutungen zu entscheiden. Der Gedanke jedoch, daß die Pharaonen im Sternenreich weiterleben und ab und zu auf die Erde zurückkehren, besitzt für uns etwas Verführerisches. Er scheint uns dem Religionsverständnis der alten Ägypter angemessen. Im übrigen überlassen wir es den Ägyptologen, diesen sachlichen und doch so passionierten Gelehrten, die Steine der Pyramiden zu erforschen und ihre Bedeutung zu enträtseln.

Während die geometrischen, mit äußerster Genauigkeit erbauten Pyramiden ihr Geheimnis noch nicht völlig gelüftet haben, scheinen die Wände der Privatgräber im Gegensatz hierzu keine Geheimnisse zu verbergen. Die Grabmäler der hohen Beamten zeigen glanzvolle Szenen des täglichen Lebens im Alten Reich. Fröhlich sind sie vor allem. Man könnte meinen, sie wollten den Besucher vergessen lassen, daß er sich in einer Grabstätte befindet.

Hier sind wir weit entfernt von den apokalyptischen Szenen der Gruften im Tal der Könige. Die bemalten Flachreliefs der Mastaba mit ihrer Zusammenstellung von Einzelbildern muten wie eine Komposition auf einem Wandbehang an, deren Perspektive wir jedoch erst wieder herstellen müssen, indem wir den gleichen Blickwinkel einnehmen, von dem aus der Künstler jeweils die Personen und die Dinge betrachtet hat. Oft zeigen sie uns auf humorvolle Weise Männer und Frauen, die ihren Geschäften nachgehen, die tanzen oder singen, die jagen oder Sport treiben, Kinder, die sich von Herzen amüsieren, Handwerker, die in ihrem Laden arbeiten, Hirten, die Herden weiden oder Bauern, die die Ernte einbringen. Die Mastaben stellen eine wahre Enzyklopädie Ägyptens zur Zeit der Pyramiden dar. Hier beschreibt man mit packendem Realismus die Viehzucht, die Zählung der Herden, die Schlachtung. Die Gerätschaften der Fleischer, das Töten und Zerlegen der Tiere werden in allen Einzelheiten wiedergegeben, und die Dialoge geben diesen Szenen erst die richtige Färbung, die der Spontaneität. Befehle erschallen, trocken und präzise, aber auch Witze werden gemacht und kräftig herumgeflucht! Hier kann man der Herstellung des Brotes oder des Bieres zuschauen und alle Phasen des Anbaus von Flachs oder Getreide miterleben: die Vorbereitung des Bodens, die Ernte und den Abtransport der Ernte auf Eseln. All dies wird ungemein anschaulich wiedergegeben. Esel, von Fellachen getrieben, laufen in vollem Galopp auf Getreidegarben zu. Ein Mann zerrt ein Tier am Bein und an den Ohren vorwärts, ein anderer schiebt es an einen Sack mit Garben, und hopp, wirft man ihm den Sack auf den Rücken. Rückkehr zum Dorf. Ein Esel macht ein paar Sprünge, und schon haben wir das schönste Durcheinander. Eine Last droht herunterzufallen, die Eseltreiber stürzen herbei, um sie wieder festzumachen. Auf den Tennen bindet man die Lasten los, breitet die Ähren aus, die von Ochsen gedroschen werden, man trennt die Spreu vom Korn, man stellt Mühlsteine auf . . . Auch der Anbau in den Gärten, die Weinlese und die Weinherstellung sind ausführlich dargestellt. Was das Handwerk betrifft, so nimmt es natürlich einen Ehrenplatz ein. Wie lebensnah erscheinen hier die Bildhauer und Töpfer, die Schreiner, Schuhmacher und die Goldschmiede! Im Basar sieht man die Handwerker die Barren wiegen, das geschmolzene Metall in Formen gießen, Stäbe oder Platten herstellen und schließlich mit Bewunderung die Schmuckstücke streicheln, die sie geschaffen haben. Der Nil und seine Sumpfgebiete, die Jagd und der Fischfang jedoch stellten für die Künstler eine unerschöpfliche Fundgrube für Themen dar, die sie an den Wänden des Säulengangs oder des ersten Saals des Grabes behandelten. Die gemeinsame Kulisse all dieser Szenen ist ein riesiges Papyrusdickicht. Die eleganten Stengel dieser Pflanzen sind so hoch, daß der Herr des Grabes – so ist es in der Regel – nicht die Spitze der Dolden erreicht, die von Vögeln des Niltals, wie z. B. von Ibissen und Reihern, bewohnt werden. Fische flitzen durch das Rohr, während Flußpferde sich im Wasser tummeln. Nun aber nähern sich die Boote der Jäger und Fischer. Der Künstler stellt den Verstorbenen in einer schmeichelhaften Situation dar. Einerseits sieht man ihn nämlich zwei Fische, die auf der doppelten Spitze seiner Harpune stecken, aus dem Wasser ziehen; andererseits wirft er einen Bumerang auf Vogelnester. Dies ist die Mitte der Komposition. Rundherum entdeckt man Szenen, die auch heute noch nichts von ihrer Frische, von ihrer Lebendigkeit verloren haben: Jäger, die ein Flußpferd jagen, Fischer aller Art. Das Fischen mit der Harpune ist ein beliebtes Motiv, das aber den Künstler vor ein Problem stellt. Der Grabherr soll nämlich in dem Augenblick, in dem er sowohl seine Harpune mit sicherer Hand wirft, als auch durch seine Geschicklichkeit zwei Fische auf einmal fängt, zu bewundern sein. Zu diesem Zweck wenden die Künstler einen »Trick« an. Erste Phase: die Harpune ist in der Hand des Schützen; zweite Phase: die Harpune erreicht ihr Ziel; man läßt vor dem Boot eine Wassersäule emporschießen, die sich bis zur Höhe des Fischers erhebt, so daß es dieser nicht nötig hat, sich zu bücken, schon zappeln die zwei größten Exemplare im ganzen Nil an den Haken seiner Harpune. Das Fischen mit dem Kescher, mit der Reuse und mit dem Schleppnetz wird oft dargestellt. Die Künstler geben die Wasserfauna mit solcher Präzision wieder, daß der Naturwissenschaftler die Arten identifizieren und der Ägyptologe die Fische wiedererkennen kann, die in der Hieroglyphenschrift abgebildet sind.

Bevor wir diese Mastaben verlassen, in denen das Alte Reich nach wie vor sein tägliches Leben lebt, wollen wir ein letztes Bild mit uns nehmen, das zwar nicht so grandios ist, aber umso bezaubernder . . . und ewig. Es ist das Bild des Anglers, der im Grab des Ti abgebildet ist. Ti lebte am Ende der 5. Dynastie und war ein hoher Beamter am Hofe. Er hatte zahlreiche Titel, u. a. »einziger Freund, Oberhaupt der Geheimnisse seines Herrn an allen seinen Orten«. Also, unser Angler hat es sich allein in einem kleinen Boot bequem gemacht. Als vorsorglicher Mann hat er sich mit Proviant eingedeckt, mit einem kegelförmigen Brot, einem Fladenbrot und einem Krug Wasser. Da er den ganzen Tag auf dem Wasser zubringen wird, hat er sich vorsichtigerweise einen bequemen Stuhl aus Papyrus mitgebracht. Nun hält er seine Angelschnur ohne Schwimmer, an der ein Haken mit mehreren Verzweigungen hängt, und wartet, daß ein dicker Wels anbeißt. Man ist überrascht von der Lebensnähe, der Intensität und der Frische dieser Darstellungen.

Memphis – dessen wahrer Name Mennefru ist, die Griechen waren es, die es so nannten – erreichte seine Blütezeit unter der 6. Dynastie (um 2350). Ägypten wird jedoch eine Epoche der Anarchie von mehr als zwei Jahrhunderten erleben. Theben wird die Einigkeit wieder herstellen, die Autorität zentralisieren und politische Hauptstadt werden. Trotzdem wird Memphis niemals wirklich verfallen und wird eine der bedeutendsten Städte Ägyptens bleiben, wie die riesigen Standbilder, die Ramses II. hier während seiner Herrschaft (1298–1235) errichten läßt, beweisen. Sicherlich wird es viele Schwierigkeiten zu bewältigen haben. Als Sieger werden die Äthiopier Pianchi und Taharka, die Assyrer und die Perser im Jahre 525 in seine Mauern eindringen. Memphis bleibt trotzdem ein mächtiges Kriegsarsenal, ein Hafen mit starkem Verkehr, eine große und reiche kosmopolitische Metropole, auf deren Straßen sich Soldaten, Seeleute und ausländische Händler drängen, die aus allen Enden Afrikas und natürlich vom Mittelmeer kommen, um hier Handel zu treiben. Neben Babylon war Memphis noch immer die schönste Stadt des Orients. Seine religiösen Feste, vor allem die zu Ehren des Apis, des heiligen Stiers, zogen unzählige Pilger an. Mit der Gründung von Alexandria im Jahre 331 jedoch beginnt der Abstieg von Memphis, besonders dadurch, daß ausländische Bevölkerung angezogen wird. Memphis befindet sich im Zustand des Verfalls, als Kaiser Theodosius dem Christentum endgültig den Weg öffnet. Nach einem Edikt aus dem

Jahre 383 mußten alle Tempel geschlossen werden. In Memphis wandelt man die Tempel, die noch stehen, in Kirchen um. Zweieinhalb Jahrhunderte später wurde die Hauptstadt des Alten Reiches durch die Gründung von Al Fustat, dem Kern des heutigen Kairos, einer Menge wertvoller Kunstgegenstände beraubt. Jedoch genügte dies noch nicht, um ihren Reichtum an Monumenten völlig verschwinden zu lassen. Dazu bedurfte es der nachlässigen Verwaltung der Mameluken. Diese ließen die Schutzdeiche verfallen und, da der Boden sich nach jeder Überschwemmung hob, wurde Memphis mit der Zeit zu einer weiten Ebene, aus der nur einige kleine Schutthügel herausragten . . .

Eine Hauptstadt ist untergegangen. Eine andere wird nicht fern von hier, etwa 15 Kilometer weiter im Norden, entstehen. Zwischen diesem Untergang und diesem Neu-Entstehen klafft eine Lücke. Der Nil jedoch mit seinen friedlichen und nahrungsbringenden Fluten ist immer gegenwärtig, und dieses Gebiet, seit uralten Zeiten bewohnt, wird auch weiterhin Menschen beherbergen. Die Stätten der Antike werden zu Stätten des Christentums. So geschah es z. B. mit der byzantinischen Festung von Babylon, das unter dem Namen »das Babylon Ägyptens« bekannt war. Von Augustus um das Jahr 30 v. Chr. errichtet, wurde diese Festung von Trajan und schließlich von dem christlichen Kaiser Arkadios um 395 wiedererbaut. Sie erhob sich am rechten Flußufer und beschirmte eine kleine, einsam gelegene Stadt in einer schwach bevölkerten Ebene, in der nur dann und wann ein Dorf zu sehen war. Hier werden die Araber, gleich nachdem sie Ägypten erobert haben, den Grundstein zur größten Stadt der afrikanischen Welt legen: zum heutigen Kairo.* Von dieser Festung sind in Alt-Kairo heute noch zwei große runde Türme und dicke Mauern erhalten, die auch christlichen Kirchen Schutz gewährten. Im Jahre 639 wird sie von Amr Ibn el-Ass, einem General Omars, des Kalifen von Bagdad, erobert. Wenn man der Sage Glauben schenken darf, hat dieser noch einen weiteren Beweis für seinen Hang zur Poesie geliefert. Als er sein Lager im Norden »Babylons« errichtet hatte, hörte er, daß . . . sich zwei Tauben auf der Spitze seines Zeltes niedergelassen hatten. Er gab den Befehl, sie auf keinen Fall zu stören. Der

* Siehe Karte 9, Seite 299

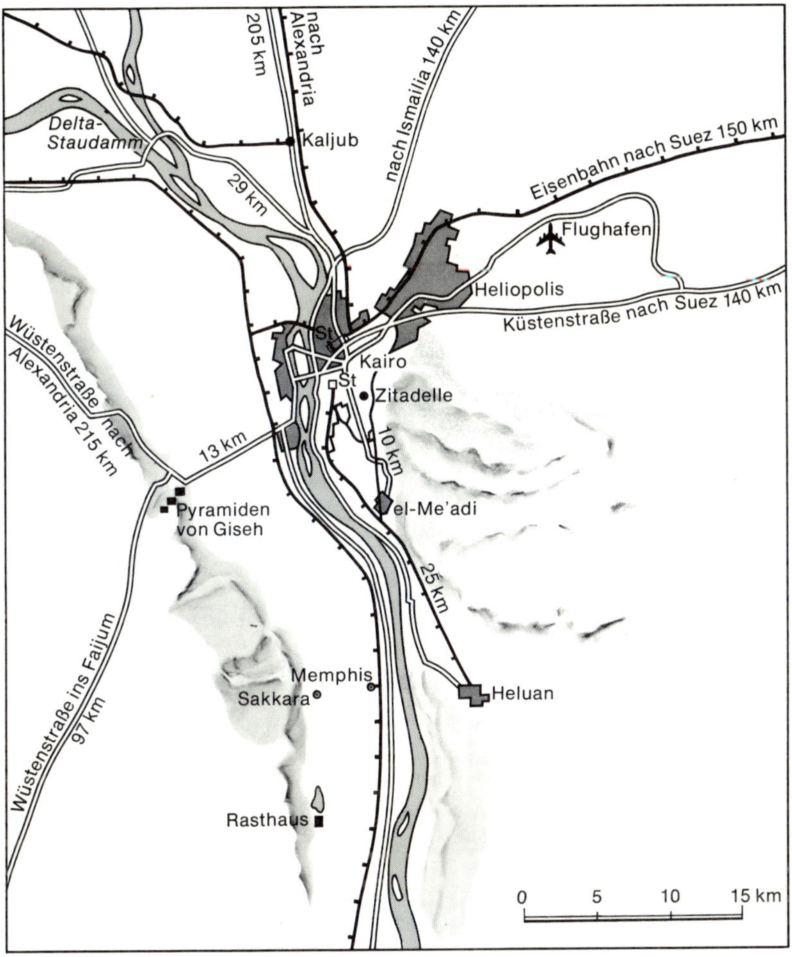

Karte 9: Kairo.

Ort wurde ein Sammelpunkt der siegreichen Armeen. Wohnstätten wurden überall im Umkreis erbaut. Eine Militärstadt entstand, die den Namen »Fustat«, das »Zelt« behalten sollte. Der General ließ Schutzwälle errichten und erbaute die erste Moschee.

Es ist interessant zu sehen, wie Amr, von den Vorteilen der Lage »Babylons« inspiriert, Fustat ziemlich nah beim Nil gründete. Dies erlaubte ihm nämlich, das Problem der Wasserversorgung zu lösen. Fustat wird Zisternen, Wasserleitungen und Abwasserkanäle haben. Die Stadt wächst. Um 870 errichtet der Emir Ibn Tulun, der spätere Begründer der Tuluniden-Dynastie, seine Residenz ein wenig weiter im Nordosten, auf einem der Ausläufer der arabischen Bergkette, dem Mokkatam. Ein neuer Stadtteil ist entstanden. Al-Kata'i, dessen Mittelpunkt eine herrliche aber formstrenge Moschee ist. Von schlichter Größe, ganz aus Ziegeln erbaut, ist sie mit ihrem von Säulengängen eingerahmten Hof der Prototyp der Hof-Moschee. Auf jeder ihrer 90 Meter langen Seiten wird sie von diesen Säulengängen mit ihren Hufeisenbögen und Knospenkapitellen umgeben. Im Osten – der Richtung Mekkas – ein größerer Säulengang, an dessen Ende sich der *Mihrab* befindet, eine spitzbogige mit Marmor und Glasmosaik ausgekleidete Nische, in deren Richtung sich die Gläubigen verneigen. Auf der westlichen Seite des Hofes ein Minarett mit spiralförmigem Turm. Überall eine verschwenderische Fülle von Verzierungen: geschnitzte Holzfriese, Fenster mit Spitzbögen, Gesimse mit Texten aus dem Koran ... Das ist die Moschee von Ibn Tulun, in ihrer schlichten Bauweise, die durch die Stille dieses Ortes noch mehr hervorgehoben wird. Bewundernswert in ihren Linien und Proportionen, ist sie ein Kleinod der muselmanischen Baukunst. Mit den Fatimiden, einer Dynastie, die Fatima, die Tochter Mohammeds, als ihre Begründerin ansieht, erreicht die Stadt eine neue Stufe ihrer Entwicklung. Im Jahre 358 der Hedschra, das ist im Jahre 969 unserer Zeitrechnung, gründet Dschanhar, ein General des Kalifen von Kairuan, in der vom Fuße des Mokkatam ausgehenden Ebene, Misr al-Kahira, »die Siegreiche«. Dieser Name scheint sich auf den Planeten Mars zu beziehen (el-Kahir auf arabisch), der genau in dem Augenblick am Himmel erschienen sein soll, in dem man begonnen hatte, das Fundament der Stadtmauer zu bauen. Kairo war geboren. Ab 973 lassen sich die Fatimiden endgültig in der neuen Stadt nieder, nachdem sie dort die Azhar-Moschee erbaut hatten. Entschlossen, mit Bagdad zu wetteifern, verschönern sie ihre Stadt mit herrlichen Kunstwerken, vor allem mit Moscheen, die durch ihre überreichen Verzierungen der Wände mit geometrischen Figuren, Blütenmotiven und Inschriften aus dem Koran allgemeine Bewunderung hervorriefen. Sie ersetzen auch die alten Stadtmauern durch einen Steinwall, der durch befestigte Tore verstärkt wird. Langsam wird Kairo eine große Stadt. Seine Karawansereien, seine Läden, seine Bäder, seine öffentlichen Gebäude, der prächtige Königspalast und seine Gärten zeigen seinen ungeheuren Reichtum. In seinen Luxusvillen ist man stolz auf das Seladonporzellan, das aus dem Fernen Osten über Aydhab, den Hafen am Roten Meer, über Kus und den Nil hierher gelangt. Um ihr Ansehen zu stärken, versäumen die Herrscher keine Gelegenheit, prunkvolle und pompöse Umzüge, Paraden und Prozessionen zu veranstalten. Wenn der Kalif erscheint, wirft sich das Volk zu Boden und berührt mit der Stirn die Erde. Übrigens beweist ein markantes Ereignis die Beständigkeit der Beziehungen zwischen dem Nil und den Menschen über die Jahrhunderte hinweg. Etwa am Ende des 11. Jahrhunderts wird das Nilometer von der Insel Roda erneuert, das im Jahre 715 errichtet und im folgenden Jahrhundert wieder neu erbaut worden war. Es wurde im Süden der Insel, gegenüber vom alten »Babylon Ägyptens« errichtet – man kann es auch heute noch sehen. Es ist ein rechteckiger, mit dem Bett des Nils verbundener Brunnen, der dazu dient, die Wasserhöhe zu messen. Die Araber hatten ihn el-Mikjas, »das Maß« genannt. In der Mitte des Brunnens zeigte eine achteckige Säule den Wasserstand an, den man jeden Tag ablas. Wenn Mitte August der Fluß den Höchststand seines Hochwassers erreichte, nämlich sechzehn Ellen, feierte man große Feste, ein Erbe frühester Zeiten. Dank des Nilometers wußte man, welche Hoffnungen man auf die Flut des Jahres setzen konnte. Wie zu Zeiten der Pharaonen hing der Steuersatz davon ab. Auch hier kann man erneut feststellen, daß Menschen so verschiedener Epochen und so unterschiedlicher Gegenden Ägyptens die gleichen Sorgen hatten.

Die Geschichte folgt ihrem Lauf . . . Der Kalif El-Hakim läßt in einem Anfall von Wahnsinn im Jahre 1168 Fustat in Brand stecken. Die Fatimiden verschwinden von der Bildfläche. Nun werden die Aijubiden und Saladin die Herren des Landes. Saladin wird berühmt durch einen ritterlichen Kampf gegen die Kreuzfahrer. Er erweitert die Stadtmauer, integriert Fustat in die Hauptstadt und erbaut die Zitadelle, die sich in ihrer Bauweise an die Baukunst der Kreuzfahrer in Syrien anlehnt. Sie beherrscht das Stadtbild von Kairo und wird selbst vom Mokkatam beherrscht. Ihre Wasserversorgung und die der Nachbarorte wird durch ein 2300 Meter langes Aquädukt gesichert.

Wie ihre Vorgänger hinterlassen auch die Aijubiden große Kunstwerke als Zeugen ihrer Macht. Unter der Herrschaft der mamelukischen Sultane jedoch, die zweieinhalb Jahrhunderte anhalten sollte – von 1250 bis 1517 – erreichte Kairo den Höhepunkt seiner Blüte. Ibn Khaldun, der berühmte Historiker des 14. Jahrhunderts, preist mit lyrischer Ausdruckskraft die Reichtümer der Stadt, ihren Luxus, ihre Märkte, ihre Menschenmassen. Er sagt von ihr: »Wer Kairo nicht gesehen hat, kennt nicht die Größe des Islam. Es ist die Metropole des Universums, der Garten der Welt; eine Stadt, von Monden und Sternen der Weisheit erleuchtet.« Tatsächlich entsteht in der Hauptstadt eine große Anzahl von Gebäuden der unterschiedlichsten Art: Gymnasien, Volksschulen, Klöster, Krankenhäuser, Brunnen und Karawansereien. Prächtige Mausoleen werden in den Friedhöfen im Nordosten und Süden der Stadt errichtet. Viele Paläste werden erbaut und natürlich viele, viele Moscheen. Überall ragen ihre dreistöckigen Minarette empor, auf deren Zwiebeltürmen sich eine Mondsichel erhebt, überall sieht man ihre Kuppeln in jeder Form und Größe. Eine auf architektonischer Ebene außerordentlich wichtige Neuerung charakterisiert diese Monumente. Alle legen das gleiche Modell zugrunde, das der *Medresse*: Ein quadratischer, von vier Säulengängen eingerahmter Hof als Mittelpunkt. Im Inneren ähnelt das Gebäude einem Kreuz; außen behält es das Aussehen eines Quadrats, denn in den Winkeln zwischen den Balken des Kreuzes wohnen die Lehrer und Schüler der vier orthodoxen Riten des Islams. Höhepunkt der Kunst der Mameluken ist die »Moschee-Medresse« des Sultans Hassan, die durch ihre Höhe sehr beeindruckend wirkt. Ein Minarett von 86 Metern; sehr hohe Mauern, die von einem Gesims in Wabenmuster gekrönt sind, wahre Festungsmauern mit schmalen senkrechten Fenstern, die das Licht filtern; ein herrlicher monumentaler Eingang von 32 Metern Höhe, der in zwei Halbkuppeln mit Stalaktiten endet . . . Ein winkeliger Gang führt zum 35 Meter entfernten Innenhof. Die Kreuzform der Moschee springt ins Auge. Um den mit vielfarbigem Marmor gepflasterten Hof der Medresse herum öffnen sich die vier Bogengänge in ihrer überaus reinen Form. Ein größerer Säulengang bildet das Heiligtum, das mit Marmor verkleidet ist und einen wundervollen Fries aus Korantexten enthält – herrlich ist es in all seinem Reichtum. Einst hingen hier siebzig Lampen aus Glas an Ketten von der Decke herab. Im Vergleich zu dieser verschwenderischen Fülle scheint die Grabkammer schlicht, und der Blick wird von den Fenstern mit ihren großen Rosetten angezogen, durch die man die Zitadelle erblickt. Klar, vom Licht überflutet, hebt sie sich gegen den Himmel ab ... Dies ist nicht mehr die beeindruckende Schlichtheit und Feierlichkeit der Ibn-Tulun-Moschee, dies ist etwas ganz anderes. Hier ist Glanz, Prunk und Erhabenheit. Hier hatte man die Macht Gottes und des muselmanischen Imperialismus verkörpern wollen.

Es besteht kein Zweifel darüber, daß Al Kahira eine große Stadt geworden war. Man braucht nur das System der Wasserversorgung zu betrachten: Tausende von Kamelen und Eseln brachten das Wasser zu den Häusern. Eine riesige Armee von unzähligen Trägern, die Schläuche aus Bocksfell trugen, gingen von Tür zu Tür oder boten den Vorübergehenden von dem kostbaren Naß an. Wie auch heute noch gossen sie es in Tassen aus Kupfer. Man sollte auch nicht vergessen, die Festlichkeiten zu erwähnen, die einmal im Jahr beim Beginn der Nilflut stattfanden und die erneut die Stetigkeit der Verbindung zwischen Mensch und Fluß zeigen. Von Alt-Kairo aus verlief ein Kanal, der *Khalig*, in Richtung Westen, den ein Erdreich vom Nil trennte. Neun Monate im Jahr lag der *Khalig* trocken und stank ganz abscheulich wegen des Schlamms und der Abfälle, die man hineinwarf. Wenn der Fluß seinen höchsten Wasserstand erreichte, öffnete man den Deich, und herrlich frisches Wasser, das Freude und Glück mit sich brachte, strömte nach Kairo. Dies Ereignis wurde mit prunkvollen Zeremonien gefeiert, denen der Sultan durch seine Anwesenheit noch mehr Feierlichkeit verlieh. Welch malerisches Bild – diese Feste. Die Bevölkerung drängte sich an den Ufern. Ein lebhaftes Stimmengewirr herrschte, man begrüßte sich mit lauten Zurufen, sang beim Klang von Musikinstrumenten. Tänzer folgten mit großen Sprüngen dem Vorwärtsfluten der Wasser. Bei Nacht fuhr man in beleuchteten Booten auf dem Fluß umher. Die Geschichte der Feste zur Feier der Nilflut ist ein ewiger Neubeginn. Zur Zeit der Pharaonen feierte man diese Feste in Assuan, 1000 Kilometer von hier entfernt. In seinen *Aithiopika* berichtet Heliodor, ein Romanschriftsteller des 3. Jahrhunderts, von den »Niloa«, großen Feierlichkeiten zu Ehren der Flut. Die Romantik hat sogar eine Sage übernommen, nach der man ein junges Mädchen, die »Verlobte des Nils«, lebend in den Fluß geworfen habe, um die Flut hervorzurufen. Später habe man das Mädchen durch eine Puppe ersetzt . . . Eine andere Sage ist die der »Nacht des Tropfens«. In einer gewissen Nacht des Monats Juni wird ein Tropfen vom Himmel fallen, der Staub wird sich legen, die Epidemien enden, die in den verwünschten Tagen vor der Flut, in denen alles so schrecklich trocken ist, überall herrschen. Dieser Tropfen wird den Nil befruchten, der zu schwellen beginnt. Dies sind Sagen, die zu arabischer Zeit verbreitet waren. Sie beweisen, falls solch ein Beweis überhaupt notwendig sein sollte, daß die Menschen immer, über Jahrtausende hinaus, den Nil angerufen oder gefeiert haben. Die »Nacht des Tropfens« ist nichts anderes als das Überleben der »Tränen der Isis«, die in der Hitze einer Sommernacht fallen.

Die Mameluken brachten Ägypten zu Größe und Wohlstand. Später fällt das Land auf den Rang einer türkischen Provinz zurück und erlebt von 1517 bis zum Anfang des 19. Jahrhunderts eine Epoche der Dunkelheit, Anarchie und Ausbeutung. Das Gesicht Kairos verändert sich kaum. Es werden lediglich einige Moscheen im Stil derjenigen von Konstantinopel erbaut. Dann findet der Ägyptenfeldzug Bonapartes statt. Dies Ereignis ist der Beginn einer neuen Ära für Ägypten und für Kairo, das sich dem europäischen Einfluß öffnet – eine große Bewegung, die von Mehmed Ali fortgeführt wurde. Dieser wird im Jahre 1805 Pascha von Kairo. 1811 vertreibt er die letzten Mameluken. Eine Dynastie ist entstanden. Sie wird sich nahezu anderthalb Jahrhunderte halten. Ägypten hat einen außergewöhnlichen Mann gefunden, der einen Staat gründen, die Verwaltung reorganisieren, eine blühende Wirtschaft auf dem Anbau und dem Spinnen der Baumwolle errichten, mit Hilfe des französischen Ingenieurs Linant de Bellefonds Bewässerungskanäle erbauen, Häfen anlegen und mit der Unterstützung französischer Offiziere eine Armee nach europäischem Vorbild und eine Kriegsflotte schaffen wird . . . Als Mehmed Ali 1849 mit achtzig Jahren stirbt, ist Ägypten zu einer Nation geworden.

Es bestehen nun alle Voraussetzungen zu einer tiefgehenden Wandlung Kairos. Unter der Herrschaft Ismails – dessen Name gemeinsam mit dem Ferdinand de Lesseps' mit dem Bau des Suezkanals verbunden ist – beginnt die Stadt ihren mittelalterlichen Rahmen zu sprengen. Unter dem Druck einer immer größer werdenden europäischen Kolonie entstehen um 1865 neue Wohnviertel. Nun nimmt die Stadt einen raschen Aufschwung. Schnell dehnt sie sich nach Norden und Westen aus, schließt Bulak ein, nimmt Schubra, einstmals der Vergnügungsort der Reichen Kairos, in sich auf, dringt auf das andere Flußufer vor, um sich auf der großen alluvialen Ebene des linken Ufers auszubreiten und, immer weiter nach Süden vordringend, Embaba, Aguza und Dokki zu annektieren. Embaba ist der Ort, an dem sich im Jahre 1798 die sogenannte Schlacht bei den Pyramiden abspielte, in der Bonaparte gegen die Mameluken kämpfte. Heute – noch vor zehn Jahren existierte hier nichts – beleben riesige von Siedlungen gesäumte Alleen und hübsche Villen, in denen Ingenieure und Offiziere wohnen, diesen denkwürdigen Ort, und hier kann man zwischen zwei Gebäuden hindurch die drei berühmten Silhouetten erblicken. Aguza und Dokki hingegen, wo der Staat Land enteignet hat, um breite Straßen anzulegen, haben sich nahezu ausschließlich in Wohnviertel der Mittelklasse und des neuen Kleinbürgertums verwandelt. Gleichzeitig sind im Zamalek, dem Nordteil der vier Kilometer langen und 800 Meter breiten grünen Insel Al-Gesira moderne Gebäude und prunkvolle Villen in der Nähe der Botschaften entstanden. Das Zentrum dieses Stadtteils wird von einem Hippodrom, einem Golfplatz und anderen Sportanlagen eingenommen, die von dem 185 Meter hohen »Kairo-Turm« überragt werden. Die Insel Roda im Süden ist inzwischen ebenfalls vollständig bebaut. So hat Kairo, ein Jahrhundert nach diesem phantastischen Aufschwung, seine Vorposten erreicht und dehnt sich noch immer weiter aus. Im Süden bildet die Stadt eine Spitze in Richtung Maâdi – einer Wohnstadt angelsächsischen Typs mit ihren Bungalows, ihren Blumen, ihren Bäumen und ihren Mücken –, und es ist nicht ausgeschlossen, daß sie sich bald bis zu dem zehn Kilometer entfernt liegenden Heluan erstrecken wird. Bei Heluan produziert der große nationale Eisenhüttenkomplex den ägyptischen Stahl und gibt der Landschaft das Aussehen eines industrialisierten Europas. Im Osten stößt Kairo an die Kalksteinbarriere des Mokkatams, doch auch hier sind schon Wohnhäuser zu sehen, das Hindernis ist umgangen worden. In der Tat ist im Nordwesten zu

Beginn des Jahrhunderts eine Satellitenstadt von mehr als hunderttausend Einwohnern entstanden: Heliopolis, das heute von der alles verschlingenden Stadt erreicht ist. Heliopolis ist eine Wohnstadt, die sich etwa 10 Kilometer an der Straße entlangzieht, die zum Flugplatz führt. Sie besitzt zahlreiche Grünflächen und wird von langen Alleen durchquert. Im Norden erstrecken sich die riesigen Viertel von Schubra über viele Kilometer, mit ihren Sozialwohnungen und Armensiedlungen. Sie allein beherbergen schon anderthalb Millionen Einwohner und stellen eine Art Pfropfen dar, der, jedenfalls zur Zeit, die Expansion der Stadt zu blockieren scheint. Augenscheinlich wächst die Stadt denn auch von Giseh aus, einem Distrikt, der im Süden von Dokki beginnt, nach Westen, in die Richtung der Pyramiden. Die breite und lange Straße, die zu den Pyramiden führt und auf der sich Wagen, Busse, Laster, dreirädrige Wagen, Motorradfahrer, Radfahrer und Esel mischen, ohne sich allzu sehr um die Verkehrsregeln zu kümmern, wird jetzt von einer ununterbrochenen Reihe von Gebäuden, Fabriken und Bauten aller Art gesäumt. Man beginnt sogar auf den Abhängen zu bauen, die zu den Pyramiden ansteigen. Wird man eines Tages Cheops, Chephren und Mykerinos von ultramodernen Villen und Gebäuden umgeben sehen?

Kairo – eine tausendarmige, eine unersättliche Stadt! Wie weit ist man von dem Misr al-Kahira der Fatimiden entfernt, das zwischen Nil und dem Mokkatam eingeschlossen lag. Bald wird man gute dreißig Kilometer zurücklegen müssen, um die Stadt von einem Ende zum anderen zu durchqueren. Sie ist zur ersten Stadt Afrikas und zu einer der zehn größten der Welt geworden.

Kairo ist die politische Hauptstadt Ägyptens – der »Arabischen Republik von Ägypten«, die in der Verfassung als »demokratischer und sozialistischer Staat« bezeichnet wird –, der Sitz des Parlaments, der Ministerien und der Regierung. Hier werden die Richtlinien der Wirtschaftspolitik festgelegt. Die Schwierigkeiten der Politik liegen in dem Problem, das schon in Zusammenhang mit dem Assuan-Hochdamm erwähnt wurde, nämlich das des außerordentlich hohen Bevölkerungszuwachses. Das Nationale Planungszentrum schätzt, daß die 38 Millionen Ägypter des Jahres 1976 bis zum Jahre 1980 auf 47 und bis 1985 auf 54 Millionen anwachsen werden. 54 Millionen, das würde mehr als 54 Einwohner auf den Quadratkilometer bedeuten. Die Arabische Republik bildet zwar ein Viereck von 1002000 Quadratkilometern, doch beträgt seine bebaute und bewohnte Oberfläche lediglich 38700 Quadratkilometer, d. h. weniger als 4 Prozent seiner Oberfläche. Unter diesen Bedingungen wird in Ägypten im Jahre 1985 eine Bevölkerungsdichte von 1400 Einwohnern pro Quadratkilometer Nutzfläche bestehen. (Im Delta zählt man schon jetzt 1000.) In Europa leben in dem am dichtesten bevölkerten Land, den Niederlanden, 375 Einwohner auf einem Quadratkilometer.

In dieser Gegend des Mittleren Ostens hat die Geschichte oft willkürliche Grenzen gezogen. So hat Ägypten die gleiche Bevölkerungsdichte wie der Irak, Syrien, Jordanien, der Libanon und die unwahrscheinlich reiche arabische Halbinsel zusammengenommen. Sein Nachbarland Libyen, zu seiner Linken, hat zwanzigmal weniger Einwohner, verfügt aber über einen ungeheuren Reichtum an Öl. Das Pro-Kopf-Einkommen Ägyptens erreicht nicht einmal 300 Dollar, in Katar ist es mindestens dreißigmal höher. Nur ein Viertel der Bevölkerung hat eine Beschäftigung: die Hälfte in der Landwirtschaft, nur ein Siebentel in der Industrie, aber nahezu ein Viertel in der Verwaltung. Das Bruttosozialprodukt, zu dem die Landwirtschaft mit 30 Prozent und die Industrie mit 20 beiträgt, ist etwa mit dem Libyens identisch . . . Um diese Situation zu verbessern, die auf eine ungünstige Verteilung der Bodenschätze und auf die Bevölkerungsexplosion zurückzuführen ist, hat die öffentliche Hand für 1976–1980 einen Fünfjahresplan erstellt, dessen Ziel es ist, das Volkseinkommen zu erhöhen, mehr Arbeitsplätze zu schaffen, die Bildung von Ersparnissen zu fördern, bestimmte soziale Pläne zu realisieren und große Projekte durchzuführen . . .

Trotz der Kritik, die er hervorgerufen hat, ist der Hochdamm ein wichtiger Trumpf. Man weiß, wieviel neuer bebaubarer Boden durch ihn gewonnen werden konnte. Im industriellen Bereich jedoch ist seine Kapazität erst zur Hälfte ausgenutzt, da der Bedarf zur Zeit nicht höher zu liegen scheint. So hat, um ein Beispiel anzuführen, das Elektrifizierungsprogramm den Vorhersagen nicht entsprochen. Man könnte die Divergenz vielleicht dadurch erklären, daß die Felder nur zu bestimmten Epochen Wasser nötig haben, während die Industrie eine ununterbrochene Energieproduktion erfordert. Das Problem dürfte sich zuspitzen, wenn der industrielle Bedarf den der Landwirtschaft übersteigt. Zweifellos unter diesem Gesichtspunkt beginnt Ägypten nun, sich für die Kernenergie zu interessieren, die später einmal den Sadd el-Ali ablösen könnte.

Ein weiterer Trumpf Ägyptens ist die Baumwolle, sein großer Reichtum. Seit dem Altertum schon wird sie angebaut. Aber es war eine kurzfaserige Baumwollart. Bis zu dem Tage, an dem der Franzose Jumel Mehmed Ali eine langfaserige Baumwolle anbot. Der Pascha führte sie sofort in Ägypten ein und verbot die einheimische Baumwolle. So begann das Land, zu seinem eigenen Glück, mit dem Anbau dieser neuen Baumwollart. Die Kultur dehnte sich in Mittel- und Unterägypten aus – der Süden war zu heiß – und ihr Wachstum nahm ständig zu. Heute stellen drei Sorten von weltweitem Ruf die gesamte Produktion: die »Aschmuni«, ein ferner Nachfahre der Jumel, die »Gisa 30« und die berühmte »Karnak«. Die Baumwolle, die 45 Prozent der Exporte ausmacht (hierzu kommen noch 20 Prozent des Garns und der Textilien) stellt die Hauptdevisenquelle Ägyptens und ihren wichtigsten »Tauschwert« dar.

Auf industriellem Gebiet sind bemerkenswerte Fortschritte erzielt worden. Die Erweiterung des Eisenhüttenkomplexes von Heluan wurde dadurch möglich, daß in Baharia, einer 300 km südwestlich von Kairo gelegenen Oase, Eisenerz entdeckt wurde, das einen höheren Eisengehalt als das von Assuan aufweist. Sicherlich sind die 1500000 Tonnen pro Jahr Roheisen und Stahl, die Heluan produzieren wird, nichts im Vergleich zur Weltproduktion, aber hier zeigt sich doch der Wille, sich durchzusetzen. Ägypten gewinnt so auf diesem Gebiet eine Führungsposition unter den arabischen Staaten. Im Norden von Luxor, in Nag Hammad (wo schon seit langer Zeit große Zuckerraffinerien bestehen) wird ein weiterer großer Komplex von der Elektrizität des Sadd el-Ali gespeist, der eine Produktionskapazität von jährlich 100000 Tonnen Aluminium haben wird. Außerdem erleben die traditionellen Industrien, wie die Textilindustrie, einen großen Aufschwung. Der Baumwollsektor, der den ersten Platz einnimmt, erhöht regelmäßig seine Exportziffer. Die chemischen Industrien – vor allem solche, die Stickstoffdünger und Superphosphat herstellen – befinden sich in voller Entwicklung. Auch die Produktion von feuerfesten Erzeugnissen und Baumaterial wurde erhöht, und ein Teil der Zementproduktion wird sogar exportiert. Die Industrie der Steine und Erden (außer Eisen, Phosphaten und Manganerz) und die Erdölgewinnung vervollständigen dieses Bild einer Wirtschaft, die zielstrebig der Industrialisierung, die so viele neue Arbeitsplätze schafft, entgegensteuert. Ägypten setzt auch auf seine Erdöl- (und Erdgas)-reserven, die vielversprechend sind. Durch die Ausbeutung der schon erschlossenen Vorkommen, die Wiedererlangung des Sinai, die Wiederaufnahme der Aktivitäten im Roten Meer und im Suezkanal, durch weitere Vorkommen, deren Entdeckung bei der Vielzahl der Prospektionen zu erwarten ist, könnte die Möglichkeit bestehen, 1980 50 Millionen Tonnen zu erreichen.

Der Außenhandel, der nun in viel größerem Ausmaße mit dem Westen als mit den östlichen Ländern betrieben wird – beim Baumwollhandel wird das deutlich –, ist auf natürliche Weise dem Fortschritt der Wirtschaft gefolgt, die Handelsbilanz jedoch zeigt ein steigendes Defizit. Ein chronisches Defizit übrigens, das schon früher nicht durch die »unsichtbaren Einnahmen« des Tourismus, die Geldsendungen der Arbeiter im Ausland und die Einkünfte des Suezkanals kompensiert werden konnte. Die ägyptische Handelsbilanz kann also nur künstlich und auch nur in ein schwankendes Gleichgewicht gebracht werden, nämlich durch Spenden der arabischen Staaten, Anleihen der Ostblockländer, der Vereinigten Staaten, der Staaten des Mittleren Orients, Europas, Japans und der internationalen Organisationen ... Aber die Zinsbelastung durch die Auslandsschuld ist sehr hoch, sie absorbiert 30 Prozent der Exporterträge. Auch die kurzfristigen Schulden haben sich erhöht. Die Verschuldung der UdSSR gegenüber wird geheimgehalten. In einem Wort, die finanzielle Lage ist prekär ... Ägypten befindet sich in einer schwierigen Phase. Es ist keine leichte Aufgabe, »auf zwei parallelen Linien vorwärtszuschreiten«, wie Präsident Sadat meint. Die Ausgaben auf militärischem Gebiet, die 20 Prozent des Bruttosozialproduktes ausmachen, müssen auch weiterhin einkalkuliert werden, gleichzeitig soll die Nation aber für die wirtschaftliche Entwicklung alle Kräfte mobilisieren. Zu gleicher Zeit soll außerdem ein Liberalisierungsprozeß der

Wirtschaft begonnen werden, ohne aber dabei die Errungenschaften des Sozialismus zu gefährden. Es handelt sich jetzt darum, die ausländischen Investoren dadurch anzuziehen, daß man ihnen Garantien zusichert und den privaten Sektor erweitert. Freizonen sollen geschaffen werden. In Alexandrien für die Schwerindustrie, in Suez und Port Said für die Leichtindustrie. Ausländische Banken können sich in Verbindung mit inländischem Kapital erneut in Ägypten niederlassen. So zeigt sich eine neue Ausrichtung in Zusammenhang mit der Außenpolitik an, die sich ebenfalls weiterentwickelt: die Verbindungen mit der UdSSR werden lockerer, während bevorzugt mit den USA Beziehungen aufgenommen werden. Viele Projekte stehen zur Diskussion: Lieferung von Kernreaktoren, Entwicklung der Petrochemie in Abukir, der Düngemittelindustrie und Bau einer Raffinerie am Ende der Pipeline Suez-Alexandria . . . Die Länder des Mittleren Orients haben die Absicht, gemischte Gesellschaften für die Wirtschaftsentwicklung Ägyptens zu gründen, Europa, Japan und die Ostblockländer bewilligten Anleihen und interessieren sich ebenfalls für Industrieprojekte.

Mehr als ein Hindernis jedoch erschwert den Aufschwung Ägyptens. Die schwerfälligen Strukturen der staatlichen Lenkung widerstehen der Liberalisierung. Obwohl der Bevölkerungszuwachs sich zu verlangsamen scheint – 2,2 gegen 2,7 Prozent in den sechziger Jahren –, verschlingt er die Wachstumsrate, die schon durch die Entwertung des Geldes reduziert wird, völlig. Die militärischen Ausgaben verbrauchen noch immer einen viel zu großen Teil des Bruttosozialprodukts, und die finanzielle Lage ist, wie wir schon gesehen haben, beunruhigend. Trotz alledem darf man annehmen, daß die Fortschritte in der Landwirtschaft, die Auswirkung der Realisierung der großen Projekte, die Wiedereröffnung des Suezkanals (der verbreitert werden muß, damit auch Schiffe und Tanker von größerer Tonnage ihn befahren können), das Wachstum der Ölproduktion, alles positive und ermutigende Faktoren sind. Die ägyptische Wirtschaft schlägt einen neuen Weg ein, die Einstellung der Ägypter auf diesem Gebiet ist in einer Wandlung begriffen, das Land sieht die Zeit vor sich, in der es nicht mehr von heute auf morgen leben wird. Alle Beobachter sind der Meinung, daß Ägypten reelle Chancen hat, unter der Bedingung, daß das Ausland auch weiterhin in reichem Maße und über viele Jahre hinweg eine beständige finanzielle Hilfe leistet.

Während die ägyptische Nation mit Hartnäckigkeit in ihrem Kampf gegen die Armut fortfährt und während all die Projekte begonnen werden, die von einer unbestreitbaren Erneuerung zeugen, wird Kairo immer mehr zum politischen und kulturellen Zentrum der arabischen Welt, aber auch zu der großen Metropole der dritten Welt. Kairo ist zu einem Treffpunkt von Staatsoberhäuptern geworden, die hier auf orientalische Weise mit der größten Herzlichkeit, in einer Atmosphäre der »feria« empfangen werden; es ist eine Durchgangsstraße für Diplomaten, Repräsentanten der UN und für die politischen Führer so manchen Landes. Einstmals empfingen auch die Pharaonen die Herrscher und ihre Gesandten – aber auf ihre Weise. Einst Größe und Pomp; heute volkstümlicher Empfang mit Presse, Fernsehen und Rundfunk, vom Lärm der Lautsprecher begleitet, aus denen Schlagworte gellen . . .

Wie alle großen Hauptstädte ist Kairo eine Art Monster geworden mit seinen »Buildings«, neuen Durchgangsstraßen, Siedlungen, Vororten, die Gott weiß wo anfangen und aufhören, mit seinen Baustellen, seinem Lärm und seinem Beton. Trotzdem vermag all dies nicht, seine Schönheit, seinen Glanz zu mindern, ihm etwas zu rauben von seiner packenden Geschichte von gestern und durch alle Tage. In Kairo fließen die Zivilisationen zusammen, wie die koptischen Kirchen beweisen, deren älteste zwischen dem 5. und dem 7. Jahrhundert erbaut wurden. Natürlich findet man sie in den Mauern der alten Festung von »Babylon«. Hier gibt es die Kirche des heiligen Sergius, in der sich die Heilige Familie auf ihrer Flucht in Ägypten verborgen haben soll; die der heiligen Barbara, eine der größten, mit einer Länge von 26 Metern, die des heiligen Georg, die etwa aus dem Jahre 1700 stammt; die El-Moallaka-Kirche, »die Schwebende«. Ihr Mittelschiff, das sich über einem römischen Tor erhebt, scheint tatsächlich über dem Gang, der in das Innere der Festung führt, zu schweben. Verfolgungen ausgesetzt und kaum geduldet, mußten die Christen die größte Vorsicht üben. Deshalb unterscheiden sich ihre Kirchen äußerlich nicht von den anderen Gebäuden. Man muß wirklich wissen, wo sie sich befinden, vielleicht hinter der Ecke einer jener schmalen Gäßchen von Alt-Kairo, hinter einer schlichten Fassade verborgen. Man tritt durch eine Seitentür ein, und dann entdeckt man eine Kirche mit dem Grundriß einer Basilika: ein Vorraum, der sich zu einem dreiteiligen Schiff hin öffnet, ein Chorgestühl und ein Sanktuarium. Ihr Stil ist seltsam, und es mangelt ihr an Einheitlichkeit. Man kann hellenistische, römische, byzantinische und persische Einflüsse entdecken. Aber ihre Zierfriese, ihre allegorischen Motive, die bunten Fresken, primitiven Ikonen und die Malereien mit bärtigen, naiven Heiligen, die Abbilder Christi mit großen schwarzen Augen und von geheiligten Persönlichkeiten geben diesen Kirchen durch den einfachen Glauben, der daraus spricht, einen rührenden Charme, den verborgenen Charme, wie ihn eine kleine Gemeinschaft entwickelt. Wir sollten jedoch nicht vergessen, daß die Minderheit von mehreren Millionen Christen eine Rolle in der Geschichte dieses Landes gespielt hat und sie auch heute noch spielt. In der Regierung gibt es immer einen, manchmal sogar zwei koptische Minister.

Kairo ist auch ein Monument lebendigen Menschseins. Man ist beeindruckt von dieser Menschenmenge, die überall entlangströmt, die irgendwo und irgendwann die Straße überquert, an Straßenbahnen und Autobussen hängt. Die Straße um den großen Platz der Befreiung bietet in den Hauptverkehrszeiten ein verwirrendes Schauspiel. Die Verkehrspolizisten ähneln wie Ballettmeistern. Es ist ein zügelloses Ballett: Sie pfeifen so laut sie können, während die Autos in irrsinnigen Zickzacklinien unter einem betäubenden Hupkonzert vorbeirasen. Esel mit störrischem Schritt erscheinen hinter den Fahrzeugen. Waghalsige Radfahrer schlängeln sich zwischen überladenen Lastwagen hindurch, die sich, je nach Zustand ihrer Federn nach rechts oder nach links überhängend, einen Weg zu bahnen suchen. In dieser Gymkhana – glücklicherweise machen die Fußgänger nicht mit, man hat ihnen einen Weg rund um den Platz reserviert – sind es jedoch die Taxifahrer, die die Siegespalme im Geschicklichkeitsfahren erringen. Um die Verkehrsregeln kümmern sie sich kaum, noch nicht einmal um die Ampeln. Philosophischer oder gleichgültiger, wissen die Fahrer von Pferdewagen, daß sie früher oder später aus diesem höllischen Rondell des »Midan al-Tahrir« herauskommen werden. Also »maalesh«, »macht nichts!« Das gleiche Gewimmel trifft man in den Suks des Khan el-Khalili an, über dem ein Geruch von Parfum, Staub, Weihrauch und Verfaultem schwebt. In diesen kleinen, überhitzten Straßen herrscht ein unbeschreibliches Durcheinander. In einer unbeschwerten Atmosphäre zeigen Tänzer, Flötenspieler und Feuerfresser ihre Kunst. Gezähmte Affen führen ihre Kunststücke vor. Neugierige und Bummler drängen sich mit den Touristen um die Juweliergeschäfte, um die Teppich- und Seidenhändler, um die Verkäufer von Ambra und Weihrauch und von allem Möglichen. Um die Azhar-Moschee, »die Glänzende« – das älteste islamische Seminar der arabischen Welt und auch eine richtige Universität für alle möglichen Fachrichtungen, in der die Studenten meditieren, lernen oder diskutieren – pulsiert das Leben nicht weniger stark. Die kleinen Cafés, die sie umgeben, quellen förmlich über von Kunden, den Liebhabern von Makkaroni mit Tomatensauce und Reis mit Gewürzen. All dies ist in einen Geruch von Pfefferminztee und heißem Fett gehüllt. Auf der Straße ein lebhafter, ein dauernder Betrieb, ein ständiges Hin und Her. Von Eseln gezogene Karren holpern vorbei, hochmütig schreiten Kamele dahin und Bäckerjungen flitzen auf ihren Fahrrädern vorüber, ein Tablett mit einer tanzenden Pyramide von Fladenbroten auf die linke Hand gestützt. Und zwischen all dem spielen Kinder Fußball. Leute, die gerade beim Einkaufen sind, springen erschreckt vor Autos zurück, wie in den alten Wildwestfilmen, in denen Lokomotiven Herden vor sich hertreiben. Der Gemüsehändler preist seine Waren mit schriller Stimme an, und die Kunden stehen ihm durchaus in nichts nach, sie antworten ihm mit gleicher Stimmkraft. Die Frauen, in ihren schwarzen »Melaya« gehüllt, die sich an der Auslage der Fleischverkäufer drängen, erscheinen im Vergleich dazu schweigsam und unauffällig. Das gleiche Gewimmel im »Muski«, wo man sich noch besser unter das Volk mischen, seinen großzügigen und gutmütigen Charakter erfassen, seine Herzensgüte schätzen lernen kann. Hier spielt sich das ganze Leben auf der Straße ab, man lebt unter freiem Himmel: man kocht, ißt und trinkt, man kauft und verkauft, man repariert und bastelt, man rasiert die Kunden, man schwingt den Fliegenwedel, man spielt Domino und raucht die Wasserpfeife, man schlürft genüßlich ein Getränk, man liest und lacht, macht Witze oder diskutiert, ja, man schläft sogar unter dem gellenden Lärm der Radios und dem grellen Neonlicht. Der Khan el-Khalili, der Muski und Alt-Kairo mit seinem Gewirr von engen Gäßchen, die so verschachtelt sind, um sich vor der Sonne zu schützen, sind die eigentliche Seele dieser Stadt, schon seit den Zeiten der Gründung von Fustat und Al-Kahira, als man noch nicht wußte, was ein Stadtplaner ist.

Aber Kairo ist nicht nur eine Ansammlung von sechs Millionen Menschen, die eine ungeheure Lebenslust erfüllt, es ist auch eine Stadt von großer Schönheit. Diese Schönheit spricht nicht nur aus den Monumenten, die von der islamischen Genialität zeugen, man entdeckt sie nicht nur von den Höhen der Zitadelle des Saladin aus, sondern auch an den Ufern des großen Stroms, der die Hauptstadt mit königlichem Gebaren durchquert. Er ist nahezu 800 Meter breit, als er das berühmte Nilometer errreicht. Nun wird er noch breiter und umfließt zunächst die Insel Roda, dann die Insel Gesira; hier trennen fast 1500 Meter seine beiden Ufer. Wunderbare Gesira, ein Juwel mitten im Herzen der Hauptstadt, mit ihrer üppigen Vegetation von Eukalyptus, Jacarandas, Banyans und Bougainvilleas. An ihrer Südspitze Palmenhaine, in denen eine Moschee liegt. Von der Spitze des mitten auf der Insel gelegenen 185 Meter hohen Turms kann man die ganze Stadt sehen, von den Pyramiden, die aus der Wüste zu kommen scheinen, bis zum Mokkatam, dem letzten Ausläufer der arabischen Bergkette. Unten, auf dem rechten Ufer, die Corniche, die Uferstraße, auf der Autos vorbeisausen. Zwischen den Bändern seiner Ufer erscheint der Nil in all seiner Größe, und sein Glanz fällt auf die großen Gebäude, die sich in ihm spiegeln. Von der Zitadelle aus erhält man einen anderen Eindruck von Kairo. Ein Eindruck, der sicherlich noch faszinierender ist. Von der Spitze des Kairo-Turms aus erfaßt man die physische Schönheit des Nils und seiner Stadt, die vollkommene Harmonie zwischen dem tausendjährigen Strom und dem modernen Stein. Hier jedoch ist man von der menschlichen Schönheit ergriffen. Das Lärmen des pulsierenden Lebens und die Stimme des Muezzins steigen bis zur Zitadelle empor. Die summende Stadt zu ihren Füßen ist nicht ein Meer weißer Häuser, wie man es sich im Orient vorstellen könnte, sondern zeigt eine grauviolette Färbung. Und die verschwenderische Fülle von Minaretten und Moscheen, von Zwiebeltürmen, Kuppeln und Türmen, die im Sonnenlicht glänzen, komponieren eine seltsame, eine phantastische Symphonie aus kalten Farben und glühenden Tönen. Welch wunderbarer Anblick! Hier und dort eine Vertiefung, in der man eine feine Lage matten Silbers ahnt, den Nil, dessen Lauf durch die lange Reihe von Gebäuden und großen Hotels angedeutet wird. Weiter entfernt dann das unglaubliche Aufblühen der voll entwickelten Stadtteile, die sich bis zur entlegenen libyschen Wüste hin erstrecken oder auch bis zu den grünen Zonen reichen, deren Palmen leicht das Opfer einer künftigen Ausdehnung werden könnten. Schließlich tauchen aus einem Lichtschein, wie Schiffe aus dem Meer, die drei Abstrakten, bläulichen Dreiecke von Giseh und sogar die kleinen Pyramiden von Abusir und Sakkara auf, während am Horizont die Berge Arabesken zeichnen.

Dort hinten, im Norden, ahnt man eher, als daß man es sähe, wie der Nil Kairo verläßt . . .

Kairo.

7. Kapitel

DAS DELTA

Die Spitzen der Pyramiden tönen sich langsam mit einem rosigen Schimmer. Ein plötzliches Flammen zerreißt ungestüm den Morgennebel. Am Himmel erglühen einsame Wolken. Im Osten steigt die Sonne plötzlich steil empor. Die Gebäude der Hauptstadt verschwimmen im Hitzedunst, die Pyramiden verblassen nach und nach.

Die Ebene öffnet sich langsam immer weiter: das Delta kündet sich an.* Ein Dreieck aus Wasser und Land von außergewöhnlichem Reichtum und seltener Bevölkerungsdichte. Es ähnelt wirklich einem umgekehrten Dreieck, dessen Seiten die beiden Wüsten im Westen und im Osten wären, die Basis der Küstenstreifen und die Spitze Kairo. In diesem Rahmen wird der Nil den letzten Akt seines Abenteuers erleben, bereichert von all den Kulturen, die er kennengelernt hat. Nachdem er mehr als 900 Kilometer von Assuan nach Kairo, 2800 Kilometer seit Khartum, 5390 Kilometer seit seinem Ausfluß aus dem Victoriasee zurückgelegt hat, fließt er nun in Richtung Mittelmeer. Das Ende des Abenteuers ist nah. Es wird schnell gehen, denn schon etwa 200 Kilometer weiter wird sich der abessinische Schlamm, den der Hochdamm nicht völlig zurückhalten konnte, mit dem Salz des Mittelmeers vermischen.

Aber der Nil ist stärker als sein Schicksal. Er wird seinen Lauf nicht sang- und klanglos beenden. Er wird sich in zwei Arme teilen

* Siehe Karte 10, Seite 317

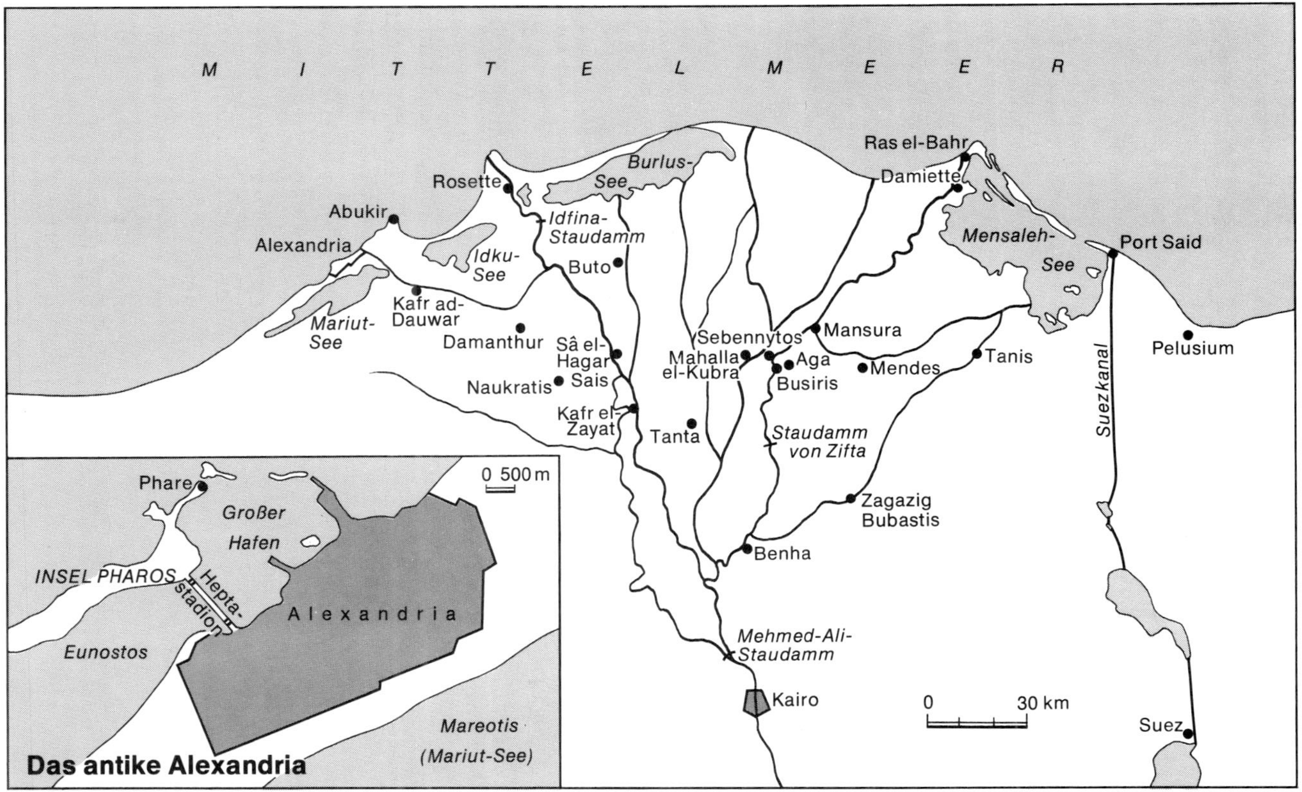

Karte 10: Das antike und das moderne Delta.

– den Rosettearm im Westen und den Damiettearm im Osten –, sich in eine unendliche Zahl von Kanälen verzweigen und das Delta mit Feuchtigkeit versorgen, wie es das Adersystem im Körper tut. Schon einmal hatte der Blaue Nil dort unten im Sudan, südlich von Khartum, bevor er seine Wasser brüderlich mit denen des Weißen Nils mischte, ein Baumwoll- und Getreideparadies geschaffen, die Gesira, eine Art Gelobtes Land. Hier nun teilt sich der Nil auf und schenkt den Menschen seine letzten aber vielfältigen Wohltaten. Von Assuan bis Kairo besitzt das Tal eine Breite von höchstens 20 Kilometern und manchmal fällt es sogar mit dem Flußtal zusammen. In der Deltagegend wird es nach und nach breiter und erreicht am Ende mehr als 200 Kilometer. Es ernährt 12 Millionen Menschen, ein Drittel der ägyptischen Bevölkerung.

Wenn die Deltagegend auch heute eines der fruchtbarsten und bewohntesten Gebiete der Welt ist, war sie doch nicht immer dieses gut bewässerte Schachbrett, dieses schöne grüne Land mit den günstigen Verkehrsverbindungen. Zunächst muß daran erinnert werden, daß früher von den »sieben Armen« des Nils gesprochen wurde. Manche denken, daß einige davon der Mythologie zuzuschreiben waren. Strabo und Diodor von Sizilien jedenfalls zählten sieben auf, und Herodot behauptet, fünf gesehen zu haben und zwei weitere, »die keine natürlichen Kanäle sind, sondern von Menschenhand geschaffen«. Die Geographen erklären uns, warum die meisten dieser Arme nicht mehr bestehen: das Delta verändert sich. So hebt sich zum Beispiel die Zone des Isthmus von Suez, während sich die von Alexandrien senkt. Teile dieser großen Stadt, die einst vom Wasser entfernt lagen, sind jetzt überflutet, während z. B. der ehemalige Arm, der wohl in Pelusium, östlich des heutigen Port Said mündete, diesen Ort heute nicht mehr erreicht. »Die pelusische Mündung, die sich zur Morgenröte wendet«, wie Herodot berichtete, ist seit langer Zeit verschwunden. Das gleiche muß auch mit anderen Armen geschehen sein.

Ein weiteres geographisches Phänomen hat dem Delta seinen Stempel aufgedrückt: die Bildung von Lagunenseen. Der Mariut-See, der Idku-See, der Burullu-See und der Mansala-See – der größte mit 1800 Quadratkilometern –, die sich von Westen nach Osten an der Küste entlangziehen, bestanden schon im Altertum. Die Geographen erläutern uns, daß das Zusammentreffen des schlammreichen Nils mit dem Meer einen Landstreifen geschaffen hat. Im Laufe der Jahrtausende hat er sich derartig gehoben, daß er schließlich die Wasser des Flusses zurückgedrängt hat, die sich dann seitwärts in den an der Küste gelegenen Niederungen ausgebreitet haben. Noch vor kurzer Zeit ein Paradies für Jäger und Fischer, Zufluchtsort für eine Vielzahl von Wasservögeln – Flamingos, Gänse, Schwäne, Reiher, Enten, Pelikane bevölkern den Mansala-See –, waren diese Seen mit ihren Sümpfen einstmals das Versteck von Gesetzlosen, die von Seeräuberei lebten. Diese Vorfahren der Berber lockten Schiffe zur Küste und plünderten sie dann aus. Wenn man dem Romanautor Heliodor glauben darf, war einer dieser Seen der Zufluchtsort von Räubern, die sich hier »eine Art sehr sicherer Bastion« errichtet und sich »in einer Stadt organisiert« hatten. Für all diese Plünderer von Wracks »ist das Wasser ein Wall, und das Rohr der Sümpfe beschützt sie wie eine Palisade. Sie haben in diesem dichten Wald komplizierte Durchgänge voller Windungen angelegt, die sie auf das genaueste kennen, die ihnen selbst also einen außerordentlich wirksamen Schutz gegen Überfälle gewähren, aus denen Fremde aber nicht mehr hinausfinden«.

Wie dem auch sei, die Sümpfe des Deltas hatten den Ruf, unsicher, ungastlich und fast undurchdringlich zu sein, wozu noch ein meist bedeckter Himmel beitrug. Natürlich verband die Mythologie diesen Ort mit zahlreichen Legenden, besonders mit der von Osiris und seinem Sohn Horus. In dieser nahezu unzugänglichen Gegend brachte Isis, die unglückliche Gattin des Osiris, Horus zur Welt, und Seth, der Böse, der Eifersüchtige war nicht imstande, sie ausfindig zu machen. Diesen wohltätigen Schutz, den die Pflanzenwelt des Deltas dem Horuskind angedeihen ließ, ist in Philae, in Kom Ombo, in Edfu und Dendera in den »Mammisi«, kleinen Tempeln, die normalerweise neben dem Allerheiligsten lagen und in denen das Mysterium der Geburt des Gott-Kindes gefeiert wurde, bilderreich dargestellt. Hier findet man das Abbild der Göttin Isis, Horus auf den Knien haltend, und hinter ihr ein herrliches Papyrusdickicht, was die beiden gegen die Neugier und Boshaftigkeit der Welt beschützt. Mutter und Kind befanden sich außerhalb der ägyptischen Welt. Man darf sich nämlich nicht darüber hinwegtäuschen, daß die Ägypter der alten Zeiten, wenn sie von den Grenzen der ihnen bekannten Welt sprachen, nicht etwa

»Mittelmeer« sagten, um den Norden zu bezeichnen, sondern »die Sümpfe des Deltas«. Da wir selbst nördlich vom Mittelmeer leben, neigen wir heute leicht dazu anzunehmen, daß dieses Meer eine besondere Anziehungskraft für die Ägypter besaß. Während langer Zeit verhielt es sich jedoch nicht so. Das Delta war keine Mündung, sondern ein Ende. Das Ägypten der Pharaonen war ein afrikanisches Land, das ein wenig vor dem Meer endete, genau gesagt in den weiten sumpfigen Ebenen des Nildeltas. Sicherlich bestanden Handelsbeziehungen zu den Mittelmeerländern. Theben, wir erinnern uns daran, trieb Handel mit ihnen, ebenso Memphis. Dies war jedoch ein Phänomen, das sich erst später ergab, es war die natürliche Expansion eines mächtigen und reichen Staates über seine Grenzen hinaus. Durch seine geographische Lage wurde Ägypten nicht zu diesem Austausch veranlaßt; seine Struktur entfernte es eher von jeglichem Gedanken der Verbindung, des Zusammenwirkens mit den Mittelmeerländern. Dieser Gedanke wird ihm jedoch durch Alexander nahegebracht. Trotzdem war es ein Paradox in den Augen der Ägypter, daß Alexandria, als es im Jahre 331 unserer Zeitrechnung gegründet wird, nicht nur jenseits des Sumpfgebietes, sondern sogar auf dem Küstenstreifen und dazu noch vom Nil entfernt liegt – man nannte es *Alexandrea ad Aegyptum*: »Alexandria *bei* Ägypten«.

Man soll jedoch nicht glauben, daß das ehemalige Delta, ein von den Ablagerungen der Nilarme aufgefüllter Golf, nicht bebaut und bewohnt wurde. Weit gefehlt ... Ein guter Teil wurde genutzt, und große religiöse und politische Städte sowie Handelsplätze wurden gegründet, die oft eine beachtliche Rolle spielten. Nur waren diese Städte im mittleren Delta entstanden, und nahezu undurchdringliche Zonen trennten sie voneinander, ohne von den Schwierigkeiten in der Ost-West-Verbindung zu sprechen, die auf die Vielzahl der Flußarme zurückzuführen waren. So gehören Buto im westlichen Teil, Sai, an dem heutigen Rosettearm, Busiris an dem von Damiette, Bubastis, Mendes und Tanis im mittleren und östlichen Delta, der ganzen ägyptischen Geschichte von der Blütezeit der Pharaonen bis zu den letzten Dynastien, ja sogar darüber hinaus, an.

Buto und Sais stammen aus ältesten Zeiten. Buto, Residenz der

Schlangengöttin Wadjet, der Beschützerin des Königtums – sie speit ein brennendes Gift aus, das ihre Feinde auflöst –, bewahrte seine religiöse Bedeutung während des gesamten Altertums. Sein Ansehen teilte es mit Sais, das seine Berühmtheit Neith, der Schutzgöttin Nordägyptens, verdankte. Diese Göttin war zugleich »Bogenschützin«, die mit ihren Pfeilen die bösen Geister vertrieb, Schutzherrin der Textilien, die die Spezialität von Sais waren, und Weltenschöpferin. In Gestalt einer Kuh, namens Methyer, schuf sie die Welt. Die »Große Schwimmerin« war dem ursprünglichen Chaos, dem Urgewässer entstiegen, um die Sonne zu gebären, sie in ihren ersten Umlauf zu setzen und um das Universum zu ordnen. Zur Zeit der 26. Dynastie, das heißt im 7. Jahrhundert v. Chr., spielt Sais eine überragende Rolle, denn sein Name wird mit der Erneuerung Ägyptens verbunden. Die Geschichte berichtet mit Respekt von Sais, von seinem Glanz und seinen Reichtümern. Als das Land erneut vereinigt ist, befindet sich die Stadt auf dem Höhepunkt ihrer Blüte, ist zu einem künstlerischen und intellektuellen Mittelpunkt ersten Ranges geworden. Herodot hat sie um 460 besucht und beschreibt, was er gesehen hat: den Königspalast, das der Göttin Neith geweihte Heiligtum, in dem die Könige begraben werden, und das mit Propyläen ausgestattet ist, »bewundernswert sowohl wegen ihrer harmonischen Bauweise als auch wegen der Qualität des Steins«; »große Kolosse und riesige Sphinxe«; ein monolithisches Aediculum von beträchtlichem Ausmaß aus Elephantine – der Transport dauerte drei Jahre und zweitausend Arbeiter waren damit beschäftigt – und außerdem einen heiligen Teich, an dem nach Tagesende »Schauspiele der Passion des Osiris, die die Ägypter Mysterienspiele nennen« stattfanden. In der Nacht des Opfers entzündeten alle Einwohner von Sais draußen um ihre Häuser Öllampen, um Neith, die mit Isis identifiziert wurde, bei ihrer Suche nach Osiris, den Seth in Stücke gehackt hatte, zu helfen und um die bösen Geister zu vertreiben, die Seth begleiteten. Es war das Fest der »brennenden Lampen«, an dem ganz Ägypten teilnahm.

In Bubastis, »Haus der Göttin Bastet«, wurden ebenfalls Feste gefeiert. Diese waren allerdings ein wenig lockerer, wenn man Herodot glauben darf. Die doppelte Natur der Göttin Bastet mochte hierbei wohl einen Einfluß haben. Bald mit dem Kopf einer

Löwin dargestellt, strahlende Tochter der Sonne, bald mit dem einer zärtlichen Katze (man hat herrliche Bronzearbeiten gefunden, die sie so zeigen), verkörpert Bastet die glühende Leidenschaft, die den Mann zur Frau hinzieht, Aphrodite, Begleiterin der Freuden der Liebe und des Weines. In Bubastis versammeln sich gewaltige Menschenmengen. Herodot spricht von »siebzig Myriaden«, also siebenhunderttausend Männer, Frauen und Kinder! Dicht in Booten gedrängt, klappern ein paar Frauen mit Kastagnetten und einige Männer spielen Flöte, die übrigen singen und klatschen in die Hände. Bei jeder Stadt, an der man vorbeikommt, macht man sich über alle diejenigen lustig, die zu Hause bleiben. Ein Teil der Frauen fährt fort zu singen und in die Hände zu klatschen, »andere tanzen oder stehen auf und schürzen ihr Kleid«. In Bubastis angekommen, feiern all diese Menschen das wichtigste der jährlichen Feste und bringen Opfer dar. »Und dabei wird mehr Traubenwein verbraucht als im ganzen restlichen Jahr.«

Die Städte Busiris und Mendes waren »das Haus des Osiris« und »das Haus des Widders«. Mendes verehrte nämlich einen Widdergott (einen Schafbock). Busiris war, wie Buto und Sais, eine der Wiegen der ehrwürdigsten Glaubensrichtungen, lange Zeit berühmt wegen seines Tempels des leidenden Gottes. Zu diesem Tempel mußten die Toten in einer Wallfahrt gebracht werden, wie es auch in Abydos mit Osiris geschah.

Zu Beginn der 21. Dynastie, das heißt um 1085 entstand Tanis in einem Gebiet, das schon eine lange Geschichte hinter sich hatte, und in dem sich Glanz und Vergessen, Ruhm und Zerstörung gemischt hatten. Zunächst hatte im Tell Dabba, Avaris, die befestigte Stadt der Hyksos, bestanden, jener Eindringlinge, die um 1700 von Asien gekommen waren und gegen die – wir erinnern uns daran – Theben, der erste Verteidiger der nationalen Unabhängigkeit, gekämpft hatte. Etwa viereinhalb Jahrhunderte später dienten die Reste von Avaris dazu, ganz in der Nähe das wunderschöne Pi-Ramses, »das Haus des Ramses, groß durch seine Siege« zu erbauen. Unter der 19. Dynastie werden hier zahlreiche Statuen, Kolosse und Obelisken errichtet, von denen manche eine Höhe bis zu fünfzehn Metern erreichen.

Pi-Ramses verschwindet dann seinerseits von der Bildfläche, und aus seinen Ruinen wird etwas weiter im Norden, zu Anfang des ersten Jahrtausends, Tanis erbaut. Inmitten eines Gebiets von dreizehn Hektar, das von einer doppelten Ziegelmauer umgeben ist, erhebt sich der Große Tempel Amuns, ein mächtiger Granitbau von beachtlichem Ausmaß, in dem man an vielen Stellen die Namen früherer Könige lesen kann. Außerhalb der Mauer befand sich ein weiterer wichtiger Tempel, der der Göttin Mut und des Gottes Chon, Gattin und Sohn des Amun. Im gesamten Umkreis, auf einem großen Gebiet, erbaute man Privathäuser, Werkstätten und Gräber, in denen Schmuckstücke, goldene Vasen und Pokale feinster Ausführung dem Verstorbenen zur Verfügung standen. Mit seinem Reichtum an Kunstdenkmälern erinnert Tanis an Theben. Sicher ist es weniger großartig, aber seine kolossalen Gebäude stehen in ihren Ausmaßen denen von Theben in nichts nach. Wie die anderen Städte im Norden des Landes leistet auch diese Stadt ihren Beitrag zur wachsenden Bedeutung des Deltas, das nun eine entscheidende Rolle in der Geschichte Ägyptens spielt. (Diese Entwicklung hatte schon unter Ramses I., dem ersten König der 19. Dynastie, die aus dem östlichen Teil des Deltas stammte, begonnen.) Die 21. Dynastie kommt aus Tanis und die 22. stammt von einer mächtigen libyschen Familie aus Bubastis ab. Die 23. ist ebenfalls eine libysche Dynastie, aber aus Tanis. Die 24., 26. und 28. sind aus Sais, die 29. aus Mendes, die 30. und letzte Dynastie aus Sebennytos, einer Stadt in der Nähe von Busiris, die zumindest während einer gewissen Zeit das Hauptzentrum des Osiris-Kultes war. Von allen Dynastien jedoch, die die letzten Etappen des »pharaonischen Abenteuers« begleitet haben, ist die glänzendste zweifelsohne die 26. (664–525). Mit ihr erlebte Ägypten eine glanzvolle Erneuerung von anderthalb Jahrhunderten.

Es ist die Blütezeit von Sais. Die Saïten – für den Schutz des Reiches nach außen und die Ordnung im Inneren verlassen sie sich auf Söldner – reorganisieren die Verwaltung, entwickeln die Wirtschaft und verhelfen dem Land zu Reichtum. Auf religiöser und künstlerischer Ebene kehren sie zu den Ursprüngen zurück, wekken aber dabei auch das Interesse Ägyptens für den Mittelmeerraum. Psammetich I., der nach Syrien geflüchtet war, erobert das Delta wieder und unterstellt Oberägypten seiner Autorität. Nachdem er so die Einigkeit des Reiches wiederhergestellt hatte, öffnet er Ägypten den Griechen, indem er sie in seine Armee aufnimmt und ihnen Ländereien im Delta gibt. Necho II. widmet sich vor allem der Weiterentwicklung des Handels und der Seefahrt. Er baut eine mächtige Flotte, die von phönizischen Seeleuten geführt wird, und die er ausschickt – so berichtet Herodot –, Afrika zu umschiffen. Die Flotte fährt vom Roten Meer ab und kehrt über Gibraltar nach Ägypten zurück. Durch sie erfährt die staunende Welt, wie groß der afrikanische Kontinent ist. Voller Phantasie und Energie versucht Necho eine Idee zu verwirklichen, durch die sein Name weiterleben wird, eine große Idee: einen Suez-Kanal zu erbauen. Mit Hilfe des Nils will er die beiden Meere verbinden. Der Kanal soll »breit genug sein, damit zwei Trieren« (korinthische Kriegsschiffe von 40 Meter Länge, jedes mit 200 Mann besetzt) »nebeneinander darauf fahren können«. Er sollte von Busiris über den »pelusischen« Arm des Flusses, dem heutigen Ostarm, durch die Senke von Wadi Tumilat bis zu den Bitterseen führen und von dort bis zum Golf von Suez am Roten Meer. Das Vorhaben scheiterte, so Herodot, »nachdem ein Orakel sich dagegengestellt hatte, das besagte, er (Necho) arbeite im voraus für den Barbaren«. Nach Plinius seien zweiundsechzig römische Meilen (ein wenig mehr als neunzig Kilometer) ausgeschachtet worden, was tatsächlich der Entfernung entspricht, die Bubastis von der Nordspitze der Bitterseen trennt, wenn man dem Wadi Tumilat folgt.

Die stärkste Persönlichkeit dieser mächtigen Dynastie war Amasis. Für einen Pharao nicht sehr kultiviert, eigenwillig, intelligent und ein Freund guten Lebens, zeigte er sich als geschickter Politiker und kluger Reformator. In der ersten Zeit seiner Herrschaft verachteten ihn die Ägypter, da er aus dem Volke stammte. Aber geschickt wußte er ihre Anerkennung zu erringen. Herodot berichtet, wie es ihm gelang: Amasis befahl, ein Becken aus Gold einzuschmelzen, das ihm dazu gedient hatte, seine Füße zu waschen, zu urinieren oder sich zu erbrechen, und ließ daraus eine Götterstatue herstellen. Seine Mitbürger kamen in großen Scharen herbei, um diese Statue anzubeten ... Amasis deckte nun auf, was es damit auf sich hatte und sagte ihnen, daß ihm das gleiche Schicksal wie diesem Becken widerfahren sei: Wenn er auch früher ein Mann aus dem Volke gewesen sei, so sei er doch heute ihr König. Seinen Methoden fehlte es, so der griechische Historiker, keineswegs an Originalität. Morgens »erledigte er mit Eifer alles, was man ihm vorlegte«. Aber hinterher »trank er, neckte seine Tischgenossen, zeigte sich frivol und zu Scherzen aufgelegt«. Beleidigt machten ihm seine Freunde Vorhaltungen. Er antwortete ihnen mit folgenden Worten: »Diejenigen, die einen Bogen besitzen, spannen ihn, wenn sie ihn gebrauchen wollen, und nachdem sie sich seiner bedient haben, lassen sie ihn wieder locker.« Man erzählte auch, daß König Amasis früher »überhaupt kein ehrenhafter Mann war«. So sehr gab er sich dem Wein und dem süßen Leben hin, daß es ihm manchmal am Nötigsten mangelte. Dann stahl er. Da er aber trotzdem seine Unschuld beteuerte, schleppte man ihn vor die Orakel. Die einen verurteilten ihn, die anderen sprachen ihn frei. Nachdem er König geworden war, »vernachlässigte er die Heiligtümer aller Götter, die ihn freigesprochen hatten . . . Hingegen brachte er all jenen, die ihn des Diebstahls überführt hatten, die größte Achtung entgegen, denn er betrachtete nur sie als verehrungswürdige Götter, die die Orakel Wahrheit sprechen ließen«. Die Eigenwilligkeit seines Charakters, die Freiheit seines Verhaltens, die er sicherlich im Kontakt mit den Griechen angenommen hatte, sollten uns jedoch nicht das politische und reformatorische Werk des Amasis vergessen lassen.

Da sich eine feindliche Atmosphäre gegen die Ausbreitung des griechischen Handels in Ägypten verbreitet hatte, der von seinem Vorgänger sehr gefördert worden war, mußte er als erstes das Problem des griechisch-ägyptischen Zusammenlebens lösen. Er sammelt also die Griechen in Naukratis, einer in nächster Nähe von Sais an einem Nilarm gelegenen Stadt, und erlaubt ihnen, ihre eigenen Götter zu verehren, eigene Verwaltungsbeamte zu wählen und ihren eigenen Gesetzen zu folgen. Da nun der Seehandel so auf einen Ort konzentriert ist, wird die Zollkontrolle um so einfacher. Naukratis blüht auf, aber vergißt dennoch nicht sein Vaterland. Es trägt zu den öffentlichen Bauten in Hellas bei; es nimmt die politisch Verbannten auf und bietet ihnen, wie seinen eigenen Einwohnern den Reiz des griechischen Lebens. Naukratis wird immer mehr zu einem Treffpunkt der beiden Kulturen. Übrigens ist Amasis ausgesprochen griechenfreundlich. Hat er nicht schon viele Beweise seiner Sympathie gegeben, ja, sogar eine griechische Prinzessin aus Kyrene geheiratet? Dann leitet der Saïtenherrscher umfassende demokratische Reformen ein. Durch die politischen

Prinzipien der griechischen Städte angeregt, regiert er, auf eine Notabelnversammlung gestützt, zu der keine Priester gehören. Die Privilegien des Klerus werden aufgehoben, die Abgaben, die das Volk leistete, abgeschafft, die Tempel und ihre Reichtümer vom Staat verwaltet, der dafür ein Budget für den Kult einrichtet. Man könnte meinen, man lebe im Jahre 1789. Gleichzeitig mit dieser Umwälzung, eine andere Revolution, diesmal im Bereich der Steuern, etwas für die damalige Zeit völlig Neues, das später Schule machte: »die obligatorische Einkommenserklärung«. Die 26. Dynastie ist wirklich die Dynastie der Neuerungen. Im Grunde besteht unter Amasis ein Staatskapitalismus, denn der Staat ist es, der die geheiligten Bereiche verwaltet und das Einkommen erhält, der sich aber zugleich bemüht, eine liberale Wirtschaft entstehen zu lassen. »Die Geschäfte gehen gut«, wie man zu sagen pflegt; man spekuliert mit dem Boden, denn die Teuerung der landwirtschaftlichen Produkte zieht eine Erhöhung der Pacht nach sich. Die Erzeugnisse der industriellen Werkstätten, die in den Tempeln neu geschaffen werden, finden mit Leichtigkeit ihre Abnehmer; der Binnenhandel dehnt sich aus, und im Außenhandel steigert der Ausbau der Beziehungen zu den Mittelmeerländern, zu Arabien und Indien den Umsatz. Ägypten lebt in nie gekanntem Wohlstand. Nach Aussagen Herodots bestanden damals »zwanzigtausend bewohnte Städte«.

Auf dem Höhepunkt dieses Wohlstandes jedoch wird Ägypten zusammenbrechen. Plötzlich. Innerhalb von wenigen Monaten. Die Perser, die nach und nach die Königreiche Vorderasiens unterworfen haben, stehen vor seinen Toren. Die Monarchie der Saïten hat nun aber keine Nationalarmee. Immer schon zog sie es vor, Söldner zu bezahlen. Kambyses ist da, er wartet nur noch auf seine Stunde. Sie kommt mit dem Tod des Amasis. Der Kommandant der Infanterie und der Admiral der Flotte verraten dessen Nachfolger. Psammetich III. erleidet 525 eine Niederlage in Pelusium, verteidigt sich dann im belagerten Memphis, wird aber schließlich vom Kambyses getötet. Und wie eine Flut brechen die Perser über ganz Ägypten hinein. Das Orakel, das Necho II. seine Arbeit hatte einstellen lassen, hatte die Wahrheit gesehen. Das eroberte Ägypten erträgt diese »Barbaren« nur mit dem größten Widerwillen. Ständig brechen Revolten aus. Nach einem Jahrhundert befreit sich das Land, in dem das Delta Herz und Seele des Widerstandes bleibt, gewinnt seine Unabhängigkeit zurück und mit dieser das Verlangen, wieder an die Vergangenheit anzuknüpfen. Man errichtet neue Tempel. Man renoviert andere. Man verschönert sie durch Mauern und monumentale Tore. Die ägyptische Genialität – trotz allen Unglücks immer lebendig – fährt fort, Werke zu erschaffen, außergewöhnlich in der Vollkommenheit ihrer Ausführung und dem Reichtum ihres Gehalts. Dies aber ist nur ein letztes Aufflammen. Trotz der Hilfe griechischer Söldner, die einige Siege erringen, erobert Artaxerxes III. Memphis. Nectanebos II. flieht nach Oberägypten, wo er zwei Jahre lang bleibt. Dann verschwindet auch der letzte Pharao. Diesmal ist es nun endgültig vorbei. Die große und lange Geschichte der Pharaonen hört hier auf. Im Jahre 342. Und wieder dringen die Perser in ganz Ägypten ein. Diesmal führen sie sich wie die Wandalen auf. Die Götterstatuen werden nach Asien mitgenommen und die Tempel zerstört. Es heißt sogar, daß Artaxerxes die Freveltat begangen haben soll, sich den Widder von Mendes servieren zu lassen. Der heilige Stier von Apis soll wie ein gewöhnliches Schlachttier in Stücke geschnitten und durch einen Esel ersetzt worden sein, dem Artaxerxes die Ehren eines Gottes erwies, um sich an den Ägyptern zu rächen, die ihn mit Seth identifiziert und ihm den Beinamen »der Esel« gegeben hatten ... Geplündert, der Anarchie überlassen, dezimiert, ist Ägypten ohnmächtig und hat keine Kraft mehr, sich zu erheben. Zum Glück besiegt Alexander der Große Darius III. und dringt in Ägypten ein, wo er als Befreier empfangen wird.

Von jetzt an ist Ägypten nicht mehr afrikanisch, sondern gehört zur Mittelmeerwelt. Es ist gewissermaßen dazu gezwungen, sein Schicksal mit dem dieses neuen Kulturzentrums zu verbinden.

Der junge König von Mazedonien, der über Pelusium in das Delta eingedrungen ist, begibt sich nun auch über den »pelusischen« Arm des Nils nach Memphis, wo er großen Respekt für die Tempel und die religiösen Riten zu Tage legt. Dann beschließt er, das berühmte Orakel Amuns in der Oase Siua, am Rande der libyschen Wüste zu befragen. Amun erkennt ihn als seinen Sohn an und auch als den gesetzmäßigen Nachfolger der Pharaonen.

Auf dem Hinweg kam er an der Küste entlang, die er erreicht

hatte, als er den »kanopischen« Arm des Stroms hinaufzog und hielt in Rhakotis, einem ägyptischen Marktflecken mit einem Hafen an, der den phönizischen Seeleuten wohlbekannt war. Gegenüber lag, wie um ihn zu beschützen, die Insel Pharos. Alexander wählte mit dem sicheren Blick des Genies diesen Ort aus, um dort eine Stadt seines Namens zu gründen.* Plutarch berichtet, daß der Eroberer im Traum einen ehrwürdigen Greis auf sich zuschreiten sah, der ihm diese Verse Homers rezitierte:

»Eine Insel gibt es, in dem tiefen Meer,
Grad' gegenüber von dem fruchtbaren Ägypten,
Die ihres Namens Pharos ist genannt.«

Nachdem er erwacht war, ging er, sich diese Insel anzuschauen, und als er entdeckte, daß eine ziemlich breite Landzunge auf der einen Seite das Meer abtrennte und auf der anderen einen großen See, »schien es ihm, als sei dies der geeignetste Platz der Welt für das, was er vorhatte«. Und er befahl, daß man ihm auf der Stelle »die Form der Stadt nach der Lage des Ortes entwarf und zeichnete«. Man nahm Mehl dazu. Und es wurde eine wunderschöne Zeichnung: »Eine große Ringmauer in der Form eines mazedonischen Mantels.« Plötzlich stürzte sich ein ganzer Schwarm Vögel auf dieses unerwartete Manna, was Alexander einigermaßen beängstigte. »Aber die Wahrsager sagten ihm, daß er dort eine Stadt so reich an allen Gütern erbauen würde, daß sie genügen würde, um vielerlei Menschen zu ernähren.«

Dieser Traum und dieses Wunder erstaunten die Griechen nicht im geringsten und auch Alexander selbst nicht, der oftmals die Orakel befragte und den Träumen eine große Bedeutung beimaß. Aber Alexander, in seiner praktischen Art, will auch die Meinung von Fachleuten hören. Und wenn er den besten Architekten der damaligen Zeit auswählt, so tut er es in der Überzeugung – denn er hat das Problem genau untersucht – daß Pharos der beste Ankerplatz der ganzen Küste ist. Dabei bedeuten die geographischen Verhältnisse eher eine Herausforderung: eine gefährliche Küste, an der es viele Schiffbrüche gibt; eine zu offene Reede, die kein natürlicher Hafen ist; ein Kalksteinplateau und salziger Boden, die

* Siehe Ausschnitt in Karte 10, Seite 317

ungünstig für den Ackerbau erscheinen; das Fehlen von Trinkwasser und die Entfernung vom Nil. Der erfindungsreiche Geist der Griechen wird den Wassermangel beheben, die zukünftige Stadt besitzt ein fruchtbares Hinterland und kann durch einen Kanal, der sie mit dem »kanopischen« Arm des Stroms verbindet, die Erzeugnisse des Deltas nutzen. In den Augen Alexanders wird Alexandria durch seine ausgezeichnete strategische Lage, die es dank des Meeres, seines Sees und seiner Berge einnimmt, die vollkommenste Brücke darstellen, die es zwischen Ägypten und der Mittelmeerwelt und besonders zu Griechenland nur geben kann. Für ihn gibt es keine Zweifel: die Geschichte will die Errichtung einer großen Stadt, eines großen Hafens seines Namens, hier, an diesem trotz des gegensätzlichen Anscheins idealen Ort.

Der Eroberer betraut also den berühmten Baumeister Dinokrates von Rhodos mit dem Entwurf der Pläne für eine große Stadt, deren Durchführung Kleomenes von Naukratis überwachen soll. Das Schicksal jedoch vergönnt es dem neuen Sohn Amuns nicht, das Werk vollendet zu sehen, denn von dem fernen und so verführerischen Asien angezogen, begibt er sich auf andere Eroberungszüge, zu anderen Alexandrien. Zu dieser Zeit ist er fünfundzwanzig Jahre alt, auf der Höhe seiner Vitalität. Das ausgeprägte Kinn, der sinnliche Mund, die lebhaften Augen und die in der Mitte gescheitelte Haartracht geben ihm etwas Löwenhaftes. Und immer trägt er, sorgfältig in einem persischen Schmuckkästchen aufbewahrt, seinen Homer bei sich, jenen Homer, der Achilles besang.

Dinokrates, durch die praktischen Ratschläge Alexanders angeregt, zeichnet ein Schachbrett, dessen mathematische Genauigkeit den idealen Konzeptionen der Architekten-Philosophen jener Zeit ziemlich gut entspricht. Mit großer Regelmäßigkeit und Klarheit entworfen, ist dieser Plan mit seinen gerade verlaufenden Straßen unter jedem Gesichtspunkt günstig: Die Überwachung der Stadt wird vereinfacht, die Truppenbewegungen spielen sich reibungsloser ab, die Verbindung zwischen den beiden Aktionszentren, dem Meer im Norden und dem See im Süden, geht schneller vor sich. Der Bau beginnt unverzüglich. Aber erst viel später, unter den Nachfolgern Alexanders, werden Stadt und Hafen beendet. Es ist wahrscheinlich Ptolemäus I. Soter, der die Stadt durch eine sieben Stadien lange Mole, dem Heptastadion, mit der Insel Pharos verband. Diese Mole teilte den Hafen in zwei Teile, was die griechischen Seefahrer sicher sehr zufriedenstellte, da sie an doppelseitige Ankerplätze gewöhnt waren. So gab es den Großen Hafen im Osten und im Westen den Eunostos, »den Hafen der guten Heimkehr«, die an den beiden Enden des Deiches durch eine Öffnung miteinander verbunden waren, über die sich eine Brücke spannte. Ptolemäus II. Philadelphos, der Sohn des Ptolemäus I., ließ auf der Ostspitze der Insel Pharos einen Leuchtturm errichten, der wegen seiner eleganten Proportionen, seiner Höhe und der kunstvollen Dekoration seines Inneren als »eines der sieben Weltwunder« angesehen wurde. Auf seiner Spitze unterhielt man ein Holzfeuer, das schon aus weiter Ferne sichtbar war. Dieser Vorfahre des modernen Leuchtturms wurde von Sostratos von Knidos erbaut, einem Architekten, der sehr talentiert aber ebenso raffiniert gewesen sein muß, wie man aus einer List ersehen kann, die er anwandte, um das Zeichen des Königs und der Königin durch das seine zu ersetzen. Sostratos gravierte seinen Namen in den Stein und verbarg ihn dann unter einer Verkleidung, auf die er die Namen des Königspaares schrieb, die aber mit der Zeit abfallen würde.

In dieser Zeit entwickelte sich die Stadt mit außerordentlicher Schnelligkeit. Der Leuchtturm weist nicht nur den Seeleuten den Weg, er verkündet auch, daß ein neuer Stern am Firmament des Mittelmeers erschienen ist. Nach Alexandria eilten »vielerlei Menschen«, wie es die Wahrsager Alexanders in Rhakotis vorausgesagt hatten: Händler, Handwerker, Reeder, Geschäftsleute, Baumeister, Arbeiter aller Hautfarben, Söldner, Seeleute, Siedler und auch Abenteurer. Ein außergewöhnlicher »melting-pot«, in dem sich Griechen, Orientalen, Juden und Ägypter mischen und in dem man alle Sprachen spricht. Alexandria wird einer der größten Anziehungspunkte des Altertums. Hier wird man viel schneller reich als anderswo, denn die Stadt sammelt eine riesige Zahl von Verbrauchern, die sich auf Hunderttausende beläuft. Ihre Wirtschaftsorganisation ist recht ungewöhnlich. Der König und die Bürger Alexandrias bilden nämlich eine gegenseitige Ergänzung, die schon auf eine richtige Gesellschaft hinausläuft, deren Ziel die Nutzung der landwirtschaftlichen und industriellen Produktion ist. Die Bürger tragen dazu mit ihrem Kapital und ihrem Wissen im Bankgeschäft, mit ihrer Technik in der Produkteveredlung und ihrer Erfahrung im Export bei und stellen die Juristen, Statistiker und Schreiber, die für die »Verwaltung« unerläßlich sind. Als Gegenleistung liefert der König die Grundstrukturen. Er sichert die Ordnung im Inneren des Landes und garantiert die Sicherheit der Seewege, indem er die Piraten bekämpft. Ihm ist die Rechtsprechung unterstellt, die von der der griechischen Städte abgeleitet ist, insbesondere was die Steuertarife betrifft. Nur er prägt Münzen und hat eine Devisenkontrolle eingeführt, die die ausländischen Importeure dazu verpflichtet, in Landeswährung zu bezahlen. Er erteilt die Bankkonzessionen. Sicherlich hat er in dieser zweigeteilten Gesellschaft eine Vormachtstellung und schreitet ein, wenn er es für nötig hält. So setzt er bestimmte Preise fest oder beschlagnahmt gewisse Erzeugnisse. Und natürlich füllt er seine Kasse mit Steuer- und Zolleinnahmen. Aber auch die Bürger füllen die ihren, das ist allgemein bekannt. Dies ist eine ausgezeichnete Propaganda, die immer mehr Neuankömmlinge anlockt.

Alexandria ist ein riesiger Ameisenhaufen, in dem alles und jeder arbeitet: Glasbläser, Töpfer und Bildhauer für Gold-, Silber- und Bronzearbeiten, Weber, Papyrusfabrikanten, Parfumhersteller und Mosaikleger. Die Werften arbeiten auf Hochdruck. Sie sind wegen ihrer Leistungsfähigkeit und Schnelligkeit bekannt und bilden eine große Konkurrenz für Zypern, den Libanon und Kleinasien. In den Lagern herrscht reges Leben. Die öffentlichen Speicher, die vor allem den »königlichen Weizen« lagern – wovon eine bestimmte Menge den Soldaten und Beamten zugeteilt und eine andere an die Bevölkerung verkauft wird –, handeln wie Banken: sie erstellen den Saldo der Eingänge und Ausgänge durch einfache Buchungen, um teure Transporte zu vermeiden. Auch Privatleute haben Zutritt zu diesen Speichern, die für Provision auch Transaktionen im Auftrag und für Rechnung von Kunden ausführen. Ein äußerst lebhaftes Geschäftsleben macht Alexandria entschieden zum Brennpunkt des Handels im Ägypten der Ptolemäer. Alexandria exportiert und importiert. Es exportiert all die Produkte, die wir schon erwähnt haben, und andere mehr, wie den grauen und rosa Granit aus Assuan, Papyrus, Wollstoffe, Datteln und vor allem Weizen, den großen Reichtum des Landes. Aber es importiert auch sehr viel, u.a. Öl, Wein und Honig, den Ägypten nicht in ausreichender Menge herstellt,

Rohstoffe, wie das Holz, das es für seine Baustellen braucht und das aus dem Libanon, Zypern oder Phönizien kommt, kostbare Essenzen von seltenen Bäumen, Kupfer und Bronze aus Asien, Gewürze, Edelsteine und aromatische Stoffe, für die der Hof und die eleganten Damen Alexandrias begeistert schwärmen. Unter diesen Voraussetzungen kann man durchaus annehmen, daß, wenn auch die »Handelsbilanz« negativ ist, ihr Defizit doch durch die »Dienstleistungen«, wie man sie heute bezeichnen könnte, zum Beispiel durch die Reparatur von Schiffen und die Einnahmen des Reiseverkehrs wieder ausgeglichen wird. Die Kontrolle des Devisenhandels spielt hierbei sicherlich eine Rolle, denn der Importeur, der Besucher oder der ausländische Tourist – aber sicher, man fährt nach Theben, um die Königsgräber zu besuchen, man unternimmt Kreuzfahrten auf dem Nil – müssen die »Landeswährung« kaufen. So dürfte die »Zahlungsbilanz« – was den Rahmen Alexandrias betrifft – schließlich doch ausgewogen sein.

Als Lagerplatz des Universums verteilt Alexandria nicht nur materielle, sondern auch geistige Nahrung. Es ist ein bedeutender Mittelpunkt des geistigen Lebens geworden, mit einer sehr großen Ausstrahlung. Ein neues Athen, in dem sich die großen Geister der Epoche fanden, vor allem der Mathematiker Euklid, der Begründer der Trigonometrie, Apollonius von Perge, der Astronom Aristarchos, der Geograph Eratosthenes, die großen Meister der Medizin, wie Herophilos und Erasistratos, und noch viele andere berühmte Spezialisten der Naturwissenschaften. Auch Philosophen, Bildhauer, Dichter, Kritiker und Rhetoren, wie den berühmten Demetrios von Phaleron, beherbergte Alexandria. Von jeder materiellen Sorge befreit, haben Gelehrte und Künstler ein »Museion« und eine Bibliothek zu ihrer Verfügung, zwei berühmte königlich ausgestattete Einrichtungen, die allein für die wissenschaftliche Forschung und ohne Gewinnabsicht gegründet worden waren. Das »Museion« ist eine Art Universität, das seinen Namen zu Ehren der Musen erhalten hat. Hier wandelten die vielbeneideten »Pensionäre« in den Höfen und auf schattigen Wegen einher und tauschten ihre Gedanken aus, versammelten sich einmal zu einem Gespräch, ein andermal zum gemeinsamen Mal in einem Speisesaal. Zu diesem Museion gehörte die Bibliothek, die in der ganze Antike nicht ihresgleichen fand. Sie besaß Hunderttausende von

Büchern, Papyrusblätter, die um einen Stock gerollt waren. Um sie zu lesen, hält man die Blätter mit der einen und den Stock mit der anderen Hand fest. Diese beiden Werke sind Ptolemäus II. Philadelphos zu verdanken, einem sehr fähigen König, dem sein Vater, ein weiser und gemäßigter Mann und ausgezeichneter Staatsmann, ein Ägypten hinterlassen hatte, das seine militärische, wirtschaftliche und politische Macht wiedergewonnen hatte. Das Mäzenatentum jedoch läßt Ptolemäus Philadelphos die Wirklichkeit nicht vergessen. Er errichtet eine solide finanzielle Verwaltung, siedelt die griechischen Bauern im Faijum an und stellt eine Verbindung zwischen dem Golf von Suez, dem Nilkanal und dem Roten Meer her.

Ptolemäus III. Euergetes führt die Tradition fort, aber mit Ptolemäus IV. Philophator beginnt die Dekadenz des Geschlechts. Die Nachfolger der ersten Könige schwelgen zu sehr in den Freuden einer überfeinerten Existenz und lassen sich von ihren Leidenschaften beherrschen. Sicherlich erbauen sie herrliche Tempel wie die von Kom Ombo, Edfu, Esna und Dendera, wo die Baumeister die Schönheit der traditionellen Formen zu bewahren wußten. Aber Unruhen und Dramen verdunkeln die Zeit ihrer Regierung. Man streitet sich. Ermordet einander in der Familie. Ptolemäus IV. Philophator eröffnet die Serie, indem er seinen Bruder, seine Mutter, seine Schwester und Gemahlin und zwei seiner näheren Verwandten verschwinden läßt. Ptolemäus VI. Philemetor hat Streitigkeiten mit seinem Bruder, dem künftigen Ptolemäus VIII. Euergetes II. Daß sie schließlich Frieden schließen, kann Euergetes II. nicht davon abhalten, den Sohn Philemetors erwürgen zu lassen und die Witwe desselben Philemetors, seine Schwester, zu heiraten. Er verstößt sie jedoch später, um seine Nichte, Kleopatra IV. zu heiraten, die Ptolemäus IX. Soter II. zugunsten ihres Bruders Ptolemäus X. Alexander III. enteignet. Ptolemäus XI. Alexander IV. ermordet seine Tochter Berenike, dann läßt das Volk ihm das gleiche Schicksal widerfahren ... Diese Streitigkeiten in der Dynastie schwächen das Land nach außen hin. Trotzdem ist Ägypten noch immer reich, ebenso Alexandria, dessen Einwohnerzahl trotz dieser unangenehmen Ereignisse noch weiter angestiegen ist, und das die internationale Hauptstadt des Handels, der Vergnügungen und der Wissenschaften bleibt. Zu dieser Zeit taucht im Vorderen

Orient eine Macht ersten Ranges auf, Rom, die Ägypten mit begehrlichen Blicken betrachtet. Unter der Vormundschaft des durch Pompejus repräsentierten römischen Senats, regieren die sehr jungen Ptolemäus XIII. Neos Dionysos (der zehn Jahre alt ist) und seine »Schwester-Gattin« Kleopatra VII. (die nicht einmal doppelt so alt ist). Hiermit erscheint die berühmte Kleopatra auf der Bühne.

Sie ist achtzehn Jahre alt. Sie weiß, daß sie intelligent und energisch ist, daß sie sich einer gewissen Beliebtheit erfreut, denn sie spricht die Sprache des Landes, daß sie von den Ägyptern respektiert wird, denn sie teilt viele ihrer Anschauungen. Und sie weiß auch schon, was ihr ihr Charme einbringen kann. Sie ist entschlossen, ihn zum Aufstieg ihrer Dynastie einzusetzen.

Zunächst unterstützt Kleopatra Pompejus in seinem Kampf gegen Cäsar. Dann tritt sie nach Pompejus' Niederlage in Pharsalos ins gegnerische Lager über. Cäsar geht im Jahre 48 in Alexandria an Land und richtet im Königspalast seine Residenz ein. Nach Plutarch findet die Königin ein Mittel, in den Palast zu gelangen, indem sie sich in eine Decke einrollen läßt. Cäsar wird verführt. Er ist dreiundfünfzig, sie einundzwanzig. Aus ihrer Liebe wird ein Sohn geboren, Cäsarion. Als Kleopatra Witwe wird – ihr Bruder und Gatte Ptolemäus XIII. stirbt im Kampf gegen den Römer –, heiratet sie ihren zweiten Bruder, Ptolemäus XIV., das Kind (er ist tatsächlich nur 12 Jahre alt). Im Jahre 47 kehrt Cäsar nach Alexandria zurück. Die beiden Liebenden fahren mit großem Pomp den Nil hinauf. Nach Rom zurückgekehrt, wird Cäsar im Jahre 45 ein triumphaler Empfang bereitet. Er läßt Kleopatra mit ihrem Hofstaat und ihrem Sohn Cäsarion nachkommen. Im Heiligtum der Venus Genitrix, der Beschützerin der Familie der Julii, läßt er eine Statue aus Gold von der »Ägypterin« aufstellen. Wird er die Monarchie in Rom errichten und aus Kleopatra die Königin der Welt machen? Eine Verschwörung bahnt sich zwischen den Patriziern des Senats an. Und am 15. März 44 – an den Iden des März – wird Cäsar mit fünfunddreißig Dolchstößen, von denen nur einer tödlich ist, ermordet.

Nun verbindet sich Kleopatra, die nach Alexandria zurückgekehrt ist, mit Antonius, dem der Orient zugefallen war. Sie zieht ihm in Syrien entgegen und empfängt ihn mit außergewöhnlichem Prunk – sie denkt sich eine Szene aus, in der sie Aphrodite darstellt, die von Grazien und Amoretten umgeben ist. Auch Antonius ist überwältigt. Er ist um 11 Jahre jünger als Cäsar, als er die berühmte »Ägypterin« trifft, die nun 28 Jahre alt ist. Er ist ein schöner Mann, nicht kahlköpfig wie sein Vorgänger. Antonius, einer der beiden Herren der Welt – Oktavian ist der andere, doch er hat sich den Westen reserviert – bietet der Verführerin an, seine Macht mit ihm zu teilen und kompensiert seinerseits eine verfehlte Ehe. Inzwischen hat Kleopatra es für besser gehalten, ihren Gatten verschwinden zu lassen. Und zwischen den beiden Liebenden beginnt das berühmte »unnachahmliche Leben«, in dem sich der luxuriöseste orientalische Prunk mit dem hellenistischen Geist, aber auch mit einer gewissen Freude an Zechgelagen vereint, denn Antonius genießt den Ruf eines großen Trinkers. Indessen zwingt ihn die innenpolitische Lage dazu, im Jahre 40 nach Rom zurückzukehren. Er ist inzwischen verwitwet, seine erste Frau, Fulvia, ist vor Eifersucht gestorben, und er heiratet nun Oktavia, die Schwester Oktavians. Eine politische Eheschließung, die den Frieden zwischen den beiden Diktatoren erhalten soll. Aber der Orient und Kleopatra führen Antonius vier Jahre später endgültig nach Alexandria zurück, wo er seine Frau, seine Würde und die Interessen Roms vergißt. Kleopatra läßt sich so viele Länder zuteilen, daß das Territorium Ägyptens eine Ausdehnung erreicht, wie niemals zuvor unter den Ptolemäern. Die Söhne Kleopatras – der eine von Antonius, der andere von Cäsar – erhalten asiatische Königtümer, und ihnen wird der offizielle Titel König verliehen. Antonius scheint von einem Reich des Orients für die ägyptische Königin zu träumen und zögert nicht, sie zu vergöttlichen. Sie wird »die neue Isis«.

Das ist zuviel für Rom. Oktavian nutzt geschickt die Empörung aus, die sein so ehrgeiziger Rivale erregt, dessen Untergang er sich geschworen hat. Er verbirgt seine persönliche Rivalität hinter der nationalen Frage und läßt gegen diese Frau, »die vom Fall des Kapitols und vom Untergang des Reiches träumt«, den Krieg erklären. Der Zusammenstoß findet am 2. September 31 in der Adria bei Aktium statt, wo Antonius und Kleopatra ihren Gegner mit einer Flotte und einer Armee erwarten. Die Flotte wird besiegt. Kleopatra und Antonius fliehen. Oktavian verfolgt sie in Ägypten, seine Legionen reiben die Truppen Antonius' auf, der Selbstmord begeht, weil er Kleopatra für tot hält. Das ist sie beileibe nicht, sie hat Alexandria dem Sieger ausgeliefert und versucht zu verhandeln und ihn zu verführen. Umsonst. Im Gegensatz zu seinen berühmten Vorgängern widersteht er der Versuchung. Die Königin, die nun an die vierzig ist, hat es mit einem kalten, einem eiskalten Mann zu tun, den ihre Reichtümer bedeutend mehr interessieren als ihre persönliche Anziehungskraft. Sie ist nichts als seine Gefangene. Da spürt sie, daß diesmal alles verloren ist, daß ihre großartigen Pläne in Asche zerfallen, und als sie erfährt, daß Antonius tot ist, begeht auch sie Selbstmord, wohl, indem sie sich von einer Giftschlange beißen läßt. Währenddessen wandelt Oktavian, der nichts von der Tragödie ahnt und der von nun an der alleinige Herr der Welt ist, in den Säulengängen des Königspalastes einher. Vielleicht kostet er in Gedanken schon jetzt den künftigen Triumph aus, den das große Rom für ihn bereit hält . . .

Mit der Unabhängigkeit Ägyptens ist es nun vorbei. Es gehört zu den persönlichen Domänen Oktavians, inzwischen Kaiser Augustus, und ist nichts weiter als ein Weizenspeicher, der Italien versorgt. Jedes Jahr wird die *annona* organisiert, das ist der Transport des obligatorischen Tributs nach Ostia, der vier Monatsernten entspricht. Daher repariert man ständig die Bewässerungskanäle, von denen die Fruchtbarkeit des Landes abhängt. Aus dieser Epoche stammt die Statue vom Nil, im Museum des Vatikans, die einen kräftigen, bärtigen Mann, auf der linken Seite liegend, darstellt, der von sechzehn Kindern umgeben ist, die die sechzehn Ellen der Flut symbolisieren. Dieser Weizenspeicher soll also möglichst gut ausgenutzt werden, und er wird es auch, ohne Rücksicht auf den Zustand der Einwohner oder das wirtschaftliche Gleichgewicht des Landes. In ihrer realistischen Art haben die Römer die Verwaltung der Ptolemäer beibehalten, Griechisch bleibt auch weiterhin die offizielle Sprache und die Drachme die Währung. Aber was früher ein König war, ist heute ein Präfekt. Die Senatoren dürfen ohne ausdrückliche Erlaubnis Ägypten nicht besuchen. Die wirtschaftliche und strategische Bedeutung dieses Landes ist zu groß. Die Ideen des Antonius könnten ihnen zu Kopf steigen. Ein solches System, dessen einziges Ziel es ist, die Reichtümer aus Ägypten herauszusaugen und sie nur Rom zufließen zu lassen, muß mit der Zeit katastrophale Folgen haben. Die Fellachen, durch Zwangsarbeit und Steuern völlig unterdrückt, versuchen, sich durch Steuerhinterziehung zu retten. Sie verlassen das Dorf, in dem sie registriert sind und siedeln sich irgendwo anders an oder leben von Straßenraub. Die Bewässerungskanäle verschlammen. Die Preise steigen. Das Vertrauen zum Geld ist erschüttert. Auch in Alexandria macht sich der Niedergang bemerkbar, obwohl es mit seinen 500000 Einwohnern die zweite Stadt des römischen Reiches geworden ist. Die Beziehungen zu Indien haben ihm einen neuen Aufschwung gegeben. Sein »Museion« beherbergt noch immer berühmte Gelehrte, wie den Astronomen und Geographen Ptolemäus. Es herrschen jedoch Unruhen. Die Juden revoltieren gegen die Römer. Die Stadt wird geplündert und steht unter schwerer Unterdrückung. Das Museion wird geschlossen. Schließlich wird die Stadt 295 von Diokletian erobert und völlig ausgeplündert.

Vorher jedoch ist das Christentum erschienen, das eine tiefgehende Änderung im Wesen des Landes bewirken wird. Und ausgerechnet in Alexandria, der Bastion des Heidentums, beginnt diese Doktrin Einfluß zu nehmen. Das ist jedoch nur ein scheinbares Paradox: die Hauptstadt, in der alle Ideen blühen, scheint geeignet, diese Lehre anzunehmen. Die Intellektuellen, auf der Suche nach der Wahrheit, sind davon begeistert. Nach und nach dehnt sich der Kreis aus. Zu Beginn des 3. Jahrhunderts ist ein großer Teil der Bevölkerung für die neue Religion gewonnen. Die Ägypter, die von den Alten als die religiösesten Menschen angesehen wurden, geben der neuen Religion eine besondere Färbung durch das Einsiedlertum und das Klosterleben. Der heilige Antonius und seine Jünger leben als Einsiedler in der Wüste, der Heilige Pachomius gründet in Oberägypten ein Kloster. Innere Rivalitäten, theologische Streitigkeiten, Verfolgungen und ein letztes Aufglühen des Heidentums können nicht verhindern, daß die koptische Gemeinschaft sich immer mehr mit der Bevölkerung identifiziert, die in ihr eine Kraft sieht, die fähig ist, mit den Repräsentanten von Byzanz einen Dialog zu führen. Ägypten war nämlich im Jahre 395, nach dem Tode von Theodosios – das war der Kaiser, der durch ein Edikt die Schließung der Tempel angeordnet und damit den Erfolg des Christentums offiziell anerkannt hatte –

an das Reich des Orients angegliedert worden. Daher hängt es nun von Byzanz, dem späteren Konstantinopel, ab. Ägypten versucht immer wieder, unabhängig zu werden, indem es eine andere Stellung einnimmt als die zentrale Macht. Dank einiger Patriarchen von großer geistiger Ausstrahlung läßt das einheimische Christentum den nationalen Geist wiedererstehen. Die byzantinischen Herren jedoch verurteilen schließlich seinen Glauben und verfolgen es als häretisch. Mit der Unterdrückung dieser religiösen Revolten beschäftigt, können die Kaiser die Perser nicht daran hindern, das Delta und Alexandria etwa zehn Jahre lang zu besetzen. Außerdem wird die wirtschaftliche Lage des Landes immer schlechter. Die kleinen Grundbesitzer sind so verschuldet, daß sie in die Hände ihrer Gläubiger fallen. Große Herrengüter oder von Klostern abhängige Domänen entstehen, deren Besitzer wie richtige Feudalherren die ehemaligen Eigentümer gegen Unruhen und gegen die Verfolgung des Fiskus beschützen. Ein von Konstantinopel losgelöstes, der Unruhen müdes, am Rande der Anarchie stehendes Ägypten ist es, das in die Hände der Araber fällt.

Nahezu ohne Widerstand lassen die Ägypter Amr Ibn el-Ass, den General des Kalifen Omar, Memphis einnehmen und sich im Jahre 639 der Festung von »Babylon« bemächtigen. Nun ist er Herr des Tals. Nur Alexandria widersteht. Zwei Jahre später jedoch fällt auch diese Stadt.

Als die Araber ins Delta eindringen, halten sie gleichzeitig ihren Einzug in die Geschichte Ägyptens. Die Bevölkerung tritt zum Islam über, und die Kopten sind nur noch eine Minderheit. Ägypten, das zu Anfang eine einfache Provinz des Kalifats von Bagdad war, wird nun in der Zeit der Fatimiden (969–1171) zu einem unabhängigen Kalifat. Ägypten hat eine neue Hauptstadt, Misr el-Kahira, Kairo, das bald in tausend Lichtern erstrahlen wird, während Alexandria verfällt, denn sein Handel mit dem Orient, die Quelle seines Reichtums, verliert schnell immer mehr an Bedeutung. Dann beginnt die Ära der Mameluken, mit denen es die Kreuzfahrer zu tun haben. 1249 gehen Ludwig IX. von Frankreich und seine Ritter in der Nähe von Damiette an Land, bemächtigen sich der Stadt und ziehen weiter in Richtung auf Kairo. Das Delta jedoch wird ihnen einen bösen Streich spielen. Ständig werden sie von Kanälen aufgehalten, fahren sich in Gebieten fest, wo es von Feinden nur so wimmelt, oder bleiben mit ihren Pferden, ihren Wagen, ihren schweren Waffen im Schlamm stecken. Ohne Lebensmittelnachschub und von der Ruhr geschwächt, werden sie zu einem verhängnisvollen Rückzug gezwungen und vor den Mauern von Mansura von der Armee des jungen Sultans el Mo'azzam Turanschah geschlagen. Dem Heiligen Ludwig bleibt nichts anderes übrig, als sich mit seinem Bruder Karl von Anjou und seinen edlen Rittern den Ungläubigen zu ergeben. Sicherlich wird der königliche Gefangene mit aller Achtung behandelt, aber nur gegen ein hohes Lösegeld und die Aufgabe von Damiette erlangen Ludwig IX. und seine Barone am 6. März 1250 die Freiheit wieder.

Zu Beginn des 16. Jahrhunderts steht Ägypten unter türkischer Herrschaft. Für Alexandria, das durch die Entdeckung des Kaps der Guten Hoffnung noch mehr geschwächt ist, ist dies der Gnadenstoß. Ganz in der Nähe, am westlichen Arm des Nils, macht Rosette ihr eine unbarmherzige Konkurrenz. Am Ende des 18. Jahrhunderts ist Alexandria – Alexandria die Große – nur noch eine kleine Stadt von 5000–6000 Einwohnern. So wird sie Bonaparte entdecken ...

Die Garnison von Alexandria, die von Söldnern gebildet wird, die nicht die geringste Lust haben, sich umbringen zu lassen, leistet kaum Widerstand und ergibt sich schon nach wenigen Stunden, am 12. Juli 1798. An der Spitze von 38000 Mann und einer »lebenden Enzyklopädie« von Gelehrten, Ingenieuren, Ökonomen, Schriftstellern und Künstlern rückt Bonaparte nun gegen Kairo vor, bevor die Mameluken Zeit haben, sich vom ersten Schrecken zu erholen. Für diese sind die Franzosen übrigens nichts als eine Neuausgabe der Kreuzfahrer – sie werden sie schnell besiegen. Irrtum. Man lebt nicht mehr zur Zeit der mittelalterlichen Kriege, in denen die Kavallerie die Infanterie besiegte. Die Mameluken werden schnell entdecken, daß der glänzendste Sturmangriff und das Herumwirbeln des Säbels nichts gegen Gewehre und Kanonen vermögen. Außerdem haben sie es mit einem großen General zu tun, der nicht im Delta steckenbleibt.

Am 13. Juli lernen die Mameluken in einem kurzen aber mörderischen Kampf 120 Kilometer vor Kairo die Feuerstärke der Franzosen kennen. Murad Bei, ihr Befehlshaber, zieht sich entmutigt in die Hauptstadt zurück, um in größter Hast den Widerstand zu organisieren. Aber Bonaparte marschiert am Rande der Wüste durch den »trockenen« Teil des Deltas und bleibt ihnen auf den Fersen. Die Franzosen halten sich westlich vom Westarm des Nils, kommen zügig voran und fallen den Mameluken, die sie nicht so schnell in Kairo erwartet hatten, in den Rücken. Murad hatte lediglich seine Armee in einem Lager versammeln können, das er in der Nähe von Embaba, einer am Westufer des Stroms, auf der Höhe der Nordspitze der Insel Bulak oder Gesira gelegenen Stadt, aufgeschlagen hatte.

21. Juli, 10 Uhr morgens. Schon jetzt herrscht eine glühende Hitze. Etwa 15 Kilometer weiter im Süden betrachten die Pyramiden von Cheops, Chephren und Mykerinos unter brennender Sonne die fünf in Vierecken aufgereihten Divisionen Bonapartes und die Armee des Murad: 6000 Reiter, 12000 Infanteristen und eine große Anzahl irregulärer Truppen. Bis 14 Uhr geschieht nichts, oder besser, es geschieht schon etwas, nur Murad ahnt nichts davon: der Gegner ist dabei, seine Kavallerie von seiner Infanterie abzuschneiden. Schließlich begreift Murad, reagiert darauf und befiehlt den Angriff. Der Kampf beginnt . . .

Ein Durcheinander von Schreien, Pferdegewieher und Farben. Die Säbel blitzen in der Sonne. Die Lilienbanner kommen mit großer Geschwindigkeit heran. Die Turbane nähern sich den Mündungen der Kanonen, die mit unbeschreiblichem Getöse Feuer speien. Die erschreckten Pferde werfen ihre Reiter ab, wenn diese nicht schon vorher den Kugeln zum Opfer gefallen sind. Die Mameluken greifen erneut an. Und wieder werden sie zurückgeschlagen. Murad begreift, daß er verloren hat. Er sammelt die Überlebenden und zieht sich in Richtung auf die Pyramiden zurück, während die französische Kavallerie sich im Süden von Embaba formiert, um von dieser Seite aus das Lager einzuschließen, in dem sich der größte Teil der Infanterie drängt, die nicht am Kampf teilgenommen hatte. Inzwischen begibt sich auch Bonaparte von der Mitte aus zum Dorf, schlägt einen Angriff der Kavallerie zurück und stürmt in Richtung auf die vierzig Kanonen ohne Lafetten, die das Lager verteidigen. Murad, inzwischen zurückgekehrt, versucht, es wieder zu befreien. Vergeblich. Die Verteidiger werden überrannt, bevor auch nur ein einziger Schuß aus den Kanonen abgefeuert werden kann. Die französischen Karrees, die als Dekkung im Norden Embasas geblieben waren, eilen zur Hilfe. Nun ist das Lager von allen Divisionen in die Zange genommen. Und dann kommt der letzte Akt: ein Generalangriff, der kein Angriff mehr, sondern ein Gemetzel ist. All dies hat nicht länger als eine Stunde gedauert. Von einer riesigen Staub- und Rauchwolke begleitet, fliehen Tausende von Reitern und Infanteristen zum Fluß hin. Und der Nil, der Hochwasser führt, trägt die vielen Körper mit sich, die nur langsam untergehen, denn sie werden von den aufgebauschten bunten Gewändern an der Oberfläche gehalten.

Zwei Tage später hält die siegreiche Armee ihren Einzug in Kairo. Kaum hat Bonaparte sich niedergelassen, trifft eine Botschaft von Kléber, dem Kommandanten der in Alexandria stationierten Garnison ein, die ihm eine sehr schlechte Nachricht übermittelt. Die Flotte ist an ihrem Ankerplatz in Abukir überrascht und am Dienstag, dem 1. August, von Admiral Nelson praktisch zerstört worden. Die Armee, die nun Gefangene ihrer eigenen Eroberung ist, richtet sich darauf ein, am Ort zu leben. Gleichzeitig beginnt Bonaparte das Programm in die Tat umzusetzen, das er sich vorgenommen hat: Ägypten der Zivilisation zu öffnen, aber dabei auch den Glanz seiner Vergangenheit zu offenbaren; seine Verwaltung zu reorganisieren und der Korruption ein Ende zu bereiten, die bei den Mameluken gang und gäbe war; seine Wirtschaft durch den Bau von Schleusen, Deichen und neuen Kanälen am Nil, durch das Anlegen von neuen Kulturen, durch ein völlig anderes Gewicht- und Maßsystem zu erneuern. Auch von der Idee, einen Suezkanal zu bauen, ist er fasziniert.

Schon am 23. August gründet Bonaparte das Ägypteninstitut, dessen Vizepräsident er wird. Diesem Institut gehören sowohl junge Leute als auch bedeutende Gelehrte mit grauen Schläfen an, die Bonaparte im Enthusiasmus einer zweiten Jugend begleitet haben. Darunter sind der Mathematiker Monge, der Chemiker Berthollet, der Naturwissenschaftler Geoffroy Saint-Hilaire, der Schriftsteller Parseval-Grandmaison und der geschickte Zeichner Vivant-Denon . . . Diese Männer von unglaublicher Aktivität und außergewöhnlichem Wagemut begnügen sich nicht damit, in Kairo Sitzungen abzuhalten. Sie folgen den Militärkolonnen vom

Delta bis nach Oberägypten und sammeln eine riesige Menge Dokumente, um Ägypten unter allen Aspekten zu beschreiben.

Dann aber erklärt die Türkei der Französischen Republik den Krieg. Bonaparte muß nach Syrien, um gegen die türkische Armee zu kämpfen, die von den Engländern unterstützt wird. Beim Tabor siegt er, bei Akko jedoch, das von einem ehemaligen Kameraden von Brienne, dem emigrierten Phélippeaux verteidigt wird, erleidet er eine Niederlage. Nach einer Belagerung von zwei Monaten muß Bonaparte sich nach Ägypten zurückziehen. Die Franzosen, wenn auch von der Pest dezimiert, finden dennoch die Kraft, am 25. Juli 1799 eine zweite türkische Armee, die mit einer Flotte Seiner Majestät in Abukir eingetroffen war, aufs Meer zurückzudrängen. Inzwischen sind die Engländer eine Koalition eingegangen, die die Republik in eine gefährliche Lage bringen könnte. Bonaparte kommt dem Befehl des Direktoriums zuvor und verläßt am 22. August 1799 heimlich Ägypten. Er läßt Kléber in einer Lage zurück, aus der es keinen Ausweg zu geben scheint. Dieser unterzeichnet denn auch im Januar 1800 ein Evakuierungsabkommen mit den Türken. Die Engländer fordern die bedingungslose Übergabe. Daraufhin greift Kléber erneut zu den Waffen, besiegt die Türken und stellt die französische Oberhoheit wieder her. Am 14. Juni wird er in Kairo ermordet. Sein Nachfolger, General Menou, führt das Werk Frankreichs fort, bis zu dem Tag, an dem er durch die Ankunft einer englischen Flotte dazu gezwungen wird, die Kapitulation Alexandrias zu unterzeichnen. Dies geschah am 2. September 1801. Vierzehn Tage später schiffen sich 24000 Mann in Abukir nach Frankreich ein.

Vom militärischen Gesichtspunkt aus ist alles vorbei. Aber diese kurze Gegenwart der Franzosen läßt Ägypten sich seines wirklichen nationalen Wesens bewußt werden und öffnet es nach außen hin. Man beginnt, von diesem Land zu sprechen. Später veröffentlicht das von Bonaparte gegründete Institut seine unvergleichliche »Beschreibung Ägyptens« und enthüllt damit der Welt, was die Kultur am Nil eigentlich war. Allerdings mußte der geschriebene Ausdruck dieser Kultur erst noch entziffert werden. Das war das Werk eines genialen Franzosen: Jean-François Champollion.

Unter den Dokumenten, die dort gefunden wurden, und die die Engländer sich nach der Kapitulation von General Menou als Kriegsbeute aneignen, befindet sich eine Stele aus schwarzem Basalt. Sie ist 1,14 m hoch, 72 cm breit und 40 cm dick. Man hatte sie im August 1799 in Rosette aus reinem Zufall bei Schanzarbeiten an einem nur wenige Kilometer von der Stadt entfernten französischen Fort gefunden. Der glückliche Finder, Pierre François-Xavier Bouchard, ein begabter Offizier, der ahnte, daß er vielleicht eine außergewöhnliche Entdeckung gemacht hatte, benachrichtigte sofort General Menou, der befahl, den Stein nach Alexandria zu bringen. Die Gelehrten entdeckten drei übereinanderstehende Serien von Texten. Oben Hieroglyphen, in der Mitte Schriftzeichen unbekannter Natur und unten griechische Buchstaben. Die Hellenisten erkennen sofort, daß der griechische Text sich auf ein Dekret bezieht, das von allen Priestern Ägyptens verkündet wurde, die sich im Jahre 196 v. Chr. anläßlich des neunten Geburtstages von Ptolemäus V. in Memphis versammelt hatten. Und die anderen beiden Texte? Sollten sie die Übersetzung davon sein? Jedenfalls zeigt Hauptmann de Champollion bei seiner Rückkehr aus Ägypten eine Abschrift davon sowie einen Abguß der Inschriften seinem Cousin, dem jungen Champollion, der vom Ägypten der Pharaonen fasziniert ist, obwohl er nicht älter als zehn Jahre ist. Ein Ereignis von einschneidender Bedeutung, dieses Zusammentreffen eines Wunderkindes mit einer zwanzig Jahrhunderte alten Stele. Und aus diesem Zusammentreffen wird die Ägyptologie geboren.

Von nun an ist Champollion nur noch von einem einzigen Gedanken besessen: den Schlüssel zu den Hieroglyphen zu finden. Im Lyzeum von Grenoble, für dessen Besuch er von der Regierung ein Stipendium erhält, nennen ihn seine Kameraden den »Ägypter«. Mit sechzehn Jahren wird er zum korrespondierenden Mitglied der Akademie von Grenoble ernannt. Seit Jahren hat er sich in alten und orientalischen Sprachen vervollkommnet, um die große Entzifferung vorzubereiten. Als er im Jahre 1807 nach Paris kommt, tut er es hauptsächlich deswegen, weil er sich dem Koptischen widmen will, von dem er – beeinflußt durch die Theorie Athanasius Kirchers, eines Jesuiten der mittleren Jahre des 17. Jahrhunderts – glaubt, daß es das letzte Stadium der ägyptischen Sprache darstellt. Champollion ist so »koptisch« geworden, daß er koptisch denkt und koptisch spricht . . . mit sich selbst. Nachdem er die Sprache vollkommen beherrscht, schreibt er 1812: »Diese vollkommene Analyse der ägyptischen Sprache ergibt unbestreitbar den Schlüssel zum Hieroglyphensystem, und ich werde ihn finden. In der Zwischenzeit betrachtet Champollion immer wieder den Stein von Rosette, sieht sich seine Struktur genau an, erlernt seine Zeichen. Er lebt mit seiner Stele – die auf der anderen Seite des Ärmelkanals, im British Museum steht – er sieht sie genau vor sich, denn er besitzt eine sehr gute visuelle Erinnerung. Dann erlaubt ihm das Koptische, die exakte Natur des mittleren Textes zu definieren – es ist »demotisch«, eine kursive Schrift, die die hieroglyphischen Formen, soweit es geht, vereinfacht.

Aber das Rätsel bleibt: was stellen sie dar, diese Hieroglyphen? Symbole? Buchstaben? Laute? Schon vor ihm hat man sich mit diesem berühmten Problem befaßt. Die Forschungsarbeiten sind jedoch bald in eine Sackgasse geraten. Nichtsdestoweniger nimmt Champollion die Hypothese zweier seiner Vorgänger, des Priesters Barthélemy, und des dänischen Gelehrten Zoëga auf, die annahmen, daß der Name von Herrschern immer in eine »Kartusche« geschrieben war, das heißt in eine Art ovalen Ring, der auf einem horizontalen Stab ruhte. Auf der Stele ist wirklich ein Name eingekreist, das mußte der Name des Ptolemäus sein. Champollion analysiert ihn, sowohl auf demotisch als auch auf hieroglyphisch. Das gleiche müßte nun auf einem anderen Dokument, auf dem sich der Name Ptolemäus befindet, geprüft werden. Man bringt Champollion die Abschrift eines Textes von einem kleinen, in Philae gefundenen Obelisken, auf dem sich ausgerechnet sowohl der Name Ptolemäus als auch der Name Kleopatra (die gemeinsame Laute besitzen: l, o, p) befinden. Bis auf einige graphische Varianten sind es die Namen, die auch auf der Stele stehen! Es ist klar, daß eine Äquivalenz zwischen gewissen Klängen und hieroglyphischen Zeichen besteht. Aber wie verhält es sich mit den anderen Zeichen? Unter diesen Voraussetzungen ist es unmöglich, ein Alphabet aufzustellen.

Die Erleuchtung kommt ihm von zwei Kartuschen, deren Reproduktion man ihm bringt. Er errät die hieroglyphische Darstellung der griechisch abgeänderten Namen von zwei großen Herrschern, von Thutmes (Thutmosis) und Rameses (Ramses). Der gleiche Laut *mes* erscheint also hier und dort. Nun wird alles klar . . . Das Ägypten der Pharaonen benutzte folglich gleichzeitig Zeichen, die einfachen Tönen entsprachen, Zeichen, die zwei Konsonanten vereinten, und Zeichen, die eine Idee darstellten, die man durch den Ton wachrief. Das war einfach und kompliziert zugleich. Seine Intuition, aber auch die Berücksichtigung der Arbeiten seiner Vorgänger, sein konsequentes logisches Denken und langes geduldiges Arbeiten hatten plötzlich triumphiert. Es war der 14. September 1822. Champollion »hatte die Sache im Griff«.

Von seiner Entdeckung erschüttert, wird er ohnmächtig und erlangt das Bewußtsein nicht wieder. Sein Gesundheitszustand ist so schlecht, daß seine Umgebung unruhig wird. Mehr als zwei Tage liegt er im Koma. Kaum ist er wieder auf den Beinen, schreibt er seinen berühmten »Brief an Herrn Dacier«, »Lettre à M. Dacier«, den ständigen Sekretär der »Akademie der Inschriften und der Belletristik«, »Académie des Inscriptions et Belles Lettres«, ein Brief, in dem er die Prinzipien der ägyptischen Schrift darlegt. Zwei Jahre später veröffentlicht er einen »Abriß des hieroglyphischen Schriftsystems der alten Ägypter«, in dem er schreibt: »Es handelt sich um ein komplexes System, eine Schrift, die zugleich bildreich, symbolisch und phonetisch in ein- und demselben Text, ein- und demselben Satz ist. Ich bin fast versucht zu sagen, im selben Wort.« Und nun kann man sich vorstellen, welche Hilfe Champollion von seinem geliebten Koptisch bei der Entzifferung erfahren hatte. Da die Hieroglyphen einen phonetischen Teil enthalten, hat er, indem er sie zuerst las und dann umschrieb, eine Sprache erhalten, die dem Koptischen ähnelte und die im gleichen Verhältnis zum Koptischen steht wie das Latein zum Italienischen.

Jetzt wird Champollion reisen, um sich mit den Texten vertraut zu machen, sein Vokabular zu bereichern, eine Grammatik aufzustellen und ein Wörterbuch vorzubereiten. Zunächst fährt er nach Italien, wo er sich verschiedene Sammlungen ansieht und das Museum von Turin besucht, »durch das der Weg von Memphis nach Theben führt«. 1828 unternimmt er endlich eine Ägyptenreise. Eine Reise, die er leidenschaftlich ersehnt hatte und die er in den wunderbaren »Briefen aus Ägypten und Nubien« mit großer Lebendigkeit festhält. Dort ist er zugleich der »Ägypter« des

Lyzeums von Grenoble, der seinen Traum wahr werden läßt, und der bekannte Ägyptologe, der den Schlüssel zu den Hieroglyphen in der Hand, die Etappen der Wiederentdeckung des alten Ägyptens noch einmal erlebt. Bei seiner Rückkehr wird er zum Professor im »Collège de France« ernannt. Er kann nur noch wenige Vorlesungen halten, dann verlassen ihn seine Kräfte. Champollion hat zu viel gearbeitet, zu viel gekämpft. Krank, erschöpft stirbt er am 4. März 1832.

Ohne jemals den Stein von Rosette gesehen zu haben, der ihm einen Platz in der Geschichte sicherte!

Die Geschichte des Deltas endet natürlich nicht mit dem Stein von Rosette. Sie geht in der ersten Hälfte des 19. Jahrhunderts mit Mehmed Ali weiter, dem Alexandria seinen modernen Aufschwung verdankt; er ließ einen Kanal bauen, der Alexandria mit dem Nil verbindet. Im Jahre 1882 ist die Stadt die Bühne, auf der sich die Ereignisse abspielen, die zur englischen Besetzung führen. Und ebenfalls in Alexandria zwingt eine Gruppe von Offizieren im Jahre 1952 Faruk I. abzudanken. So kommen also noch weitere anderhalb Jahrhunderte Geschichte zu all den vorhergehenden hinzu, wie eine Schlammschicht sich auf die andere legt.

Das Delta ist jedoch nicht nur ein Museum, es ist eine Explosion des Lebens. Millionen und Abermillionen von Menschen leben hier. Es ist von Kulturen bedeckt, mit Marktflecken und Dörfern besät, von kleinen und größeren Handels- und Industriestädten besiedelt, von denen einige mehr als 200000 Einwohner haben. Und es wird von einem ausgedehnten Verkehrsnetz durchzogen. Das Delta ist ein unglaublich fruchtbares Dreieck, in dem sich der Nil in zwei Arme teilt und sich in größere Kanäle verzweigt. Von diesen geht eine unendliche Zahl untergeordneter Kanäle aller Größen aus, damit der Strom umso besser seine Wohltaten über dieses Ägypten in Ägypten verbreiten und ihm, wie der letzte Fächer eines Feuerwerkes, noch einmal seine Gaben schenken kann.

Alexandria ist zwar nicht wieder »die Große« geworden, aber zumindest eine Königin unter den Städten. Sie ist die zweite Hauptstadt Ägyptens und ihr Hafen, einer der wichtigsten des Mittelmeeres, ist das Handelszentrum des Landes. Besonders der Baumwollexport läuft über diese Stadt. Als Hafenstadt hat sie

Docks, Lagerhallen und große Schiffahrtsgesellschaften. Außerdem ist sie zu einer großen Industriestadt herangewachsen, in der besonders die Textil- und Lebensmittelfabriken, aber auch andere Industriezweige einen großen Aufschwung genommen haben, so zum Beispiel die Produktion von Zement, Plastik, pharmazeutischen und chemischen Erzeugnissen ... Alexandria hat heute mehr als zwei Millionen Einwohner. Die arabische Stadt, die im westlichen Teil des alten Stadtgebietes entstanden war, hatte sich zu türkischer Zeit ausgedehnt und erstreckte sich zwischen der Insel Pharos und den beiden Häfen. Aber die moderne Stadt wurde teilweise auf ihrem früheren Standort gebaut und drängte sie dadurch wieder zurück. Sonst hat sich die Stadt nach Osten ausgedehnt. Am Meer säumt die wunderbare halbkreisförmige »Corniche« mit ihren Gebäuden, die die südliche Sonne vergoldet, die Bucht des Osthafens und führt dann noch etwa dreißig Kilometer weiter, an Montazah, einer ehemaligen Sommerresidenz der Königsfamilie vorbei, bis fast nach Abukir. In Alexandria hat die Geschichte kaum irgendwelche Zeugnisse hinterlassen. Nur wenige alte Monumente blieben bestehen. Hier eine hohe Säule, die sogenannte Pompejussäule, in Wirklichkeit zu Ehren von Kaiser Diokletian errichtet. Dort Nekropolen und Katakomben. Vor allem in der Phantasie kann die glanzvolle Vergangenheit wiedererstehen. Wenn man durch diese schöne, lebhafte, aktive Stadt mit ihrer angenehmen Luft geht, in der sich ein großer demographischer Wandel vollzieht – die ehemaligen Minderheitengruppen der Juden, Griechen, Orientalen und Armenier sind verschwunden –, muß man unwillkürlich an den »Traum von Rhakotis«, des großen Eroberers denken und an das außergewöhnliche Schicksal einer Stadt, durch die der Name Alexanders, mehr noch als durch seine legendären Feldzüge, bis heute fortbesteht ...

Die Tanis und Sais hatten nicht das gleiche Glück wie Alexandria. Aber seither sind noch viele andere Städte entstanden. Einige noch vor nicht allzu langer Zeit. Als große Handels- und Industriestädte sind sie ein Sinnbild der Vitalität und Expansion, die heute das Delta charakterisieren. In der Nähe von Alexandria wird in dem an der Straße nach Kairo gelegenen Kafr as-Dauwar Baumwolle in modernen Fabriken verarbeitet. Das gleiche etwas weiter in Damanhur, einer Stadt mit hundertfünfzigtausend Einwohnern, einem wichtigen Handelszentrum und Verarbeitungsort landwirtschaftlicher Erzeugnisse. Am westlichen Arm des Nils liegt der Getreide- und Baumwollmarkt Kafr as-Saijat, wo aber zugleich Baumwolle verarbeitet und Insektizide hergestellt werden. In Tanta, einer Stadt von zweihunderttausend Einwohnern, im Zentrum des Deltas, sind wichtige Spinnereien und Webereien sowie Ölpressen entstanden. Sie ist jedoch besonders wegen ihres Marktes bekannt. Dieser Markt beginnt immer mit einer feierlichen Prozession. An diesem Tage ehrt man Said den Beduinen, einen marokkanischen Pilger, der sich auf der Rückkehr von einer Wallfahrt nach Mekka in Tanta niederließ. Er vollbrachte viele Wunder und wurde zu einem der meistverehrten Heiligen des muselmanischen Ägyptens. Jedes Jahr wird sein Fest begangen, das den Beginn des Marktes anzeigt, der in gewissen Zügen an die antiken Feierlichkeiten erinnert. Weiter im Norden, nahe am Ostarm des Nils, liegt Mahalla el-Kubra, das sich ebenfalls beachtlich entwikkelt. Hier ist die Baumwolle Königin. Spinnereien und Webereien arbeiten ohne Unterlaß, nicht allein für den Binnenmarkt, sondern auch für den Export. Tausende von Facharbeitern, große Siedlungen, die vielen Fabrikschornsteine geben Mahalla das typische Aussehen einer Industriestadt. Sie ist wirklich das Beispiel der neuen Berufung des Deltas, in dem man noch viele andere wichtige Landwirtschafts- und Handelszentren, vor allem aber Industriestädte aufzählen könnte. So zum Beispiel Sakasik mit seinen hundertsechzigtausend Einwohnern, im östlichen Teil, oder Mansura am Fluß, mit mehr als zweihunderttausend Einwohnern die zweitgrößte Stadt nach Tanta in diesem Teil Ägyptens.

Trotz alledem bleiben die typischen Bilder des Nildeltas immer noch die Felder mit silberweißer Baumwolle, die von Männern mit nacktem Oberkörper und schwarzgekleideten Frauen gepflückt wird, die goldbraunen Palmen mit ihren Büscheln roter Datteln, die unzähligen mit Reis, Mais oder Klee bepflanzten strohgelben, braunen oder kräftig grünen Rechtecke und die Vielzahl von Kanälen, Gräben und Abzugsgräben für die Dauerbewässerung. Das stehende Wasser ist jedoch das ideale Milieu für die Vermehrung der Bilharzia, dieser bösartigen kleinen Würmer, die, wenn sie sich in den Beckenorganen eingenistet haben, schwere gesundheitliche Störungen hervorrufen. Die Blasenbilharziose breitet sich erneut

Bewässerung im Nil-Delta, nordwestlich von Kairo.

aus. Sie ist, wie wir wissen, eine der »Nebenwirkungen« des Hochdamms.

Es ist eigenartig, wie weit man sich in diesem Teil Ägyptens vom Rest des Niltals entfernt fühlt! Überall Wasser, überall Kulturen. Die weißen Segel der Feluken scheinen durch die Felder zu gleiten. Sicherlich ist der Strom in Ober- und Mittelägypten eindrucksvoll in seiner ungeteilten Größe, aber die Erde, die er nährt, ist oft nur ein schmaler Streifen. Hier jedoch dehnt sich die Ebene ins Unendliche aus. Die Wüste mit ihrem faltigen Vlies scheint schon so fern im Osten und im Westen, daß man sich fragen möchte, ob sie wirklich existiert. Das Delta – Kornkammer der Pharaonen, Kornkammer der Römer, deren Galeeren mit ihren purpurnen Segeln den jährlichen Tribut holen kamen – führt seine Mission fort. Eine Mission, die sich jedoch in ihrer Art von der der Antike unterscheidet. Der Weizen hat an Bedeutung verloren. Heute hat er einen Rivalen, den Reis, der in gleichen Mengen produziert wird. Und dann brachte ein Neuankömmling Ägypten seinen größten Reichtum: die Baumwolle, das »weiße Gold«, über das der Fellache mit Zärtlichkeit wacht, der ewige Fellache, der Tag für Tag zäh seiner Arbeit nachgeht. Heute lebt der Bauer des Deltas besser als gestern. Der Fortschritt brachte ihm manchen Vorteil. Seine Kinder gehen zur Schule, und trotz des Lockrufs der Stadt bleiben noch genügend übrig, um die schwarze Erde zu bearbeiten, die mehrere Ernten ergibt.

Wenn auch Industriestädte und Arbeitersiedlungen im Nildelta entstehen, sein wahres Gesicht ist doch das des friedvollen Landes mit seinen kleinen, von Moscheen gekrönten Dörfern – Ameisenhaufen, von grünen Palmen umgeben. Auf den hohen von Eukalyptusbäumen gesäumten Straßen, die die Felder beherrschen, ziehen lange Reihen von Kamelen vorüber, die mit Baumwollballen beladen sind. An ihnen trotten Esel vorbei, die von ihren Reitern angespornt werden. Ein paar Kinder führen schwarze Büffel zu einem Kanal, der von Orangenbäumen und Dattelpalmen gesäumt wird, die sich im Winde wiegen. Eine Gruppe silbriger Reiher läßt sie herankommen und erhebt sich dann in die Lüfte – eine langsame, majestätische weiße Wolke, die in Richtung Nil davonschwebt.

EPILOG

Der Ort, an dem der Nil sich in zwei Arme teilt – das geschieht etwa 20 Kilometer von Kairo entfernt, im Nordwesten der Hauptstadt –, ist von den Arabern mit einem wie immer gut getroffenen Namen bezeichnet worden: »Batn el-Baqqarah«, »Bauch der Kuh«.

Bonaparte hatte die Idee, hier einen Staudamm zu errichten, der den Wasserspiegel auf eine bestimmte Höhe bringen und so eine gleichmäßige Bewässerung des ganzen Deltas ermöglichen würde. In der Absicht, den Baumwollanbau zu entwickeln, nahm Mehmed Ali diesen Plan wieder auf und übertrug die Ausführung einem französischem Saint-Simonisten. Der Staudamm wurde 1835 begonnen, aber erst 1861, zwölf Jahre nach dem Tode Mehmeds, beendet. Da der Damm jedoch auf Schwemmland errichtet worden war, stellte man schon bald seine Sicherheit in Frage, und am Ende des 19. Jahrhunderts wurden Engländer mit den Befestigungsarbeiten betraut. Schließlich wurde der Damm 1890 in Betrieb genommen. Er war damals der größte Bau dieser Art in der Welt. In Wirklichkeit bestand er aus zwei Dämmen: einer im Rosette-, der andere im Damiettearm. Er hob den Wasserspiegel um etwa vier Meter bis zu einer Höhe von nahezu 16 Meter über dem Meeresspiegel an und ermöglichte es so, ganz Unterägypten zu versorgen. Da die Nutzung des Hochwassers, das durch die Schwerkraft abfloß, intensiver war, konnte man durch Dauerbewässerung den Ertrag der landwirtschaftlichen Kulturen verbessern, vor allem den der Baumwolle, und neue Kulturen für die Trockenzeit anlegen. Später wird etwas weiter flußabwärts noch ein Staudamm errichtet, der ebenfalls aus zwei Dämmen besteht. Er wird 1939 fertiggestellt und erhöht den Wasserspiegel noch mehr. Neue Möglichkeiten tun sich auf.

Aus diesem System kommen die drei großen Kanäle, die das Delta bewässern.

Wie auch die beiden Arme des Stromes, sind sie von ziemlich gleicher Länge: zweihundertdreißig Kilometer ungefähr.

Nun ist er also geteilt, der alte Nil, dessen träge Flut in diesem Teil Ägyptens die Perser des Kambyses, die Heerscharen Alexanders, die Legionen Oktavians, die Reiter des Kalifen Omar, die Kreuzfahrer des Heiligen Ludwig und die Soldaten und Gelehrten Bonapartes gesehen hat . . .

Langsame Flut, aber schnelles Ende. Beim Ausfluß aus der Talsperre scheint der östliche Nil zu zögern, und er beschreibt zahlreiche Mäander. Er fließt an Benha, einem Baumwoll- und Obstmarkt vorbei, schlägt dann resolut die nördliche Richtung ein und trifft in Sifta auf einen kleinen, aber notwendigen Staudamm, der seinen Wasserspiegel anheben soll, denn der östliche Teil des Deltas steigt an. Dann durchquert er bei Aga die Gegend, in der das berühmte Busiris und das alte Sebennytos blühten, weicht nach Mansura in Richtung Nordosten ab, streift den Mensaleh-See und kommt schließlich in Damiette an. Damiette ist ein belebter Hafen der Küstenschiffahrt, in dem eine Vielfalt landwirtschaftlicher Erzeugnisse, wie Baumwolle, Reis oder Mais verfrachtet wird. Fünfzehn Kilometer weiter mündet der Nil bei Ras el-Bahr in das Mittelmeer. Ras el-Bahr ist ein kleiner Badeort, der auf einer länglichen Landzunge, zwischen dem Fluß und dem Meer, entstanden ist. Sein arabischer Name bedeutet das »Kap des Flusses«. Tatsächlich befinden wir uns hier an der Mündung, und der Nil scheint von den Meeresfluten zurückgedrängt zu werden. Im Osten zeichnet sich eine ziemlich traurige, öde Sandlandschaft mit vereinzelten Rohrbüscheln und kleinen Dünen ab. Hier fehlt es an Größe. Man würde vom König der Flüsse mehr Würde erwarten. Ein verfehlter Abgang . . .

In Rosette hingegen ist er majestätisch. Bevor der Nil diesen Ort erreicht, legt er auch hier mehr als zweihundert Kilometer zurück. Als er die Talsperre verläßt, scheint auch er, wie der östliche Nil, zu

Der Damiette-Arm des Nils. Hier bei Ras el-Bahr mündet er in das Mittelmeer.

zögern, und beschreibt wie dieser seine Mäander. Aber durch den Kontakt mit der Wüste im Westen verliert er seine nördliche Richtung. Neue Umwege führen den Nil durch das grüne Land des Deltas. Er durchquert die Handels- und Industriestadt Kafr el-Zayat, kommt in der Nähe des kleinen Dorfes Sâ el-Hagas vorbei, das am gleichen Ort liegt wie einst das alte Sais, dessen Ruinen heute nichts als Trümmerfelder und formlose Schutthügel sind. Dann hält ihn ein Staudamm auf, der von Idfina, der verhindern soll, daß das Meerwasser landeinwärts dringt und sich mit dem Flußwasser vermischt. Schließlich kommt der Nil nun in Rosette an. Dicht bedeckt ist er von Lastkähnen, die gerade ausgeladen werden, und von alten Segelschiffen und Fischerbooten. Rosette ist ein wichtiges Handelszentrum, wo der Handel mit Datteln und Reis einen bedeutenden Platz einnimmt, gleichzeitig aber auch ein reizendes kleines Städtchen. Viele seiner mehrstöckigen hohen Häuser sind sehr originell in ihrer Bauweise: Mauern aus schwarzen und roten Klinkern, Fassaden mit Vorsprüngen, die oft mit Balkonen verziert sind. Diese Balkone sind häufig mit arabischen Gitterfenstern geschmückt, durch die man sehen kann, ohne selbst gesehen zu werden. Türpfosten und Giebelfelder sind mit Mosaik bedeckt.

Rosette liegt genauso nahe beim Meer wie Damiette, und die letzten fünfzehn Kilometer, die der Nil jetzt durchfließt, muten wie ein Traum an, so herrlich ist die Landschaft. Das Blau des Septemberhimmels reflektiert sich im Fluß mit seinen grauen Uferstreifen. Zu seiner Rechten begleitet eine fast ununterbrochene Reihe von Palmenhainen, Kulturen und Dörfern sein majestätisches Ende. Weiße und eierschalfarbene Häuser, cremefarbene Moscheen heben sich wie helle Flecken vom kräftigen Grün der Palmen und dem Gelb des Maises ab. Zur Linken, wo die Vegetation weniger dicht ist, fügen leichte, hier und da mit Stechginster bewachsene Dünen beige Töne zu dieser Nilsymphonie hinzu. In der Mitte des nahezu einen Kilometer breiten Flusses gleiten Kähne, deren Masten mit braunen Netzen behangen sind, langsam zum Meer . . .

Hier ist der Nil wirklich der Nil, herrlich und großartig. Wieder ist er der König, der er in Theben war. »Du bist es, der Nil, der Große«, wie es in einer Hymne der 20. Dynastie hieß. Er »ergießt« sich nicht ins Mittelmeer wie sein Bruder von Damiette. Er bildet eine Verbindung mit dem Meer. Man weiß nicht, ob es das Meer ist, das in seine Mündung eindringt oder ob er es ist, der es bedrängt. Ihre Wasser vermischen sich. Und die Mündung scheint nahezu eine Abstraktion. Der Fluß hat sich in einer letzten Geste des Stolzes ein Ende erwählt, das seiner würdig ist.

Wirklich ein Ende? Der Nil ist eine fortwährende Schöpfung, ein ewiges Wiederauferstehen. Im gleichen Moment, in dem seine Reise von fünftausendsechshundertelf Kilometern – ein Siebentel des Erdumfanges – endet, beginnt oben, in Äthiopien, der schüchterne Kleine Abbai, der bescheidene Vater des späteren Blauen Nils, die seine, während im Herzen Ugandas der Victoriasee den Überschuß seiner Kraft abgibt, um ein temperamentvolles Kind zu zeugen, das eine große Zukunft vor sich hat und das

Der Rosette-Arm des Nils. Der Fluß beendet seinen Lauf. Der kleine Kahn im Vordergrund heißt Nasr el-Din, »Sieg der Vernunft«.

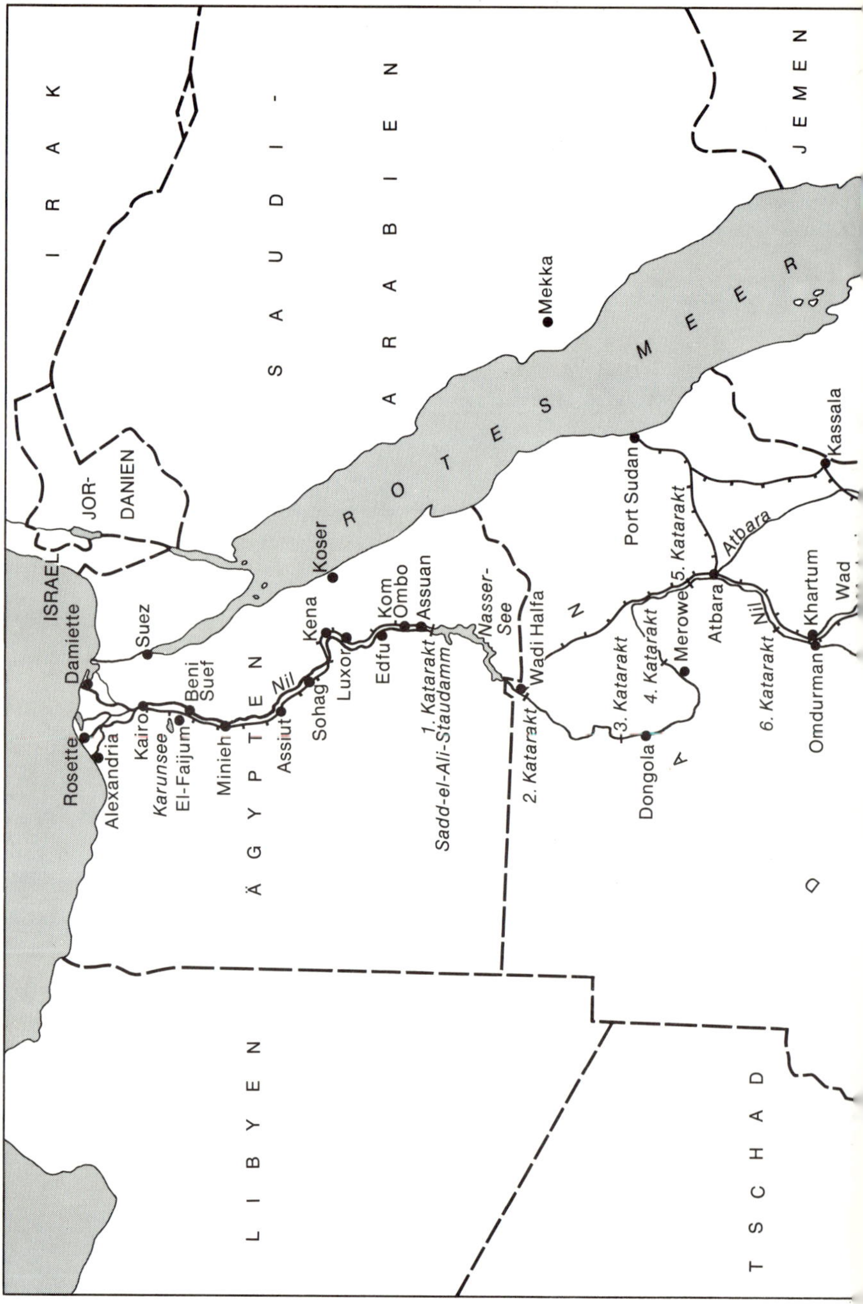
IRAK
SAUDI-ARABIEN
JEMEN
JORDANIEN
ISRAEL
ROTES MEER
ÄGYPTEN
LIBYEN
TSCHAD
SUDAN
Mekka
Kassala
Port Sudan
Koser
Suez
Damiette
Rosette
Alexandria
Kairo
Karunsee
El-Faijum
Beni Suef
Minieh
Assiut
Nil
Sohag
Kena
Luxor
Edfu
Kom Ombo
Assuan
1. Katarakt
Sadd-el-Ali-Staudamm
Nasser-See
Wadi Halfa
2. Katarakt
3. Katarakt
Dongola
4. Katarakt
Merowe
5. Katarakt
Atbara
Khartum
Omdurman
6. Katarakt
Wad

Karte 11: Der Nil.

Weißer Nil heißen wird. Zur gleichen Zeit fließen vom Dach Afrikas, aus dem Schnee der Mondberge, eine Vielzahl von kleinen Nilen herunter . . .

Welch außergewöhnliche Persönlichkeit, dieser Fluß, der vom Äquator bis zum Mittelmeer, vom Urwald bis zur Ebene allen Tükken widersteht, Fels, Sand und Sumpf besiegt und der Weite der Wüste trotzt, um schließlich viele Millionen Menschen aller Rassen, aller Farben und aller Konfessionen zu nähren. »Vater Nil«, schrieb Dichter Tibull, »Dir verdankt es Ägypten, daß es niemals den Regen erflehen, das trockene Blatt, daß es sich nicht vor Jupiter, dem Regengeber, neigen muß.« Ein faszinierender Fluß, dessen Leben sich mit der Legende, dem Epos und der Tragödie vermischt, dessen Geschichte von märchenhaftem Reichtum ist: die ersten Formen der Schrift, die ein Champollion entziffern konnte; die ersten Staatssysteme, denn der Strom versammelte die Menschen um sich und zwang sie zu gemeinsamem Handeln; die ersten religiösen Mythen, wie die Auferstehung des Osiris, die Schöpfung der Welt und sogar die Idee eines einzigen Gottes; die ersten wissenschaftlichen Entdeckungen, wie der Kalender und die Astronomie; die ersten technischen Verbesserungen im Bereich des Landbaus und der Wasserwirtschaft; die ersten planvollen und ständigen Kolloquien von Gelehrten im Muscion von Alexandria, dem nationalen Forschungszentrum; die ersten literarischen Werke: Gedichte und Hymnen. Und schließlich, unschätzbares Vermächtnis für die Menschheit, die ersten großen Kunstwerke, Tempel, Statuen, Grabmäler und Malereien, die die Zeit nicht zerstören konnte, und ein künstlerischer Stil, der wie durch ein Wunder das Vergängliche in Unsterbliches verwandelt.

Der Nil bleibt seiner ewigen Mission treu. Jeden Tag von neuem bringt er, den die Intelligenz der Menschen so wunderbar und für immer durch den Sadd el-Ali bei Assuan gezähmt hat, seine Gaben und wälzt eine Woge der Hoffnung auf eine bessere Zukunft heran.

Von ewiger Wahrheit für den Strom sind die Worte, die die Pharaonen in Sais in den Sockel der Statue der Göttin Neith gemeißelt haben, Neith, das weibliche Prinzip des Lebens der Welt und des Menschen: »Ich bin alles, die Vergangenheit, die Gegenwart, die Zukunft.«

Verzeichnis der geographischen Namen

Der Zusatz »Fluß« in Klammern hinter einem Namen sagt nichts aus über Größe oder Bedeutung des Wasserlaufs. Ebensowenig weist der Zusatz »Land« auf irgendein politisch oder verwaltungsmäßig bestimmtes Gebiet hin.